Duke of Midnight
by Elizabeth Hoyt

女神は木もれ陽《び》の中で

エリザベス・ホイト
川村ともみ[訳]

ライムブックス

DUKE OF MIDNIGHT
by Elizabeth Hoyt

This edition published by arrangement with
Grand Central Publishing, New York, USA
through Tuttle-Mori Agency, Inc., Tokyo.

女神は木もれ陽《び》の中で

主要登場人物

アーティミス・グリーブズ……………子爵の娘。コンパニオン
マキシマス・バッテン…………………ウェークフィールド公爵
バティルダ・ピックルウッド…………マキシマスの親戚
フィービー・バッテン…………………マキシマスの妹
ヘロ・リーディング……………………マキシマスの妹
アポロ・グリーブズ……………………アーティミスの双子の弟。キルボーン子爵
ピネロピ・チャドウィック……………伯爵の娘
スカーバラ公爵…………………………ピネロピの求愛者
クレイブン………………………………マキシマスの従者
ジョナサン・トレビロン大尉…………竜騎兵連隊長

1

これまでたくさんのお話をしてきましたが、ヘルラ王の伝説ほど奇妙は物語はないでしょう。

『ヘルラ王の伝説』

一七四〇年七月
イングランド、ロンドン

アーティミス・グリーブズは、自分が悲観主義者だというつもりはない。それでも、仮面をかぶった男が月明かりに照らされた路地に飛びおりてきたとき、それがいとこと自分を脅かす三人のならず者を撃退するためだとわかっていても、ブーツに隠したナイフを握る手に力をこめずにはいられなかった。

それも当然だろう。

男は大柄で、道化師の服装をしていた。黒と赤のひし形模様のタイツにチュニック、膝上までである黒いブーツ、つばの広い帽子、顔の上半分を覆う、ぶざまなほど鼻の大きな黒い仮面。道化師はおどけた仕草で人を笑わせるものと相場が決まっているが、いま暗い路地にいる者は誰ひとり笑っていない。道化師がかがんだ姿勢からなめらかな動きで立ちあがると、アーティミスは思わず息をのんだ。まるで野生の猫みたいに冷酷で、その攻撃には躊躇《ちゅうちょ》がなかった。

道化師は三人に飛びかかった。

アーティミスはひざまずき、ブーツのなかの小さなナイフを握ったまま、ただ見つめていた。こんな戦い方をする人は見たことがない。残忍だが優雅に、闇のなかで目にも止まらぬ速さで二本の剣を振りまわす。

三人のうちのひとりが倒れ、気を失って動かなくなった。向こう側で、アーティミスのいとこのレディ・ピネロピ・チャドウィックが泣きべそをかきながら、血を流しているその男から離れようとしている。ふたり目のならず者が道化師に向かって突進したが、道化師は身を低くして脚を伸ばした。相手が足を取られると、地面に蹴り倒してから今度は顔を思いきり蹴った。道化師は立ちあがり、すぐさま三人目のこめかみを剣の柄で殴った。

男は音をたてて地面にくずおれた。

アーティミスはふたたび息をのんだ。

薄汚い路地が不意に静かになり、両側の崩れかけた建物がこちらに傾いてくるような気がした。道化師は息も乱さずにブーツのかかとで石畳をこするようにして向きを変え、ピネロピを見た。ピネロピは恐怖のあまり、まだ泣きながら壁に張りついている。

道化師は静かに向きを変えて、今度はアーティミスを見た。

不吉な仮面の奥で光る冷たい目を、アーティミスはかたずをのんで見つめ返した。かつては、世のなかはほとんどが親切な人ばかりだと思っていた。神さまがちゃんと見ていてくださるから、嘘をつかずにいい子にして、ラズベリータルトの最後のひと切れを真っ先に取らないようにしていれば、たとえ悲しいことが起きても最後は何もかもがうまくいくと信じていた。でも、それは昔のことだ。家族と、太陽よりもわたしを愛していると告白してくれた人を失う前のこと。愛する弟が不当に〈ベドラム精神病院〉に収容される前のこと。失意と孤独のなか、愚かないとこの付き添い女性《コンパニオン》にならないかと誘われて安堵《あんど》の涙を流す前のこと。

そしてまた、間一髪のところで不気味な道化師に命を救ってもらう前のこと。

アーティミスは探るように仮面の男を見た。この人はなぜ、真夜中にセントジャイルズの危険な通りを歩いている女性ふたりを助けに来たのかしら？

そこまで考えて顔をしかめた。

やっぱりわたしは悲観主義者になってしまったみたいだわ。

道化師は二歩でアーティミスの前まで来て見おろした。仮面の奥から放たれる厳しい視線が、粗末なナイフを握る彼女の手から顔へと移る。大きな口がゆがんだ。笑っているのか、いらだっているのか、それとも哀れんでいるのか。たぶん哀れんでいるのだろうが、本当のところはわからない。でもなぜか、そのどれなのかを知りたかった。この見知らぬ相手が自分を見てどう思っているのか、そしてもちろん自分に何をしようとしているのかが、とても大事なことのように感じられる。

道化師はアーティミスの目を見つめたまま短剣を鞘《さや》にしまい、左手の長手袋を口にくわえて外すと、その手を差し出した。

小指にはめた金の指輪が鈍い光を放っている。アーティミスはそれをちらりと見てから自分の手をゆだねた。熱い手がその手を強く握って引っぱった。アーティミスは引き寄せられ、あと数センチで道化師の喉に唇が触れそうなほど、彼との距離が縮まった。力強く脈打つ喉をしばらく見つめてから目をあげる。彼は首を曲げて、アーティミスの顔を探るように見つめていた。

アーティミスは息を吸い、質問しようと口を開きかけた。

そのとき、道化師の背中にピネロピが飛びかかった。彼女はあまりの恐怖にわれを忘れたらしく、金切り声をあげて相手の広い肩をめちゃくちゃに殴った。

当然のことながら、道化師はそれに反応した。ピネロピを押しのけるために片腕をあげ、アーティミスの手を放そうとした。アーティミスは手に力をこめた。本能がそうさせたのだ。そうでなければ彼を引き止めようとするわけがない。だが道化師の指は離れていき、その拍子に何かがアーティミスの手のひらに落ちた。

道化師はピネロピを押しのけると、通りをすばやく走り去っていった。

ピネロピは息を切らしていた。髪は乱れ、美しい顔には引っかき傷がついている。

「わたしたち、もう少しで彼に殺されるところだったわ」

「えっ？」仮面の男が消えていった通りから目を引き離しながら、アーティミスは尋ねた。

「あれはセントジャイルズの亡霊よ。わからなかった？　乙女を辱めたり、人を殺したりする血も涙もない男なんですって！」

「冷血な人殺しにしては、ずいぶん親切でしたけど」アーティミスはそう言いながら、ランタンを拾いあげた。三人のならず者が路地の向こう端に姿を現したとき、地面に置いたのだ。幸い、乱闘で倒されることもなく無事だった。アーティミスはランタンの火が揺れているのを見て驚いた。手が震えているのだ。気持ちを落ち着けるために深呼吸をする。びくついていたら、生きてセントジャイルズを出ることはできない。

目をあげると、ピネロピが口をとがらせていた。

「でも、わたしを助けてくださるなんて、あなたは勇敢でしたわね」アーティミスはあわてて言った。

ピネロピの顔が明るくなった。「そうでしょう？　恐ろしい悪党を追い返したのよ！　真夜中にセントジャイルズでジンを飲むよりもずっといいわ。フェザーストーン卿も感心するわよね」

アーティミスは自分たちが歩いてきた方向に急いで体を向けた。いまこの瞬間の彼女にとって、フェザーストーン卿ほど腹立たしい人間はいない。ピネロピをたきつけて、深夜にセントジャイルズでジンを一杯飲ませようとするなんて愚の骨頂だ。彼のせいで、わたしたちは危うく殺される——あるいはもっとひどい目に遭う——ところだった。

そして、いまもまだセントジャイルズにいる。

ピネロピだって、とある公爵の気を引くために勇敢——なんていまいましい言葉——なことをしようと考えたりしなければ、フェザーストーン卿のくだらない挑発に乗ったりしなかっただろう。アーティミスは頭を振り、あたりを警戒しながら、セントジャイルズのなかを縫うように走る細い路地のひとつを急いだ。道の真ん中を流れる水路は何か得体の知れないもので詰まっており、彼女はそちらを見ないようにして進んだ。ピネロピも、口をつぐんでおとなしくついてくる。崩れかかった建物から腰をかがめた人影が出てきて、アーティミスは身をこわばらせたが、その人物はふたりを見るとあわてて逃げていった。

それでもアーティミスは警戒を解かずに進んだ。角を曲がったところで、やっと広い通りに止まっているピネロピの馬車が見えた。

「戻ってきたわ」ピネロピは、ボンドストリートでの散歩から帰ったかのように言った。「すごく刺激的だったわね」

アーティミスは信じられない思いでいとこを見たが、その瞬間、向こうの建物の屋根で動く人影が目に入った。たくましい体を低くして様子をうかがっている。アーティミスが身をこわばらせて見つめていると、彼は片手を帽子のつばに添えて挨拶の仕草をした。

彼女の体に震えが走った。

「アーティミス？」ピネロピはすでに馬車のステップをのぼっている。

不吉な人影から目を離して、アーティミスは応えた。「いま行きます」

馬車に乗り込み、緊張しつつ藍色の豪華な座席に座る。彼はわたしたちを追ってきた。なんのために？　こちらの素性を知るため？　それとも、単にわたしたちが無事に馬車までたどり着いたことを確認するため？

ばかね。アーティミスは自分を叱った。ロマンティックな夢を見たって、しかたがないじゃないの。セントジャイルズの亡霊が愚かなレディたちの身の安全を気にするわけがない。きっと彼なりの理由があって、わたしたちを追っていたんだわ。

「今夜の冒険をウェークフィールド公爵に話すのが楽しみだわ」ピネロピの言葉が、アーティミスの物思いをさえぎった。「ものすごく驚くわよね、きっと」

「どうかしら……」アーティミスはあいまいに応えた。ピネロピがとても美しいのはたしかだが、賭けのために夜のセントジャイルズに赴き、それを得意げに語る浅はかな女性を妻にしたがる男性などいるだろうか？　公爵の気を引こうというピネロピの試みは、よく言ってもせっかち、悪く言えば愚かでしかない。一瞬、いとこへの哀れみにアーティミスの心は痛んだ。

けれども考えてみれば、ピネロピはイングランド随一の裕福な家の跡取り娘だ。金の鉱脈の前では、たいていの欠点は見過ごされるのかもしれない。それにピネロピは、当代きっての美人とされている。漆黒の髪にミルクのような肌、パンジーのような紫の瞳。そんな外見の下に隠れているのがどんな人間かを気にする男性など、そう多くはないのだろう。

アーティミスはそっとため息をつくと、興奮したいとこのおしゃべりを聞き流した。本当はもっと注意を払って聞くべきなのだ。アーティミスの運命はピネロピの運命としっかり結びついている。ピネロピがどこに嫁ぐにしろ、アーティミスもお供をするのだから。

結婚したらコンパニオンはいらない、というのなら話は別だけれど。

アーティミスの指は、セントジャイルズの亡霊が手のひらに残していったものを強く握りしめた。馬車に乗る前にランタンの明かりで見たところ、赤い石のついた金の印章付き指輪だった。摩耗した石を、彼女は無意識のうちにそっと親指で撫でた。かなりの年代物で質がいい。これは興味深い事実だった。

こんな指輪をはめるのは、貴族にちがいない。

ウェークフィールド公爵マキシマス・バッテンは、いつものように、苦い失敗を噛みしめながら目覚めた。

しばらくのあいだ、カーテン付きの大きなベッドに目を閉じたまま横たわって、濃い茶色の髪が血のまじった水のなかを漂うさまを記憶によみがえらせながら、喉につかえたかたまりをのみ込もうとした。サイドテーブルに右手を伸ばし、鍵のかかった頑丈な箱に手のひらを当てた。なかには母のネックレスに使われていたエメラルドがいくつか入っている。長年かけて探し出してきたものだ。だが、まだ全部はそろっていない。永遠にそろわないのではないかと、絶望的な気分になりつつある。一生、自分の失敗を意識して生きていくのだ。

そしていま、新たな失敗を犯してしまった。マキシマスは左手を動かした。いつもと違って軽い。昨夜、セントジャイルズのどこかで父の指輪――先祖伝来の指輪――をなくしてしまった。許しがたい罪の数々に新たな罪が加わった。

起きて自分の務めを果たすために、マキシマスは慎重に伸びをして暗い思いを頭から追いやった。右膝が鈍く痛み、左肩が重い。まだ三三歳だというのに体はぼろぼろだ。

衣装戸棚の前にいた従者のクレイブンが振り返った。「おはようございます、閣下」

マキシマスは黙ってうなずき、上掛けをはねのけた。裸のまま立ちあがり、わずかに足を引きずりながら大理石の鏡台に向かう。湯の入った洗面器がすでに用意されていた。顎に石けんをつけていると、クレイブンが研いだばかりのかみそりを洗面器の隣に置いた。

「朝食はレディ・フィーービーとミス・ピックルウッドとご一緒に召しあがりますか？」クレイブンは尋ねた。

マキシマスは顎をあげてかみそりを当て、鏡台に置かれた金縁の鏡に向かって眉をひそめた。下の妹のフィーービーはまだ二〇歳だ。数年前に上の妹のヘロが結婚したとき、マキシマスはフィーービーと親戚のバティルダ・ピックルウッドを自分の屋敷に呼んで一緒に暮らすことにした。妹をそばに置いておけるのはうれしいが、ふたりのレディとひとつ屋根の下で生活するのは、宮殿のように広いこの屋敷でも、ときにマキシマスの秘密の活動に不都合になる。

「今日はやめておこう」顎のひげを剃《そ》りながら、マキシマスは答えた。「妹とバティルダに謝っておいてくれ」

「かしこまりました」

眉をあげて無言の非難を表してから衣装戸棚に戻るクレイブンを、マキシマスは鏡越しに見た。無言であろうとなかろうと他人の非難は気にしないが、クレイブンは特別だった。彼はマキシマスの父に一五年仕えたのち、公爵位を継いだマキシマスの従者となった。ただでさえ長い顔が、口の両脇と目尻に刻まれたしわのせいでよけい長く見える。五〇代になっているはずだが、見た目には三〇歳から七〇歳のあいだのどの年齢でも通りそうだ。マキシマスが年を取って髪が全部抜けても、クレイブンはきっといまと変わらないだろう。

マキシマスは自嘲気味に笑うと、かみそりについた石けんの泡とひげを陶器の洗面器のなかで洗い落とした。うしろでクレイブンが下着や靴下、黒いシャツ、ベスト、それに膝丈ズボン《ブリーチ》を並べはじめる。マキシマスは顎に残る泡をこすり落とし、濡れた布で顔をぬぐって振り向いた。

「情報は手に入ったか？」下着をつけながら尋ねる。

「はい、閣下」クレイブンはかみそりを水ですすぐと、薄い刃を丁寧に拭いた。そして、聖人の遺品のように恭しくベルベット張りの箱にしまった。

「それで？」

クレイブンは国王の前で詩を朗読するかのごとく咳払《せきばら》いをした。「ブライトモア伯爵の経済状況は、調べがついたかぎりではきわめて良好です。ヨークシャーに二箇所、耕作に適した領地を持っているほか、ウェスト・ライディングに炭鉱を三つ、シェフィールドに製鉄所をひとつ所有しています。それに最近、東インド会社の株を買っています。今年の初めに借金をして四箇所目の炭鉱を開きましたが、そちらの経営も順調です。借金のことは気にしなくていいでしょう」

マキシマスはうなりながらブリーチをはいた。

クレイブンが続ける。「令嬢のレディ・ピネロピ・チャドウィックの結婚に向けてブライトモア卿が多額の持参金を用意していることは周知の事実です」

マキシマスは皮肉めかして眉をあげた。「具体的な金額はわかるか?」

「はい」クレイブンはポケットから小さなメモ帳を取り出すと、親指をなめてページをめくった。彼が読みあげたのは、間違いではないかと疑いたくなるほど大きな額だった。

「たいしたものだ。たしかなんだな?」

クレイブンはかすかにとがめるような目を向けた。「伯爵の弁護士の第一秘書から得た情報です。酒に弱い、辛辣な紳士です」

「そうか」マキシマスは首巻き《クラバット》を結び、ベストを着た。「あとはレディ・ピネロピ本人だな」

「そのとおりです」クレイブンはメモ帳をしまうと、唇をすぼめて天井を見つめた。「レディ・ピネロピ・チャドウィックは二四歳で、伯爵のひとり娘です。男性とのつきあいが盛んなわりには求婚者に事欠きませんで、まだ結婚していないのは、お相手を選ぶ基準がとてつもなく、その……高いからだと思われます」

「厄介だな」

クレイブンは無遠慮な言葉にひるんだように言った。「どうやらそのようです、閣下」

マキシマスはうなずくと、寝室のドアを開けた。「続きは階下《した》で聞こう」

「かしこまりました」クレイブンはろうそくを取り、暖炉の火を移した。

寝室の外には広い廊下が伸びていた。廊下を左に行けば、屋敷の正面側で、そちらには客を通す公的な部屋に続く大きな階段がある。

マキシマスは右に進み、クレイブンが小走りであとに従った。こちらには使用人用の階段と私室がある。廊下の羽目板に見せかけたドアをマキシマスが開け、ふたりは絨毯《じゅうたん》の敷いていない階段をおりた。厨房の入り口を通り過ぎてさらにもう一階分おりると、目の前に木のドアが現れた。マキシマスはベストのポケットから鍵を取り出してドアを開けた。その先はさらに階段があった。ひどく古い石段で、いまは亡き大勢の人々の通った跡で中央部分がへこんでいる。クレイブンが石の壁のくぼみに挿してあるろうそくに火を灯し、マキシマスは階段をおりた。

石の低いアーチをくぐると狭い空間に出た。マキシマスの背後で燃えるろうそくの火が、すり減った壁にちらちらと揺れる影を投げている。象徴的な模様や単純な人の姿があちこちに刻まれていた。おそらく初期のキリスト教時代のものだろう。正面にあるふたつ目のドアは、長い年月を経て木が黒ずんでいる。マキシマスは鍵を開けた。

ドアの向こうは、細長く、驚くほど天井の高い地下室だった。アーチ形の天井は装飾付きの石で飾られている。並んで立つ頑丈な柱は、頭部に荒削りな彫刻が施してあった。マキシマスの祖父と父はここをワインの貯蔵室にしていたが、もとは古代の異教の神をまつるために作られた部屋だと聞かされたとしてもマキシマスは驚きはしないだろう。

うしろでクレイブンがドアを閉め、マキシマスはベストを脱ぎはじめた。毎朝、服を着て五分後にまた脱ぐのは時間の無駄に思われるが、公爵たるもの、自宅でもだらしない格好はできない。

クレイブンが咳払いをした。

「先ほどの続きを」マキシマスは振り返らずに言った。下着だけになった彼は、自分でそこかしこに鉄の輪を埋め込んだ天井を見あげた。

「レディ・ピネロピは社交界でも際立って美しいと考えられています」クレイブンが抑揚をつけずに言う。

マキシマスは柱に飛びついた。割れ目に足をかけてよじのぼり、頭上にあるはずの割れ目を手探りで探す。そして、うめきながら天井の輪のそばまで体を引きあげた。

「昨年は少なくともふたりの伯爵と、ある小国の君主から求愛されています」

「処女か？」輪は、腕を伸ばしただけでは届かない。わざとそういう位置につけたのだが、今日みたいな朝はそんなことをした自分を呪いたくなる。マキシマスは腕を伸ばし、勢いをつけて柱から体を離した。輪をつかみそこねたら、かたい床が待ち受けている。

だが、片手で輪をつかむことができた。肩の筋肉に力をこめて、次の輪に向けて体を揺らす。そうやって、ひとつずつ輪をつかみながら進んだ。

「ほぼ間違いなくそうです」輪から輪へと部屋のなかを自在に動きまわるマキシマスに、クレイブンが下から言った。「進歩的な性格ではありますが、思慮分別が大事だということはわかっているようです」

次の輪をつかみながら、マキシマスは鼻で笑った。今回は輪と輪の距離が比較的近かったので、両腕をV字に開いて同時にふたつの輪をつかんでぶらさがった。肩と腕が熱くなるのがわかる。つま先を伸ばしてから、体を折り曲げ、足を頭上にあげて天井に向けた。

深く息をついて、その姿勢を保つ。腕がぶるぶる震えはじめた。「ゆうべの行動は思慮分別があるとは言いがたい」

「そうかもしれません」クレイブンが不快そうに言う。「裁縫やダンス、ハープシコードや絵は上手かもしれませんが、冒険は得意とは言えないようですね。それに本人を知る人々には、知性が豊かとは思われていません。知能に問題があるというわけではなく、ただ……」

「愚かなんだな」

はっきりとした答えは避けて、クレイブンは天井を見つめた。

マキシマスは体を伸ばして鉄の輪から手を離し、軽やかに着地した。そして、さまざまな大きさの砲丸が並んでいる低いベンチに向かった。手のひらにすっぽりおさまるものを選ぶと、肩に担いで部屋の端から端まで走り、そのために用意してあるわらの山に投げた。砲丸はわらの上を飛び、鈍い音とともに石壁に当たった。

「お見事です、閣下」クレイブンは走って戻ってきたマキシマスに向かって小さく微笑んだ。憂鬱そうな顔立ちに笑みが浮かぶさまは滑稽だった。「わらも怯《おび》えたことでしょう」

「クレイブン」マキシマスは自分も口元がゆるみそうなのをこらえた。ウェークフィールド公爵を笑うことは誰にも許されない――たとえ本人であっても。

マキシマスは次の砲丸を手に取った。

「失礼いたしました。まとめますと、レディ・ピネロピはとても裕福で美しく、流行に敏感で明るい女性ですが、知性や自衛本能は充分とは言えません。花嫁候補から外しましょうか？」

「いいや」マキシマスはふたつ目の砲丸を先ほどと同じように投げた。壁に当たり、石のかけらが飛んだ。あとでわらの量を増やしておいたほうがよさそうだ。

振り向くと、クレイブンがとまどったように見つめていた。「しかし、閣下が花嫁に求めておられるのは持参金や血筋や美しさだけではないはずでは？」

マキシマスは厳しい目で従者を見た。このような話しあいは前にもしている。クレイブンは理想の妻に求められる大事な条件をあげたが、常識の有無は、わざわざあげるまでもないことだ。

一瞬、マキシマスの脳裏に、澄んだグレーの瞳と毅然《きぜん》とした女性の顔が浮かんだ。ミス・グリーブズは昨夜、ナイフを持ってセントジャイルズを訪れた。ブーツのなかで光る金属は見間違いようがなかった。しかも彼女は、本気でそれを使うつもりだった。マキシマスは賞賛の念を覚えた。あんなに勇敢な女性には会ったことがない。

頭を振ってよけいな考えを振り払い、当面の問題に思いを戻した。父はわたしのせいで亡くなった。何がなんでも、公爵夫人にもっともふさわしい女性を妻に迎えて父に報いたい。

「わたしの考えは知っているだろう？　レディ・ピネロピは、ウェークフィールド公爵の名に誰よりもよく釣りあうのだ」

マキシマスは三つ目の砲丸を手に取って、クレイブンの小声の返事を聞かなかったふりをした。

「ですが、閣下ご自身に釣りあうのでしょうか？」


〈ベドラム精神病院〉を拷問と狂気に満ちた地獄にたとえる人がいる。だがキルボーン子爵アポロ・グリーブズは、この病院の本当の姿を知っている。天国と地獄のあいだにあるという辺獄《へんごく》だ。

そこに送られた者は永遠に待ち続ける。

眠れずに夜通しうめき声をあげる夜が終わるのを。石の床をこするような足音が聞こえて、干からびたパンの朝食が配られるのを。風呂という名の冷たい水を浴びせられるのを。おまるが空にされるのを。食べ物を、飲み物を、新鮮な空気を。なんでもいいから、自分がまだ生きていて、少なくともいまはまだ気がふれていないことを証明してくれる何かを。

だがアポロが何よりも待っているのは、姉のアーティミスが会いに来てくれることだった。

姉は来られるときに来てくれる。たいていは週に一度。そのおかげで、アポロは正気を失わずにいられる。姉がいなかったら、とうの昔にどうかなっていただろう。

だからいま、不潔な石の廊下を歩く女性の軽い足音が小部屋の外から聞こえてくると、アポロは壁に頭をもたせかけ、殴られた跡の残る顔に笑みを浮かべた。

数秒後、角を曲がって彼女が現れた。アポロを見た瞬間、やさしくてまじめな顔が明るく輝いた。くたびれているが清潔な茶色のドレスに、少なくとも五年前からかぶっている麦わら帽子といういでたちだ。帽子は、右耳の上あたりの麦わらがほつれたのを細かい縫い目で直してある。グレーの瞳にはアポロへの愛情と心配が浮かんでいた。彼はアーティミスが新鮮な空気を運んできたような気がしたが、それは思い過ごしだろう。ここの悪臭が消えるなんてことは実際にはありえないのだから。

「アポロ」アーティミスは低い穏やかな声で呼びかけた。そして、隅に置かれたふたもないおまるにも、ノミやシラミにたかられた彼自身のおぞましい様子にもいやな顔ひとつせずに小部屋へ入ってきた。「元気?」

ばかげた質問だ。いまに至るまでの四年間、アポロはずっと悲惨な状況にあるのだから。だが、姉は真剣に尋ねている。いつか、これ以上悪くなるのではないかと心配しているのだ。たしかにアポロはいつ死んでもおかしくない状態だった。

もっとも、これまで自分がいかに死に近づいたかをアーティミスに話すつもりはない。

「元気だよ」歯茎から血が出ているのがばれないように祈りながら、アポロは微笑んだ。最近、ちょっとしたことですぐ出血する。「今日の朝食は牛の腎臓《キドニー》のバター炒めと卵とハムステーキが出たけど、どれも最高だった。料理人に礼を言いに行きたいところだが、どういうわけか拘束されていて行けない」

そう言って足かせを示した。壁についた大きな輪に鎖でつながれている。鎖は、立ちあがって二歩歩くのがやっとの長さだ。

「アポロ」アーティミスが言った。やんわりとたしなめるような声だが、唇の両端があがっているのを見て、彼は自分の勝ちを悟った。アーティミスは手に持っていた小さな袋を置いた。「朝食がすんでしまったなんて残念だわ。ローストチキンを持ってきたのに。おなかがいっぱいで食べられないなんてことがないといいんだけれど」

「なんとか大丈夫そうだよ」アポロは応えた。

鼻がチキンの香りをとらえ、口のなかによだれがたまってきた。かつては次の食事のことなど心配したこともなかった。せいぜい、チェリーパイを毎日食べたいとぼんやり思っていたぐらいだ。家が裕福だったわけではない。それとはほど遠かったが、食べるものに困ることはなかった。パンにチーズにローストした肉、豆のバター炒めにはちみつとワインで煮た桃。あるいは魚のパイや、母がときどき作る小さなマフィン。それに牛の尾のスープや、舌の上でとろけそうにやわらかい肉。みずみずしいオレンジ。炒《い》ったくるみ、しょうがで味つけしたにんじん、そして薔薇の花びらの砂糖がけで作ったあのデザート。いまでは、ただ食べ物のことだけ考えて過ごす日もある。いくら頭から追い払おうとしてもうまくいかない。

もう二度と、食べるものがあるのを当然のように思うことはないだろう。

アポロはそっぽを向いて、アーティミスが袋から取り出したチキンから気をそらそうとした。何も考えない飢えた動物になりさがるのは避けられないものの、そうなるのはなるべく先に延ばしたい。

彼がぎこちなく体を動かすと、鎖が音をたてた。椅子と寝床を兼ねる麦わらをひっくり返せば、姉に座ってもらえそうなきれいな部分が見つかるかもしれない。それが、この小部屋を訪れる客への唯一のもてなしだった。

「ピネロピの料理人から、りんごのタルトを半分とチーズをもらってきたわ」アーティミスは穏やかだが少し不安げな顔をしている。自分が持ってきたプレゼントを、アポロがいまにもひと口でのみ込んでしまいそうなのを察しているのだろう。

「ここに座ってくれ」彼はぶっきらぼうに言った。

悪臭の漂う精神病院ではなく牧草地でピクニックをしているかのように、アーティミスは優雅に横座りになった。「召しあがれ」

そう言って、彼女は清潔なナプキンにのせたチキンとタルトを差し出した。アポロはその宝物を慎重に受け取り、気づかれないようひそかに口で呼吸した。歯を食いしばり、料理を見つめてゆっくりと息を吸う。自制心だけはまだ失っていない。

「アポロ、食べてちょうだい」アーティミスがつらそうにささやく。それを聞いて、彼は若き日のひと晩の愚行に対する罰を受けているのが自分だけではないのを思い出した。

あの夜、わたしはアーティミスの人生も台なしにしたのだ。

アポロはチキンを持って小さくひと口かじってからナプキンに戻し、われを忘れないようわざと時間をかけて嚙んだ。すばらしい味が口内に広がり、思わずうめき声をあげそうになる。

肉をのみ込むと、食べ物がのったナプキンを膝の上に置いた。わたしは動物ではない。紳士だ。「ピネロピはどうしてる?」

アーティミスが礼儀正しいレディでなければ、あきれ顔を見せるところだろう。

「今夜ダーク子爵のタウンハウスで開かれる舞踏会の準備で、朝から大騒ぎしているわ。ダーク子爵を覚えている?」

アポロはチキンをもうひと口かじった。社交界でもとりわけ上の階級に属する人々とはつきあいがなかった――それだけの金を持っていなかった――が、その名前は記憶に残っている。

「背が高くて浅黒い、ちょっといやみな男だろう? 機転が利くことを自分でもわかっているやつだな」そして女たらしだ。だが、それは姉の前では口に出さなかった。

アーティミスはうなずいた。「ええ、そうよ。女性好きだと言われている人にしては珍しく、おばあさまのレディ・ウィンプルと一緒に住んでいるの。舞踏会は子爵の名前で開かれるけれど、計画はすべてレディ・ウィンプルが立てているに違いないわ」

「ピネロピは毎日舞踏会に出ているんじゃないかと思っていたよ」

アーティミスは口をゆがめた。「ほぼ毎日出ているときもあるわ」

アポロはタルトをかじり、甘いりんごに満足の声をあげそうになった。

「だったら、なぜダークの舞踏会にそんなに浮き足立っているんだ？　あの男に熱をあげているのかい？」

「そうじゃないの」アーティミスが嘆くように首を横に振る。「ピネロピは子爵では満足しないわ。お目当てはウェークフィールド公爵よ。今日の舞踏会に出席するという噂なの」

「そうか」アポロはちらりと姉を見た。いとこがついに結婚相手を決めたのなら、アーティミスは居場所を失うことになるかもしれない。だが、わたしには何もできない。アポロは顎をこわばらせ、いらだちのあまり叫びたくなる衝動を抑えた。深く息を吸い、アーティミスが持ってきてくれたビールを飲む。ホップの素朴で酸味のある味が、しばし気持ちを落ち着かせてくれる。「ピネロピの努力が実ることを祈るよ。公爵には同情するけどね。わたしだったら、絶対に彼女に目をつけられたくない」

「アポロ」アーティミスはやさしくたしなめた。「ピネロピはいい子よ。あなただって知っているでしょう？」

「ピネロピがいい子だって？」からかうように言う。「慈善活動や善行で有名だから？」

「彼女は〝〈恵まれない赤子と捨て子のための家〉を支える女性たちの会〟の一員だわ」アーティミスは澄まして言いながら、麦わらを一本つまんでひねった。

「そしてたしか、孤児院の男の子たち全員に黄色い服を着せようとしたんだったな」

アーティミスは顔をしかめた。「一生懸命なのよ」

アポロは姉が気の毒になり、打算的ないとこを弁護する役割から解放してあげた。「姉上がそう言うなら、そうなんだろう」姉が麦わらを細かく折り曲げているのに目を留めて言う。「今夜の舞踏会のことで何か隠しているんじゃないか？」

アーティミスが驚いた顔で見あげた。「そんなわけないでしょう？」

彼は姉の手のなかでぼろぼろになった麦わらを顎で示した。「じゃあ、なぜそんなにそわそわしているんだ？」

「あら」彼女はわらを見ると、鼻にしわを寄せて投げ捨てた。「なんでもないのよ。ただ、ゆうべ――」そう言いながら、胸元を覆っているスカーフに手をやる。

「アーティミス」アポロのいらだちはほぼ頂点に達した。わたしが自由の身だったら、本人から聞き出すか、使用人や友人に聞いてまわるかして、姉が何に悩んでいるかを突き止め、問題を解決してあげられるのに。

ここにいるかぎりは、姉が外の世界でどんな生活をしているか正直に話してくれるのをただ待つしかない。

アーティミスが彼を見あげた。「一五歳の誕生日にわたしにくれたネックレスを覚えている？」

小さな緑色の石がついたネックレスのことなら、よく覚えている。少年の目には本物のエメラルドに見えて、そんな美しいプレゼントを姉に贈るのが誇らしかった。でも、いまはそんな話をしている場合ではない。「話をそらそうとしているな？」

　珍しくいらだった表情で、アーティミスが唇をすぼめた。「いいえ、そうじゃないの。アポロ……」

「何があった？」

　彼女は小さく息を吐いた。「ピネロピとふたりでセントジャイルズに行ったの」

「なんだって？」セントジャイルズは正真正銘の貧民街だ。育ちのいいレディがそんな場所に行けば、何が起こってもおかしくない。「アーティミス！　大丈夫なのか？　誰かに絡まれたのか？　何を――」

　アーティミスは首を横に振っていた。「やっぱり話さなければよかったわ」

「だめだよ」アポロは殴られたみたいに頭をのけぞらせた。「わたしに隠し事をしてはだめだ」

「もちろん」彼女は後悔しているような顔になった。「あなたにはなんでも話すわ。セントジャイルズに行ったのは、ピネロピがくだらない賭けをしたせいなの。でも、あなたにもらったナイフを持っていったわよ。覚えてる？」

　苦悩を隠したまま、アポロはうなずいた。一一歳で寄宿学校に入るために家を出たとき、ナイフこそが双子の姉に贈るのにふさわしいプレゼントだと思った。半分正気を失ったような父と、病気で寝たきりの母のもとに彼女を置いていかなければならなかったからだ。

　だが、そのときは充分な大きさに見えたナイフも、大人になってみると武器としては小さすぎると思えてくる。姉があの小さなナイフで自分の身を守ろうとする――それもセントジャイルズで――ところを想像すると、恐怖で体が震えた。

「何も言わないで」アーティミスがアポロの腕をつかんで現実に引き戻した。「たしかに絡まれたけど、大丈夫だったわ。セントジャイルズの亡霊が助けてくれたの」

これでわたしが安心すると思っているらしい。アポロは目を閉じた。セントジャイルズの亡霊は、殺人やら婦女暴行やら、ひどい悪事を働くと言われている。アポロはその噂を信じていないが、それは単に、どんな悪人であろうと噂のようなことを全部ひとりでやってのけるとは考えられないからだ。セントジャイルズの亡霊が子猫みたいになんの害もないというわけではない。

アポロは目を開けて、姉の両手を取った。「もう二度とピネロピのばかげた計画につきあわないと約束してくれ」

「わたしは……」アーティミスが目をそらした。「わかるでしょう？　わたしはピネロピのコンパニオンなのよ。彼女の言うとおりにしなければならないの」

「ピネロピは陶器の人形みたいに姉上を壊して放り捨て、新しいおもちゃを探そうとするかもしれないぞ」

アーティミスは衝撃を受けたようだった。「そんなことは絶対に――」

「頼むよ、アーティミス」かすれた声で言う。「約束してくれ」

「わかったわ。できるかぎりそうする」彼女は片手をアポロの頬に添えた。「あなたのために」

アポロはうなずいた。この約束で満足するしかない。それでも考えずにはいられなかった。わたしがいなくなったら、誰がアーティミスの心配をしてくれるのだろう？

2

遠い昔、まだブリテンができて間もない頃、すぐれた王がいました。その名をヘルラ王といいました。王は聡明で勇敢で、その武器は強くすばやく動きます。そして王が何よりも好きなのが、暗い森に狩りに出かけることでした。

『ヘルラ王の伝説』

ブライトモア伯爵にはさまざまな顔がある。尊敬される貴族の顔、自分の富を充分に知っている人間の顔、そして——もっとも機嫌のいいときは——心のうちはともかく表面的には慈悲深いキリスト教徒の顔。だが伯爵は、娘の話をよく聞く父親ではなかった。
「お父さま、昨日昼食のときにお話ししたけれど、今夜はダーク子爵の舞踏会に行くわ」ピネロピが、メイドのブラックボーンにケープの紐《ひも》を結ばせながら言った。ピネロピとアーテイミスはブライトモア邸の玄関広間で、馬屋から馬車が引かれてくるのを待っていた。
「その舞踏会は昨夜だと思っていたよ」ブライトモア伯爵はあいまいに応えた。大柄で、丸い目は青く、鼻は立派で顎よりも目立つ。伯爵はたったいま、驚くほど数字に強い、痩せた小柄な秘書とともに帰ってきて、三角帽とマントを脱いだところだ。

「違うわ、お父さま」ピネロピがあきれた顔で言う。「ゆうべはレディ・ウォーターズのお宅で夕食をごちそうになったのよ」

あきれた顔をしたいのはアーティミスのほうだったが、それはやめておいた。昨夜はセントジャイルズで危うく殺されそうになっていたから、レディ・ウォーターズの家には近づいていない。レディ・ウォーターズがいまロンドンにいるかどうかすら怪しいものだ。ピネロピは驚くほど巧妙に嘘をついている。

「ううむ」伯爵はうなった。「とてもきれいだよ、ピネロピ」

ピネロピはにっこりすると、くるりとまわって新しいドレスを見せた。サテン地のブロケードのドレスは淡いピンクで、これでもかというほどたくさんの青や赤や緑の花が刺繍《ししゅう》されている。仕立てにかかった時間は一カ月以上、値段はロンドンっ子の九割の年収より高い。

「もちろんきみもだ、アーティミス」伯爵がうわの空で言う。「実に美しい」

アーティミスは膝を折ってお辞儀した。「ありがとうございます、おじさま」

自分の育ってきた環境といまの生活との違いに、アーティミスは一瞬圧倒された。あの頃は、田舎でアポロと父と母と四人で暮らしていた。父は祖父と疎遠になっており、一家の暮らしは貧しかった。舞踏会はもちろん、パーティーにも出たことがなかった。いま、しょっちゅう夜会に出かけ、内心うんざりしていることを考えると不思議だ。

アーティミスは苦笑した。ブライトモア伯爵――正確にはおじではなく、もう少し遠い親戚だ——には感謝している。父と母が亡くなるまで、伯爵にもピネロピにも会ったことがなかった。それでも伯爵は、アーティミスが社交界からつまはじきにされたときに自分の家へ招き入れてくれた。持参金がなく、精神病者の家系という烙印《らくいん》を押されているアーティミスは、結婚して自分の家庭を持つことをあきらめている。とはいえ、伯爵がアポロにも手を差し伸べるのを即座に断ったことは忘れられない。伯爵がしたのは、アポロが裁判にかけられる前にさっさと〈ベドラム精神病院〉へ送り込むところまでだった。ブライトモア伯爵にとってはたやすいことだ。貴族が殺人罪で絞首刑になるのを喜ぶ者などいない。社交界の上流階級に属する人々には耐えられないことなのだ。たとえ、問題の貴族が社交界とはほとんど無縁だったとしても。

「ダンスのときには、おまえは若い紳士たち全員を振り向かせることになるだろう」ブライトモア伯爵は娘にそう言いながら、一瞬目を細めた。「おまえは振り向いてはだめだぞ」

伯爵はアーティミスが思っている以上に、ピネロピのことをわかっているのかもしれない。

「心配しないで、お父さま」ピネロピは父親の頬にキスをした。「わたしは人の心を集めるだけ。自分の心を捧げたりはしないわ」

「うむ」伯爵は秘書が耳元でささやいていることに気を取られているようだ。「では、また明日の朝にな」

「ええ、お父さま」

メイドや従僕たちのお辞儀に送られて、ピネロピとアーティミスは玄関のドアを出た。

「ボンボンを連れてくればよかったわ」馬車が走りだすと、ピネロピが言った。「あの子の毛で、このドレスがよく引き立つのに」

ボンボンはピネロピの愛犬で、白くて小さく、かなりの高齢だ。ピネロピのドレスをボンボンがどう引き立てるのか、アーティミスにはさっぱりわからない。それに、ピネロピが作った緑とピンクの奇妙な犬用ベッドで丸まっている哀れな老犬を起こす気にはなれなかった。

「そうかもしれませんけど――」アーティミスはぼそぼそと言った。「白い毛がスカートにくっついてしまうかも」

「まあ」ピネロピは薔薇のつぼみのような小さな唇をすぼめて眉をひそめた。「パグにしたほうがいいかしら？　でもパグはみんなが飼っているし、あの薄い褐色よりボンボンの白のほうがずっときれいだわ」

アーティミスはひそかにため息をついて、毛の色で犬を選ぶことへの意見を口にするのを控えた。

ピネロピは犬やドレスや流行、それに近々参加する予定のウェークフィールド公爵の田舎の屋敷でのハウスパーティーのことなどをとりとめなくしゃべった。アーティミスはところどころで相づちを打ちさえすればよかったので、アポロのことを考えた。今朝のアポロはひどく痩せているように見えた。彼は大男だった――少なくとも以前は。精神病院での生活で、頬がこけ、目がうつろになり、手首からは骨が突き出さんばかりになった。番人にもっとお金を渡し、アポロに食料と服を届けなければ。でも、どれも一時的な対策にしかならない。

あの病院から救い出す方法を見つけなければ、弟の命はあと一年ともたないかもしれない。

ベルギーのレースの話をしているピネロピを尻目に、アーティミスはそっとため息をついた。

三〇分後、ふたりは煌々《こうこう》と照らされた邸宅の前で馬車のステップをおりていた。

「本当に残念だわ」ピネロピがスカートを振って広げながら言う。

「何がです？」アーティミスは、かがんでうしろの裾を整えてやった。

「ダーク子爵よ」ピネロピは壮麗なタウンハウスのほうを示した。「ハンサムで、お金持ちで……ほぼ完璧なのに」

アーティミスは眉をひそめて、ときおり迷路のようになるピネロピの思考をたどろうとした。「でも、完璧ではない？」

「もちろんよ」ピネロピは玄関に向かいはじめた。「だって公爵ではないんだもの、そうでしょう？　あら、フェザーストーン卿だわ！」

アーティミスは、若い貴族に足早に近づいていくピネロピを追った。フェザーストーン男爵ジョージ・フェザーストーンは青い大きな目と見事にカールしたまつげ、そして赤くて厚い唇の持ち主で、力強い顎の線と高い鼻がなかったら、女性に間違われるかもしれない。ロンドン社交界のレディは大半が彼にうっとりしているが、アーティミスはあの青い瞳が意地悪そうに光るのがどうにも気に入らなかった。

「レディ・ピネロピ！」フェザーストーン卿は大理石の階段の途中で足を止めて叫ぶと、大げさにお辞儀をした。深紅の上着とブリーチに、金の地に深紅と紫と明るい緑の刺繍が施されたベストを着ている。「どうされました？」

「閣下、わたし、セントジャイルズに行きましたのよ」ピネロピは手を差し出しながら言った。

フェザーストーン卿はその手にキスをすると、少し間を置いて、濃いまつげのあいだから見あげた。「それで、ジンを飲みましたか？」

「いいえ」ピネロピは扇を開き、恥じ入るように顔を隠した。「それどころか――」扇をさげて微笑む。「セントジャイルズの亡霊に会ったんです」

フェザーストーン卿の目が丸くなった。「本当ですか？」

「ええ。コンパニオンのミス・グリーブズが証人ですわ」

アーティミスは膝を曲げてお辞儀した。

「実にすばらしい！」フェザーストーン卿は腕を大きく広げ、その拍子にふらついた。階段から転げ落ちるのではないかとアーティミスは気が気でなかったが、彼は片足を一段上についてなんとかバランスを取り戻した。「仮面の悪魔が美しい乙女に征服されるとは」男爵は頭を傾け、横目でピネロピを見ながらいたずらっぽく微笑んだ。「あなたは亡霊を征服したのでしょう？」

アーティミスは眉をひそめた。〝征服〟というのはずいぶんきわどい言葉だわ。違う意味にも取れるし……。

「こんばんは」低く穏やかな声が言った。

アーティミスが振り返ると、ウェークフィールド公爵が足音をたてずに背後の暗がりから姿を現した。長身で痩せており、黒ずくめの服装に上品な白いかつらをつけている。屋敷からの明かりが投げかける不吉な影が、顔の輪郭の険しさを際立たせていた。いかめしい眉の線、高くまっすぐな鼻、その下の、冷酷と言っていいほど薄い唇。社交界のレディたちの目にはフェザーストーン卿ほど端麗には映らないようだが、その人柄と切り離して顔だけを見れば、ウェークフィールド公爵はハンサムと言えた。

男らしい輪郭をやわらげるやさしさなどみじんも感じられない、厳しくて冷ややかなハンサムだ。

アーティミスは体の震えを抑えた。いいえ、ウェークフィールド公爵は決して社交界の女性たちに好かれはしないだろう。どこか女性と相いれない雰囲気があって、女性そのものを嫌っているのではないかと思われるほどだ。やさしさや美しさ、甘い言葉に心を動かされるような男性ではない。彼がもし何かに折れることがあるとしたら、相当の理由があったときだけだろう。

「閣下」ピネロピが媚《こ》びるようなお辞儀をした。その横で、アーティミスはもっと落ち着いたお辞儀をした。誰も見てはいないだろうけれど。「お会いできてうれしいですわ」

「レディ・ピネロピ」公爵はピネロピの手を取ってキスをしてから体を起こした。濃い茶色の目には、なんの感情も浮かんでいない。「セントジャイルズの亡霊の話をされていたようだが？」

ピネロピが唇をなめた。誘惑しているとも取れる仕草だが、おそらく緊張しているのだろう。公爵はいつも威圧的なのだ。「大冒険でしたわ。ゆうべ、セントジャイルズで亡霊に会ったんです！」

公爵は黙って彼女を見つめた。

アーティミスは気が気でなかった。ピネロピは、自分の冒険を公爵がなんとも思っていないことに気づかないようだ。「ピネロピ、そろそろなかに――」

「レディ・ピネロピは神々しいまでの勇気をお持ちだ」フェザーストーン卿が大きな声で言った。「お顔と姿の美しさとあいまって、実に完璧だ。つまらないものですが、どうぞぼくからの賞賛の印として受け取ってください」

フェザーストーン卿は片膝をつき、宝石のついた嗅ぎ煙草入れを差し出した。アーティミスはひそかに苦笑した。ピネロピは命と体を張って公明正大に賭けに勝った。あんな軽々しい態度でプレゼントを渡すようなことではない。

女々しい人ね。

ピネロピは嗅ぎ煙草入れに手を伸ばしたが、力強い指がそれに先んじた。ウェークフィールド公爵がフェザーストーン卿の手から箱を奪ったのだ。公爵はそれを光にかざした。金でできた卵形の箱で、ふたに若い女性の小さな丸い肖像画が描かれており、その縁を真珠が飾っている。

「実に美しい」公爵はゆっくりと言った。箱を手のひらにのせてレディ・ピネロピのほうを向く。「しかし、あなたの命ほどの価値はない。もう二度と、つまらないもののためにそんなに大事なものを危険にさらさないでください」

そう言って公爵はピネロピに箱を投げてよこしたが、当のピネロピが目をぱちくりさせているだけなので、アーティミスはあわてて前に飛び出し、箱が床に落ちるかピネロピに当たるかする前に受け止めた。体を起こすと、公爵がこちらを見ていた。

一瞬、アーティミスは凍りついた。これまで彼の目を見つめたことはなかった。舞踏室の隅や客間のうしろのほうに追いやられる存在――それがアーティミスだった。レディのコンパニオンに目を向ける紳士はほとんどいない。公爵の瞳の色を尋ねられたら、濃い色としか答えられないだろう。実際、そうだった。黒に近いが真っ黒ではない。ウェークフィールド公爵の目は濃い茶色だった。いれたてのコーヒーの色。オイルを塗って磨いたくるみ材の色。そして、光を受けて輝くアシカの毛皮の色だ。見た目は美しいが、冬の鉄のように冷たい。一度触れたら、魂まで凍りついてしまいそうだ。

「見事に受け止めたね、ミス・グリーブズ」公爵の言葉でアーティミスはわれに返った。

公爵は背を向けて階段をのぼっていった。

アーティミスはまばたきをしながら見送った。どこでわたしの名前を知ったのかしら？

「横柄な男だ」フェザーストーン卿が大声で言った。公爵の耳にも届いたに違いないが、彼はそんなそぶりを見せずに屋敷のなかへ消えていった。フェザーストーン卿がピネロピに顔を向ける。「紳士らしくないふるまいをしてしまって申し訳ありません。どうやら公爵は遊び心を失って、四〇歳前だというのにすっかり老人と化してしまったようです。いや、五〇歳前だったかな？　きっとぼくの父と同年代でしょう」

「まさか、そんなわけありませんわ」ピネロピは、本当に公爵がひと晩で急に年を取ってしまったのではないかと心配するように眉を寄せた。「四〇は超えていないはずよ。そうでしょう？」

そう問いかけられたアーティミスは、ため息をついて自分のポケットに嗅ぎ煙草入れを滑り込ませた。あとでピネロピに渡さなければならない。アーティミスが気をつけていないと、ピネロピは屋敷か馬車のなかに置き忘れていくに決まっている。

「公爵閣下は三三歳だと思います」

「そうなの？」ピネロピは顔を輝かせてから、疑うように目をしばたたいた。「どうして知っているの？」

「何かのときに妹さんから聞いたんです」アーティミスはそっけなく言った。ピネロピ自身、公爵の妹のレディ・ヘロともレディ・フィービーとも親しいが、彼女は友人の言ったことをすぐに忘れてしまうばかりか、そもそも人の話を聞く習慣がない。

「そう。それならよかったわ」満足げにうなずくと、ピネロピはフェザーストーン卿が差し出した腕を取り、屋敷のなかに入った。

お仕着せを着た使用人に迎えられ、肩掛けを預けると、一行は大きな階段をのぼってダーク子爵の舞踏室に向かった。舞踏室はまるでおとぎの国みたいだった。足の下ではピンクと白の大理石の床が光り、頭上ではたくさんのろうそくが灯されたクリスタルのシャンデリアがきらきらと輝いている。温室栽培のピンクや白や深紅のカーネーションが大きな花瓶にいけてあり、香辛料にも似た鋭い香りを放っていた。舞踏室の端では、楽団がゆったりとした曲を奏でている。さまざまな色に着飾った客が無言のダンスをするように優雅に動いているさまは、まるで妖精の群れのようだ。

アーティミスは自分の地味な服装を思って顔をしかめた。ほかの人たちが妖精なら、茶色いドレス姿のわたしはまるで邪悪な小人だわ。伯爵とピネロピと生活するようになって最初の年に買ったドレスで、それ以来いつもこれを着てピネロピと一緒に舞踏会に出ている。わたしはただのコンパニオンなのだ。背景に溶け込むのが当然であり、それをこれまでうまく続けてきた。

「うまくいったわ」ピネロピが明るく言った。

アーティミスは目をぱちくりさせた。何か聞き逃したのかしら？　フェザーストーン卿とははぐれてしまい、ふたりの周囲は大勢の客でごった返していた。「なんですか？」

「ウェークフィールド公爵よ」ピネロピは美しい彩色が施された扇を振って広げた。コンパニオンなら、自分の心を読んですべて理解するのが当然と言わんばかりだ。

「公爵とのお話がうまくいったというんですか？」アーティミスは疑うように尋ねた。あれでうまくいったと言えるわけがない。

「ええ、そうよ」ピネロピは扇をぴしゃりと閉じてアーティミスの肩を叩《たた》いた。「彼は嫉妬していたじゃないの」

アーティミスは美しいいとこを凝視した。自分たちから離れていったときの公爵の気持ちを説明する言葉は思いつく。あざけり、軽蔑、さげすみ、傲慢……。いくつもの言葉が浮かぶが、そのなかに〝嫉妬〟はない。

アーティミスは用心深く咳払いをした。「それはどうだか——」

「レディ・ピネロピ！」上品なスーツを着た紳士がふたりの前に進み出た。おなかのあたりのボタンがはちきれそうになっている。「まるで夏の薔薇のようにお美しい」

このいささか陳腐な賛辞にピネロピは唇をすぼめた。「ありがとうございます、閣下」

スカーバラ公爵はアーティミスのほうを向いてウィンクした。「あなたもお元気そうだ、ミス・グリーブズ」

「ええ、閣下」アーティミスは微笑みながら膝を曲げてお辞儀した。

スカーバラ公爵は平均的な身長だが、猫背気味なので実際よりも低く見える。雪のように白いかつらをかぶり、シャンパン色のスーツを着て、留め金にダイヤモンドのついた靴を履いていた。噂では、そんなダイヤモンドも難なく買える財力の持ち主らしい。そして彼は新しい妻を探しているとも言われている。一年前に夫人を亡くしているのだ。残念ながら、ピネロピは猫背と突き出たおなかには我慢できるにしても、公爵の年齢には好意的になれないだろう。何しろスカーバラ公爵はウェークフィールド公爵と違って、六〇歳を優に超えている。

「友人に挨拶をしに行くところですの」ピネロピはきっぱりとそう言って、公爵をよけようとした。

だが、スカーバラ公爵はこれまでに数えきれないほどの舞踏会に出ている達人だ。年齢に似合わぬすばやい動きでピネロピの手を取り、自分の肘にかけた。

「では、そこまでお供しましょう」

「あら、でもわたし、とっても喉が渇いているんです」ピネロピが言う。「申し訳ありませんけれど、パンチを取ってきていただけますか？」

「喜んでそうしたいところですが――」公爵は言った。アーティミスは、その目がきらりと光るのを見た気がした。「あなたのコンパニオンが取ってきてくださると思いますよ。そうですよね、ミス・グリーブズ」

「もちろんですわ」アーティミスはつぶやくように言った。

ピネロピに仕える身ではあるけれど、老いた公爵のことは好ましく思っている。もっとも、彼がピネロピを自分のものにできる可能性はほとんどない。アーティミスはゆっくり、だがいとこの早口の抗議が聞こえなかったふりができる程度には早く、向きを変えた。軽食が置かれた部屋は舞踏室の向こう端にあり、舞踏室の真ん中は踊っている人たちで混みあっているため、なかなか前に進めなかった。

かすかな笑みを浮かべて歩いていると、不吉な声が聞こえてきた。

「ミス・グリーブズ。少し話ができるかな？」

もちろんですわ。濃い茶色の冷たいウェークフィールド公爵の目を見つめながら、アーティミスは心のなかで答えた。

「わたしの名前をご存じだとは思いませんでした」ミス・アーティミス・グリーブズは言った。

ふつうなら、彼女のような女性には見向きもしないだろう。マキシマスはこちらを見あげるミス・グリーブズの顔を見た。彼女はいくらでもいる影のような女性たち――コンパニオン、未婚のおば、貧しい親戚といった類の女性たち――のひとりだ。うしろに引っ込んで、人目につかないところを静かに動く。裕福な男性のまわりには必ずそういう女性たちがいる。彼女たちの面倒を見るのが紳士の義務だからだ。衣食住の世話をし、できれば彼女たちが幸せになれるように、あるいは幸せとまではいかないまでも、自分たちの運命に満足できるようにしてやる。だが、それだけだ。この手の女性は男としての本能にはまったく働きかけてこない。彼女たちは結婚をしないし子供を産まない。はっきり言ってしまえば、性別などないも同然だ。ミス・グリーブズのような女性を意識する理由などないのだ。

それなのに、マキシマスは彼女を意識していた。

昨夜のことがある前から、茶色や灰色の服を着て、オウムのあとを追うスズメのようにいとこのあとをついてまわるミス・グリーブズに気づいていた。彼女はマキシマスの前ではほとんど口を利いたことがなく、用心深くふるまうすべを身につけていた。人の注意を引くようなことはいっさいしなかった。

昨夜までは。

昨夜、彼女はロンドンで一番治安の悪い町でわたしにナイフを突きつけようとした。恐れることなく、わたしの目を見つめた。彼女が光の当たる場所に突然出てきたような気がする。急に姿がはっきりして、周囲の人々から際立っているかのようだ。マキシマスはきちんと彼女を見た。卵形の、穏やかで実に平凡な——大きくて美しいグレーの瞳を除けば平凡な——女性らしい顔。濃い茶色の髪はうなじでシニヨンにまとめ、長く白い指を体の前で組みあわせている。

ミス・グリーブズをひとりの女性として見て、マキシマスはかすかにとまどいを覚えた。

彼女が細い眉をあげた。「閣下?」

物思いにふけるあまり、長いこと見つめすぎたようだ。そう思うと自分に腹が立ち、マキシマスはつい乱暴な口調で答えた。「真夜中にレディ・ピネロピをセントジャイルズに行かせるなんて、どういうつもりだ?」

マキシマスの知る女性たちの多くは、突然こんなふうに責められたら泣きだすだろう。

だが、ミス・グリーブズはゆっくりとまばたきをしただけだった。

「いとこのすることにわたしが意見できるとは、お考えではないでしょう?」

たしかにそのとおりだが、マキシマスは認めることはできなかった。

「あの界隈《かいわい》がどれだけ危険か知っているはずだ」

「はい、もちろんです、閣下」部屋の端を歩いていたのを邪魔されたミス・グリーブズは、ふたたび歩きはじめた。

彼女が行ってしまっては大変だと、マキシマスは並んで歩いた。

「ならば愚かな行為を差し控えるよう、彼女を説得できたのではないのか？」

「失礼ですけれど、閣下が思っていらっしゃるほどレディ・ピネロピは従順ではありませんし、彼女に対するわたしの影響力も大きくはありません。ピネロピが何か思いついたら、荒馬だって彼女を引き止めることはできませんわ。フェザーストーン卿が〝賭け〟と〝勇敢〟という言葉を口にしたとたん、わたしたちの運命は決まったんです」ミス・グリーブズの耳に心地よい声はどこか愉快そうで、それがなぜか魅力的だった。

マキシマスは眉をひそめた。「フェザーストーンのせいなのだな」

「はい、そうです」必要以上に明るく彼女は答えた。

彼は顔をしかめてミス・グリーブズを見た。いとこのせいでふたりともセントジャイルズで命を落とすところだったのに、まったく不安に思っていないようだ。

「レディ・ピネロピには、フェザーストーンのような男とつきあわないよう忠告しなければならない」

「そうですわね。それにレディたちとも」

「レディたち？」

ミス・グリーブズは苦笑いした。「いとこの突拍子もない思いつきのいくつかは、ほかのレディたちから仕入れたものなんです」

「なるほど」マキシマスはぼんやりと彼女を見つめ、そのまつげが豊かで濃いことに気づいた。髪よりも色が濃い。染めているのだろうか？

ミス・グリーブズがため息をついて体を寄せた。肩と肩が一瞬触れあう。

「去年は、生きている鳥が珍しいアクセサリーになると吹き込まれました」

わたしをからかっているのだろうか？「鳥？」

「正確には白鳥です」

ミス・グリーブズはきわめてまじめな顔をしていた。もし本当にわたしをからかっているのなら、それを見事に隠している。だが考えてみれば、彼女のような立場の女性は、自分の考えや感情の隠し方を学ぶ機会がごまんとある。むしろ隠すことを求められるのだ。

「レディ・ピネロピが白鳥を連れているところを見た覚えはないが」

ミス・グリーブズがすばやく目をあげ、マキシマスは彼女の唇が笑みを浮かべるのを見た。それはかすかな笑みで、すぐに消えた。「ほんの一週間だけでしたから。やってみたら、白鳥はうるさいということがわかったんです——それに嚙むということも」

「レディ・ピネロピが白鳥に嚙まれたのか？」

「いいえ、わたしがです」

色白の肌にあざができるのを想像して、マキシマスは眉をひそめた。レディ・ピネロピのコンパニオンとしての務めを果たすなかで、ミス・グリーブズはどれだけ痛い思いをしているのだろう？

「ときどき、家に閉じこもっていたほうがピネロピ自身のためになるんじゃないかと思うことがあります」ミス・グリーブズはつぶやいた。「でも彼女が閉じこもるなんて、絶対にありえませんわよね」

たしかにそうだ。それに生活のために、ミス・グリーブズが危険なほど無能ないとこから離れて別の仕事を見つけることもありえない。

それがこの世のならいであり、たとえそうでなかったとしても、マキシマスの知るところではない。

「きみの話を聞くと、ますます危険なことをしないようレディ・ピネロピを説得する必要がある気がする」

「やってみました。本当です」ミス・グリーブズは小声で言った。「でも、しょせんわたしはただのコンパニオンなんです」

マキシマスは足を止めて彼女を見た。その立場に似合わない、冷静沈着な女性だ。

「友人ではなく？」

彼女はマキシマスに向きあい、ふたたびかすかな笑みを浮かべた。まるでにっこりすることや強い感情を見せることを禁じられているかのような、控えめな笑みだった。

「友人です。親戚であり友人ですわ。わたしはピネロピのことが大好きですし、彼女もわたしを好いてくれていると思います。けれどもそれ以前に、わたしはコンパニオンなんです。決して対等ではありません。わたしの立場は永遠に彼女より下ですから。夜にセントジャイルズへ行くべきではないと忠告することはできても、命令はできません」

「そして彼女がどこへ行こうと、きみは必ずついていく」

ミス・グリーブズはうなずいた。「そうです、閣下」

マキシマスは口を引き結んだ。すべてわかっていたことだが、それでもこうして言葉にして聞くと……腹が立った。目をそらして言う。「レディ・ピネロピが結婚すれば、夫が手綱を引いて彼女の身を守るだろう」そして、きみの身を。

「たぶんそうでしょう」ミス・グリーブズはマキシマスを見あげた。頭のいい女性だ。わたしがレディ・ピネロピをどう思っているかわかっているに違いない。

マキシマスはじっと彼女を見つめた。「間違いなく、そうするはずだ」

彼女は肩をすくめた。「そうなるのがいいんでしょう、きっと。ピネロピがご主人に手綱を握られたら、わたしたちはセントジャイルズの亡霊のような興味深い人物に会うこともないでしょうけれど」

「きみは危険を甘く見ている」

「そうかもしれません、閣下」まるで説得しなければならない相手はマキシマスだと言わんばかりに、ミス・グリーブズは穏やかに言った。「でも、亡霊に会えたのはとても刺激的な体験でした」

「あの悪党か」

「本当に悪党なのか、よくわかりません」ふたりはふたたび歩きはじめていた。マキシマスはやっと、彼女が飲み物を取りに行く途中だと気づいた。

「ひとつ秘密を打ち明けてもよろしいですか、閣下？」

ふつう、女性がそんなことを言うときは媚びるような顔を見せるものだが、ミス・グリーブズの表情にそんな様子はなかった。マキシマスは興味を引かれた。

「ぜひ聞かせてほしい」

「亡霊は上流階級の出だと思うんです」

心臓が早鐘を打ちはじめたが、彼は努めて平静を装った。どうしてばれてしまったのだろう？「なぜ？」

「ゆうべ、亡霊は忘れ物をしていったんです」

マキシマスの胸に恐怖が渦巻く。「いったい何を？」

あのひそやかな笑みが、またミス・グリーブズの口元に浮かんだ。謎めいて、魅力的で、実に女性らしい。

「印章付きの指輪です」

ウェークフィールド公爵の顔は石のように無表情だった。何を考えているのだろう？そして……わたしのことをどう思っているの？わたしがセントジャイルズの亡霊を甘く見ているのが気に入らないのかしら？　それとも、仮面をかぶった追いはぎのことを貴族かもしれないと言ったことに腹を立てているの？

アーティミスは探るように彼を見てから、顔を前に向けた。公爵がわたしをピネロピのコンパニオンという以外にどう思っているかなど関係ない。これまで、彼がわたしにわざわざ話しかけようとしたことは一度もなかった。今後も二度とないだろう。簡単に言えば、公爵とわたしは同じ軌道を動いていない。アーティミスは苦笑いを浮かべた。それどころか、同じ宇宙にすらいない。

「レディ・ピネロピの飲み物を取りに行くのか？」彼女の肩のあたりで公爵の声が心地よく響く。

「はい」

視界の端で公爵がうなずくのが見えた。「手伝おう」彼はパンチをグラスに注いでいる従僕に向かって指を鳴らした。「三つ頼む」

従僕は大あわてでパンチを用意した。

「どうもご親切に、閣下」アーティミスは皮肉っぽさが出ないよう注意して言った。

「そうじゃないのはわかっているはずだ」

彼女ははっとして公爵を見あげた。「そうじゃない？」

ウェークフィールド公爵は頭をさげて静かに言った。「きみは賢い女性だ。そして、わたしがきみのいとこに求愛していることを知っている。わたしが手伝うのは、きみのいとこに会う口実にすぎない」

言うことが見つからなかったので、アーティミスは黙ったままパンチのグラスを取った。

「ミス・グリーブズ」ふたたび舞踏室を歩きながら、ウェークフィールド公爵が言った。

「きみはわたしがいとこに求愛するのを認めてくれるか？」

「わたしが認めるかどうかが大きな問題だとは思えません、閣下」アーティミスはぴしゃりと言った。どういうわけか、いらいらする。この人はわたしに恩を着せようとしているのかしら？

「そうだろうか？」公爵が唇の片端をあげた。「だが、わたしは女性ばかりの家で育った。だから女性たちのひそひそ話を軽視したりしない。きみがいとこの耳に何かささやけば、それだけでわたしの求婚は失敗に終わるかもしれない」

アーティミスは驚いて彼を見つめた。「閣下はわたしを買いかぶっていらっしゃいます」

「控えめなんだな」

「そんなことはありません」

「ふむ」ふたりは、まだスカーバラ公爵と話しているピネロピのそばまで来ていた。ウェークフィールド公爵の目が細くなった。「まだわたしの質問に答えてもらっていない。わたしの求愛を認めてくれるか？」

アーティミスは彼を見あげた。ここは慎重に答えなければ。「ピネロピを愛していらっしゃいますか？」

「それはレディ・ピネロピにとって大事なことだろうか？」公爵が眉をあげて言う。

「いいえ」彼女は顎をあげた。「ですが閣下、わたしにとっては大事なことなんです」ピネロピが振り返り、ふたりを見つけてにっこりした。「アーティミス、やっと戻ってきたのね。もう喉がからからよ」彼女はアーティミスの手からグラスを受け取ると、まつげのあいだからウェークフィールド公爵を見あげた。「わたしをもっと叱りにいらっしゃったんですか、閣下？」

公爵はお辞儀をしてから、彼女の手を取って何かささやいた。

アーティミスは一歩さがった。さらにもう一歩。ここを劇場にたとえれば、ピネロピとウェークフィールドとスカーバラの三人は主演俳優だ。

そして、わたしはただの通行人役。

アーティミスは三人から視線を引きはがし、舞踏室のなかを見まわした。壁沿いに高齢の客のための椅子が置いてある。見知った顔を見つけ、アーティミスはそちらに向かった。

「パンチを召しあがりませんか？」

「まあ、ご親切に！」バティルダ・ピックルウッドはふくよかな女性で、ピンク色の丸顔を白髪の巻き毛が縁取っていた。膝の上から、白と黒と茶色の小さなスパニエルが用心深くあたりを見ている。「ちょうどパンチを探しに行こうかしらと思っていたところなの」

ミス・ピックルウッドはひと口パンチを飲み、アーティミスはミニョンという名のスパニエルに手を差し出した。ミニョンは礼儀正しくアーティミスの指をなめた。

「レディ・フィービーはいらしていないんですか？」

ミス・ピックルウッドは残念そうに首を横に振った。「ご存じでしょうけれど、あの子は人の多い催しには出てこないの。今日はフィービーじゃなく、お友達のミセス・ホワイトと来たのよ。いまはドレスの紐を直しに行っているわ」

アーティミスはうなずいて隣に座った。ウェークフィールド公爵の下の妹がふだん人の多い催しに出ないことは知っていたが、それでも今日は来ているのではないかと期待していたのだ。ふと思いついて尋ねる。「でも、お兄さまのハウスパーティーにはいらっしゃるのでしょう？」

「ええ、もちろんよ。とても楽しみにしているわ。公爵はそうでもないみたいだけれど」ミス・ピックルウッドは笑った。「彼はハウスパーティーだろうとなんだろうと、パーティーというものが嫌いなの。もっと大事なことをする時間を奪うと言って。さっき、あなたがマキシマスと一緒にいるところを見たわ」

それがウェークフィールド公爵の洗礼名であることを、アーティミスはすぐには思い出せなかった。公爵に洗礼名があると思うと不思議だが、彼によく似合っている気がする。アーティミスには無慈悲なローマの将校のように見えるウェークフィールド公爵だが、ミス・ピックルウッドが洗礼名で呼ぶのは当然だ。彼女は公爵の遠い親戚で、彼とレディ・フィービーと一緒に暮らしながら、レディ・フィービーのコンパニオンのような役目を果たしているのだから。

アーティミスは新たな興味を持ってミス・ピックルウッドを見た。公爵が〝女性ばかりの家〟と言ったが、それには彼女も含まれるのだろう。「ピネロピにパンチを持っていくのを手伝ってくださったんです」

「そう」

「ミス・ピックルウッド」

「何かしら？」彼女は明るいブルーの目でアーティミスを見た。

「いままでうかがったことがなかったと思うんですけれど、なぜ公爵閣下とレディ・フィービーと一緒に暮らすようになられたんですか？」

「簡単なことよ」ミス・ピックルウッドは言った。「あの子たちの両親が亡くなったからなの」

「そうなんですか？」アーティミスは膝を見おろして眉をひそめた。「それは覚えていませんわ」

「あなたもまだ子供だったんでしょう。一七二一年のことよ。ヘロは八歳になったばかりで、フィービーはまだ一歳にもならない赤ちゃんだった。わたしはおばの家にいたんだけれど、話を聞いたとき、行かなければいけないと思ったの。ほかに誰が子供たちの面倒を見るというの？　先代の公爵もマキシマスの母親のメアリーも、きょうだいがいなかったの。すぐに行ったら、家のなかはめちゃくちゃだった。使用人はみんな衝撃を受けていたし、仕事関係の人たちは土地やお金や相続のことを話しあうばかりで、マキシマスがベッドから出ようとしないことには気づいてもいなかったわ。わたしは女の子たちの世話をしたり、できるかぎりマキシマスに手を貸そうとしたりしたの。当時から頑固な子だった。しばらくすると、自分は公爵になったのだから乳母も家庭教師もいらないと言いだしてね。とても無礼だったわ。でも、両親を亡くしたんですもの。ひどい悲しみのなかにいたはずよ」

「そうですね」アーティミスはピネロピのそばに立っている公爵のほうを見た。目を伏せているので、その表情は読めない。「それでいろいろなことの説明がつきました」

「ええ」ミス・ピックルウッドもアーティミスの視線を追って言った。「そうね」

ふたりはしばらく黙ったまま座っていたが、やがてミス・ピックルウッドが立ちあがった。

「ね、そんなに悪い人生じゃないでしょう？」

話の展開についていけなくて、アーティミスは目を白黒させた。

「なんのことです？」

「レディが親戚の好意に頼って生きることよ」ミス・ピックルウッドは静かに、だが辛辣に言った。「わたしたちは血を分けた子供を持つことはないかもしれないけれど、運がよければ一生まわりの人に助けてもらうことができるわ」そう言って、アーティミスの膝を叩く。

「最後はすべてうまくいくわよ」

アーティミスは親切なミス・ピックルウッドの手を払いのけたくてたまらないのを必死でこらえた。立ちあがって叫びたかった。舞踏室を走り出て玄関に向かい、走り続けたかった。ふたたび冷たい草を足の下に感じるまで。

そんな人生はいや。絶対にいやよ。

だがもちろん、アーティミスは叫びも走りだしもしなかった。ただ愛想よくうなずいてから、もう一杯パンチを取ってきましょうかとミス・ピックルウッドに尋ねた。

3

ある暑い日のこと、狩りの最中にヘルラ王は冷たい水をたたえた深い水たまりを見つけました。王は馬をおり、水を飲むためにひざまずきました。そのとき、牡山羊《おやぎ》にまたがった妙な小男が水面に映りました。

「こんにちは、ブリテンの王」小男は声をかけてきました。

「誰だ?」

「わたしは小人の王だ」小男は言いました。「あなたと取引をしたい」


『ヘルラ王の伝説』

アーティミスは木もれ陽《び》のちらつく森の夢からぼんやりと覚め、横になったまま夢を振り返った。森のなかは涼しくて静かで、裸足の下の苔《こけ》や湿った落ち葉が足音を消してくれた。一匹か、もしかしたらそれ以上の猟犬がうしろからついてきてお供をする。アーティミスは木々のあいだに空き地を見つけ、期待に胸をはずませた。何かがいる。イングランドの森にいるはずのない生き物だ。彼女はそれをよく見ようとして……。

部屋に誰かいる。

アーティミスは凍りつき、耳を澄ました。ブライトモア邸の彼女の部屋は屋敷の裏手にあり、狭いけれど居心地がいい。毎朝メイドがやってきて暖炉の火をつけてくれるが、それ以外は邪魔する者はいない。いま、この部屋にいるのはメイドではない。

たぶん気のせいだわ。不思議な夢を見たから。

彼女は目を開けた。窓から差すほのかな月明かりが、部屋の見慣れた暗がりを照らしている。ベッドの脇の椅子、窓の横の古い鏡台、小さな炉棚……。

暖炉の横から切り離されたようにひとつの影が動いた。それは大きくのしかかるような人の形となった。つば広の帽子と鼻の大きな仮面のせいで、頭の形がゆがんで見える。

セントジャイルズの亡霊だ。

女性を襲い、辱めると噂されているが、なぜかアーティミスは恐怖を覚えなかった。その代わりに不思議な高揚感に満たされた。まだ夢から覚めきっていないのかもしれない。

でも、本当に夢なのか確かめたほうがいいだろう。

「わたしをさらいに来たの？」わざとそうしたわけではないものの、ささやくような小さな声になった。「それなら、先に何か羽織る時間をくれるぐらいの礼儀は見せてほしいわ」

亡霊は鼻で笑うと鏡台に近づいた。「なぜ、きみの続き部屋は家族の部屋と離れているんだ？」やはり、ささやくような声だった。

亡霊はセントジャイルズでは言葉を発しなかったので、アーティミスはまさか彼が答えるとは思っていなかった。好奇心に駆られ、上掛けをはいでベッドの上で体を起こす。

暖炉の火が消えているために寒く、彼女は膝を両腕で抱いた。「続き部屋じゃないわ」

亡霊は鏡台の前で何かしていた手を止めて、仮面をかぶった不気味な横顔を見せた。

「なんと言った？」

彼はこちらに背を向けているし、暗がりのなかでその姿はほとんど見えなかったが、それでもアーティミスは肩をすくめた。「部屋はひとつだけなの」

亡霊はふたたび鏡台のほうを向いた。「ならば、きみは使用人なんだな」

小声なのではっきりとはわからないが、挑発するためにわざと言っているようにアーティミスには思えた。

「わたしはレディ・ピネロピのいとこよ。厳密に言えば、いとこというよりは少し遠い親戚関係だけれど」

「では、なぜ家の裏のこんなところに部屋を与えられているのだ？」亡霊はかがみ込んで鏡台の一番下の引き出しを開けた。

「貧しい親戚を住まわせるって、よくある話でしょう？」アーティミスは彼が何をしているのか見ようと首を伸ばした。どうやらストッキングをかき分けているようだ。「今夜はセントジャイルズからずいぶん離れたところにいるのね」

亡霊はうめくと、引き出しを閉じてもう一段上に移った。そこにはシュミーズが入っている。そこにある二枚といま着ている一枚が、アーティミスの持っているすべてだ。

彼女は咳払いをした。「ありがとう」

その言葉に、亡霊は引き出しを探る手を止めた。「なんだって？」

「あの晩、命を助けてもらったわ」唇をすぼめて考えながら言う。「少なくとも純潔は守ってもらった。わたしのいとこも同じよ。どうしてあんなことをしてくれたのかわからないけれど、とにかくお礼を言うわ」

亡霊が振り返った。「なぜあんなことをしたか？　きみたちが危険な目に遭っていたからだ。男なら誰だって助ける」

彼女は残念そうに――そして少し悲しそうに微笑んだ。「わたしの経験では誰も助けてくれないわ」

アーティミスは相手がそのまま部屋の探索に戻ると思ったが、彼は動きを止めて言った。「それは気の毒だな」

奇妙なことに、この人は本気でそう言っている気がする。彼女はベッドカバーを指でもてあそんだ。「なぜこんなことをするの？」

「こんなこと？」亡霊は立ちあがると、一番上の引き出しに取りかかった。

そこにはアーティミスの個人的な持ち物が入っている。寄宿学校に入った頃からのアポロの手紙、父の肖像、金箔《きんぱく》がはがれ、片方の金具が壊れた母のイヤリング。アーティミス以外の人にはなんの意味もないものばかりだ。見知らぬ相手にわずかばかりの持ち物を触られているることに怒りを覚えるべきなのだろうが、これまでの人生で起きたこと全体から見れば、たいした侮辱ではなかった。

亡霊がはっとしたように手を止めた。「パンとりんごが入っているな。食べ物を盗まなければならないほど、与えられている食事が足りていないのか？」

アーティミスは体をこわばらせた。「わたしの分じゃないの。それに盗んでいるわけではないわ。料理人も承知のうえよ」

亡霊はうめくと、ふたたび引き出しのなかをかき分けはじめた

「どうしてあなたは道化師の衣装を着てセントジャイルズを動きまわっているの？」アーティミスは首を傾けて相手を見つめた。彼の動きは無駄がなくて正確だった。でも、男性にしてはどこか優美だ。「あなたが女性を辱めたり……もっとひどいことをしたりすると考えている人がいるのは知ってるでしょう？」

「それは間違いだ」亡霊は引き出しを閉めて部屋を見まわした。何年ものあいだ夜の狩りをしてきたから、闇のなかでも目が見えるのかしら？　アーティミスは、自分の部屋なのにうっすらとした輪郭しか見えなかった。亡霊は次に、古い衣装戸棚に移った。客室の戸棚をもっと上等な新しいものに替えたとき、古いのをもらったのだ。亡霊は扉を開けてなかをのぞき込んだ。「女性に乱暴したことはない」

「人を殺したことは？」

亡霊は一瞬手を止めてから、衣装戸棚のなかに手を伸ばして、アーティミスの予備のドレスを脇にどかした。「一度か二度はある。だが、殺されて当然の男たちだ」

それはありうることだ。セントジャイルズは恐ろしい場所なのだから。人が貧困と酒と絶望によって、どん底まで突き落とされる。アーティミスは、おじが読んだあとの新聞で、強盗や殺人、一家全員が餓死したといった記事を読んだことがあった。最悪の環境のなかで解き放たれる悪と戦うために紳士が夜な夜なセントジャイルズに出没するのは、ありふれた理由からではないのだろう。もしかしたら刺激を受けるためか、挑戦のためかもしれない。

そこまで考えて、アーティミスは息を吸った。あんな行動をするのはどういう人なのかしら？「セントジャイルズがさぞ好きなんでしょうね？」

亡霊は振り返り、不気味な笑い声をたてた。「好きだと？　いや、それは間違いだ。わたしはあそこが好きだからやっているわけではない」

「でも、セントジャイルズの住民が助かるわけでしょう、あなたの、その……」彼のしていることをなんと言えばいいのか迷って口ごもった。趣味？　義務？　執着？「仕事によって。もし、あなたが言うように殺されて当然の人しか襲っていないなら、セントジャイルズに住む人たちはあなたのおかげで安全でいられるんじゃないの？」

「わたしの行動が彼らにどう関係するかはどうでもいいことだ」亡霊は衣装戸棚の扉をきっちりと閉めた。

「わたしにはどうでもいいことじゃないわ」アーティミスは言った。「おかげで命を落とさずにすんだんですもの」

彼は部屋を見まわしていた。もう探し物をする場所はほとんど残っていない。炉棚とベッド脇のテーブルぐらいだが、どちらも秘密の隠し場所などない。

「とにかく、なぜわたしの行動をそんなに気にするのだ？」

ささやくような声だが、いらだっているのは充分わかった。それも当然だろう。

「わからないわ。たぶん……物珍しいから。わたしはふだん、紳士と長々と話す機会がないの」

「きみはレディ・ピネロピの親戚でコンパニオンだ。舞踏会やパーティーや茶会で紳士に会う機会は山ほどあるだろう？」

「会うことは会うわ。でも、会話となると……」彼女は首を横に振った。「紳士には、わたしのような女性と話す理由がないもの。下心があるとき以外は」

無意識のうちにだろうか、亡霊が一歩こちらに近づいた。「男に声をかけられるのか？」

「それが世のなかというものでしょう？　わたしの立場は弱いの。強い人は弱い相手を追い求めるものよ」アーティミスは肩をすくめた。「でもそんなにしょっちゅうあることではないし、わたしは自分の力でなんとかやっているわ」

「きみは弱くない」彼はきっぱりと言った。疑いのかけらも感じられない。

それを聞いて、アーティミスはうれしかった。「多くの人は弱いと思っているわ」

「その多くの人間が間違っているのだ」

ふたりは見つめあった。彼女は互いに相手を探っているような気がした。アーティミス自身は間違いなく彼を探っていた。仮面をつけた道化師に何かを期待していたのか自分でもわからないが、彼はアーティミスが思っていたのとは違った。こちらの言葉にしっかり耳を傾けてくれている気がする。そんなことは、ここ何年もなかった。昨夜のウェークフィールド公爵は別として。

亡霊は驚くほど短い時間でアーティミスの真実を理解した。

それに彼の怒り……。抑えた怒りが全身に脈打っているようだ。アーティミスには、まるでその怒りが生きていて、自分を圧迫するかのように感じられた。

「何を探しているの？」唐突に尋ねた。「許可もなくレディの部屋に入ってくるのは、紳士として無礼だわ」

「わたしは紳士ではない」

「そう？　紳士だと思っていたけれど」

考えもなく言ってから、アーティミスは後悔した。亡霊はあっという間にベッドの横へ来た。大きくて男らしく、そして危険だ。よりによってこんなときに、夢のなかの生き物がなんだったかを思い出した。トラだ。イングランドの森にトラ。そのばかばかしさに、アーティミスは笑いそうになった。

彼を見るためには顔をあげなければならず、首があらわになった。肉食動物の前でそんなことをするのは賢明とは言えない。

亡霊はのしかかるようにして、ベッドに座っているアーティミスのヒップの両脇にこぶしをつき、逃げられないようにした。彼女はつばをのみ込み、相手の体温を感じた。彼の匂いも感じられる。革と男の汗の匂い。不快感を覚えるはずの匂い。

しかし、実際は逆だった。

亡霊は仮面をかぶった顔をアーティミスの前に突きつけた。仮面の奥の目がきらめいているのがわかるほど、距離は近かった。「きみはわたしが落としたものを持っている」

アーティミスはじっとしたまま、彼と同じ空気を吸った。

彼が顔を傾けながら近づいてきて、アーティミスは目を閉じた。ほんの一瞬、何かあたたかいものが唇をかすめた気がした。

部屋の外の廊下から足音が聞こえてきた。メイドがこちらに向かっているのだ。

アーティミスは目を開けた。亡霊は消えていた。

しばらくして、メイドのサリーが石炭入れとブラシを持って入ってきた。彼女はアーティミスがベッドに座っているのに気づいて飛びあがった。「お早いんですね。紅茶を持ってきてもらいましょうか？」

息を吸いながら、アーティミスは首を横に振った。「ありがとう。でも、結構よ。すぐに階下へ飲みに行くわ。ゆうべは帰りが遅かったの」

「そうみたいですね」サリーは暖炉の前で音をたてた。「ブラックボーンが、お嬢さまは午前二時までお戻りにならなかったと言っています。遅くまで待っていなければならなかったわりに機嫌は悪くありません。あら、どうして窓が開いているのかしら？」彼女は大急ぎで立ちあがり、窓を閉めに行った。「ああ、寒い。空気を入れ替えるにはまだ早すぎるわ」

アーティミスは眉をあげた。部屋は四階にあり、窓の外には足がかりになるような柵もツタもない。あの愚かな亡霊が庭で死んでいないといいけれど。

「ほかにご用はありませんか？」

暖炉では火が音をたてており、サリーはすでにバケツを手にドアの横に立っていた。

「ええ、ありがとう」

メイドがドアを閉めるまで待ってから、アーティミスは首にかけた細い鎖をシュミーズの下から引っぱり出した。肌身離さずつけているのは、そうする以外に鎖の先についている緑色の石をどうすればいいかわからないからだ。一五歳の誕生日にアポロにもらったその石を、彼女はずっと人造宝石だと思っていた。だが四カ月前にアポロを助けるために質に入れようとして、驚愕《きようがく》の事実を知った。それは金の台にはめられたエメラルドで、とても高価なものだったのだ。皮肉にも、これを売ることはできなかった。売ろうとすれば、どこから手に入れたのか根掘り葉掘りきかれるに決まっているからだ。それはアーティミスには答えられない質問だった。こんな高価な宝石をアポロがどうやって自分のものにしたのか、見当もつかなかった。

もう何カ月も、アーティミスはこのエメラルドのネックレスをつけている。自分の寝室に置いておくのが不安だったのだ。でも昨日、鎖にもうひとつ別のものをつけ加えた。

アーティミスは亡霊の印章付き指輪に触れた。赤い石が親指にあたたかい。彼に返すべきだった。大事なものなのは間違いない。だがどういうわけか、彼から隠して、もうしばらく自分の手元に置いておきたかった。改めて指輪を見る。石には紋章か何かが彫ってあったようだが、時間の経過によって薄れており、どんな模様かわからない。金も光沢が失われ、指輪の下部がすり減っている。指輪と、その持ち主である一族はとても古いようだ。

アーティミスは眉をひそめた。どうして亡霊はわたしが指輪を持っていることを知ってるのかしら？　ウェークフィールド公爵以外は誰にも、ピネロピにさえ話していない。一瞬、公爵が道化師の衣装を着ているところが目に浮かんだ。

それはないわ。ばかげてる。亡霊はわたしの手のなかに指輪を落としたことに気づいていたか、あるいはなくしたときのことを思い返して、わたしが持っているのではないかと考えたのだろう。

ため息をつくと、アーティミスは指輪とペンダントをシュミーズのなかに戻した。着替える時間だわ。一日のはじまりだ。

マキシマスはブライトモア邸の傾斜した屋根にうずくまり、ミス・グリーブズの部屋にもう一度入りたいのをこらえていた。指輪――父の指輪――がまだ見つかっていない。戻りたいという思いは強い鼓動となって胸のなかで打っている。だが、自分のものを取り返したいという衝動の陰には、もっとささやかな望みもあった。ミス・グリーブズとまた話したいのだ。その目を見つめて、何が彼女をあれほど強くさせているのかを探りたい。

ばかなことを考えるな。マキシマスは誘惑を振り払い、隣の家に飛び移った。屋根伝いに端まで行って樋《とい》を滑りおり、陰に潜むようにして短い路地を進んでから、ふたたび屋根にのぼった。

夜明けが近づいているし、ふつう、屋根を見あげる人はいない。

ミス・グリーブズは指輪を質に入れたのだろうか？　そう思うと、屋根を走りながら苦しくてたまらなくなる。物の少ない彼女の部屋を探したが、指輪はなかった。誰かにあげたのか？　それともセントジャイルズのどこかに落としたのか？

いや、それはない。舞踏会で、ミス・グリーブズは指輪を持っていると自慢した。だが、彼女は貧しい。いとこから与えられた部屋を見て、それがはっきりわかった。金の指輪があれば、ささやかな贅沢《ぜいたく》ができるだろう。

マキシマスは崩れそうな建物の端から、汲《く》み取り人夫が満杯になったバケツをふたつ運んでいくのを見おろした。

人夫がいなくなるのを待ってから、向かいの屋根に飛び移る。

かなり距離があったが、屋根の上に静かに着地した。マキシマスはふと父の手を思い出した。力強く不器用な指、手の甲の濃い毛、子供の頃の骨折でわずかに曲がった右の中指。父は公爵だったが、爵位などおかまいなしに手を使ったので、その手にはいつも治りかけの切り傷やすり傷、あざなどがあった。馬丁を待つのが我慢できずに自分で馬に鞍《くら》をつけたし、羽根ペンのペン先も削ったし、狩りのときは鳥撃ち銃の弾もこめた。その手は大きくて傷だらけで、幼かったマキシマスには万能で頼もしく見えた。

最後に見たとき、父の手は血だらけだった。マキシマスはその手から印章付き指輪を抜いたのだ。

路地におりて気づくと、いつの間にかセントジャイルズに来ていた。あの事件が起こったセントジャイルズに。

左では、子供でもなければ身をかがめないとくぐれない低いドアの上で靴屋の看板が揺れている。店も看板も新しい。ここは数年前までジンを売る酒場だった。店の脇の狭い路地には、かつてジンの樽《たる》が並んでいた。マキシマスは身震いして目をそらした。あの晩、彼はその樽の陰に身を隠した。ジンの匂いが鼻を満たしたのを覚えている。亡霊の仮面をかぶるようになって最初につぶしたのが、この店だった。右には、いまにも崩れそうなれんがの建物が立っている。下の階より上階のほうが広いその建物は、何度も借家人が入れ替わるうちに、しまいにはネズミの住み家と言ったほうがよくなった。動物ではなく人間と暮らす唯一の生き物だ。足元の太い水路は、次の雨でも流れそうにない泥でせき止められている。空気は重苦しく、悪臭が漂っていた。

東の空が明らんできた。じきに太陽がのぼり、この一帯を除くロンドンじゅうに新しい一日への希望をもたらすだろう。

セントジャイルズには希望はない。

マキシマスはブーツの底で砂利を踏みながら向きを変えた。ミス・グリーブズの言葉がよみがえる。〝セントジャイルズがさぞ好きなんでしょうね？〟だと？　とんでもない。大嫌いだ。

かつてジンの樽が並んでいた狭い路地から弱々しい声が聞こえてきた。マキシマスは眉をひそめてそちらを向いた。何も見えないが、もうすぐ夜が明ける。亡霊の衣装を着た姿を誰かに見られる前に、家へ帰らなければならない。

ふたたび声がした。けがをした動物のような甲高い声だが、間違いなく人間だ。マキシマスは近づいて路地をのぞき込んだ。うずくまる人の形と、何かが濡れて光っているのだけがかろうじて見えた。マキシマスはすぐに身をかがめ、その人物の腕を取って、いくらか明るい通りへと引っぱった。それは男性——上質のベルベットの上着を着た紳士——で、剃りあげたむき出しの頭が血で濡れていた。かつらをなくしたに違いない。

男がうめき、首をのけぞらせてマキシマスを見た。その目が丸くなった。

「やめてくれ。強盗に遭ったところだ。もう財布は持っていない」

ろれつがまわっていなかった。酔っているようだ。

「何も盗ったりしない」マキシマスはいらだって言った。「家はどこだ？」

だが、相手は聞いていなかった。釣りあげられた魚のように全身をばたつかせながら、弱々しく泣き声をあげはじめた。

マキシマスは顔をしかめてあたりを見まわした。すでにセントジャイルズの住民が一日をはじめる準備のために、それぞれの家から出てきている。ふたりの男が顔をそむけて通り過ぎていった。ここに住む人の大半は、危険な匂いを感じたら興味を示さないようにする。だが少年三人組と一匹の犬が、安全な距離を置いて通りの向こうに集まっていた。

「ちょっと！」ぼろぼろの赤いスカートをはいた小柄な女性が少年たちに近づいた。少年たちは逃げようとしたが、女性はすかさず一番年かさの少年の耳をつかんだ。「母さんの言ったことがわからないのかい、ロビー？　父さんのためにパイを取ってこいって言っただろう？」

女性が少年の耳を放すと、三人は一目散に駆けていった。女性は腰を伸ばし、マキシマスとけがをしている男に気づいた。「あんた！　その人に手を出すんじゃないよ」

体は小さいのに亡霊に立ち向かうとは勇敢だ。マキシマスは感心せずにはいられなかった。男性のうめき声を無視して女性のほうを向き、ささやいた。「わたしがやったんじゃない。彼を家まで送ってくれるか？」

女性は頭を傾けた。「旦那の世話もあるし、いろいろとやることがあるんだけどねえ」

マキシマスはうなずいた。チュニックに縫いつけたポケットに二本の指を入れて硬貨を一枚取りだし、女性に投げる。「これであんたの時間を買えるか？」

女性は器用に硬貨を受け取ってちらりと見た。「たぶんね」

「よかった」マキシマスは傷ついた男性に視線を向けた。「どこに住んでいるかをこの女性に言うんだ。家まで送ってくれる」

「ご親切に、美しいレディ」酔った男性は、この小柄な女性を救い主と思っているようだ。

彼女はあきれた顔をしたが、男性に近づいて腕を取りながら、ぶっきらぼうな親切心を見せて言った。「いったい何があったんだい？」

「悪魔だ、間違いない」紳士がつぶやくように言う。「拳銃を突きつけて、財布か命かどちらかを渡せと言った。だが、財布を渡したのに結局殴られたんだ！」

マキシマスは頭を振ると、その場を離れた。セントジャイルズでおかしなことが起こっているのかもしれないが、話の続きを聞く時間はない。すでにかなり明るくなっている。建物をよじのぼって屋根に向かった。下から馬の蹄《ひづめ》の音が聞こえてきて、彼はひそかに悪態をついた。竜騎兵がセントジャイルズに来るにはまだ時間が早いが、万が一ということもある。

マキシマスは傾斜した屋根を走り、建物から建物へと飛び移った。二度地面におりなければならなかったが、どちらも一瞬のことで、すぐにまた屋根にのぼってロンドンの街を移動した。

二〇分後、ウェークフィールド邸が見えてきた。

セントジャイルズの亡霊として活動するようになってすぐ、マキシマスは自宅に帰ってくるための秘密の経路が必要だと悟った。まっすぐ家に向かわずに裏庭へ滑りこんだのはそのせいだ。家と路地のあいだの細長い裏庭は、片側にベンチと、それを取り囲むように立つ苔に覆われた石のアーチがある。マキシマスは庭に入り、ベンチの横にひざまずいて落ち葉を払いのけた。すると敷石につけられた鉄の輪が現れた。それをつかんで引っぱると、油を差してある蝶番《ちょうつがい》で留めてあった四角い石が動き、少し下にトンネルがあった。彼はそのなかに入って石のふたを戻した。完全な闇に包まれた。

何も見えない。

トンネルは高さが一五〇センチほどと低く、マキシマスは身をかがめ、四つんばいになって窮屈な通路を進んだ。幅は肩幅よりわずかに広い程度なので、何度も肩が壁に触れた。水がゆっくりと滴り落ちていて、二、三歩進むたびに水たまりに突っ込んでしまう。胸が苦しくなり、呼吸が浅く速くなるのがわかる。彼はゆっくり息をするよう努めながら、ぬるぬるするれんがにひるむことなく手をつくのだと自分に言い聞かせた。ほんの数メートルではないか。何年も前から使っているのだから、このトンネルのもたらす恐怖——そしてそれが呼び起こす記憶——に慣れてもいい頃だ。

それでも、地下の訓練室への広い入り口まで到着すると、安堵のあまり深い息をつかずにはいられなかった。そろそろと壁に手を滑らせて、火打石と火口がのった小さな棚を探す。火花が散ると同時に家へ続くドアが開き、ろうそくを持ったクレイブンが現れた。

その明かりにほっとして、マキシマスは息を吐いた。

クレイブンがろうそくを高く掲げて近づいてくる。マキシマスはトンネルに対する恐怖をクレイブンに打ち明けたことはないが、彼はこれまで何度となくしてきたように、壁に取りつけられた燭台《しょくだい》に手早く火を移していった。

「閣下」従者が手を動かしながら言う。「ご無事で、それに出血もわずかで戻ってこられて安心しました」

マキシマスは自分を見おろして、チュニックの袖に赤錆《あかさび》色の染みがついていることに気づいた。「これはわたしの血ではない。セントジャイルズで追いはぎに遭った紳士を見つけたのだ」

「そうでしたか。閣下の使命のほうは収穫がありましたか？」

「いいや」マキシマスはチュニックとタイツを脱ぎ、ふだんのブリーチとベストと上着に着替えた。「きみにやってほしいことがある」

「なんなりと。わたしはそのために生きているのですから」クレイブンは重々しい声で言った。厳かすぎて、ばかにしているようにしか聞こえない。

だが疲れきったマキシマスは、従者の反応は無視して言った。「アーティミス・グリーブズに関して、可能なかぎりのことを調べてくれ」

「どんな取引だ？」ヘルラ王は尋ねました。

小人の王はにやりとしました。「あなたが美しい王女と婚約したことはよく知られている。偶然だが、わたしも近々結婚するのだ。わたしをあなたの祝宴に招待してくださるなら、お返しにわたしも招待しよう」

ヘルラ王はじっくり考えました。どんなに罪のない内容でも、深く考えずに妖精と取引をするべきではないのはよく知られていることです。でも結局、その招待に悪意はないだろうと王は判断しました。

そこでヘルラ王は小人の王と握手をし、ふたりは互いの結婚式に出席することになりました。

『ヘルラ王の伝説』

4

三日後、アーティミス・グリーブズはチャドウィック家の馬車からおりると、畏敬の念とともに目の前の建物を見あげた。代々のウェークフィールド公爵が一〇〇年前から所有しているペラムハウスは、アーティミスがこれまで見てきた個人の住居のなかではもっとも大きかった。黄色の石でできた巨大な建物の正面には窓がいくつも並び、前には数えきれないほどの馬車が止まっていた。中央の建物からは、列柱のある通路が円形の広い馬車寄せを囲むように左右に伸びている。高い玄関ポーチは三角形の切妻屋根を四本のイオニア式柱が支えており、馬車寄せに向かって広い階段が作られていた。ペラムハウスは壮麗かつ威圧的で、客を歓迎しているようには見えなかった。

主人によく似ている。

アーティミスは玄関ポーチの中央に立つウェークフィールド公爵に気づいていた。黒に近い紺のスーツを着ていて、真っ白なかつらのおかげでいかにも厳格で貴族然として見える。おそらくパーティーに来た客を出迎えるためにそこに立っているのだろうが、にこりともしない顔からは、どうしたってそうとは思えない。

「彼女がいるわ」

肩の横から聞こえた甲高い声にアーティミスは飛びあがり、すんでのところで腕のなかで眠っているボンボンを落としそうになった。犬と肩掛けとピネロピの物入れをしっかり抱え直してから、いとこのほうを向いた。「誰ですか?」

アーティミスたちの横にはほかに三台の馬車が止まっており、〝彼女〟に当てはまりそうなレディは何人もいる。

それなのにピネロピは、アーティミスが急に愚かになったとでも言いたげに目を丸くした。

「彼女よ。ヒッポリタ・ロイル。どうしてウェークフィールド公爵は彼女を招待したのかしら?」

それはミス・ロイルが去年もっとも人気のあったレディのひとりだからですよ——アーティミスは心のなかで答えたが、もちろん口には出さなかった。ピネロピが示したほうに目をやると、くだんのレディは馬車からおりるところだった。長身でほっそりした姿に黒い髪と黒い瞳の彼女は、とても目立っている。暗い金と紫の旅行用ドレスを着ているとなおさらだ。付き添いはいないらしい。そういえば、ほかのレディと違って、ミス・ロイルが友人と一緒にいるところをアーティミスは見たことがない。愛想はいいけれど——アーティミスはきちんと紹介されたことがないが、少なくともそう見える——親友と腕を組んだり、体を寄せて噂話に笑いあったりしない。ミス・ロイルはいつもひとりでいるように思える。

「やっぱり白鳥を連れてくるべきだったわ」ピネロピが言った。

アーティミスは甲高い鳴き声を思い出して身震いし、それがいとこにばれていないことを祈った。「ええと……白鳥ですか?」

ピネロピが唇を突き出す。「彼の注意を彼女ではなくわたしに向ける方法を考えないと」

アーティミスはいとこを守ってあげたくなった。「あなたは美しくて生き生きしています。あなたに注目しない紳士がいるなんて考えられません」

たとえピネロピが地味で恥ずかしがり屋だったとしても、やはり注目を集めるだろう。だが、それを彼女に言うのはやめておいた。なんといっても、彼女はイングランドでも指折りの裕福な家の跡取り娘なのだ。

ピネロピはアーティミスの言葉に目をしばたたいた。まるで照れているようだ。ミス・ロイルが「こんにちは」と小声で言いながらふたりの前を通り過ぎ、ペラムハウスの玄関に向かった。

意を決したようにピネロピが目を細めた。「あの成りあがりにわたしの公爵を横取りされてたまるものですか」

そう言うと、彼女は勢いよく歩いていった。ミス・ロイルより先にウェークフィールド公爵のもとへたどり着こうとしているのだろう。

アーティミスはため息をついた。とてつもなく長い二週間になりそうだ。砂利敷きの馬車寄せを横切り、列柱の通路の一方の裏近くまで行ってから、彼女は草の上にボンボンを静かにおろした。年老いた犬は伸びをしたあと、足を突っぱらせながら近くの茂みへ向かった。

「ミス・グリーブズ」

振り返ると、スカーバラ公爵がこちらに向かってくるところだった。深紅の乗馬服を着た姿は粋だった。「快適な旅でしたか?」

「閣下」アーティミスは膝を折ってお辞儀をしつつ、少し困惑した。公爵に——いや、それを言うなら紳士全般に——やさしい声をかけられることなどめったにない。「とても快適でしたわ。閣下はいかがでしたか?」

スカーバラ公爵は微笑んだ。「愛馬のサムソンに乗ってきました。馬車をうしろに従えてね」

アーティミスは小さく微笑まずにはいられなかった。なんて快活な人かしら。そして自分自身に満足している。「ロンドンからずっとですか？」

「ええ、そうですよ」公爵が誇らしげに言う。「体を動かすのが好きでね。若さを保てますから。失礼ですが、レディ・ピネロピはどちらでしょう？」

「ウェークフィールド公爵にご挨拶に行きました」

そう言ってから、ボンボンを抱きあげるために身をかがめた。犬は感謝するようにため息をついた。アーティミスが立ちあがると、スカーバラ公爵は目を細めていた。その視線の先では、ピネロピがウェークフィールド公爵に寄り添って、手にキスを受けながら微笑みかけていた。

スカーバラ公爵はアーティミスが好奇心に満ちた目で見ているのに気づくと、表情をゆるめて明るく微笑んだ。「昔から挑戦するのが好きでね。持ちましょう」

そう言うと、公爵は彼女の手から物入れを受け取り、腕を差し出した。

「ありがとうございます」アーティミスはこの高齢の公爵を快く思う理由を改めて思い返しながら、その腕に指をかけた。反対側の腕に抱いたボンボンが肩に小さな顎をのせる。

「ミス・グリーブズ」スカーバラ公爵はゆっくりと玄関に向かいはじめた。「申し訳ないが、あなたを探したのは下心があってのことです」

「そうなんですの？」

「ええ」公爵の目が楽しげに光る。「どんな下心か、聡明なあなたなら、もうお気づきでしょう。あなたのいとこがこの世で何よりも好きなものを教えていただきたいんですよ」

「そうですわね……」アーティミスは考えながらピネロピのほうを見た。彼女はウェークフィールド公爵の言葉にかわいらしく笑っていたが、公爵自身は微笑んでいなかった。「多くのレディと同じものだと思います。宝石とか、花とか、とにかく美しいものですわ」唇を噛んで一瞬ためらったが、肩をすくめた。秘密でもなんでもないだろう。「美しくて高価なものです」

すばらしい知恵を授かったかのように、スカーバラ公爵が大きくうなずいた。

「そうでしょう、そうでしょう。レディ・ピネロピは美しいものに囲まれているべきだ。ほかに何か聞かせてくださることはありませんか？　なんでも結構ですが」

玄関ポーチはすぐそこだった。アーティミスは衝動的に肩をすくめてささやいた。

「ピネロピが本当に好きなのは注目されることです。自分だけを見てもらうことなんです」

スカーバラ公爵はポーチに着く寸前にウィンクをして言った。「あなたはいい人だ、ミス・グリーブズ。本当に」

ふたりはウェークフィールド公爵がピネロピと並んで立っているポーチの階段をのぼっていった。

「閣下」ウェークフィールド公爵のお辞儀は、侮辱かと思えるほどそっけなかった。冷たい目がスカーバラ公爵とアーティミスのあいだを移動し、唇の片端があがる。「ペラムハウスへようこそ」彼は待機している従僕にちらりと目をやった。従僕はすぐさま前に進み出た。「ヘンリーがお部屋にご案内します」

「これはどうも！」スカーバラ公爵は微笑んだ。「実にすてきな屋敷だ。わたしの田舎の屋敷、クラレトンではとうていかなわない。もちろんクラレトンには最近、音楽室を作ったがね」何食わぬ顔で言う。「このペラムハウスには、お父上の時代から手を入れていないのだろう？」

このあからさまな攻撃に腹を立てたとしても、ウェークフィールド公爵は表には出さなかった。「父はこの反対側にある南正面の建物を改築しました。覚えておられるでしょう、閣下？」

スカーバラはウェークフィールドの父親と同年代なのだ。アーティミスは驚きとともに気づいた。父親の友人を家に招くのはどんな気持ちがするのかしら？　父親が生きていればこんなふうになっているだろうと思って、相手を見ているの？　彼女はウェークフィールド公爵の顔を見た。その表情には何も現れていなかった。

スカーバラ公爵の顔が一瞬やわらいだ。「お母上が庭を見られるように窓をつけたのだったね。メアリーは庭が好きだった」

ほんのわずかだが、ウェークフィールド公爵の左目の下の筋肉が引きつるのをアーティミスは見た気がした。そのかすかな反応を目にして、なぜか口を挟みたくなった。

「音楽室にはどんな楽器を置いていらっしゃるんですか、閣下？」

「実を言うと何もないんです」

アーティミスはまばたきをした。「音楽室にひとつも楽器がないんですか？」

「ええ」

「じゃあ、なんのための部屋なんですの？」ピネロピがいらだった声で、初めて会話に加わった。「楽器がないなら音楽室とは言えませんわ」

スカーバラ公爵はわざとらしく意気消沈した様子を見せた。

「それは考えていませんでした。正直に言いますと、天井画を描かせるためにもっとも才能あふれるイタリア人画家を雇ったり、輸入物のピンクの大理石のなかから最高級のものを探したり、壁や天井にたっぷり金箔を使ったりすることに夢中で、楽器のことは忘れていたんですよ」

ピネロピが意志に逆らうかのように、スカーバラ公爵を振り返った。「金箔……？」

「ええ、そうです」公爵は熱心に身を乗り出した。「金箔をけちってはいけない。そう思いませんか？　ひどく質素に見えてしまいますから」

ピネロピのピンク色の唇が開いた。「わたしは――」

「楽器のことを考えていなかったわたしの愚かさを指摘してくださったついでに、ご意見を聞かせていただけませんか？」スカーバラ公爵は、いつの間にかピネロピの手を自分の肘にかけていた。「たとえば、クラビコード（ピアノの前身となったヨーロッパの鍵盤楽器）はイタリアのものが音は最高だと聞きますが、わたしとしては絵が描かれているフランスのものが好きなのです。値段はイタリアのものの倍近くしますがね。わたしは芸術より好みを優先させるべき場合もあると思うのです。あなたはそう思いませんか？」

それに答えるピネロピを、スカーバラ公爵が屋敷のなかに導いていく。あまりに巧みなので、ピネロピは自分が彼の意のままになっていることに気づいていないかもしれない。アーティミスは、眉をひそめて不釣りあいなふたりを見送っているであろうウェークフィールド公爵のほうを見た。たしかに彼は眉をひそめていた。

だが、その視線の先にいるのはピネロピではなくアーティミスだった。

胸が妙に苦しくなって、アーティミスは深く息を吸い込んだ。ウェークフィールド公爵は彼女だけに意識を集中させているかのように、じっとこちらを見つめている。濃い茶色の目は厳しいが、その奥に何かが光っているのを見て、アーティミスはそれがなんなのか知りたくなった。

「閣下」

誰かの声に、アーティミスは飛びあがりそうになった。さらに客が到着しており、ウェークフィールド公爵はそちらに注意を引かれた。彼女はすばやく向きを変えて建物のなかに入ったが、冷たい大理石の玄関広間に足を踏み入れたと同時に、公爵の目に見た光の正体に思い当たった。

あれはやさしさだ。

アーティミスは身震いした。こんなことで恐怖を覚えるはずはないのに、なぜか怖かった。

翌朝、アーティミスは夜明け前に目が覚めた。部屋はピネロピの隣で、いとこのそれよりは狭いが、ふだんこのような機会にあてがわれる部屋よりもはるかに大きかった。

それを言うなら、ペラムハウスはすべてが大きい。

アーティミスは伸びをしながら、昨夜食事をした広い食堂の長テーブルを思い返した。自分とピネロピ、ミス・ロイル、スカーバラ公爵のほかに、五〇代のノークス卿夫妻、噂好きで社交界でも有名なミセス・ジェレット、彼女の男性版とも言えるミスター・バークレー、公爵の政友であるオダーショー卿夫妻、そして同じく政友であるミスター・ワッツがいた。レディ・フィービーとミス・ピックルウッドが夕食に顔を見せていたのがアーティミスはうれしかった。けれども残念ながら、フィービーと話す機会はなかった。食事のあいだは席がテーブルの両端で離れていたし、食後まもなくしてフィービーは自室に戻ってしまったからだ。

アーティミスは立ちあがり、いつもの茶色のサージのドレスに着替えた。ピネロピが起きて彼女を必要とするまで、まだ何時間もある。そのあいだにどうしてもやりたいことがあった。

静かに部屋を出て、広い廊下の左右を見る。歩き去っていくメイド以外は誰もいない。スカートをつまんで、家の裏のほうに向かって軽やかに走った。裏には階段があった。広いが、正面側の階段ほどではない。アーティミスは慎重に階段をおりた。悪いことをしているわけではないけれど、人に見られずに動くのが好きなのだ。人の質問に答えずにすむのが。

屋敷の南側に通じるドアは、玄関ドアに負けないほどの高さがあった。アーティミスは息を詰めて取っ手を動かした。そのとき足音が聞こえてきた。

急いでドアを開け、裏のテラスに出る。戸口の横に立って静かに息をしながら、ドアの脇の窓から従僕が早足で通っていくのを見た。

従僕が通り過ぎると、アーティミスは幅の広い階段をおりて庭に出た。明け方の灰色がかったピンクの光のなかで、刈り込んだ生垣が黒々と見える。針のような葉に手を走らせながら、砂利の小道を進んだ。帽子も手袋もつけていない。ひどい不作法だ。レディはふつう、日の照っていないときでもこのふたつなしでは外に出ない。そばかすができるのを避けるために。

でも、わたしはレディではないもの。

生垣が途切れ、その先は手入れのされた芝生が広がっていた。突然アーティミスは衝動に駆られ、室内履きとストッキングを脱いだ。それらを片手に持ち、木が並んで立っているところに向かって走った。朝露に濡れた草が足を濡らす。

木々の列の端までたどり着いたときには息が切れ、鼓動が速くなっていた。そして彼女は微笑んでいた。田舎に来たのはずいぶん久しぶりだ。

ありのままの自分でいられた頃以来。

もちろんブライトモア伯爵も田舎に屋敷を持っているが、伯爵もピネロピもそちらには決して行かない。ふたりともロンドンに魅入られている。アーティミスは長いこと田舎に行っていないし、最後に草の上を走ったのは……。

生まれ育った家から追い出される前のことだった。

恐ろしい記憶を頭から振り払う。この貴重な時間に、過去のことを嘆いていてはもったいない。太陽はすでにのぼっていて、あたりは新鮮でやわらかな光に包まれている。アーティミスはつま先でそっと木々のあいだを歩いた。ずっと裸足で森を歩いていなかったため、足の裏がすっかり敏感になっていた。

ここは本物の森ではない。一流の庭師たちの手で人工的に作られた雑木林だ。それでもよかった。頭上には、一日のはじまりを喜んでさえずる鳥の声。木の幹をかけのぼっていたリスは足を止め、通り過ぎていくアーティミスを何か言いたげに見つめていた。落ち葉を踏みしめながら、彼女は冷たくて心地よい地面を一歩一歩進んだ。

ここなら自分を捨てることができるだろう。服を脱ぎ捨てて野生に戻り、文明や社会から逃れ、森のなかの別の動物になることができる。もう二度と、わたしを劣った存在だと思う人、壁紙程度にしか見てくれない人たちに頭をさげる必要もなくなるだろう。

自由になれる。

でも、そうなったら誰がアポロのことを心配するの？　誰がアポロのもとを訪ね、食べ物を届け、彼が正気を失わないよう話をするの？　アポロは〈ベドラム精神病院〉で朽ち果て、忘れ去られるだろう。愛する弟をそんな目に遭わせることはできない。

前方で何かが動いた。アーティミスは動きを止めて太い幹に体を寄せた。誰であろうと怖くはなかった。だけど、もう少しひとりの時間を楽しみたい。

荒い息づかいが聞こえたかと思うと、次の瞬間、アーティミスは犬に囲まれていた。二匹のグレイハウンドと、ふさふさした尻尾をすばやく振っているハンティングスパニエル一匹だった。アーティミスと犬たちはしばらく探るように見つめあった。あたりを見まわしたが、ほかに人はいない。犬たちが勝手に散歩に出てきたかのようだ。

彼女は指を伸ばした。「あなたたち三匹だけで来たの？」

スパニエルがまるで笑っているように口を開き、興味津々でアーティミスの指先の匂いを嗅いだ。シルクのようになめらかな耳を撫でてやると、今度は二匹のグレイハウンドも寄ってきた。

アーティミスは微笑み、ふたたび歩きはじめた。犬たちはその前と横を走ってはときどき戻ってきて、また走ってきてもいいという許可を求めるみたいに彼女の指の匂いを嗅いだり、手にぶつかってきたりした。

行き先を深く考えもせずぶらぶらと歩き続けるうち、不意に木が分かれ、目の前に池が現れた。水面が、木々のあいだから差し込む朝日を浴びてきらめいている。丸太の橋がかかっていて、対岸に立つ見事なまでに傾いた小さな塔に続いていた。

グレイハウンドたちがすぐに水際まで行って水を飲みはじめたのに反し、スパニエルは頭をさげずに飲めるところまで水のなかを進んでいった。

アーティミスは森の切れ目に立って犬を見ながら、顔を上に向けて木の匂いを吸い込んだ。甲高い口笛が静寂を破った。

犬たちが頭をあげた。グレイハウンドの背の高いほう——茶色と金のまだら模様の雌——が橋のほうに向かい、もう一方——赤の雌——がすぐあとに続く。スパニエルは水しぶきをあげて岸にあがり、激しく体を振ると、吠えながら二匹のあとを追った。

橋の向こう側から人が近づいてくる。くたびれたブーツに、仕立てはよかったのだろうがすっかり古くなった上着というでたちだ。背が高く肩幅の広いその男性の動きは、まるで大きな猫のようだった。どこかで見覚えのあるようなつば広の帽子をかぶっていて、顔はよく見えない。アーティミスは一瞬、まさかと思って息をのんだ。

だが相手が日の当たるところに出てくると、自分の間違いだったことがわかった。それはウェークフィールド公爵だった。

マキシマスはうたぐり深い木の妖精みたいに森の外れに立っているアーティミスを見て、いかにも彼女らしいと思った。こんな早い時間に起きて歩きまわるレディなどほかにいない。愛犬たちにわたしを見捨てさせるレディもほかにはいない。

その愛犬たちが、新しい友人を紹介するかのようにマキシマスのほうに走ってきた。ベルとスターリングは足元で動きまわり、パーシーは泥だらけの足をマキシマスの太腿に押しつけ、上着によだれを落とした。

「裏切り者たちめ」マキシマスはだらしないスパニエルを叱りもせず、二匹のグレイハウンドに向かってつぶやいた。ミス・グリーブズが姿を消しているのを期待して池の向こうを見たが、彼女はまだこちらを見つめていた。

「おはよう」マキシマスは声をかけた。

森の野生動物に近づくときみたいに警戒させないよう用心深く近づいたが、彼女は驚きもしなかった。野生動物にたとえたのは撤回だ。動物だったら、怯えた様子を見せるだろう。ミス・グリーブズは少しばかり好奇心をそそられたふうにしか見えなかった。

「閣下」

池の縁の背の高い葦《あし》を探っていたパーシーが、彼女の声を聞いて顔をあげた。そして呼ばれたかのように、そちらに向かって走った。

パーシーがたどり着きもしないうちに、ミス・グリーブズが厳しい顔で言った。

「離れなさい」

パーシーはミス・グリーブズの足元でぴたりと止まり、舌を口の横から出して耳を寝かせ、崇拝の目で彼女を見あげた。

マキシマスはいらだって犬を見てから、向きを変えて池に沿って歩きはじめた。ミス・グリーブズが隣に並ぶ。

「ゆうべはよく眠れただろうね、ミス・グリーブズ？」

「はい、閣下」

「それはよかった」

ほかに言うことが見つからず、マキシマスはうなずいた。ふだん朝の散歩に誰かが同行するのは好きではないのだが、どういうわけかミス・グリーブズと一緒だと心が落ち着く。横目で彼女を見て、裸足なのに気づいた。彼女が歩くたびに、長くほっそりした足先が地面を蹴るように動く。森を歩いてきたせいでかなり汚れていて、そんなはしたない姿を見れば嫌悪感を覚えるのが当然だろう。

それなのに、マキシマスが抱いているのは嫌悪とは正反対の感情だった。

「あなたがお建てになったんですか？」塔に近づきながら尋ねるミス・グリーブズの声は、低くて感じがよかった。

彼は首を横に振った。「父だ。母がイタリアに旅行したときに似たようなものを見て、ロマンティックな遺跡を建てるという思いつきに夢中になってね。父は母に甘かった」

ミス・グリーブズは興味深げにこちらを見たが、そのまま歩き続けた。

マキシマスは咳払いをした。「両親が生きていた頃は、よくペラムハウスで過ごしたものだ」

「亡くなったあとはいらっしゃらなくなったのですか？」

彼は顎をこわばらせた。「ああ。妹たちはロンドンで育てたほうがいいというのがバティルダの意見だし、わたしは一家の長として彼女たちと一緒にいるべきだと思った」

視界の隅に、いぶかしげな顔をしているミス・グリーブズの顔が映った。

「でも……失礼ですけれど、公爵ご夫妻が亡くなられたとき、あなたはまだ子供だったのでは？」

「殺されたのだ」

彼女が立ち止まった。「えっ？」

土にめり込んだむき出しの足が白くやわらかそうで、なんともなまめかしい。マキシマスは目をあげてまっすぐミス・グリーブズを見た。苦しみを避けようとしても無駄だ。

「わたしの両親は一九年前にセントジャイルズで殺された」

ミス・グリーブズは無意味なお悔やみなど言わなかった。「閣下はおいくつだったのですか？」

「一四歳だ」

「それではまだ、一家の長が務まる年ではありませんわ」彼女の穏やかさに、マキシマスは胸の奥が痛くなった。

「爵位を継いだときが一家の長になるときだ」短く答える。ミス・グリーブズがこんな議論をはじめようとしたのが不思議だった。当時――マキシマスがふたたび口を利くようになったときは、親戚のバティルダでさえ何も言わなかった。

「とてもしっかりした少年でいらしたのでしょうね」ミス・グリーブズはそれだけ言った。

マキシマスには応える言葉もなかったので、ふたりはそのまましばらく木々のあいだを寄り添うように歩いた。

二匹のグレイハウンドはふたりの前を行き、スパニエルはカエルを見つけて滑稽な鬼ごっこをはじめた。

「なんという名前ですか?」ミス・グリーブズが犬たちを示しながら尋ねた。

「あれはベル」金と茶色の美しい毛を持つ、わずかに背が高いほうのグレイハウンドを指さす。「それからあっちがスターリングで、ベルの娘だ。スパニエルはパーシーという」

彼女は真剣にうなずいた。「いい名前ですわね」

マキシマスは肩をすくめた。「フィービーがつけた」

彼の妹の名を聞いて、ミス・グリーブズはかすかに微笑んだ。「ここにフィービーが来ていてうれしいですわ。彼女は社交界の催しが大好きですから」

マキシマスはすばやくミス・グリーブズを見た。口調はふつうだが、その言葉には非難がこめられている気がした。「あの子はもうほとんど目が見えない。わたしは妹が傷つくところを見たくないのだ。体も心も。傷つきやすい子だから」

「たしかに目は見えないかもしれませんが、閣下が思っていらっしゃるより強いと思います」

マキシマスは魅惑的なミス・グリーブズの足から目を離した。妹の扱い方をわたしに講義するとは何さまのつもりだ? フィービーはまだ二〇歳なのだ。

「妹は二年前、階段が見えなくて転び、腕を折った」痛みで蒼白《そうはく》になったフィービーの顔を思い出し、口をゆがめた。「過保護だと思っているかもしれないが、わたしは妹にとって何が最善かわかっている」

ミス・グリーブズは何も言わなかったが、これで考えを変えたとは思えない。彼はいらだって顔をしかめた。自分の言葉が冷たく感じられて、半ば後悔した。

塔が目の前に迫り、ふたりは足を止めてそれを見つめた。

ミス・グリーブズが上を見て言った。「ラプンツェルの塔みたい」

ほどよく風雨にさらされた濃い灰色の大きな石のブロックを積み重ねてできた円形の塔で、低いアーチ形の入り口がひとつだけある。

マキシマスは片方の眉をあげた。「ラプンツェルの塔はもっと高いと思っていたが」

彼女は塔のてっぺんを見るために、さらに首をのけぞらせた。白い喉の輪郭が日の光に照らされた。喉が静かに脈打っている。

マキシマスは目をそらした。「この塔は健康な男なら簡単にのぼれるだろう」

ミス・グリーブズがちらりとこちらを見る。唇の端にかすかに笑みが浮かんだように見えた。「あなたなら、窮地にある乙女のためにあの壁をよじのぼるとおっしゃるんですか？」

「いいや。ただ、やろうと思えばできると言っているのだ」

彼女は何やらひとりごとをつぶやいた。パーシーがじゃれついてミス・グリーブズの足元に哀れなカエルの死骸を落としてから、その横に自慢げに座り、褒められるのを待つように彼女を見あげた。

ミス・グリーブズはぼんやりと犬の耳を撫でた。「では、気の毒なラプンツェルを運命のままに放っておくんですか？」

「石の塔に閉じ込められる愚かな娘なら、わたしはドアを壊し、階段をのぼって助けに行く」マキシマスはそっけなく言った。

「でも、ラプンツェルの塔にはドアはありません」

彼はカエルの死骸を蹴った。「それなら、たしかに壁をよじのぼらなければならないだろうな」

「でも、閣下はそれがお好きではないんでしょうね」ミス・グリーブズは小声で言った。

マキシマスは黙って彼女を見た。わたしをロマンティックな英雄に仕立てあげようとしているのだろうか？ミス・グリーブズは愚かな小娘には見えない。目はやわらかなグレーで美しく魅力的だが、そのまなざしは男性のように揺るぎなくて大胆だ。

彼は先に目をそらした。「いずれにせよ、これはラプンツェルの塔ではない。月の乙女の塔だ」

「えっ？」

マキシマスは咳払いをした。なぜわたしは彼女にこの話をしているのだろう？

「母がいつも、月の乙女の塔だと言っていた」

ミス・グリーブズが大胆なグレーの目で彼を見つめた。「きっと何かいわれがあるのでしょうね」

肩をすくめて答える。「小さい頃、母がよく話してくれた。月の乙女と恋に落ちた魔法使いの話だ。彼は乙女に近づくために塔を建て、そのなかに閉じこもった」

何かを待つように、彼女はじっとマキシマスを見ていた。「それで？」

彼は困惑して視線をそらした。「それで、とは？」

ミス・グリーブズが目を見開いた。「最後はどうなるのですか？　魔法使いは月の乙女と一緒になれたのですか？」

「まさか。彼女は月に住んでいて、手の届く存在ではない。おそらく魔法使いは、飢えて痩せ衰えて死んだか、壁から落ちたかしたのだろう」

彼女がため息をつく。「これほどロマンティックじゃない話は初めて聞きました」

「わたしもこの話は好きではなかった」自分の耳にも、いかにも言い訳らしく聞こえた。

「巨人退治の話のほうがよほど好きだった」

「そうですか」ミス・グリーブズはあいまいに応えた。「なかに入れますか？」

答える代わりに、マキシマスは茨《いばら》で半ば隠れたアーチ形の入り口に近づいた。とげで指が傷つくのも気にせず容赦なく茨をかき分け、合図をする。

ミス・グリーブズは彼の手を見たが、何も言わずになかへ入った。

入るとすぐ目の前がらせん階段になっている。マキシマスはスカートをあげてのぼる彼女を見つめた。むき出しの足首が一瞬見えたあと、犬たちが彼を追い越してミス・グリーブズを追った。

マキシマスも追ったが、もちろん犬たちほど熱心にではない。少なくとも自分ではそのつもりだった。

階段をのぼりきると小さな石の壇になっていた。マキシマスは、中世の城をまねた銃眼付きの低い壁の横に立つ彼女と並んだ。

ミス・グリーブズは腕をついて身を乗り出し、下を見た。塔は一階分程度の高さしかないが、池とその周囲の森がよく見えた。ベルが彼女の隣でうしろ脚だけで立ち、同じように外を見た。パーシーは見ることができなくて、くんくん鳴きながら歩きまわっている。やさしいそよ風がミス・グリーブズのこめかみの髪を揺らし、その姿がマキシマスには船首像のように見えた。誇らしげで、どこか野性的で、冒険に乗り出すのを楽しみにしているかのように。

なんとくだらないことを考えているのだ？

「おかしな塔。そうお思いになりません？」しばらくしてから、ミス・グリーブズが小声で言った。

「ああ、たしかに」

彼女は首を傾けてマキシマスを見た。「お父さまは楽しむのがお好きだったんですか？」

父の力強い手と、やさしいが陰気な目を思い浮かべる。「いいや、そうでもなかった」

ミス・グリーブズはうなずいた。「では、お母さまのことをとても愛していらっしゃったということですわね」

その言葉にマキシマスは息をのんだ。まるで昨日のことのように喪失感が新たになる。

「ああ」

「閣下は幸運ですわ」

彼を〝幸運〟と呼ぶ人はほとんどいないだろう。「なぜだ?」

ミス・グリーブズは目を閉じて顔を太陽に向けた。「わたしの父は精神病者でした」

マキシマスは鋭く彼女を見た。ゆうべクレイブンから報告を受けている。亡くなったキルボーン子爵は父親であるアシュリッジ伯爵に勘当され、無謀な投資をしては失敗し、ひどいときには人前でわめき散らしていたという。

ふつうなら、ここでミス・グリーブズに同情の言葉をかけるべきなのだろうが、礼儀正しいだけの無意味な言葉にはすっかり嫌気が差している。それだけではない。ミス・グリーブズは、わたしが自分の両親のことを話したときも偽りの慰めを言ったりしなかった。わたしも同じような威厳をもって彼女に接するのが正しいだろう。

それでも幼い彼女が気まぐれな父親と暮らす様子を思い描くと、わずかに顔をしかめずにはいられなかった。「怖かったか?」

ミス・グリーブズは不思議そうにマキシマスを見た。「いいえ。誰だって自分の家庭や家族のことは、まったくふつうだと考えるものでしょう?」

彼はそんなふうに考えたことがなかった。一般的に言って、公爵というのはふつうではないものだ。「そうか?」

彼女は肩をすくめ、ふたたび太陽に顔を向けた。「子供の頃は、人は自分の家族や環境しか知りません。だからそれがふつうなんです。わたしは、どこの家の父親もひと晩じゅう起きていて哲学的な文章を書き、朝になると怒りに任せて全部燃やしてしまうものだと思っていました。よその父親はうちの父のようなことはしないと気づく年頃になって、初めて真実を知りました」

ミス・グリーブズの言葉になぜか動揺して、彼は息をのんだ。「母上は?」

「母は病人でした」その声には感情がこもっていなかった。「わたしは父と母が同じ部屋にいるところをほとんど見た覚えがありません」

「きょうだいがいるのだろう?」試しに尋ねてみた。

彼女の顔が曇った。「はい、双子の弟のアポロです。弟は〈ベドラム精神病院〉にいます」ミス・グリーブズは振り返った。鋭い目でマキシマスを見る。「でも、そんなことはもちろんご存じですよね。弟のことは噂になっていますし、あなたは花嫁候補の周辺を徹底的に調べるお方ですから」

別に恥じる理由はないので、ピネロピだけでなくミス・グリーブズの周辺も調べたことは否定もしなければ認めもしなかった。ただ彼女の視線を受け止めて、相手が何か言うのを待った。

ミス・グリーブズはため息をつき、壁から離れた。「そろそろレディ・ピネロピに呼ばれる時間ですわ」

マキシマスは彼女のあとについて短い階段をおりながら、まっすぐな肩、足元を見るために顔を伏せたときの無防備なうなじの線、彼女のスカートに親しげにぶつかっていくパーシーを見た。ウェークフィールド公爵ともあろう者が、妻にしたい女性のいとこに惹かれるとは愚の骨頂だ。だがマキシマスはいま、生まれて初めて、公爵ではなく人間としての自分に動かされたいと思っていた。

5

ヘルラ王は二週間後に結婚しました。それは実に立派な式でした。一〇〇本ものトランペットが城の屋根から王の結婚を告げ、大勢の娘たちが踊りながら行列を先導し、式に続く祝宴はのちに伝説となりました。式を見るために世界じゅうから王や王子が訪れましたが、小人の王に勝る者はいませんでした。小人の王は妖精の服に身を包んで山羊の背にまたがり、お祝いとしてルビーとエメラルドが詰まった金の角を抱えたお供の者たちを引き連れていました。

『ヘルラ王の伝説』

アーテイミスはとうの昔に自分の人生と運命を受け入れている。わたしは侍者であり、いとこの気まぐれに左右される召使。わたしの人生はわたし自身のものではない。幼い頃、夜にベッドのなかで夢見たような自分には一生なれない。
それが現実だ。
だから、その午後、昼食会が終わり、ピネロピの手を自分の肘にかけて食堂を出ていくウエークフィールド公爵を見つめても虚しいだけだった。公爵が気づかうようにピネロピのほうに頭をさげると、ふたりの濃い髪の色はよく似ていた。お似合いのカップルだ。結婚したら、公爵は明け方に森のなかを散歩するのが好きなことを妻に打ち明けるだろうか？　あのばかげた月の乙女の塔の話をするの？

アーティミスは体の前で組みあわせている自分の手を見おろした。わたしのような女は、つまらない嫉妬心など持つものではない。

「あなたがいてうれしいわ！」アーティミスの物思いをさえぎるように、レディ・フィービー・バッテンが腕を絡めてきて低い声で言った。「マキシマスのお客さまは古い人ばっかりなんですもの」

アーティミスはフィービーと一緒に食堂を出ながら彼女を見おろした。明るい茶色の髪をふっくらした丸顔にかからないようまとめ、ピンクの頬とはしばみ色の大きな目を引き立てる空色のドレスを着ている。外に出ることを許されれば、社交界の若い女性のなかでも特に人気を集めるに違いない――外見よりも、むしろそのやさしい性格で。フィービー・バッテンは愛さずにはいられない女性だった。

だがアーティミス同様、フィービーもどうにもならない宿命を抱えている。もう目がほとんど見えないフィービーは、彼女の地位の女性なら楽しめるはずの舞踏会や夜会にも出られず、求愛を受けることもない。

フィービーもわたしのように、自分の運命に楽天的なのかしら。アーティミスはときどきそう思うことがある。

「わたしよりピネロピのほうが、あなたと年が近いわよ」南のテラスに出るドアに向かいながら、アーティミスは言った。客のほとんどが昼食後、庭を散歩している。「足元に気をつけて」

フィービーは感謝の印にうなずくと、室内履きに包まれた足をそろそろと大理石の階段におろした。「でも、ピネロピは数に入らないわ。そうでしょう?」

アーティミスはちらりと彼女を見た。自分ではなくピネロピのほうが軽視されるという状況には慣れていない。「どういう意味?」

フィービーはアーティミスの腕を強く握って、日の光が降り注ぐ庭に顔を向けた。

「ピネロピはいい人だけれど、わたしに関心がないもの」

「そんなことないわよ」アーティミスは驚いて言った。

フィービーは、少女っぽい顔に似合わない、人生に疲れたような表情を見せた。

「彼女はマキシマスの気を引くのに必要だと思ったときにしか、わたしに注意を向けないわ」

それはまぎれもない真実なので、アーティミスは何も言えなかった。

「じゃあ、ピネロピはわたしが思っている以上に愚かなのね」

フィービーが笑う。「だから、あなたがいてくれてうれしいのよ」

アーティミスも思わず微笑んだ。「ここからは庭におりる階段よ」

「薔薇の香りがするわ」

フィービーは数メートル先の格子に絡ませた薔薇に顔を向けた。自然に見せようとして整えられている庭のほかの場所と違い、ここの薔薇は手が入っていないようで雑草みたいに見えた。格式張った庭園よりも田舎の小さな家の庭に似合いそうだ。ここにある必要はまったくない。いま、アーティミスの隣でうれしそうに香りを嗅いでいる目の不自由な娘のため以外には。

「何か見える？」アーティミスは小声で尋ねた。

一歩間違えば失礼に思われそうな質問だが、フィービーは頭を傾けて答えた。

「あそこの茂みの形はわかるわ。でも、ひとつひとつの花はだめ」彼女はアーティミスに顔を向けた。「明るい光のなかだと、だいぶましなの。たとえば、いまあなたが眉をひそめているのも見えるわよ」

アーティミスはあわてて感じのいい表情を浮かべた。「よかった。もっと見えないのかと思っていたわ」

「家のなかや夜だと見えないの」フィービーはこともなげに言った。

それが聞こえた印に、アーティミスは鼻を鳴らした。彼女はフィービーとふたりで砂利敷きの小道のひとつを進んだ。今朝は森に行きたくて庭は素通りしたが、午後の日差しのなかでぶらぶらと散歩するのは気持ちがよかった。もちろんいまは、手袋も帽子もきちんとつけているけれど。

笑い声が響き、ふたりはそちらを向いた。

「ピネロピかしら？」フィービーがアーティミスに体を寄せて尋ねた。

「ええ」アーティミスは、いとこがウェークフィールド公爵の腕をなれなれしく叩いているのを見つめた。彼は微笑みながら見おろしている。「あなたのお兄さまとうまくいっているみたいよ」

「本当に？」

アーティミスはフィービーを見た。これまでにフィービーは、ピネロピが兄にとって最適な相手だとは思っていないことを明らかにしてきたが、もちろんこの件に関して彼女に発言権はない。公爵がピネロピと結婚したら、自分は兄の家を出なければならないのを心配しているのかしら？

「ミス・ピックルウッドがいるわ」アーティミスはふたりのレディに近づきながら、フィービーに言った。「ミセス・ジェレットとお話し中よ」

「あら、フィービー」ミス・ピックルウッドが声をかけてきた。「ちょうど、この庭をあなたが管理していることをミセス・ジェレットに話していたところなの」

フィービーは微笑んだ。「わたしは維持しているだけで、設計したのは母です」

「じゃあ、ずいぶん芸術的な才能のある方だったのね」ミセス・ジェレットがすかさず言った。「このお庭を管理しているなんて、うらやましいわ。うちの夫は、田舎の屋敷には小さな庭しか作ってくれなかったの。このきれいなお花は何かしら？　初めて見たわ」

フィービーはかがんで花に触れてから、その花の起源や、ペラムハウスで育つようになったいきさつなどの学術的な説明をはじめた。アーティミスにはいささか意外だった。フィービーがこれほど庭仕事に興味を持っているとは知らなかった。

アーティミスの手に濡れた鼻が押しつけられたのと同時に、ミス・ピックルウッドが笑った。「パーシーはあなたに夢中みたいよ。ふだんは決してマキシマスのそばを離れないのに」

アーティミスはスパニエルの甘えるような茶色の瞳を見おろし、やわらかい耳を撫でた。驚いたことに、ボンボンが自分よりも大きなパーシーの横で、ピンクの舌を突き出しながらうれしそうに息をついている。アーティミスは顔をあげた。ウェークフィールド公爵は、庭の向こうでピネロピをエスコートしていた。「ミニョンはどこですか？」

ミス・ピックルウッドは、ツゲの木の下に鼻を突っ込んでいる小さなスパニエルを指さした。「ボンボンと違って大きな犬は苦手なのよ」

「ああ」アーティミスはかがみ込んでミニョンを撫でた。「ボンボンがこんなに元気に動きまわっているのを見たのは何年ぶりでしょう」

「レディ・ノークスに、ぜひこのお庭を見せたいわ」ミセス・ジェレットが大きすぎる声で言った。「彼女、庭仕事が大好きなのよ。もっとも、ときには庭に注ぎ込むお金が足りなくなることもあるのだけれど」顎を引いてささやく。「ご主人の賭け事のせいよ」

ミス・ピックルウッドが首を横に振る。「賭け事は本当によくないわ」彼女はミセス・ジェレットに意味ありげな視線を向けた。「ペパーマン卿のこと、お聞きになった？」

「いいえ！」

フィービーが小さくうめいた。「失礼します、バティルダおばさま、ミセス・ジェレット。アーティミスが垣根仕立てのアプリコットの木が見たいと言うので」

アーティミスはフィービーの腕を取り、ミス・ピックルウッドたちに聞こえないところまで歩いてからささやいた。「垣根仕立てのアプリコットですって？」

半ば上を向くようにして、フィービーが言った。「きっと見たがると思ったから。ペパーマンの話はもうたくさん」

甲高い口笛があたりを切り裂いた。ふたりの横を小走りしていたパーシーがはっとしたように頭をあげると、ウェークフィールド公爵のほうに駆けていった。ボンボンが短い脚で新しい友達を追いかける。

二匹の行方を追ううちに、アーティミスはいつの間にか自分が公爵を見つめていることに気づいた。彼はこちらを向いており、これだけ離れているのに威厳が感じられた。アーティミスは自分が何かを要求されているような気がした。

頭がくらくらしてくる。

そのときピネロピが公爵の腕を軽く叩き、彼は微笑みながらそちらを向いて何か言った。明るい日差しのなかだというのに、アーティミスは身震いした。

フィービーが肩にぶつかった。「考えていたんだけど」

「何を？」ぼんやりと応える。ウェークフィールド公爵とピネロピはオダーショー卿夫妻と出くわし、アーティミスには遠くからでも公爵が肩をこわばらせたのがわかった。オダーショー卿の言ったことが気に入らなかったようだ。

「〝〈恵まれない赤子と捨て子のための家〉を支える女性たちの会〟の会員みんなで、ハート家の庭園にある劇場にお芝居を観に行ったらどうかしら？」

アーティミスは目をしばたたいてフィーピーを見おろした。

「すてきだわ。ピネロピも喜んで行くでしょうね。人の集まる催しが好きだから。お芝居はほとんど見ていないけれど」

フィーピーが微笑む。「もちろんあなたも行くのよ。あなたは名誉会員みたいなものだわ。いつもピネロピと一緒に会に出ているんですもの」

「そうね」アーティミスは苦笑いした。わたしは決して正式な会員にはなれない。〝〈恵まれない赤子と捨て子のための家〉を支える女性たちの会〟は、セントジャイルズにある孤児院を支援する集まりだ。会員になるには資金を提供することが大きな条件となる。

「あなたも行くと言ってちょうだい」フィーピーはアーティミスの腕を抱くようにして言った。「『十二夜』をやるんですって。ロビン・グッドフェローがビオラを演じるのよ。男装して演じるときの彼女、とてもおもしろいわよね。わたし、あの低い声とゆっくりした台詞まわしが大好きなの」

アーティミスは胸が痛んだ。フィーピーは芝居を観に行っても、舞台上の役者を見ることができないのだろう。彼女にとって、役者のよしあしは台詞まわしで決まるのだ。

「もちろん行くわ」アーティミスはやさしく言った。

「それじゃ、決まりね」フィービーが飛び跳ねるようにして言う。「ほかの人たちにもきいてみるわ」

フィービーの喜びが伝染したように、アーティミスも微笑んだ。ふたりは庭の端に近づいていた。塀の前に石造りのベンチがあり、そこにひとりの女性が座って、物思いにふけるように遠くを見つめていた。

「知ってる？」アーティミスは衝動的に言った。「ミス・ロイルは裕福な相続人なんですって」

フィービーはかすかに眉をひそめた。「そうなの？」

アーティミスは彼女の腕をつかんだ。「〝〈恵まれない赤子と捨て子のための家〉を支える女性たちの会〟にもうひとり加わる余地はあるはずよ」

「まあ！」

アーティミスはフィービーの腕を叩くと、少しだけ声を大きくして言った。

「あら、ミス・ロイルがいらっしゃるわ」

ミス・ロイルはふたりに気づいていなかったように振り向いた。「こんにちは」女性にしては声が低く、用心深い表情をしている。

フィービーが無邪気に微笑んだ。「この庭はお気に召しましたか、ミス・ロイル？」

「ええ、もちろん」ミス・ロイルは答えた。「ええと……よかったらお座りになりますか？」

その申し出は少し遅かったようで、すでにフィービーはミス・ロイルの隣に腰をおろしていた。アーティミスはミス・ロイルを挟んで反対側に座った。

「ありがとうございます」フィービーはかわいらしく言った。「いまミス・グリーブズに、ロンドンに帰ったら〝〈恵まれない赤子と捨て子のための家〉を支える女性たちの会〟のみんなでハート家の劇場に行きたいと話していたところなんです」

ミス・ロイルは目をぱちくりさせたが、礼儀正しく応じた。

「〝〈恵まれない赤子と捨て子のための家〉を支える女性たちの会〟というのは聞いたことありませんけれど」

フィービーが目を丸くする。「ご存じないんですか？」

アーティミスは笑みを隠して、フィービーがセントジャイルズの孤児院のことや、そこが身寄りのない子供たちにどんなことをしてやっているかについて説明するのを聞いていた。

ふと目をあげると、相変わらずピネロピとオダーショー卿と散歩をしているウェークフィールド公爵が目に入った。彼はいらだたしげに顔をしかめている。

オダーショー卿は何を言ったのだろう？

マキシマスは、まだ終わらない仕事と、月明かりのなかで鈍い光を放つ血まみれの髪の夢から覚めた。オダーショーと議論していたおかげで、午前二時過ぎまで起きていた。ハウスパーティーに政治の問題を持ち込まれるのはかまわないが、レディ・ピネロピと庭にいるときにオダーショーがしつこくその話をはじめたのには閉口した。だが、たとえ野暮な自信家でも、彼が新しいジン規制法への支持を得るための大事な政友であることには変わりない。だから、夜ふけまで退屈な議論につきあったのだ。

ベッドからおりると、手早く古い上着とブーツを身につけ、屋敷の裏へ向かった。いつもより遅くまで寝ていたが、それでも顔を合わせた使用人はほんの数人で、よく訓練されている彼らはマキシマスとすれ違っても何も言わずにお辞儀をしただけだった。

朝は、一日のなかでマキシマスが自分のために取ってある時間だ。

外に出て馬屋へ向かった。いつもなら犬たちが散歩を楽しみに馬屋の前で待っているのだが、今日は一匹もいない。

マキシマスは眉をひそめて森を目指した。

すでに太陽はのぼっている。南側の広い芝生を横切って森に入ったとたん、葉陰の作る暗さで一瞬何も見えなくなった。目を閉じてからふたたび開けると、彼女が目の前に現れた。マキシマスの犬たちを横に従え、森の主のように高い木々の下に立つ彼女は穏やかで、この世のものとは思えず、まるで古代の女神さながらだった。

パーシーが最初に静寂を破り、泥だらけのままうれしそうにミス・グリーブズのもとからマキシマスのほうに走ってきた。もとは白いはずの小さな犬が彼女のスカートのうしろから飛び出し、きゃんきゃん吠えながらパーシーのあとを追う。

「今日は遅かったんですのね、閣下」ミス・グリーブズが言った。まるで待っていたかのようだ。

ばかなことを考えるな。「オダーショー卿と遅くまで話し込んでいたのでね。これはレディ・ピネロピの犬か？」マキシマスは自分の足首のあたりを嗅いでいる犬を見おろした。この犬がこんなに泥だらけで活発に動いているのは見た覚えがない。

「はい」ミス・グリーブズは自然にマキシマスと並んで歩いた。まるでもう何年もそうしているかのように。「オダーショー卿と何をお話しなさっていたのですか？」

マキシマスは彼女を見た。これまで何度も見たことのある茶色いドレスを着ている。そういえば、彼女の衣装戸棚には三着しかドレスが入っていなかった。昼用が二着に、夜の舞踏会用が一着だ。「政治の話だ。きみのようなレディは興味がないだろうが」

「なぜです？」

彼は眉をひそめた。「なぜとは？」

「なぜ、わたしのようなレディは閣下の政治談議に興味がないんですか？」ごくふつうの口調だが、なぜかマキシマスは嘲笑されているような気がした。

そのせいで、声がいくらかぶっきらぼうになったかもしれない。「運河のことや、ロンドンの貧民層のあいだで行われているジン取引を撲滅しようというわたしの法案に関する話しあいだ。実に興味をそそられる話だろう？」

だが、ミス・グリーブズはその手に乗らなかった。「運河がジンの売買とどう関係するのですか？」

「関係はない」マキシマスは枝を拾い、パーシーのために投げた。少し遠すぎたようだが、パーシーは楽しそうに吠えながら走っていき、そのあとをレディ・ピネロピの愛犬が勇敢にも追っていった。「オダーショーは、わたしのジン規制法を支持する前に、ヨークシャーに運河を開くという彼の法案への支持を取りつけたいのだ。運河が開かれれば、オダーショーの鉱山事業は利益を得るからな」

「でも、あなたは運河の法案を支持したくないのですね？」ミス・グリーブズは木の根をまたぐためにスカートをあげ、マキシマスは彼女の白い足首をかいま見た。今朝も靴を脱いでいるのだ。

「そういうわけではない」彼は顔をしかめた。議員間の政治的な駆け引きは複雑で、女性や、男性でも政治に無関心な相手にはあまり話したくない。ひとつひとつの問題が絡みあっており、それを説明するのは容易ではないのだ。マキシマスはふたたびミス・グリーブズを見た。

彼女は道を見つめていたが、マキシマスの視線を感じたのかこちらを向いた。その目にはじれったそうな表情が浮かんでいる。「では、なんですか？」

マキシマスは思わず微笑んだ。「オダーショーが運河法を出すのは三度目なのだ。彼は私腹を肥やすために議会を利用している。とはいえ――」彼は頭を振った。「オダーショーだけではない。おそらく議員のほとんどが、自分の得になる法を求めている。だが、オダーショーはあまりに露骨すぎる」

「では、オダーショー卿の望みどおりにはしないおつもりですか？」

「いや、そんなことはない」マキシマスは静かに、にこりともしないで答えた。「彼の法案を支持する。わたしの法案にも、彼とその仲間の票が必要だからな」

「なぜです？」ミス・グリーブズが足を止めてマキシマスのほうを向いた。わずかに眉を寄せていて、本当にわたしの政治の進め方を知りたがっているようだ。いや、それだけではなく、わたしの真意を知りたいのだろう。

あるいはわたしの心を。

「きみはセントジャイルズに行った」マキシマスは彼女と向きあった。「あのあたりの荒廃ぶりを見ただろう？　あれはジンがもたらした病だ」無意識のうちに一歩近づく。「セントジャイルズでは、ジンひと口のために赤ん坊を売る女たちがいる。一杯のジンのために強盗や殺人を犯す男たちがいる。ジンはロンドンの中心部に巣食う腐敗だ。止めなければロンドンがつぶれてしまう。あの酒は膿《う》んだ傷なのだ。焼灼《しょうしゃく》して切り落とさなければ、全身がだめになってしまう。わからないか？」彼は言葉を切ってミス・グリーブズを見つめた。声が大きすぎたし、熱がこもりすぎたようだ。つばをのみ込んでから言った。「わからないか？」

マキシマスはのしかかるようにミス・グリーブズの前に迫ったが、彼女は顔をわずかにあげて見つめるだけだった。「そのことに関しては、とても情熱を持っていらっしゃるんですね」

彼は目をそらして、そろそろと一歩さがった。「この件に情熱を持つのがわたしの仕事だ。貴族院議員としての務めだからな」

「でも、オダーショー卿のような人々は違う。そうおっしゃいましたよね？」彼女はマキシマスに近づいて、隠している秘密がすべてそこに現れているかのように顔をのぞき込んだ。

「なぜそんなにセントジャイルズのことだけを気になさるのですか？」

マキシマスは怒鳴りそうになりながら、彼女にまた向きあった。セントジャイルズを気にするだと？　好きではないとはっきり言ったではないか。

その瞬間、冷水を浴びた気がした。はっとして顔を離す。いや、セントジャイルズにどんな感情を抱いているか、彼女に話したことはない。少なくともウェークフィールド公爵としては。

だが、亡霊は話した。

マキシマスは用心深く肩をそびやかし、小道のほうに体を向けた。

「ミス・グリーブズ、きみはわたしを誤解している。わたしが気にしているのはジンとその取引であって、それが行われている場所ではない。さて、申し訳ないが、そろそろ客の相手をするために朝の支度をはじめる時間だ」

口笛を吹いて犬たちを呼び寄せ、その場を去りながら、ひとつだけはっきりと意識したことがあった。

ミス・グリーブズは危険な女性だ。

その日の午後、アーティミスはまたフィィービーと腕を組んで、ペラムハウスの南のドアを出た。昼食はかなり退屈だった。というのも、隣に座ったミスター・ワッツが、議論することとと自分の意見を押し通すことにしか興味がなかったからだ。フィービーと過ごせるのがうれしかった。彼女はアーティミスの耳元で叫んだりしないから、なおさらだ。

フィービーは目を細めて、格式張った庭園の向こうの緑を見つめた。

「何をしているのかしら？」

アーティミスは、すでに客が集まっているその場所を見た。「たぶん、運動する場所を作ったのよ。さっきあなたのお兄さまが、試合がどうとかおっしゃっていたでしょう？　きっと紳士たちが剣の腕前を披露するのね。ここから砂利が草に変わるわよ」

アーティミスが客たちの様子を説明しながら、ふたりは慎重に草地に足を踏み出した。何人かの従僕がさまざまな長剣を持って立っており、ほかの従僕は見物するレディたちのために椅子を用意している。ウェークフィールド公爵が指を鳴らして指し示すと、すぐさま彼の前に椅子が二脚追加された。

フィービーがため息をついた。「誰かが失敗して相手をピンク色に染めでもしなければ、たいしておもしろいとは思えないわ」

「フィービー！」アーティミスは小声でたしなめた。

「あなただって、そう思うでしょう？」こんなに無邪気を顔をしているのに、なんて残酷なことを考えるのかしら？　「紳士たちがにらみあって自分を危険そうに見せているあいだ、わたしたちは感心するふりをして騒がなければならないのよ」

アーティミスは愉快に思ったが、ウェークフィールド公爵が用意してあった席にピネロピを座らせるのを見ると、その思いも消えた。ピネロピの横に従僕たちが椅子を並べ、新たな列を作っている。公爵に微笑みかけるピネロピの顔は、秋の太陽のもとで信じられないほど美しかった。アーティミスは、ジンがロンドンにもたらす荒廃を語ったときの公爵の厳しい表情を思い浮かべた。あの情熱は議会の場までしまっておくのかしら？　いまの彼は穏やかで礼儀正しく、仮面をかぶっているようだ。いえ、熱い政治談議の最中でも、彼がその仮面を外すところは想像できない。

「最初は誰？」ウェークフィールド公爵とピネロピの二列うしろに座ったところで、フィービーが尋ねた。

アーティミスは公爵から視線をはがし、彼に惹かれてもなんの得にもならないことを改めて自分に言い聞かせた。「ノークス卿とミスター・バークレーよ」

フィービーは鼻にしわを寄せた。「本当に？　ミスター・バークレーが眉をあげるより激しい運動をするとは思わなかったわ」

アーティミスは小さく鼻を鳴らしてから、これから戦うふたりを見つめた。ノークス卿は五〇代後半で、背の高さは中ぐらい、わずかにおなかが出ている。ミスター・バークレーはそれより二〇歳は若いものの、とてもではないが健康には見えない。

「すごく真剣みたいよ。上着を脱いで、勇ましく剣を振りまわしているわ」だが、アーティミスは彼の激しい動きに思わず顔をしかめた。「危ない」

「何？　どうしたの？」

前に座っているミセス・ジェレットが聞き耳を立てるように頭を傾けたので、アーティミスはフィービーの耳に口を寄せてささやいた。「ミスター・バークレーが、もう少しで従僕の鼻を切り落とすところだったのよ」

フィービーは少女っぽく、くすくす笑った。ウェークフィールド公爵が振り返り、その暗く冷たい目がアーティミスの目と合った。彼女は一瞬にして、雪のなかに頭を突っ込まれたような気になった。公爵の視線がアーティミスの隣の妹に移り、かたく引き結んでいた唇がゆるんだ。ここでは公爵とは知りあいとも言えないような仲なのに、森のなかでは親しい友人のようにふるまえるのが、アーティミスには不思議だった。

ノークス卿とミスター・バークレーが剣を構えた。

試合は特に意外なことは起きなかった。紳士はみな、若いときから決闘の仕方を習っている。本当の戦いよりはダンスに近い、上品で優雅な剣の使い方を学ぶのだ。ロンドンには学校もあり、貴族はそこに通って姿勢《フォーム》を完成させたり、練習したり、戦いのルールを教わったりする。アーティミスは、ふたりの男性のしゃれたフランス語の名前がつけられているであろう正確な足運びと、セントジャイルズの亡霊の生死をかけた真剣な動きを比べずにはいられなかった。亡霊と戦ったら、いま目の前にいるふたりの紳士は一分ともたないだろう。そう思うと、勝利の喜びを覚えた。そんな偏見は恥じるべきなのに。

ノークス卿の刺繍入りベストの心臓のすぐ上あたりに剣先が遠慮がちに当たり、試合は終わった。

アーティミスが説明すると、フィービーは手で口を隠してそっとあくびをした。

次はオダーショー卿とミスター・ワッツだった。その次の試合のためにスカーバラ公爵が上着を脱ぐ頃には、アーティミスは、顔を寄せてピネロピのおしゃべりを聞いているウェークフィールド公爵の頭を見つめながら、あの人もわたしみたいに退屈しているのかしらと思っていた。彼はピネロピを気づかっているが、彼女の話に興味を覚えているとはどうしても思えない。

アーティミスは顔をしかめて視線をそらした。わたしったら、どこまでひねくれているの？　突然、自分が気難しい老女になり、結婚したいとこの屋敷でコンパニオンとして足を引きずって歩きながら、色あせて、くすんで、忘れ去られていくさまが目に浮かんだ。

「あら、おもしろいわね」

フィービーの小さな叫び声に、アーティミスは目をあげた。「何？」

「マキシマスとピネロピの前にいるのはスカーバラ公爵なんでしょう？」兄とピネロピの前に立っている年配の公爵をひそかに顎で示して、フィービーは言った。スカーバラ公爵は微笑みながら、ピネロピの手に唇をつけている。「彼は慣れていないのよ」

「えっ？」アーティミスはフィービーを見た。「誰のこと？」

「マキシマスよ」フィービーは愛情のこもった笑みを浮かべた。アーティミスはその笑みを、氷河のように冷たく独裁的なウェークフィールド公爵となかなか結びつけられなかった。

「競争相手を持つことに慣れていないの。ふだんは自分の望みを言えば、まわりが大急ぎでかなえてくれるから」

公爵が無頓着に通り過ぎるたび、使用人や家族や友人が彼の気まぐれを満たすために走りまわっている様子を想像してアーティミスは笑いたくなったが、唇を嚙んでこらえた。

それを察したかのように、ウェークフィールド公爵が振り返って彼女を見た。目が合った瞬間、アーティミスは息をのんで顔をあげた。

ピネロピが公爵の袖に手を触れると、彼はまた前を向いた。

アーティミスは目を伏せて、自分の手が震えていることに初めて気づいた。その手を組んで言う。「スカーバラ公爵がお兄さまの競争相手になると、本当に思う？」

「そうね……」フィービーは首を傾けて考え込んだ。スカーバラ公爵はピネロピの反対隣に座っている紳士となんとか話をつけたらしく、席を空けてもらっていた。彼はすかさずそこに座った。「ふつうに考えたら、あまり見込みはないと思うわ。マキシマスは若くてハンサムだし、お金持ちで権力もあるでしょう。それに、従わずにはいられないような雰囲気を持っている。そう思わない？」

たしかにそう思う。

「でも――」フィービーは続けた。「スカーバラ公爵はレディ・ピネロピに夢中みたいだし、それは大きな意味を持つことだと思うの」

「どういうこと？」

フィービーは豊かな唇を噛みしめ、茶色い大きな瞳に悲しげな色をたたえた。

「スカーバラ公爵はピネロピを愛している。でも、マキシマスは本当はそうじゃない。彼女を追わずにはいられないようだけれど、もし勝てなくても――」フィービーは肩をすくめた。「次の女性相続人を探すだけでしょうね。マキシマスにとって、レディ・ピネロピ本人はどうでもいいのよ。はっきり言って、たとえ年を取っていても情熱のある人のほうが、ない人よりいいでしょう？」

「ええ」考えるまでもなかった。求婚者が自分だけに関心を――本物の関心を――向けてくれることを望まない女性などいるだろうか？　相手の身体的な特徴など関係ない。ピネロピが一度立ち止まってその点を考えれば、即座にスカーバラ公爵の勝ちが決まるだろう。哀れなウェークフィールド公爵に見込みはない。

でも……彼は哀れなんかじゃないわ。イングランド屈指の権力者で、恐れるまではいかなくても、警戒すべき相手だ。

アーティミスはウェークフィールド公爵を見つめた。上質なダークグリーンのシルクの上着に包まれた広い肩。自分がエスコートしている女性が別の男性と楽しそうにしているのを観察する横顔。まるで求愛ダンスをするつがいのカブト虫を観察しているかのようだ。あの顔を見たら誰だって、彼がピネロピを自分のものにしたがっているとは思わないだろう。

彼の情熱を勝ち取ることができたら、どんな感じかしら？

そう思うと、アーティミスの体を興奮が駆け抜けた。ウェークフィールド公爵は女性に惹かれたことがあるの？　そもそも、他人に深い関心を持つことができるのかしら？　今朝、ジンの売買について熱く語ってくれたのを除けば、いつも感情を抑え、冷たい態度を取る。彼が女性に夢中になるところを想像すると笑ってしまうほどだ。

それでもアーティミスには、ウェークフィールド公爵のそんな姿が想像できた。自分の標的である女性のことを真剣に思う彼の姿が。彼は選んだ女性を守るだろう。その女性は彼を恐れると同時に、自分に注目してほしいと心から願うはずだ。アーティミスは身震いした。彼は容赦なく相手を追い求め、無慈悲なまでに勝利を得ようとするに違いない。

そして、わたしが彼のそんな姿を見ることは決してない。

アーティミスはため息をつき、膝の上で握りしめた手をじっと見つめた。わたしはウェークフィールド公爵のような男性に惹かれる。体がうずくほど彼を求めている。でも、彼を自分のものにすることはできない。彼だけではない。ほかの男性でも同じことだ。ひとりで生きていくのがわたしの運命なのだから。

一生独身で過ごすよう呪われているのだ。

スカーバラ公爵の声がして、アーティミスは顔をあげた。またひとつ試合が終わっていて、スカーバラ公爵がウェークフィールド公爵に何か言っている。スカーバラ公爵の顔は陽気だが、目は厳しかった。

「どうしたの？」フィービーが尋ねた。

「わからないわ。スカーバラ公爵があなたのお兄さまに何かきいているみたい。まあ、なんてこと。ウェークフィールド公爵に試合を申し込んだわ」

「本当に？」フィービーは興味を引かれたようだ。

アーティミスは眉をあげた。「お兄さまは剣術は得意なの？」

「知らないわ」フィービーは肩をすくめた。「流行にはなんの関心もない人だから。政治のほうが好きなのよ。でも、どちらにしても関係ないでしょう？　スカーバラ公爵はマキシマスより三〇歳は上だもの」

ピネロピが首をのけぞらせ、三列うしろにいるアーティミスたちにも聞こえるほど高らかに笑った。アーティミスは思わず前に乗り出した。ウェークフィールド公爵は胸を張り、誇りに満ちている。

スカーバラ公爵がさらに何か言い、ウェークフィールド公爵が突然立ちあがった。

「挑戦を受けたわ」

「ああ、楽しみ」フィービーが満足げに言う。

「お兄さまは勝てないわよ」アーティミスは気が気ではなかった。「もしスカーバラ公爵に勝ったら弱い者いじめをしているみたいだし、負けたら――」

「屈辱でしょうね」フィービーは落ち着いていた。

不意にアーティミスは、この友人に対していらだちを覚えた。兄が失墜するかもしれないことを少しは心配するべきだわ。

長身で痩せた従者が、上着を脱ぐウェークフィールド公爵に手を貸した。従者は主人の耳に何かささやいたが、公爵は首を横に振って彼から離れた。黒地のベストに施された金の刺繍が、日の光を受けて輝いている。真っ白な長袖のシャツが風でかすかにはためいた。スカーバラ公爵はすでに剣を持ち、これ見よがしに振っている。彼はどうやら剣術の達人らしく、アーティミスは心臓をつかまれるような気がした。

あれだけ誇り高い人だ、負けるよりは弱い者いじめと思われたほうがましだろう。

ふたりの公爵が向かいあって立ち、剣を構えた。ノークス卿が両者のあいだに立って、ハンカチを高く掲げる。一瞬、静寂が流れた。この一戦が単なる技の披露にとどまらないことを、誰もがわかっているようだ。

ハンカチが下に向かって振られた。

スカーバラ公爵が、彼の年齢にしては驚くほどの敏捷《びんしょう》さで前に出た。ウェークフィールド公爵は最初のひと突きをとらえて一歩さがり、用心深く動いた。ひと目見ればすぐにわかった。ウェークフィールド公爵が相手ほど剣術に長《た》けていないか……あるいは実力を隠しているかのどちらかなのが。

「スカーバラ公爵が優勢だわ」アーティミスは不安を覚えて言った。「お兄さまは防御するばかりよ」

スカーバラ公爵が余裕の笑みを浮かべ、対戦相手にしか聞こえない低い声で何か言った。

ウェークフィールド公爵の顔から完全に表情が消えた。

「閣下」従者が警告するように呼びかける。

ウェークフィールド公爵はまばたきをしてから、慎重に一歩さがった。

スカーバラ公爵の唇がふたたび動いた。

そのとき、予想外のことが起きた。ウェークフィールド公爵が変貌を遂げたのだ。彼は低く身をかがめ、優雅だが容赦ない攻撃を浴びせはじめた。スカーバラ公爵は目を見開き、次々と繰り出される攻撃をかわしながら急いで後退した。ウェークフィールド公爵の剣が日差しを受けてきらめき、すばやく動く引きしまった体は危険な雰囲気を漂わせつつも、まだ力を抑えていた。アーティミスははたと気づいた。ウェークフィールド公爵は相手をいたぶっているんだわ。

彼女は思わず立ちあがった。心臓が不自然なほど速く打っている。

「どうしたの？」フィービーも立ちあがり、もどかしげにアーティミスの腕を引っぱった。

ウェークフィールド公爵は恐れも躊躇もせずに、スカーバラ公爵に向かって正確に、勢いよく剣を突き出している。もし剣先が研いであったら……。

「彼は……」アーティミスは口を開いたまま言葉に詰まった。

前にも見たことがある。

ウェークフィールド公爵はダンスをしているような動きはしない。大きな野生の猫みたいに動く。まるで人の殺し方を知っているかのように。

まるで実際に人を殺したことがあるかのように。

スカーバラ公爵がよろめいた。汗で顔が光っている。ウェークフィールド公爵はすかさず攻撃を加えた。その姿は獲物に飛びかかるトラのようだ。物憂げな笑みを浮かべながら、相手に向かって剣を振りおろし……。

「閣下！」

従者の叫び声がウェークフィールド公爵の首に縄をかけたかのように、彼はいきなりスカーバラ公爵から離れた。動きを止めた広い胸が大きく上下して、白いシャツは風にはためいている。スカーバラ公爵がまだ防御のために剣をあげたまま、口を開けてウェークフィールド公爵を見つめた。

ウェークフィールド公爵が剣をゆっくりと地面につけた。

「なんなの？」フィービーが尋ねた。「いったいどうしたの？」

アーティミスは目をしばたたいた。「わからない。あなたのお兄さまが剣を地面におろしたの」

スカーバラ公爵は額を拭き、もう攻撃されないのが信じられないかのように、用心深く対戦相手に近づいた。彼の鈍い剣先がウェークフィールド公爵の喉に押しつけられる。あの強さなら、あざができるだろう。スカーバラ公爵はしばらく荒い息をついて、その場に立ち尽くしていた。自分の勝利に驚いているようだ。

「スカーバラ公爵の勝ちよ」アーティミスはうわの空でささやいた。

ウェークフィールド公爵は降参の印に両腕を大きく広げ、右手を開いて剣を地面に落とした。

そしてこちらを向き、アーティミスの目を見つめた。

その目は暗く危険で、冷たくなどなかった。彼のなかでは炎が燃えたぎっている。アーティミスはそれに触れたくてたまらなかった。彼女がトラのようなまなざしを見つめているうちに、トラは紳士に戻った。だが、アーティミスは悟っていた。

ウェークフィールド公爵はセントジャイルズの亡霊だ。

6

　二週間後、今度はヘルラ王が小人の王の結婚式に出席する番となりました。王はもっとも強くて優秀な家臣を連れ、暗い洞窟から地下深くへと下っていきました。小人の国ははるか地底にあったのです。一行は一昼夜かけて下へ下へと進み、広い平野に出ました。頭上に不吉な空のようなごつごつした岩が曲線を描き、足元に広がるのは小人の国の家々や通りや広場でした。

『ヘルラ王の伝説』

　夜が明ける直前に、マキシマスはあえぎながら目を覚ました。母の白い顔がまぶたの裏で闇に消えていく。命を失った首からはエメラルドのネックレスが奪われていた。あたりにジンの匂いが漂っている気がしたが、それが単に夢の名残りであるのはわかっている。

　マキシマスの手にパーシーが鼻をつけた。彼はウェークフィールド公爵家に代々伝わるベッドに横になっていた。頭上では濃い緑色のカーテンが、天蓋に彫られた金箔張りの飾りを囲んでいる。先祖のなかにも、夢と疑いに苦しめられた者がいたのだろうか？　陳列室に並ぶ誇りに満ちた肖像画を見たかぎりでは、そういう者はいなかったようだ。誰もが、父親や祖父の安らかな死によって爵位を継いでいる。復讐《ふくしゅう》を果たしていない残忍な殺人で父を失ったのはわたしだけだ。

悪夢を見るのも無理はない。

パーシーが慰めるように指をなめる。マキシマスはうんざりしてため息をつき、ベッドからおりて立ちあがった。パーシーは一歩さがって座り、マキシマスが着替えるあいだ、しきりに尻尾を振った。ほかの二匹同様、夜は馬屋で過ごすことになっているのだが、ベルやスターリングほど賢くないはずなのに、なぜかパーシーはいつも大勢の使用人やクレイブンの目をすり抜けてマキシマスの寝室にやってくる。おそらく神がこの犬に、賢さの代わりに強運を授けたのだろう。

「おいで」マキシマスは腿を叩いて部屋を出た。パーシーがあとからついてくる。

眠そうなメイドにうなずいてから、グレイハウンドたちを連れ出すために馬屋へ行った。二匹はシルクのようなやわらかい頭をマキシマスの手のひらに押しつけ、パーシーは甲高い声で吠えながら、露で濡れた丸石の上でマキシマスたちのまわりをぐるぐると走りまわった。挨拶がすむと、彼は犬たちを連れて森に向かった。

太陽は今まさにのぼりはじめたところで、淡い光が葉を照らしている。午後のピクニックやちょっとした娯楽にぴったりのいい天気になりそうだ。わたしの目に狂いがなければ、昨日は予定どおりうまくレディ・ピネロピのご機嫌を取ることができた。彼女は腕にしがみついたり、ときに妙な間合いで笑ったりして、すっかりわたしに魅了されたようだ。彼女が惹かれているのがわたしという人間そのものより爵位や財産だったとしても、それは上流階級ではふつうのことであり、気を落とす必要はない。

パーシーが野ウサギを見つけ、犬たちは下生えのあいだを猛然と連隊のように走っていった。鳥が二羽、驚いて飛び去っていくのをマキシマスは見あげた。

そのとき、ここにいるのが自分だけではないことに気づいた。

彼女を見つけても、もちろん胸が高鳴ったりはしなかった。

「おはようございます、閣下」ミス・グリーブズは帽子をかぶっておらず、いつもの地味な茶色のドレスを着ている。頬は朝の散歩でピンク色に上気し、唇は濃い薔薇色だ。

マキシマスは視線を下に向け、彼女がまたしても裸足でいることにいらだちを覚えた。

「森では靴を履くべきだ。足を切ってしまうかもしれないからな」

ミス・グリーブズがあいまいな笑みを浮かべ、マキシマスのいらだちは募った。誰もがわたしの言うことに即座に従うのに、彼女だけはそうしない。

パーシーが狩りの興奮から冷めやらぬまま走ってきて、彼女に飛びついた。

「おりなさい」ミス・グリーブズが穏やかに命じると、スパニエルは汚れた前足をもつれさせながら従った。

マキシマスはため息をついた。

「ウサギを捕まえられた？」彼女はうれしそうに尻尾を振っているパーシーにやさしく話し

かけた。「ずたずたに引き裂いた？」

マキシマスは眉をひそめた。「レディにしてはずいぶん血生ぐさい言葉だな、ミス・グリーブズ」

彼女は肩をすくめた。「そもそも、この子にウサギが捕まえられるとは思えませんわ、閣下。それに――」上体を起こして続ける。「わたしの名前は狩りの女神にちなんでいるんです」

マキシマスはいぶかしげに彼女を見た。今朝は様子がおかしい。これまでもわたしに対して敬意を持って接しているとは言いがたかったが、今日はやけに挑戦的だ。

グレイハウンドたちが息も荒くレディ・ピネロピの犬と一緒に戻ってきて、三匹はミス・グリーブズに挨拶した。

マキシマスが問いかけるようなまなざしを送ると、彼女は肩をすくめて言った。

「ボンボンは朝の散歩もパーシーのことも大好きなようですから。まるで第二の人生を見つけたみたい」

彼女は前に歩きだした。スターリングとボンボンとパーシーが先に行ったが、ベルは道の匂いを嗅ぎながら、マキシマスとミス・グリーブズに歩調を合わせた。ふたりは何も話さずに歩いた。気安さゆえの沈黙とも取れるが、彼女の肩はこわばっている。

マキシマスは横目でミス・グリーブズを見た。「ご両親は古典が好きだったようだな？」

「母がそうでした。アーティミスにアポロ。ギリシャ神話の双子です」

「そうか」

彼女は大きく息を吸った。ドレスの胴着《ボディス》がふくらみ、マキシマスはそちらに気を取られそうになった。「弟は四年前に〈ベドラム精神病院〉に入れられました」

「ああ、知っている」

ミス・グリーブズがこちらを向き、彼の嫌いな皮肉な笑みを浮かべた。

「もちろんご存じですわね。うかがいたいのですが、閣下、あなたはいつも興味のあるレディの身辺を調べてから求愛なさるんですか？」

「そうだ」否定してもしかたがない。「最高の相手と結婚するのが、わたしの爵位に対する責任だ」

ミス・グリーブズはあいまいな返事をし、それがさらにマキシマスをいらだたせた。

「きみの弟は精神病で、怒りに駆られて三人の男を殺した」

彼女が体をこわばらせた。「それをご存じでピネロピへの求婚をお続けになるとは驚きですわ。精神の病は遺伝すると言われているのに」

それがミス・グリーブズの泣きどころなのは疑う余地がない。だが、彼女は堂々と女神の名を名乗っている。彼女のような人間は自分自身を甘やかさない。

「きみの家系はレディ・ピネロピと直接つながってはいない。それに人を殺したからといって、精神病者とはかぎらない。きみの弟が絞首刑になる代わりに精神病院に送り込まれたのは伯爵の孫だったからだろう。貴族の一員が処刑されるよりは精神病者とされるほうが、誰ミス・グリーブズはつらそうに顔をしかめてから、もとの表情に戻った。

「おっしゃるとおりです。ひどい醜聞になりました。母が亡くなったのは、それが直接の原因だと思います。わたしたちは何週間ものあいだ、アポロが捕まって処刑されると思っていました。ピネロピのお父さまがいなかったら……」

ふたりは空き地に着いていた。彼女は足を止めてマキシマスと向きあった。マキシマスはなぜか、ミス・グリーブズを腕に抱いて、わたしが世界を支配して醜聞を食い止めてやると言いたくなった。

けれどもミス・グリーブズは胸を張り、怯える様子もなくまっすぐにマキシマスを見つめた。彼女には守ってくれる人間など必要ないのだろう。わたしなどいなくても大丈夫なのだ。

「アポロは精神病ではありません。それに人も殺していません」

マキシマスはミス・グリーブズを見つめた。極悪人の家族は、ときに愛する者の罪が目に入らないことがある。それをここで指摘しても無駄だ。

彼女が息を吸い込んだ。「あなたなら、アポロを救い出せます」

マキシマスは眉をあげた。「わたしは公爵だ。国王ではない」

「できます。あなたなら、弟を自由にできるんです」

彼はため息をついて目をそらした。「たとえそうだとしても、わたしはそんなことをするつもりはない。きみの弟は精神病だと診断されたのだよ、ミス・グリーブズ。認めるのはつらいだろうが。彼は無残に殺された三人の男の遺体とともに見つかった。間違いなく――」

「アポロではありません」ミス・グリーブズは目の前に立って、華奢な手をマキシマスの胸に押し当てた。服を通して、その手の熱さが感じられる気がする。「おわかりにならないいんですか？　アポロは無実です。それなのに地獄のようなところに何年間も閉じ込められ、一生出てこられないんです。アポロを助けなければなりません。あなたが――」

「だめだ」できるだけ穏やかに言った。「わたしには、何かしなければならないという義務はない」

一瞬、ミス・グリーブズは仮面を外し、激しい感情をあらわにした。怒り、苦しみ、そしてマキシマスに勝るとも劣らぬ深い悲しみ。

彼は衝撃を受け、口を開いて何か言おうとした。

だがその前に、彼女がアーティミスという女神の名に恥じぬ正確さと無慈悲さで攻撃を加えた。

「あなたはわたしの弟を救わなければなりません。さもないとイングランドじゅうにばらします。あなたがセントジャイルズの亡霊だということを」

アーティミスは息を詰めた。わたしは大胆にも、トラの頭に面罄《おもがい》をかけたのだ。そしていま、彼がわたしの言うことに従うか、あるいは強い前足でわたしを払いのけるかするのを待っている。

ウェークフィールド公爵は身じろぎもせずに立っていた。濃い茶色の目がゆっくりと細くなり、アーティミスを見つめる。自分の前にいるのが、国王を別にすればおそらくイングランドでもっとも強い力を持つ男性であることを、彼女は改めて意識した。

やがてウェークフィールド公爵が言った。「そうは思わないね」

アーティミスは唇を噛んだ。「わたしがばらさないと思っているんですか?」

「いや、わたしはきみがそのような裏切りを平気でする女性だと思っているよ、ミス・グリーブズ」なめらかな声で言うと、公爵は前を向いてふたたび歩きだした。

彼女は息をのんだ。ふたりで散歩を楽しんでいたはずなのに、もうそんな雰囲気ではなくなった。

頬が熱くなる。「わたしは何よりもまず弟のことを優先するんです」

「わたしはセントジャイルズできみの命を救ったじゃないか」公爵は思い出させるように言った。

アーティミスは優雅で巧みな剣さばきを思い返すと同時に、馬車に乗る前に見た挨拶を思い出した。いまならわかる。あのとき、彼はわたしの無事を見届けたかったのだ。

でも、そんなことは関係ない。「アポロはわたしの弟で、その弟の命が危ないんです。あなたに対して申し訳ないなんて思いません」

公爵は、軽蔑の目を向けるのは思いとどまったようだ。「わたしもきみにそう思ってもらうつもりはない。ただ事実を述べているだけだ。侮辱する気はないよ。きみは戦いがいのある敵だからな」

「でも？」

彼はため息をつくと、足を止めてアーティミスと向きあった。そして、ひときわ扱いにくいメイドを相手にしているかのように言った。「きみはわたしがどういう敵なのか確かめていないね。わたしは脅迫に屈するつもりはない」

悔しいが、公爵の態度に感嘆せずにはいられなかった。もしアポロのために戦っているのでなければ、負けを認めていたかもしれない。たしかにこれは脅迫であり、公正とは言えない。

でも、わたしは名誉を重んじるという伝統にもとづいて育てられた紳士ではない。かつてはレディだった。彼のような男性に、名誉といった複雑で男性的な観念を理解できるはずがないと思われる類の女性だった。けれど、いまは？　いまは運命の気まぐれに翻弄されて無情になった。

これがわたしの人生。運命の波が、わたしをここに運んできた。名誉を重んじることなど時間の無駄だし、わたしには意味がない。

彼女は顎をあげた。「わたしがあなたの秘密をばらすと思っていないんですね？」

「きみにそんなことをする勇気があるとは思えない」容赦なく降り注ぐ朝の光のなかに立つウェークフィールド公爵は、とても孤独に見えた。「だが、たとえきみがばらしたとしても、信じる人はいないだろうな」

打撃を受けて、アーティミスは鋭く息をのんだ。けれども彼は気にするそぶりもなく、冷たい声でさらに言った。

「きみは精神病者の姉であり、常軌を逸した行動で知られる紳士の娘だ。誰かにわたしの秘密を話そうとすれば、きみ自身が精神病院に幽閉されるかもしれない」公爵はアーティミスにとって悪夢のような脅しをかけながら、どこから見ても貴族的な、冷淡で隙のないお辞儀をした。この人は自分のまわりに張りめぐらしている壁を誰かに越えさせたことがあるのかしら？　人間らしいやりとりを求めたことはあるの？　「ごきげんよう、ミス・グリーブズ。ペラムハウスでの残りの日々が、きみにとって満足のいくものになることを信じているよ」

ウェークフィールド公爵は背中を向けて歩き去っていった。

ベルとスターリングはすぐさま彼についていったが、パーシーはしばらく主人とアーティミスのあいだに立ち、ためらうようにふたりを見比べていた。

「行きなさい」アーティミスがそうささやくと、パーシーは低く吠えてから公爵のあとを追った。

ボンボンが鼻を鳴らしてアーティミスの足首に体をすり寄せた。朝の空気が、急にまた冷たく感じられてきた。彼女は裸足のつま先を土の地面にめり込ませるようにして、去っていく公爵の傲慢な背中を見つめた。彼はわたしのことを知らない。そしてわたしにとって彼は、富と権力と他者への無関心をまとった男性たちのひとりにすぎない。アポロが自由になるうえでの障害のひとつにすぎないのだ。自分が何か新しく築かれつつあるものを壊してしまったと感じる理由はない。

それにウェークフィールド公爵は間違っている。わたしには彼の秘密をばらす勇気がある。弟のためなら、どんなことだってするつもりだ。


その日の午後、太陽はペラムハウスの南の庭を明るく輝かせていた。自分も楽しみ、求婚相手も楽しませるべきだとわかっていても、マキシマスはミス・グリーブズを怒らせたことが頭から離れなかった。わたしを――このウェークフィールド公爵を脅迫するとは身のほど知らずもいいところだ。彼女はわたしをそんなに弱いと思っていたのか。そう考えると軽蔑と怒り、そして困惑を覚えた。もうひとつ、痛いほど心の奥深くにひそんでいる感情があるが、そこまで探りたくはない。だからマキシマスは怒りだけに集中することにした。ミス・グリーブズが午前中、マキシマスを無視し続けるという子供じみたまねをしなければ、彼は彼女の言動で自分がいかに不愉快になったかをわからせてやっただろう。

別に、不自然なまでに無視されたことを気にしているわけではないが。

「嘘だとお思いになるかもしれませんけれど、わたしはアーチェリーが得意なんですのよ」マキシマスの隣でレディ・ピネロピが言った。

「本当に？」彼はぼんやりと応えた。

ミス・グリーブズが幽霊のように静かにふたりのうしろを通り過ぎた。マキシマスは振り返って、何か言えと彼女に迫りたくてたまらなかった。だが、もちろんそんなことはせず、従僕やメイドたちがアーチェリーの支度をしているほうへ悠然とレディ・ピネロピを連れていった。芝生の向こう側のさほど遠くない位置に、木製の大きな的が三つ並べられている。今日はレディたちがアーチェリーの腕を披露することになっているのだ。紳士たちはそれを見物し、褒めたたえる。もちろん、上手でも上手でなくても褒める。レディの虚栄心とは、もろいものなのだ。

マキシマスはため息を抑えた。わたしはこういったこと――ばかげたゲームやハウスパーティーそのものを――をするのがあたりまえだと周囲から思われている。それはレディ・ピネロピのような女性に求婚するためだけではなく、わたしの階級や社会的立場、議会での立場を考えればふつうのことだ。しかしときには、今回みたいに不愉快な思いをするだけの場合もある。いまだってこんなところにいないで、ロンドンのコーヒーハウスでほかの議員にジンの売買を規制するもっといい法律を制定するよう促すこともできた。あるいはセントジャイルズで両親を殺した犯人を追ったり、そうでなければ秘書と一緒に領地の管理をしたりすることもできた。好きではないが大事な仕事だ。

それなのに、まるで気障《きざ》なめかし屋みたいに、愚かな娘を腕にぶらさげて芝生を歩いている。

「きみはアーチェリーをやるのか、ミス・グリーブズ？」マキシマスは自分でも気づかぬうちに尋ねていた。暑さで頭がどうかしてしまったらしい。

「あら、アーティミスはアーチェリーはやりませんわ」レディ・ピネロピがいとこより先に答えた。「そういう趣味にかける時間がないんです」

なぜ？　マキシマスはききたかった。レディ・ピネロピのコンパニオンをしていると、自分の趣味――レディのアーチェリーというくだらない趣味でも――も持てないのだろうか？　それはありうることだ。ミス・グリーブズの立場は体のいい奴隷みたいなもので、女性のなかでももっとも弱い人々――家族がいない人々――だけが就く。レディ・ピネロピはその気になれば朝から晩までミス・グリーブズを働かせることができるし、彼女のほうはそれに感謝するべきだと思われているのだろう。

マキシマスの気分はますます暗くなった。

「わたしはほかにも、乗馬やスケッチやダンス、それに歌うのも好きなんです」レディ・ピネロピがしゃべり続ける。彼女はマキシマスの袖を指で叩いた。「今夜、みなさんの前で歌を披露しましょうか？」

「ぜひ聞かせてほしい」彼は何も考えずに答えた。

背後から、咳《せ》き込むような音がかすかに聞こえた。振り返ってみると、ミス・グリーブズが唇を震わせている。マキシマスは急に、レディ・ピネロピの美声に疑問を抱かずにはいられなくなった。

「ごらんになって。スカーバラ公爵が的を置くのを手伝っていますわ」レディ・ピネロピが言った。「田舎の領地で年に一度、競走やアーチェリーなどの大会を開くのがお好きだとゆうべおっしゃっていたから、きっと得意なんでしょうね。だからフェンシングもあんなにお上手だったんだわ」まずいことを言ったと気づいたらしく、うっとうしいほど同情的な視線をマキシマスに向けてきた。「もちろん、誰もがフェンシングにしろ何にしろ、競技の練習をする時間があるわけではありませんわね」

うしろから聞こえたかすかなあえぎ声は、今度こそ間違いなく笑いをこらえている印だった。

「閣下にはもっと知的な能力がおありのはずですわ」ミス・グリーブズの声はわざとらしいほどやさしかった。

レディ・ピネロピは〝知的〟という言葉の意味を考えているようだ。

「わたしは長い時間を議会で過ごしている」自分の耳にも尊大に聞こえる声で、マキシマスは応えた。「声がまた出るようになってよかったな、ミス・グリーブズ」

「ずっと出ていますわ、閣下」ミス・グリーブズが愛想よく応じる。「ところで、閣下はフェンシングの練習はまったくなさらないということですか？　もしそうなら、昨日の閣下の戦いぶりは――少なくともスカーバラ公爵との試合の一部は奇跡としか言いようがありませんわ。わたしには、毎晩のように剣を持って戦っておられるように見えました」

マキシマスはゆっくりと彼女のほうを向いた。今度は何をするつもりだ？

ミス・グリーブズは彼の視線を受け止めた。その顔は穏やかだが、目の奥がいたずらっぽく光っている。マキシマスは背筋に冷たいものが走るのを感じた。

「何を言っているのかさっぱりわからないわ、アーティミス」一瞬気まずい沈黙が流れたあと、レディ・ピネロピが不満げに言った。

「レディ・ピネロピ、腕当て《アームガード》をつけるお手伝いをしましょうか？」マキシマスの背後からスカーバラ公爵が尋ねた。

マキシマスはひそかに悪態をついた。彼が近づいていたことにまったく気づいていなかった。

ミス・グリーブズが言った。「あなたのようなご立派な議員にあんな意地悪を言われるなんて衝撃ですわ」

「きみが衝撃を受けるはずがない、ミス・グリーブズ」深く考えもせずにぴしゃりと告げた。

彼女は唇の片端をあげて、笑みにならない笑みを見せた。マキシマスは彼女の手を取って、木々のなかに引っぱり込みたくなった。ミス・グリーブズが素直に微笑むか喜びの声をあげるまで、あの魅惑的な唇をむさぼりたい。

まばたきをして、そのなまめかしい想像を追い払った。どういうつもりだ？　彼女はわたしが結婚を考えているレディの地味なコンパニオンであるばかりか、わたしを脅迫している。

だが、ミス・グリーブズが少し身を寄せてきたときにマキシマスが感じたのは嫌悪ではなかった。さえない茶色のドレス姿なのに、なぜか魅力的な彼女がささやく。

嫌悪以外の何を感じるというのだ？

「ぼんやりしていると、スカーバラ公爵にレディ・ピネロピを取られてしまいますわよ。あちらのほうが戦いには真剣なんですから」

そう言うと、ミス・グリーブズは彼が言い返す前にフィービーのほうに歩いていった。

マキシマスは顔をしかめて、アーチェリーの準備をするレディたちを見た。スカーバラはレディ・ピネロピのうしろから両腕をまわして、アームガードを装着しようとしている。マキシマスはうんざりした。なぜわたしは、あんな見え透いた策略に引っかかる愚かな女性をめぐって戦っているのだ?

それは爵位のためだ。

肩を怒らせてふたりに近づき、声をかけた。「いいかな?」そしてスカーバラのしかめっ面も、レディ・ピネロピのわが意を得たりという微笑みも無視して、手早く彼女の腕にアームガードをつけた。終わって一歩さがりながら、ミス・グリーブズとフィービーが立っているほうをちらりと見ずにはいられなかった。

ミス・グリーブズはからかうようにお辞儀をしてみせた。

マキシマスは顔をしかめ、ほかの客たちの準備ができているか確かめるために彼女に背を向けた。

「今日はわれわれ男性陣が観客というわけだな」邪魔にならないようどきながら、スカーバラが陽気に言った。

レディ・ノークスが弓を構えると、マキシマスはフィービーとミス・グリーブズのほうに向かった。

「うしろにお隠れになるんですか、閣下?」ミス・グリーブズがささやいた。

レディ・ノークスが矢を放った。

「あら、まあ」ミス・グリーブズが声をあげる。

「大きく外れたんでしょう？」フィービーが尋ねた。

「危うくジョニーに当たるところだった」マキシマスはにこりともせずに言った。

「閣下の従僕はずいぶん機敏に飛びのきましたわね」ミス・グリーブズが考え込むように言う。「まるでセントジャイルズの亡霊に鍛えられているみたい」

マキシマスは鋭い目で彼女を見た。

ミス・グリーブズは微笑みを向けてきた。歯を見せる本物の笑みだった。マキシマスはすべて――脅迫のこと、まわりに人がいること、自分が怒っていること――を忘れて、その笑みに息をのんだ。彼女が微笑むと顔全体が輝いて、とても美しくなる。

彼はつばをのみ込んで顔をそむけた。

フィービーが笑った。「お兄さまがここまで逃げてきた理由がわかるわ。自分の身を守るのも勇気の一部よ」

三人はミセス・ジェレットとレディ・オダーショーが矢を放つのを黙って見守った。ふたりともでたらめだったが、ミセス・ジェレットの矢は運よく風に乗って的に当たり、周囲ばかりか本人をも驚かせた。

マキシマスは自分の臆病ぶりと、女性たちのアーチェリーの下手さにうんざりしながら咳払いをした。「レディ・ピネロピはいいフォームをしている」彼女は体を曲げて弓を引いていた。

「ええ、そうなんです」ミス・グリーブズが熱心に言った。「しょっちゅうフォームを練習していますわ」

ふたりが沈黙して見守るなか、レディ・ピネロピの矢は的の縁に当たって跳ね返った。

「狙いはいまひとつですけれど」ミス・グリーブズがつぶやく。

用心深く身をかがめて遠くに落ちた矢を拾いに行く従僕のジョニーを見ながら、マキシマスは顔をしかめた。わたしよりも勇敢だ。

「もう一回やるようだ」スカーバラが言い、実際レディ・ピネロピはふたたび構えた。実に美しい姿だ——マキシマスは冷めた気持ちで思った。黒檀《こくたん》のような髪に編み込んだチェリーレッドのリボンが風に揺れ、その横顔はまるでギリシャ彫刻のようだった。

彼女が矢を放ち、三人いる従僕がいっせいに地面に身を伏せた。

「お見事」スカーバラが叫ぶ。矢は的の一番外側の青い輪に突き刺さっていた。

レディ・ピネロピは誇らしげに微笑むとうしろにさがり、ミス・ロイルに愛想よく場所を譲った。

従僕たちは不安げだ。

ミス・ロイルは弓を手に取り、従僕に声をかけた。「さがっていたほうがいいわ。わたし、初めてだから」

「アーチェリーをやったことがないですって？」フィービーがつぶやいた。

「あの人はインドで育ったのよ」次に順番がまわってくるのを待つために近くにいたミセス・ジェレットが言う。「異教の地ね。肌の色が濃いのも、インド生活が長いせいだわ」

ミス・ロイルの初めの二本は大きく的を外れたが、三本目はかろうじて外の輪に当たった。彼女は満足げにうしろにさがった。

その後、何事もなくアーチェリーは進んだ。的の中心の赤い輪に矢を当てた者はいなかったが、従僕にけがをさせた者もいなかったので、この日の午後はフィィービーの言葉を借りれば〝勝利の午後〟と言えるのだろう。

マキシマスはレディ・ピネロピに肘を差し出して、何か飲むために屋敷のなかへ戻った。歩きながら頭をさげ、思いのほかうまく的に当てたことを話す彼女の話に耳を傾けた。ときおり褒め言葉や励ましの言葉を挟んだが、そのあいだずっと、ミス・グリーブズがまだアーチェリー場に残っていることが気になってしかたがなかった。

「大変、手袋を置いてきてしまいましたわ」〝黄色の間〟に入ったとき、レディ・ピネロピが叫んだ。ほかの客はすでに席についている。

「取ってこよう」マキシマスは、今回ばかりはスカーバラに先立って言った。お辞儀をして、レディ・ピネロピが――あるいはスカーバラが――何か言う前にその場を離れた。

南のドアに向かい、人のいない廊下を進んだ。客はみな〝黄色の間〟にいるし、使用人たちも客に仕えるため、そちらにいる。

いや、ひとりだけ残っている客がいた。

マキシマスは南のドアから外に出たところで彼女を見つけた。芝の向こうに、こちらに横顔を見せて立っていた。背筋を伸ばし、古代の女戦士のように弓を構えている。マキシマスはミス・グリーブズに近づいた。彼女はきびきびと弓を引き、風を考慮に入れて少し上に狙いを定め、矢を放った。矢が的に当たる前に、次の矢をつがえて放つ。続いて三本目も同じようにした。

マキシマスは的を見た。三本とも、赤い的の真ん中に刺さっていた。アーチェリーはやらないと言ったミス・グリーブズが、ほかのどのレディよりも——そしておそらく、どの男性よりも——うまかったのだ。

的からミス・グリーブズに視線を移すと、彼女もこちらを見つめていた。誇りに満ちたその顔は笑っていない。アーティミス。彼女の名は、狩りの女神アルテミスにちなんでいる。たったひとりの求愛者を容赦なく殺した女神だ。

マキシマスのなかで挑戦心が頭をもたげた。ミス・グリーブズは穏やかな社交界のレディとは違う。そのようなふりをしているかもしれないが、わたしにはわかる。彼女は女神なのだ。野性的で自由で危険な女神。

そして、わたしにもっともふさわしい敵。

彼はレディ・ピネロピの手袋を拾うと、にこりともせずにミス・グリーブズにお辞儀をした。彼女も同じように険しい顔でお辞儀を返した。

マキシマスは屋敷のほうを向いた。どうやるかはまだわからないが、とにかくミス・グリーブズに勝つつもりだ。わたしのほうが上であることを見せつけ、相手がわたしの勝ちを認めたとき……そのときは彼女を自分のものにしよう。彼女を抱く。わたしの狩りの女神を。

7

ヘルラ王の結婚式は豪華でしたが、小人の王のそれはさらに豪華でした。ごちそうとダンス、そして物語の語られる日々が七日七晩続きました。洞窟は金と宝石で輝いていました。小人たちは地上の宝物を心から愛していたのです。そのためヘルラ王が最後に贈り物を出すと、小人の国の民から大きな歓声が沸き起こりました。ヘルラ王が贈ったのは、あふれんばかりのダイヤモンドが詰まった、人のこぶしの二倍ほどある金の物入れでした。

『ヘルラ王の伝説』

「そして彼の瞳は炎のように真っ赤でしたの。まるで地獄から来たばかりのように」ピネロピが大げさに身震いしながら言った。

もう一〇〇回は聞いた気がするピネロピのその話に耳を傾けながら、アーティミスはフィービーに顔を近づけてささやいた。「それとも、赤いランプが灯っていたのかも」

フィービーは口に手を当てて笑いをこらえた。

「わたしもその場にいて、あなたを恐ろしい悪魔から守れればよかった」スカーバラ公爵が叫ぶように言った。

夕食が終わり、レディたちに続いて紳士たちも〝黄色の間〟に集まったところだった。客は広間のあちこちに散らばっていた。女性たちはほとんどが彫刻入りの椅子や長椅子に座っており、紳士たちは立っている。スカーバラ公爵は部屋に入るなりピネロピの隣に来て、そこから動かなかった。一方のウェークフィールド公爵は壁沿いをぶらぶらと歩いている。何をたくらんでいるのかしら、とアーティミスは思った。ピネロピのご機縁を取ろうとしているに違いない。だがアーティミスがそちらを見ると、彼の暗い目と目が合った。

アーティミスは身震いした。今日の午後にアーチェリーの腕前を披露して以来、わたしを見るウェークフィールド公爵の目に熱がこもっている。あんなことをしたのは思いあがりだったかもしれないが、どうしても機会を逃したくなかったのだ。わたしはただの社交界のレディではない。田舎で育ち、森のなかで長く過ごし、狩りの仕方も知っている。かつてのわたしの獲物は鳥やリスで、危険な公爵ではなかったけれど、狩りの原則は変わらないはず。彼に忍び寄り、扇動するつもりだ。彼がわたしの弟を助けるしかなくなるまで。それには巧妙な戦略が必要になる。いつでもウェークフィールド公爵の正体を明かすつもりであることを示したいが、一方で、彼がセントジャイルズの亡霊であることを本当にばらしてしまったら、わたしにはもうあとがない。とても微妙なゲームとはいえ、少なくとも最初の一手は成功だった。

ウェークフィールド公爵の注意を引くことができた。

「まあ、勇敢でいらっしゃいますのね、閣下」アーティミスはスカーバラ公爵に顔を向け、大きな声で言った。「セントジャイルズの亡霊と戦おうとなさるなんて。あのときわかったのですが、亡霊はかなり大柄な男でした。背の高さでいえば、ちょうど……」部屋に集まっている紳士たちをわざとらしく見まわす。ウェークフィールド公爵が目に入ったとき、彼はすでに苦い顔になっていた。「ウェークフィールド公爵閣下と同じぐらいです」

公爵が目を細めてこちらを見た。アーティミスはその目をしばらく見つめていたが、やがてピネロピがつまらなそうに言った。「ばかなこと言わないでちょうだい、アーティミス。亡霊は閣下より三〇センチは高かったわよ。でもスカーバラ公爵閣下なら、間違いなく彼に勝てると思うわ」

最後の部分は明らかに嘘であり、アーティミスはあきれた顔を見せる気にすらならなかった。

「もちろんですわ。スカーバラ公爵閣下は、わたしの兄よりも断然助けになります」自分が兄を裏切っていることなど気にするふうもなく、フィービーが言った。

「フィービー」ウェークフィールド公爵が警告するように低い声で呼びかけた。

「何かしら、お兄さま？」フィービーは、消化不良を起こしたトラみたいに隅に隠れている公爵に明るい顔を向けた。「昨日のスカーバラ公爵閣下との戦いは見事とは言えなかったことを、ご自分で認めなければならないわ」

「閣下はわたしよりはるかに長い年月、フェンシングの練習をしておられるからな」ウェークフィールド公爵はそう言って、スカーバラ公爵に丁寧にお辞儀をした。本当に相手の高齢を侮辱しているのかどうか、アーティミスにはわからなかった。「おまえは年長者をもっと敬わなければならないぞ」

そのからかうような口調に、アーティミスは警戒を解いた。この人は本当に妹を大事に思っているんだわ。過保護かもしれないけれど、フィービーを愛している。そう思うと落ち着かなくなった。わたしはウェークフィールド公爵を脅迫している。彼のやさしくて人間らしい一面のことは考えたくない。

気を引きしめて次の攻撃を仕掛けた。「亡霊は本当にそんなに大きかったでしょうか？わたしには、ウェークフィールド公爵閣下とちょうど同じ背丈と体つきに見えましたけれど。公爵閣下が剣を扱うのがもっとお上手だったら、わたしたちがセントジャイルズで会ったのは閣下だったかもしれませんわ」

「なぜ閣下がセントジャイルズをうろついたりなさるのよ？」ピネロピが混乱した様子で尋ねた。「悪党と貧乏人しか行かないところなのに」

「わたしたちだって行ったでしょう？」

ピネロピは手を振った。「それは別よ。あれは冒険だったんだもの」

「そのおかげで、ふたりとも殺されるところだったのよね、彼女の話だと」フィービーがアーティミスの耳元でささやいた。

「レディ・ピネロピ」スカーバラ公爵が快活に言った。「悪党の話はもう充分でしょう。わたしたちのために歌ってくださる約束でした。聞かせていただけますか？」

「ええ、もちろん」人々の注目の的になれると思ったとたん、ピネロピは顔を輝かせた。「伴奏が必要ですけど」

「わたしが弾くわ」フィービーが言った。「あなたの歌うのが、わたしの知っている曲なら」

アーティミスはクラビコードまでフィービーを連れていった。

「何を歌うの？」フィービーは楽器の前に優雅に腰かけた。

ピネロピが微笑む。「《女羊飼いの哀歌》よ」

ため息を押し殺して、アーティミスは椅子に座った。ピネロピのレパートリーはかなりかぎられているうえに、感傷的で甘ったるい歌ばかりなのだ。

ウェークフィールド公爵が隣に腰をおろし、アーティミスはわずかに体をこわばらせた。

「さっきのは失敗だったな」ピネロピが顎をあげて片手を前に伸ばすのを見ながら、彼はほとんど口を動かさずにささやいた。「きみなら、もっとうまくやれるはずだ」

「わたしを挑発なさっているんですか？」

彼はこちらを見なかったが、唇の片端があがった。「敵を挑発するのは愚か者だけだ。彼女はいったい何をしている？」

アーティミスはピネロピとフィービーのほうを見た。ピネロピはまだ片腕を伸ばしたままで、もう一方の手をおなかに当て、悲しげな顔を作っている。「あれが歌うときの姿勢なんです。彼女と結婚すれば、あなたもそのうち慣れますわ」

公爵は顔をしかめた。「参ったな」

フィービーが年齢に似合わぬ巧みな演奏をはじめた。

アーティミスはうれしくなって、ウェークフィールド公爵にささやいた。

「とてもお上手ですわね」

「そうなんだ」彼が静かに応える。

そしてピネロピの歌がはじまった。下手というわけではないのだが、彼女のソプラノの声はか細く、一定の音になると裏返った。

それに選んだ曲もよくなかった。

「〝わたしの羊を撫でないで〟」ピネロピは震える声で歌ったが、〝羊〟のところで音が外れた。「〝男の方の手には慣れていないし臆病なの〟」

「気がついて？」背後から、ミセス・ジェレットが声をかけてきた。「この歌にはふたつの意味が含まれているのよ、きっと」

アーティミスはウェークフィールド公爵の皮肉なまなざしを見て、頬が熱くなるのを感じた。

「はしたないぞ、ミス・グリーブズ」彼が低くかすれた声でささやく。

「夜、仮面をつけてセントジャイルズを走りまわる人に言われたくありませんわ」

「黙れ」公爵は顔をしかめてあたりを見まわした。

アーティミスは片方の眉をあげた。「なぜです？」

なぜか彼は落胆した顔になった。「これがきみの作戦なんだな？」

恥じる理由などない。アーティミスは顔をあげた。「ええ。今朝のわたしのお願いを聞いてくださらないなら」

「無理な話だ」ウェークフィールド公爵はピネロピとフィービーを見つめながら言った。軽蔑するような冷笑を見て、アーティミスはそれがふたりに向けられているのではないことを祈った。「きみの弟は三人の人間を殺したのだから」

「いいえ」周囲に話がもれないよう、アーティミスは公爵に体を近づけた。飾り立てたこの広間には不釣りあいな、森の匂いがした。「三人を殺したと告発されているだけで、実際には殺していません」

ウェークフィールド公爵の顔がやわらぎ、前にも見せた表情に変わった。アーティミスが嫌いな表情に。「弟を思うきみの気持ちは立派だが、たしかな証拠がある。発見されたとき、彼は返り血を浴びていたし、手には肉切り包丁を持っていたんだぞ」

アーティミスは公爵から目を離さずに椅子の背にもたれた。返り血のことも包丁のこともよく知られているが、それが肉切り包丁だったことはそれほど知られていない。

「細かいところまでお調べになったんですね」

「当然だ。そうしないとでも思ったか？」彼はついにアーティミスのほうを向いた。その顔は、一緒に早朝の森を散歩した相手とは思えないほど険しくて冷たかった。「ミス・グリーブズ、覚えておいてくれ。わたしは狙ったものは必ず手に入れることにしている」

いまわたしが席を立って彼から離れたら、人目を引くだろう。でも、そうしたくてたまらない。「では公平を期すために言いますが、閣下、覚えておいてください。わたしはあなたに負けるつもりはありません」

ウェークフィールド公爵がわずかに顔を寄せてきた。「では覚悟していてくれ、ミス・グリーブズ」

ありがたいことに、ちょうどそのときピネロピの歌が終盤に差しかかり、金切り声のような長い高音が響いた。聴衆はぎょっとしたあと、一瞬遅れて拍手をはじめた。

「すてきだったわ」アーティミスは声をあげた。「アンコールを――」

「でも、お兄さまもすばらしい声をお持ちなのよ」フィービーが信じられないという目でこちらを見ながらさえぎった。「歌ってくれる、マキシマス?」

ピネロピはスポットライトがよそへ移ってしまって不機嫌そうだ。

「誰もわたしの歌など聞きたくないだろう」ウェークフィールド公爵はしぶった。

「わたしは低い男の声より女性の美しい声が好きだね」スカーバラ公爵が言う。

ウェークフィールド公爵の目が細くなった。「二重唱ならいいだろう。飾り棚のなかの楽譜の歌なら、フィービーもいくつか知っているはずだ」

そう言って立ちあがると、見事な彫刻が施された飾り棚から楽譜を出し、フィービーが譜面なしで弾ける曲を選べるよう曲名を読みあげはじめた。

だが彼が歌を決めると、ピネロピは鼻を鳴らして、自分はソプラノしか歌わないと言った。この曲の女声パートはアルトだった。

一瞬、聴衆のあいだに、またピネロピの独唱を聞かされる羽目になるのかという不安が走った。

そのときフィービーが言った。「じゃあ、しかたがないから女声パートはわたしが歌います。マキシマスが歌うと言っているんですもの、聞き逃す手はないわ」公爵が逃げ出す前に、彼女はクラビコードを弾きはじめた。

アーティミスは膝の上で手を握りあわせた。フィービーが兄を歌うよう説き伏せたのは、もうピネロピに歌わせないためだ。ウェークフィールド公爵の歌には何も期待していないし、周囲も落ち着かない様子なのを見ると、みな同じ思いらしい。この二重唱が終わったら、彼を追いつめて……。

最初の音が響いた。

低い男性の声が撫でるようにうなじを走り、アーティミスの体は喜びに震えた。自分がぽかんと口を開けて見とれているのではないかと不安になった。ウェークフィールド公爵は天使が——あるいは悪魔が——涙する声の持ち主だった。いまの流行りではないけれど——現在のロンドンでは高く不自然な声が人気を集めている——いつの時代でも耳に心地よい声だ。安定していて力強く、低音はビブラートがかかっている。こんな声なら何時間でも聞いていられそうだ。

公爵自身は自分の歌が客を驚かせていることに気づいていないようだった。フィービーにさりげなく体を寄せ、片手に楽譜を持ち、もう一方の手を妹の肩にかけている。とりわけ複雑な一節をふたりで歌い終えると、彼は微笑みかけたフィービーに笑みを返した。自然で気取りのない笑みだった。

楽しそうと言ってもいい。

もしウェークフィールド公爵という肩書を持っていなければ、彼はいつもこんなふうだったのかしら？　冷たさも支配欲もない強い男性。愛にあふれる幸せな男性。そんな人だったの？

とてつもなく魅力的な男性だが、そんな幻を思い描きながらも、アーティミスはウェークフィールド公爵の視線をとらえて思った。いまの彼――欠点だらけの彼――にわたしは惹かれているのだ。人を支配したいという、あの性格と渡りあいたいし、一緒に森を走りたい。自分たちがはじめたゲームで、精神的にも肉体的にも彼に挑みたい。

それに、あの冷たさ。

貴族的な目を見つめながら、アーティミスは心の底から願った。できるなら、あの冷たさを受け止めて自分のものにしたい。

そしてふたりを包む情熱に変えたい。

アポロは不潔なわらのなかに横になり、近づいてくる番人の足音に耳を澄ました。見まわりにしては時間が遅い。この陰気な場所に収容された患者たちには、すでにかびたパンと塩辛い水というごちそうが与えられた。照明も落とされている。何か悪だくみでもないかぎり、番人がここに来るまっとうな理由はない。

アポロはため息をつき、鎖の音をたてながら身じろぎをして寝やすい体勢を探した。昨日、新しい患者がやってきた。若い女性のようだ。部屋の構造上、左右に誰がいるかはわからない。見えるのは向かいの部屋だけで、そこには病気のせいで岩についた苔みたいな皮膚をした男が入っている。

昨夜、新しい女性患者は真夜中過ぎまで歌っていた。歌詞はひどく品がなかったが、声は美しく、どこか途方に暮れているようだった。本当に頭がどうかしているのか、それとも単に、彼女に飽きた夫か親戚に無理やり送り込まれたのかは見当もつかない。

そんなことは、ここでは関係ない。

廊下の明かりが灯り、足音が止まった。

「おれたちになんかくれないか、お嬢さん？」筋肉質で卑劣な番人、リドリーの声だ。

「キスしてくれよ」あれはリーチ。リドリーのお気に入りの部下だ。

女性が低くつらそうな声でうめいた。男たちは何やら残酷なことをたくらんでいるようだ。女性が彼らの手から逃れようとしているのか、鎖ががちゃがちゃと音をたてた。

「おい！」アポロは怒鳴った。「おい、リドリー！」

「黙れ、キルボーン」番人が叫んだ。ほかに気を取られているらしい。

「そんなことを言われると心が傷つくな」アポロは言い返した。「番人さん、こっちへ来て、キスで治してくれ」

今度は返事はなく、女性のすすり泣く声だけが聞こえてきた。そして布を引き裂く音がした。

くそっ。

かつて、アポロは自分を世慣れた男だと思っていた。ロンドンの深部に潜む暗黒の世界に精通した紳士のつもりだった。酒を飲み、賭け事をし、大学を出たばかりの愚かな若者たちがよくやる気晴らしに興じた。実に無知で、甘かった。〈ベドラム精神病院〉に来て、本当の欲得というものを知った。ここでは自分たちを人間と呼ぶ者たちが、ただ楽しむために弱者を食いものにする。その絶望に満ちた顔を見て笑うために。

これまでアポロは、どうすることもできずにいくつもの夜を過ごしてきた。

だが、今夜はやつらの注意を獲物からそらすことができるかもしれない。

「おい、リーチ、リドリーのいちもつを吸ってやってるのか？」アポロは唇を鳴らして卑猥《ひわい》な音を出しながら、鎖の許すかぎり前に出た。「仕事をさぼってそういうことをしてるんだろう？　やつのはうまいか？　やつはおまえのかわいらしい舌が好きでたまらないんだろう？」

「あいつの口をふさげ」リドリーがうなった。

それを合図に、リーチのずんぐりとした体がアポロの部屋の入り口に現れた。肩にこん棒を担いでいる。

アポロはにやりと笑い、悪臭の漂う部屋ではなく社交界のレディの応接間でくつろいでいるかのように脚を組んだ。「やあ、こんばんは、ミスター・リーチ。寄ってくれてうれしいよ。わたしとお茶でも飲まないか？　それともチョコレートのほうがいいかな？」

リーチがうなった。彼はしゃべるのが得意ではない。もっぱらリドリーが彼の代わりにしゃべる。とはいえ、リーチにもある程度の知性はある。彼は近づこうとはせずに、鎖の届かないところからアポロの脚にこん棒を振りおろした。

リーチのこん棒は腕や脚も折ったことがあると噂されているが、アポロは充分に警戒していた。最後の最後で脚を引き寄せ、リーチに向かって笑ってみせた。

「ああ、それじゃだめだ。下手くそだな」

リーチのいいところは、こちらの予想どおりに動いてくれる点だ。さらに二回こん棒を振りおろして失敗し、頭に血がのぼったらしい。アポロは右腕でこん棒を受け止め、肩までしびれたが、なんとかその武器を相手の手から蹴り落とすことができた。

リーチはうしろに飛びのき、顔をしかめて手を押さえた。

女性はいまや、おぞましいうめき声をあげ続けていた。傷ついた動物のような声に、アポロの腕に鳥肌が立った。

「リドリー、すてきなリドリー！」アポロは歯を食いしばりながら節をつけて歌った。「リーチがすねてるぞ。こっちへ来て一緒に遊ぼうぜ、リドリー！」

隣の部屋から罵声が聞こえた。

「リドリー！　おまえのいちもつがちっぽけなのはみんな知ってるぞ。リーチに手伝ってもらわないと埋もれてしまって、どこにあるかもわからないんじゃないか？」

これが功を奏したようだ。リドリーが近づいてくることを示す重い足音がして、ブリーチのボタンが半分しか留まっていない大男が姿を現した。一八〇センチほどの身長で、とにかく不愉快な男だった。広くてがっしりした肩に太い腕。そのあいだにおさまっている岩のような頭。その口には笑みらしきものが浮かんでいて、次の瞬間アポロは自分の誤りに気づいた。リドリーのうしろに三人目が潜んでいたのだ。タインはリドリーほど大柄ではないものの――そもそもリドリーより大きい男などめったにいない――機会があればリドリーに負けない凶暴さを発揮する。

タインとリーチが横に広がり、両側から攻撃できるようアポロを囲んだ。リドリーは薄笑いを浮かべ、彼らが位置につくのを待った。

これでは勝ち目はない。

「きみたち」アポロはゆっくりと立ちあがった。「わたしは客を迎えられる身なりをしていない。こんな夜遅くに大勢の客を迎えることに慣れていないからな。リドリー、仲間を追い払って、わたしとふたりでお茶でも飲まないか？」

タインとリーチが同時に襲ってきた。タインは左から頭を狙い、リーチは身をかがめ、右から腹部を狙ってきた。アポロは左腕をあげてタインのこぶしを止め、右腕でリーチに肘鉄を食らわせた。リーチは壁まで吹っ飛んだ。アポロはタインに半ば体を向けて、左のこぶしの甲で殴った。タインはよろめいたものの倒れはせず、アポロは蹴りを入れようとしたが、そのときわが身に危険が迫っていることに気づいた。

リドリーが視界から消えていたのだ。

下から脚を引っぱられた。倒れたアポロにリーチとリドリーが立て続けに蹴りを入れた。こん棒を手にしたリドリーがにやりとして、半分開いたブリーチに片手をやった。「その口を徹底的に黙らせてやる」

やめてくれ。

心底恐怖に襲われて、アポロはリドリーの腹部に頭突きした。リドリーは大声をあげて尻もちをついた。アポロは転げまわりながら、手当たり次第に蹴ったり殴ったりした。

何かが頭に当たり、アポロはぼんやりと見あげた。リーチのこん棒だった。そいつを取りあげて、リーチの頭に振りおろしたい。

タインの足に喉を踏みつけられる。アポロの胸は大きく上下した。一回。二回。

息ができない。

三回……。

そして闇が訪れた。

翌日、朝日が森の地面にまだらな光を投げかけるなかをマキシマスは歩いていた。ロンドンの地下室でのいつもの訓練ができないと落ち着かず、早く目が覚めてしまった。彼の仕事は街にあり、早く戻りたくてたまらなかった。

女性に求婚するというのは骨の折れることだ。

同情するように、ベルが頭をマキシマスの手のひらにぶつけてきた。パーシーとスターリングはすでに先を進んでいるが、ベルはマキシマスのそばにいるのが好きなのだ。

少なくとも、ふだんは。

細い耳を不意に立てたかと思うと、ベルは下生えのあいだを優雅に走っていった。ほかの二匹が挨拶の印に吠えているのが聞こえる。

おかしなことに、マキシマスは鼓動が速まるのを感じた。反目しあっているのに、脅しをかけられているのに、彼女に会いたかった。その理由は、いまは探りたくない。

少し進むと池だった。マキシマスはあたりを見まわした。犬たちが池のまわりを四分の一ほど進んでいた。ボンボンまで加わっているが、彼女の姿はまだ見えない。

次の瞬間、彼女が見えた。たちまち下腹部が熱くなる。

アーティミス・グリーブズは池のなかにいた。スカートを腰までたくしあげ、きらめく水に腿までつかっている姿は水の精のごとく優美だ。

どういうつもりだ？

マキシマスは大股で池をまわり、彼女に一番近い岸に立った。「ミス・グリーブズ」

彼女はこちらを見たが、うれしそうではなかった。「閣下」

「いったい――」静かに、だが険しい顔で言う。「池のなかで何をしているんだ?」

「見ればおわかりかと思いますけど」岸に向かって歩きながら、ミス・グリーブズは言った。

「水の中を歩いているんです」

マキシマスは歯ぎしりした。彼女が岸に近づくにつれ、乳白色の脚が水から姿を現す。じきに、腿の上から細いつま先まで何もまとっていないのがわかった。朝日に輝く肌は白くはかなげで、なんともなまめかしい。

紳士としては顔をそむけるべきだろう。

だが、ここはわたしの池だ。

「誰が来るかわからないんだぞ」そう言いながら、まるで取り澄ました老女みたいだと自分で思った。

「本当にそう思われます?」ミス・グリーブズは池の端まで来ると、苔の生えた岸にあがった。「お客さまのほとんどは九時近くまで起きてきません。ピネロピなんて、お昼前に部屋から出てくることはめったにないんですよ」

頭を傾けて立つ彼女は、本気で客の朝の習慣について語りあいたがっているみたいに見える。スカートをさげようとはしなかった。ひとしずくの水が丸みを帯びた腿を伝い、美しい曲線を描く膝を通ってから、速度を増してなめらかなふくらはぎへ、最後は細い足首へと消えていくのをマキシマスは見守った。

そして、彼女の顔に視線を戻した。

ミス・グリーブズは相変わらず、脚もあらわに彼の前に立つことが一日のはじめ方としてなんの問題もないと考えているようだ。

わたしを男として見ていないのか？

彼女を揺さぶり、恥じ入ってうつむくまで叱りたかった。そうして……。

「スカートをおろせ」うなるように言う。「そうやってわたしを怒らせようとしても無駄だからな」

「そんなつもりはありません」ミス・グリーブズは静かに言った。「先ほども言ったように、わたしは楽しいから池のなかを歩いていただけです。でも、あなたは間違っています」

「わたしは……」魅力的な脚に気を取られて、彼女の話についていけなかった。「なんだって？」

「なぜ、わたしがあなたを怒らせてはいけないんですか？」ミス・グリーブズは片方の眉をあげ、スカートを留めていた結び目をほどいた。スカートが落ちて、見事な脚から足首までを覆った。もちろん、マキシマスはそんなことでがっかりはしない。

「二度とわたしの池に入るな」

ミス・グリーブズは肩をすくめ、道に置いてあった靴とストッキングを拾いあげた。

「わかりました、閣下。でも残念です。泳ぎたかったのに」

彼女はくるりと向きを変え、小道を歩いていった。スカートからのぞく魅惑的な足首に、マキシマスは思わず全裸で池を泳ぐミス・グリーブズの姿を頭に描いた。

あの……白い……体が……。

思考が切れ切れになる。

マキシマスは目をあげた。ミス・グリーブズと犬たちはふたたび森に入るところで、彼女のヒップが誘うように揺れている。彼は走ってあとを追った。

追いついて横目で見ると、ミス・グリーブズは唇をきゅっと結んでいた。

「泳げるのか？」

一瞬、答えるつもりがないのかとマキシマスは思ったが、やがて彼女はため息をついた。

「はい。子供の頃はかなり自由に遊ばせてもらっていましたから。近くの農家の土地に小さな池があったんです。アポロとわたしはよくそこに忍び込み、何度か失敗を繰り返すうちに泳げるようになりました」

マキシマスは眉をひそめた。クレイブンの報告は彼女の誕生日、両親の名前、レディ・ピネロピとの関係など客観的な事実に基づいていたが、ミス・グリーブズについてもっと知りたい。敵のことはできるかぎり調べあげるのが鉄則だ。

「家庭教師はいなかったのか？」

彼女が静かに笑った。その笑いは悲しげだった。「三人いました。でも、いつも数カ月か、長くても一年ほど経つとうちのお金が底をつき、辞めてもらわなければならなくなるんです。アポロもわたしも読み書きと簡単な計算はなんとかできるようになりましたが、そこまでです。フランス語も楽器もできませんし、絵の描き方も習っていません」

「教育を充分に受けていなくても、それを苦にしていないようだな」

ミス・グリーブズは肩をすくめた。「苦にしてもどうにもなりませんから。代わりに、ふつうのレディができないことができます。さっきも言ったように泳ぐことができますし、銃も扱えます。精肉店で徹底的に値切ることもできます。石けんの作り方、借金取りの追い返し方も知っています。刺繍はできないけれど修繕はできますし、馬には乗れないけれど荷馬車は扱えます。キャベツやにんじんを育てられますし、それでおいしいスープも作れます。でも、薔薇の育て方は見当もつきません」

マキシマスは体の横でこぶしを握った。貴族なら、娘に身分相応の基本的な知識を身につけさせるべきだ。

「だが、きみはアシュリッジ伯爵の孫娘だ」

「ええ」そっけない返事から、ミス・グリーブズにとってそこが触れられたくない点であることがわかった。

「きみがそれを口に出すのを聞いたことがないが、伯爵との関係は秘密にしているのか？」

「そうではありません」彼女は鼻にしわを寄せて言った。「少なくとも、わたしのほうは秘密にしていません。わたしは祖父に認められたことがないんです。父は母と結婚するときに祖父と衝突したのです。遺伝なのか、祖父も父も頑固みたいで」

「きみは認められたことがないとしても、きみの弟はどうだったんだ？」

「祖父なりのやり方で、弟のことは認めていました」ミス・グリーブズは横にグレイハウンドを連れて大股で歩き続けた。背中に弓と矢筒を背負っていれば、彼女の名前の由来である狩りの女神の絵のモデルになれそうだ。「アポロは未来の跡継ぎですから、きちんとした教育を受けさせなければならないと祖父は考えたようです。ハロー校の学費も祖父が出しました。アポロの話だと、一、二回会ったこともあるそうです」

マキシマスは息を吸った。「きみは会ったこともないのか?」

「ええ、わたしの知るかぎりでは」

家族を見捨てるなど、マキシマスには受け入れがたいことだった。どんな理由があろうとそんなことはできない。

ふとあることに思い当たり、ミス・グリーブズをじっと見た。「きみは連絡を取ろうとしなかったのか? 大変だったときに?」

「母が死にかけてアポロが逮捕され、絶望に襲われたときにですか?」彼女は鼻で笑った。「もちろん連絡はしました。手紙を送りましたけど、なんの返事もありませんでした。母が自分のいとこのブライトモア伯爵に手紙を書かなかったら、どうなっていたかわかりません。一文なしでしたし、父は一年近く前に亡くなっていたし、母は死の床にあったし、トーマスには婚約を解消されたし。わたしは路頭に迷っていたかもしれませんね」

マキシマスは足を止めた。「婚約していたのか?」

ミス・グリーブズは二歩進んでから、彼が隣にいないことに気づいた。振り返って、あの笑みにならない笑みを浮かべる。「わたしのことで、ご存じないことがあったのですね」

マキシマスは黙ってうなずいた。なぜだ？　どうしてその可能性を考えなかった？　四年前なら、彼女は二四歳だ。求婚者がいて当然ではないか。

「でも、別に不思議ではありませんわ。発表する前でしたから。おかげでトーマスは評判を落とすことなく、ひそかに婚約解消ができたんです」

彼はミス・グリーブズに表情を読まれないよう横を向いた。「誰なんだ、そのトーマスというのは？」

「トーマス・ストーンという、街の医師の息子です」

マキシマスは冷たく笑った。「きみより身分が低いじゃないか」

彼女の目が険しくなった。「あなたが指摘なさったように、わたしの父は常軌を逸した行動をすることで有名でした。そのうえ、わたしにはたいした持参金もありません。選《え》り好みできる立場ではなかったんです。それに――」穏やかな口調に変わった。「トーマスはとてもやさしかった。いつもデイジーやスミレを持ってきてくれました」

マキシマスは信じられなかった。そんな平凡な花を女神に贈るとは、どんな愚か者だ？　わたしなら、温室栽培の百合《ゆり》や匂い立つ牡丹《ぼたん》、あらゆる色合いの薔薇を送るだろう。

スミレなんてつまらない。

彼はいらだって頭を振った。「だが、花を持ってこなくなった。そうだな？」

「ええ」ミス・グリーブズの唇がゆがんだ。「アポロが捕まったと聞いたとたんに来なくなりました」

ほんのわずかでも相手の本心がどこかに見えないかと、マキシマスは身を近づけた。彼女は医者の息子と恋をしているつもりだったのだろうか？「つらそうに見えるが」

「彼はわたしを太陽より愛していると言いました」その声にはなんの感情もにじんでいない。

「そうか」ふたりは森を出た。マキシマスは明るく輝く太陽を見あげた。その男は自分の名を守ることはできたかもしれないが、どうしようもない愚か者だ。それに誰が見たって、ミス・グリーブズは太陽ではなく月と結びついている。「ならば、彼に太陽のない惨めな人生を送らせる力がわたしにあることを祈るよ」

彼女が足を止めてマキシマスを見あげた。「ずいぶんロマンティックな台詞ですわね」

彼は首を横に振った。「わたしはロマンティックな男ではない。いつも本当のことしか言わないんだ。時間の無駄だからな」

「そうですの？」ミス・グリーブズは妙な目でマキシマスを見つめてから、ため息をついて屋敷のほうに目を向けた。「森を出ましたね。一日がはじまります」

マキシマスはお辞儀をした。「そのとおりだな。かぶとをかぶりたまえ、月のレディ」

ミス・グリーブズは顎をあげた。「あなたもですわ、閣下」

彼はうなずき、振り返らずにミス・グリーブズから離れた。だが心のなかでは、よろいを脱いで、彼女と一緒に常に木々に囲まれていられたらと思った。

実に危険な願いだ。

8

小人の王はヘルラ王の贈り物を大変喜び、祝宴が終わって客が帰る段になると、雪のように白い小さな猟犬をヘルラ王に贈りました。

「あなたは狩りがお好きだ」小人の王は言いました。「この犬を鞍に乗せておけば、あなたの矢は絶対に獲物を逃さないだろう。だが犬が自分からおりるまで、あなたも決して馬からおりてはいけない。そうすれば、あなたはずっと安全だ」


『ヘルラ王の伝説』


アーテイミスは、時計が一一時を指す直前にピネロピの部屋に入った。いとこは化粧鏡の前に座り、顔を左右に向けて髪を確かめていた。

「髪型を変えてみたのよ、どうかしら?」顔を縁取る巻き毛に、小さな真珠が美しくあしらってある。「ブラックボーンの提案なんだけど、本当に顔の形を引き立ててくれると思う?」

ブラックボーンは部屋の隅でピネロピのストッキングをたたんでいるが、こちらの話が聞こえているのは間違いない。でも、ピネロピは気にしていないようだ。

「すてきですわ」アーティミスは心から言った。「とても上品で、それでいて斬新で」

ピネロピは美しい笑みを浮かべた。誰もが目にできるわけではない本物の笑みだ。ウェークフィールド公爵は見たことがあるのかしら？　アーティミスはその疑問を振り払った。

「肩掛けはいりますか？」

「もう外に出てきたのね？」

「ええ。ボンボンと散歩をしてきました」

「ボンボンがどこに行ったのかと思っていたのよ」ピネロピは髪型に満足したらしく、鏡のなかの自分に向かってうなずいた。「いいえ、肩掛けは置いていくわ。もし寒くなったら、ウェークフィールド公爵かスカーバラ公爵に取りに来てもらえばいいし」

そう言うと、微笑んで振り返った。

ピネロピったら、ふたりの公爵を雑用係にしようというわけね。アーティミスは愉快に思って頭を振った。「では、準備ができたなら階下に行きましょうか？」

「ええ」ピネロピは最後にもう一度、髪に手をやった。「ちょっと待って。何かあったような気が……」彼女はペラムハウスに来てからわずか数日のあいだに鏡台を占領するようになった宝石や扇、手袋などの山をかき分けた。「あったわ。何か忘れていると思ったのよね。八時頃、あなた宛に届いたの。いったい誰がそんな朝早くに手紙なんて送ってくるのかしら」

ピネロピはしわの寄った手紙を差し出した。

アーティミスはそれを受け取り、親指の爪で封を切った。ピネロピはもともと忘れっぽい性格だが、自分に関係のないことだとさらにひどい。アーティミスは安っぽい紙に急いで目を通した。不意に文字が目に飛び込んできた。ずいぶん前に、何か起きたら知らせてくれるようお金を渡しておいた〈ベドラム精神病院〉の番人からだった。

〝弟……死にかけている……すぐ来るように〟

〝死にかけている〟

何かの間違いだわ。やっと助け出す方法を見つけたというのに。

でも、間違いではないかもしれない。

〝死にかけている〟

「ピネロピ」アーティミスは慎重に手紙をたたみ、指先で折り目をつけた。手が震えている。「ピネロピ、わたしはロンドンに戻らなければならなくなりました」

「なんですって？」ピネロピは鏡で今度は鼻を調べていた。少しばかりの米粉をはたいて言った。「ばかなことを言わないで。ハウスパーティーはあと一週間半もあるのよ」

「アポロが病気なんです。そうでなければ――」震える息を吸って続ける。「またひどい目に遭わされたか。彼のもとに行かなければ」

ピネロピは深くため息をついた。新しいドレスを見せられて、袖口のレースが希望と違っていたときと同じため息だった。「ねえ、アーティミス。忘れなさいって何度も言ったでしょう、あなたの……弟のことは」その言葉を口にしただけで、彼とのありがたくない関係を認めることになるかのように、ピネロピは小さく身震いした。「あなたが助けられるような状況じゃないわ。彼を慰めてあげたいと思うのは立派だけれど、ひとつ質問させて。頭がどうかしてしまった獣を慰めることはできるものかしら？」

「アポロは頭がどうかしていませんし、獣でもありません」アーティミスはこわばった声で言った。ピネロピのメイドたちはまだ室内にいる。何も耳にしていないようにふるまっているが、実際は聞こえているのはアーティミスも百も承知だ。屈辱に身を任せる気はない。弟にはわたしが必要なのだ。「アポロが告発されたのは間違いなんです」

「そうじゃないのは、あなただってわかっているはずよ」ピネロピが言った。一生懸命やさしくしようとしているのは、アーティミスにもわかる。だが残念ながら、おかげでよけいにいとこに向かって叫びたくなった。「お父さまはあなたの弟のために――それにあなたのために、できるかぎりのことをしたわ。こんなふうに、あのかわいそうな弟のことをくどくどと繰り返すのは恩にそむくことよ。もうちょっと考えてちょうだい」

アーティミスは部屋から飛び出していきたかった。ピネロピの最後の言葉をそっくりそのまま彼女に返じて、これを最後にすべてのごまかしと縁を切りたかった。

でも、それはアポロのためにならない。

まだおじの助けが必要だ。いま、ピネロピとブライトモア伯爵の庇護《ひご》のもとを離れれば、アポロのもとに行くことはできても、彼をあの病院から救い出すことはできない。それができるのは権力を持つ人だけだ。

ウェークフィールド公爵なら……。

いまわたしがすべきなのは、ハウスパーティーにとどまること。たとえアポロのもとに飛んでいけなくて死ぬほどつらくても。そして公爵に助けてもらうのよ。必要とあらば、セントジャイルズの亡霊の秘密を屋根の上から叫んだっていい。

失うものはもう何もないのだから。

その日の午後、マキシマスは客と一緒に昼食をとった。ペラムハウスの大広間でマホガニー材のテーブルの上座につきながら、おそらく生まれて初めて、席次に従いたくないと思った。公爵は上座につき、身分の低いコンパニオンははるか遠くの下座につく。コンパニオンと話をしたかったら、伝書鳩でも飛ばすしかない。もちろんマキシマスはそんなことはしない。何が原因でミス・グリーブズが頬を赤くしているのか、興奮したそぶりを見せているのか、美しいグレーの瞳に絶望の色が浮かんでいるのか……どれも彼には関心のないことだ。

少なくとも関心を持つべきではない。しかしマキシマスは、そばにいる話し相手のおしゃべりに注意を傾けることができなかった。

もっとも、レディ・ピネロピの話を理解するのはいつだって簡単ではないのだが。

彼女が目をしばたたいて言った。「それでミス・アルバースにも言ったように、四時以降にチョコレートを飲むのを勧めるのはともかく、実際に飲むのはいけませんわ。それもきゅうりのピクルスと一緒になんて！　そう思われませんか、閣下？」

「四時以降にしろ以前にしろ、チョコレートについて意見を持ったことはありません」マキシマスはそっけなく答えた。

「そうなのか、ウェークフィールド？」左側に座っているスカーバラが驚いたように言った。

「それは嘆かわしいことだ。気を悪くさせるつもりはないが――」

「気を悪くなどしませんよ」マキシマスはワインを飲みながら言った。

「だがマナーを重んずる人間なら誰だって、チョコレートに関して意見を持つべきだ」スカーバラは続けた。「ほかの飲み物もしかり。いつ、どうやって、どんな食べ物と合わせて飲むか。そのようなことを考えるレディ・ピネロピは、実に豊かな感性の持ち主だ」

マキシマスは競争相手に向けて眉をあげた。大まじめな顔でこんなくだらないことを言ってのけたスカーバラが、いまの試合で勝ち点をあげたのは間違いない。レディ・ピネロピの表情を観察したところ、予想どおりで思わずため息が出たが、彼女はこの罠にまんまと食いついた。マキシマスはワイングラスをわずかにスカーバラのほうに傾けた。

スカーバラがウィンクを返してくる。

だがレディ・ピネロピはすでに、豊かな胸を魚料理にくっつけんばかりに身を乗り出して、熱心にスカーバラに話しかけていた。「同意してくださってうれしいですわ。信じてくださらないでしょうけれど、先週アーティミスったら、紅茶のカップの絵柄が青だろうと赤だろうとどちらでもかまわないなんて言ったんですのよ」

スカーバラが鋭く息を吸う。「まさかそんな！」

「本当なんです」おぞましいマナー違反を伝え終わると、レディ・ピネロピはふたたび椅子にもたれた。「わたしはもちろん青も赤も持っていますけれど、コーヒー以外のものを赤に入れるなんて考えもつきません。もっとも――」媚びるようにスカーバラを見て続ける。「ときどき、青にチョコレートを入れることはありますけれど」

「困った人ですね」スカーバラは小声で言った。

マキシマスは思わず大きなため息をついたが、誰にも気づかれなかったようだ。結婚したら、こんな会話に耐え続けなければならないのだろうか？　むっつりとワイングラスをのぞいてから、ミスター・ワッツの言葉に大きすぎる声で笑うミス・グリーブズのほうを見た。彼女との会話なら、うんざりすることはないだろう。なぜかそう思う。いや、だめだ。ミス・グリーブズのことなど考えてはいけない。わたしの慎重に計算された人生には、彼女の入り込む余地はない。

「かわいそうなアーティミスを責めてはいけないと思うんです」レディ・ピネロピが思慮深げに言った。「わたしみたいに洗練されていないし、感受性が磨かれていないんですもの」

マキシマスは危うく鼻で笑うところだった。チョコレートを入れるカップについてあれこれ述べることが洗練されているというならば、たしかにミス・グリーブズは洗練されていないだろう。そう思うと、よけいに彼女が好ましく思えてきた。

テーブルの向こう端にふたたび目をやると、ミス・グリーブズがミスター・ワッツのほうに頭を傾けて、彼の言葉を聞き取ろうとしていた。マキシマスはミスター・ワッツを椅子から突き落としたくてたまらなくなった。一瞬ミス・グリーブズと目が合い、彼女は反抗的にこちらを見返して唇を曲げ、視線をそらした。

何かがおかしい。彼女が感情を見せている。

マキシマスはワインを飲み、じっくりと考えた。今朝、森で会ったのはほんの数時間前だ。そのときはいつもどおり挑戦的で、弱さなどみじんも見せなかった。昼食の前は男女で分かれて楽しんだ。男たちはライチョウ狩りに出かけて収獲がなく、女性たちはゲームに興じた。そのときに何かミス・グリーブズを動揺させるようなことが起きたのだろうか？

マキシマスの物思いを破ってデザートが運ばれてきたが、これで昼食会が終わると思うとありがたかった。客たちが席を立ち、彼は唐突にレディ・ピネロピから離れてミス・グリーブズのほうに向かった。

だが、彼女もすでにこちらへ近づいていた。

「狩りは成果があったのでしょうね、閣下」食堂の真ん中あたりで向きあうと、ミス・グリーブズはつっけんどんに言った。

「ひどいものだった。もう聞いているだろう？」

「残念でしたわね。きっと田舎で狩りをするのに慣れていらっしゃらないのでしょう」

マキシマスは目をしばたたいた。話の方向性がよくわからない。「なんだって？」

「だって――」彼女は何食わぬ調子で言った。「閣下はふだん、ロンドンで狩りをなさるんですから。そうでしょう？」

そばにいたミスター・ワッツが、彼女の言葉にあいまいに微笑んで尋ねた。

「どういう意味ですか、ミス・グリーブズ？」

「議会でのわたしの務めのことを言っているのだろう」マキシマスは食いしばった歯のあいだから言った。

「なるほど」ミスター・ワッツは眉を寄せて考え込んだ。「議会のしていることの一部は、たしかに狩りにたとえることができるかもしれない。だが、ミス・グリーブズ、率直に言わせてもらえば、そのようなたとえはあまり好ましくな――」

「それならよかったですわ。わたしは公爵閣下の議会での活動を指して言ったわけではありませんから」ミス・グリーブズが言った。「わたしがロンドンと言ったのは、つまりロンドンの通りのことです」

ミスター・ワッツの体がこわばり、あいまいな笑みは跡形もなく消えた。

「公爵がロンドンの通りをよく訪れることをほのめかして侮辱するつもりではないだろうが」〝通り〟と言いながら、その言外の意味を想像したのだろう、ミスター・ワッツは頬を真っ赤にした。「あなたはもう少し――」

今度はマキシマスが気の毒なミスター・ワッツをさえぎる番だった。

「ミス・グリーブズは口が滑ったようだ、ワッツ」

「そうでしょうか、閣下？」ミス・グリーブズは挑むように顎をあげたが、その目は弱々しく、絶望の色が浮かんでいた。それを見て、マキシマスは彼女を揺さぶりたいと同時に守りたくなった。「わたしは口が滑ったとは思っていませんけれど。でも、この話をやめさせたいとお思いなら、どうすればやめさせられるか、閣下はよくご存じですわよね?」

マキシマスは息を吸うと、まわりを無視して何も考えずに尋ねた。「何があった?」

「あなたはご存じのはずです、わたしがなんのために――誰のために戦っているかを」彼女の目が光っている。信じられないが間違いない。

涙だ。女神は涙など流したりしないはずなのに。

マキシマスは彼女の腕を取った。「アーティミス」

いつの間にか、バティルダが隣にいた。「フォンテーヌ・アビーの遺跡まで散歩する予定なのよ、マキシマス。ミス・グリーブズは支度をしたいんじゃないかしら」

どういうわけか彼女を放したくなくて、マキシマスはつばをのみ込んだ。客たちがこちらを振り返っている。レディ・ピネロピは眉間にしわを寄せ、ミスター・ワッツはひどく混乱しているようだ。マキシマスはミス・グリーブズの腕をつかんでいた手を離し、一歩さがってうなずいた。「ミス・グリーブズ。バティルダ。三〇分でいいか? 南のテラスに集合だ。ふたりを遺跡までエスコートするのを楽しみにしているよ」

そう言うと、向きを変えてその場を離れた。

ハウスパーティーの参加者全員で野原を突っ切って古い修道院の遺跡に向かう途中、アーティミスはミス・ピックルウッドの心配そうな視線を感じた。彼女はアーティミスとレディ・フィービーを一緒に歩かせた。レディ・ピネロピは右にウェークフィールド公爵、左にスカーバラ公爵を従えている。アーティミスは日の光に目を細め、ウェークフィールド公爵の広い背中を見つめた。醜聞を防ごうと骨折っているミス・ピックルウッドには申し訳ないが、自分の使命をあきらめることはできない。

アポロが死にかけているのだから。

その思いに、一歩ごとに手足が震える。アポロのもとに駆けつけたい。弟を腕に抱き、少なくとも最後の一瞬はともに過ごしたい。

でも、それはできない。目的に向かって行動しなければ。

ピネロピが首をのけぞらせて笑い、その拍子にボンネットのリボンが風に揺れた。

「彼女、うまいことふたりを手玉に取っているわね」フィービーが静かに言った。

暗い物思いから引き戻され、アーティミスはまばたきをした。「そうかしら？　あなたのお兄さまはマイペースだと思うけれど。自分がそうしたいと思えば、うしろを振り返りもせずに離れていきそう」

「かもしれないわ」フィービーは言った。「でも、いま兄が求めているのは彼女よ。一度立ち止まって、自分が何を追い求めているのか考えてくれたら、と思うのだけれど」

「考えていないって、どうしてわかるの？」アーティミスは尋ねた。

フィービーがこちらを見た。「考えていたら、自分とピネロピがまったくお似合いじゃないことに気づくはずでしょう？」

「お兄さまがそんなことを気にするなんて、あなたの憶測にすぎないわ」

一瞬、ぶっきらぼうな言葉で侮辱してしまったかと思った。フィービーがゆっくりと首を横に振った。「あなたは忘れているわ。兄は一見無愛想だけれど、本当は世間に思われているほど冷たい人じゃないのよ」

それはアーティミスも知っている。ウェークフィールド公爵がフィービーを見るときの顔も、あの美しい声で歌うときの口も見た。母親の塔に案内してもらったし、かわいい犬たちを連れて一緒に森も歩いた。彼が氷のような仮面の下で生きて呼吸をしていることはわかっている。

けれども、いまはそんなふうに考えられない。公爵に対して抱いている親近感を脇に押しやり、目的を達成するために彼を揺さぶるのだ。

その方法さえ見つかれば。

アーティミスは目の前の三人に追いつくよう、足を速めた。遺跡はもう目の前だった。空に向かって、灰色の石造りのアーチが列になってそびえている。

「聞いて」三人の耳に声が届くところまで近づくと、アーティミスはフィービーに言った。「このあいだもうひとり、冷たい人に会ったの。セントジャイルズの亡霊よ。まるで氷の心臓を持っているみたいで、あなたのお兄さまに似ていたわ。これまで誰もあのふたりを比べなかったのが驚きね。本当にそっくりなのに。まったく同じというわけではないけれど。セントジャイルズの亡霊と並べたら、公爵はずいぶん臆病に見えるもの」

前にいるウェークフィールド公爵の背中がこわばった。

「アーティミス……」フィービーが困惑と恐怖のまじった声で言いかけた。

「さあ！　着いたわ」ミス・ピックルウッドの声がした。

アーティミスが振り向くと、真うしろにミス・ピックルウッドが立っていた。アーティミスは目を細めた。ミス・ピックルウッドは年齢のわりに、ずいぶん静かに動けるようだ。

「閣下」ミス・ピックルウッドがスカーバラ公爵に明るく話しかけた。「昔、閣下がわたしの親戚だった亡き公爵夫人に、この修道院に出る幽霊の話をされているのを聞いた記憶がありますわ。忘れかけてしまったので、また聞かせていただけないかしら？」

「ミス・ピックルウッド、あなたの記憶力はかみそりのように鋭いのではないかと思いますが」スカーバラ公爵は礼儀正しくお辞儀をして言った。

「あら、でも、ぜひ聞かせていただきたいわ」ピネロピが手を叩いて言う。

「わかりました。ただし長いですよ」スカーバラ公爵はポケットから大きなハンカチを引っぱり出すと、修道院の壁の一部だったと思われる大きな石のひとつのほこりを払い、その上にハンカチを広げた。「どうぞ、お座りください」

アーティミス以外の女性たちは、それぞれ座る場所を見つけた。彼女は立っているほうがよかった。随行してきた従僕たちがワインと、籐《とう》のかごから出した小さなケーキを配った。

「では、はじめましょう」スカーバラ公爵は大げさに両脚を大きく広げて立ち、片手をベストのボタンのあいだに差し入れて、もう一方の手で遺跡を示しながら語りはじめた。「かつてここは力のある大きな修道院でした。ここを建てて生活していたのは沈黙を誓った修道士たちで……」

アーティミスはその話をほとんど聞いていなかった。集まっている人々を冷めた目で見てから、ゆっくりと人々のうしろを歩きはじめる。ミセス・ジェレットの背後にまわり、一瞬足を止めてからまた動いた。ピネロピの隣に立っているウェークフィールド公爵の真うしろまで移動するのが目的だった。

「……そして乙女が目を覚ますと、修道士たちがすばらしいごちそうを出したのですが、もちろん誰もしゃべりません。沈黙を誓っていますから……」

アーティミスは雑草に半ば隠れた石をよけるために足元を見ながら歩いた。そのせいで彼に気づくのが遅れた。

「いったいどういうつもりだ?」ウェークフィールド公爵がうなるように言って、彼女の腕をつかんだ。

アーティミスは賢明にも黙っていた。

ウェークフィールド公爵は壁の一部が残っているところへ彼女を引っぱっていった。みんなの背後にいるので、ふたりに気づいたのはごく数人だった。ミス・ピックルウッドがいらだった番犬のように顔をあげたが、公爵は不機嫌な一瞥《いちべつ》を彼女に投げただけだった。

そして、ふたりはほかの人から見えない場所に移った。

だが、ウェークフィールド公爵は足を止めなかった。そのまま遺跡のあいだを進んで抜け、修道院の先に広がる木立に入る。大きな木々のひんやりとした枝に囲まれたところで、彼はようやく立ち止まった。

「何を――」振り向いてアーティミスの両腕をつかむ。「考えている？」

「死にかけているの」つかまれたまま体を震わせながら、彼女は怒りに満ちてささやいた。「お昼近くになって初めて手紙を読んだんです。ピネロピが大事な手紙だと気づかなくて、早く渡してくれなかったから。アポロがあの地獄で死にかけているんです」

ウェークフィールド公爵は口をかたく結んでアーティミスの顔を見つめた。

「一時間以内に馬車を用意しよう。それでロンドンまで行くといい。もし道が――」

アーティミスは彼の胸をどんと叩いた。

その勢いで公爵の頭がわずかに動いたが、彼は目を細めただけだった。

彼女は走った直後のように大きく胸を上下させた。「だめよ！　あなたがロンドンに行くんです。あなたが助けるんです。弟を助けてくれなかったら、あなたも、その輝かしい名前もめちゃくちゃにしてやるわ。わたしは――」

「黙れ」公爵は顔を真っ赤にして言うと、アーティミスの唇に唇を重ねた。

やさしさなどかけらもなかった。ウェークフィールド公爵は略奪するように、怒りに震えながらアーティミスの唇を求めた。公爵のことを氷みたいに冷たいと思っていたけれど、いま、その氷は彼の熱い怒りで蒸発している。公爵が彼女の口に舌を差し入れ、頬に息を吐きかけた。ワインと力の味がする。彼に応えるように、アーティミスのなかで何かが震えた。

公爵の胸が胸に押しつけられ、アーティミスが激しく息をするたびにいっそう密着する。彼はやさしくもなければロマンティックでもなかった。それでもアーティミスはわれを忘れた。彼の唇という荒野をさまよっているかのようだった。公爵の怒りのなかで、何もかもを忘れそうになった。

だが、ぎりぎりのところで、自分を必要としている弟の存在を思い出した。

ウェークフィールド公爵から身を離し、息を切らして言葉を探す。彼は逃がすまいとして手に力をこめた。

そしてアーティミスの目をのぞき込んだ。「ミス・グリーブズ、わたしにはきみの命令に従う義務はない。わたしは公爵であり、きみの愛玩犬ではないのだから」

「アーティミスと呼んで。ミス・グリーブズではなくて」彼女は言った。「わたしの言うとおりにしないと、あなたをロンドンじゅうの笑い物にしてやるわ。永遠にイングランドから追放されるわよ」

公爵の目が怒りに燃え、一瞬、彼女は殴られると思った。だが彼はアーティミスを乱暴に揺さぶり、その拍子に彼女のスカーフが地面に滑り落ちた。

「命令するな。きみらしくないことをするのはやめろ」

冷たく鋭い痛みが胸に広がり、アーティミスは言葉ではなく短剣で刺されたのかと思った。

ウェークフィールド公爵は彼女を手荒く引き寄せ、喉に唇を押しつけた。彼の歯が警告するように肌に当たる。

アーティミスは首をのけぞらせて目を閉じた。急に唇が震えだす。アポロが死にかけている。「お願い。お願いよ、マキシマス。もうあなたを怒らせたりしないから。ちゃんとストッキングと靴を履いて陰に隠れ、二度とあなたの池で泳がない。もう決して邪魔をしないから、これだけはお願いします。どうか弟を助けて」

彼の唇が喉から離れた。遺跡のほうから、子供だましの幽霊話を続けているスカーバラ公爵の声が聞こえてくる。甲高い鳥のさえずりが聞こえたかと思うと、突然消えた。木々の葉ずれの音が聞こえる。しかし、ウェークフィールド公爵の声は聞こえなかった。

もうここにいないのかもしれない。わたしの想像が作り出した幻だったのかも。

アーティミスは目を開けた。

彼は冷たい石でできているかのような、表情のない顔でこちらを見つめていた。唇にも、額にも、頬にも、何にも現れていない。だが、目だけは違った。目は情熱に燃えていて、アーティミスはそれを見ながら息を詰め、自分の――そして弟の運命が決まるのを待った。

女神は人に懇願してはいけない。マキシマスの頭を駆け抜けたのは、実に単純明快なその思いだった。その真実のもとには、ほかのこと――自分の爵位、ハウスパーティー、彼女との対立――はすべてどうでもよくなった。彼女はわたしに懇願するべきではない。

舌にまだアーティミスの味が残っている。ふたたび彼女の胸に胸を押しつけ、喉があらわになるまで首をのけぞらせたかったが、手を離すよう自分に言い聞かせた。

「わかった」

アーティミスが目をしばたたいた。いま聞いたことが信じられないというように、美しい唇を開いている。「なんですって？」

「きみの言うとおりにしよう」

早くも頭のなかで計画を立てつつ向きを変えたが、彼女に袖をつかまれた。

「アポロを〈ベドラム精神病院〉から出してくれるの？」

「ああ」

おそらくアーティミスの目に涙を見た瞬間から、わたしの心は決まっていたのだろう。どうやらわたしには、ほかのどんなものよりも大きな弱みがあるらしい。彼女の涙を見るのは耐えられない。

けれどもアーティミスの目は、まるで彼から月を手渡されたかのように光った。

「ありがとう」

マキシマスはうなずいた。そして彼女の唇の魅力に引き込まれないうちに、ペラムハウスに向かって歩きだした。

日の当たるところに出たとき、ハウスパーティーの客たちを見てぎょっとした。木立のなかでのアーティミスとの時間は、実際はほんの数分のことだったが、別の世界での数日間の旅のような気がしていたのだ。

バティルダが眉根を寄せてこちらを見た。「マキシマス！　レディ・ピネロピが修道院をあなたに案内してもらえないかと言っていたわよ。スカーバラ公爵は、何世紀も前に身を投じたかわいそうな娘の話をしてくださったわ」

「いまはだめだ」マキシマスは彼女の横をすり抜けながら言った。

「公爵閣下」バティルダがマキシマスにとって母代わりになったことはない。母が亡くなったとき、彼は一四歳で、もう親の手がなくても大丈夫だった。だがバティルダがいまのように改まった口調で呼びかけてくるときは、いつもきちんと話を聞くようにしている。

彼は振り返った。「なんだ?」

ふたりはほかの人々から少し離れて立っていた。「いったいどうしたの?」バティルダが眉をひそめてささやいた。「レディ・オダーショーとミセス・ジェレットは最後の五分間、あなたとミス・グリーブズのことをずっと噂していたわ。レディ・ピネロピだって首をかしげているに違いないわよ。コンパニオンをわざわざ森のなかに引っぱっていって、何を話しているのかってね」深くため息をつく。「マキシマス、じきに醜聞になるわよ」

「それならロンドンに行く用事ができてちょうどよかった。仕事絡みの急ぎの用ができてね」

「いったいどういう……」

これ以上つまらない言い訳をする時間はない。アーティミスの言うとおり、彼女の弟が本当に死にかけているのなら、息絶える前に〈ベドラム精神病院〉へ行かなければならない。修道院から見えないところまで来ると、焦りのあまりマキシマスは走りだした。ペラムハウスに帰り着いたときには息が切れていた。馬屋に寄って二頭の馬に鞍をつけるよう命じ、屋敷のなかに駆け込む。階段の一番上からクレイブンにいぶかるような視線を向けられても、驚きはしなかった。

「閣下、息を切らしておいでですね。あなたに夢中になっている、あの女性相続人に追いかけられたわけではありませんよね？」

「荷物をまとめてくれ、クレイブン」マキシマスは短く告げた。「人を殺すかもしれない男を精神病院から逃がすためにロンドンへ行く」

9

ヘルラ王とその家臣たちは人間の国に戻りましたが、ようやく太陽を目にした彼らを待ち受けていたのは大きな驚きでした。洞窟の入り口は茨に覆われ、肥沃な土地と太った牛たちは跡形もなく、見たこともない茨の森に変わっていたのです。遠くには廃墟となった大きな城が見えました。先に進むと、一行はひとりの農夫に出会いました。「ここには王さまも女王さまもいません」農夫はつっかえつっかえ言いました。「偉大なるヘルラ王が姿を消し、悲しみに暮れた王妃さまが亡くなったのが最後です。もう九〇〇年も前のことです……」

『ヘルラ王の伝説』

アーティミスの耳に、遺跡でウェークフィールド公爵と客たちが話している声が聞こえた。声は一度大きくなったあと弱まり、やがてほとんど聞こえなくなって、彼女は小さな森のなかにひとりでいるような気がしてきた。ひとりきりで、安全な気がする。

でも、わたしはもう夢を見る少女ではない。現実に、そしてほかの客たちに向きあわなければいけない。

深く息をついて髪を撫でると、気持ちがくじける前に遺跡へと向かった。

アポロが捕まった朝に比べれば、いまのほうがずっとましだ。あのときは、肉を買うために真っ青な顔で村のなかを歩いた。けれども精肉店の店主は外にいるアーティミスに気づかないふりをしてドアを閉め、彼女は友達だと思っていた人々の大きなひそひそ声を聞きながら、手ぶらのまま帰らなければならなかった。

アーティミスが木立から出ると、客たちが振り返って見つめた。レディ・オダーショーとミセス・ジェレットは顔を寄せて何やらささやきあったが、フィービーはアーティミスを見たとたんに微笑んだ。

ひとりの友人の心からの笑みは、一〇〇〇人の作り笑いよりもありがたい。

「どこに行ってたの？」ピネロピが近づいてきて言った。「スカーフはどうしたの？」

アーティミスは頬とむき出しの喉が熱くなるのを感じたが、耐えるしかなかった。さりげなく首に手をやった瞬間、マキシマスの指輪をつけたネックレスが外に出ているのに気づいた。マキシマスは指輪を見たかしら？　見たとしても、そんなそぶりは見せなかった。アーティミスはできるだけ自然に、ネックレスをボディスのなかにしまった。指輪はごくふつうの印章付きのもので、似たような品はイングランドじゅうどこにでもある。彼に気づかれていないことを祈った。

「アーティミス？」ピネロピが答えを待っている。

「ひげのある鳥を見つけたので、もっと近くで見たかったんです」

「ウェークフィールド公爵と？」

「閣下は自然に興味をお持ちですから」もっともらしく言った。

「ふうん」ピネロピは疑わしげだったが、スカーバラ公爵に話しかけられて、そちらに気を取られた。客たちはペラムハウスに戻るために荷物をまとめはじめていた。

フィービーがアーティミスに近づこうとしたが、ミス・ピックルウッドが腕に手をかけてミス・ロイルのほうに連れていった。

フィービーは一瞬困惑の色を浮かべたが、すぐに愛想のいい表情に戻り、ミス・ロイルの腕を取った。

「ミス・グリーブズ、一緒に歩いてくださる？」ミス・ピックルウッドの口調は、頼んでいるというより命令しているようだった。「道がでこぼこだから」

「もちろんですわ」アーティミスは老婦人と腕を組んだ。

「ゆっくり話すのは久しぶりね」ミス・ピックルウッドが静かに言った。ふたりは屋敷に向かう列の最後尾にいた。そうなるよう、ミス・ピックルウッドがうまく仕向けたのだろう。

「田舎でのパーティーは楽しめている？」

「はい」アーティミスは用心深く答えた。

「それはよかったわ」ミス・ピックルウッドがつぶやくように言う。「こういうパーティーに出ると、みなさんロンドンにいるときよりも道徳観念が薄れるんじゃないかと、わたしはいつも心配になるの。あなたは信じないかもしれないけれど、醜聞になるようなふるまいをする人たちがいるんですって！」

「まあ」当てこすりには慣れているつもりだが、困ったことにアーティミスはミス・ピックルウッドのことが好きで、その意見を尊重している。老婦人の言葉は耳に痛かった。

「本当なのよ」ミス・ピックルウッドはこのうえなくやさしく言った。「そして噂話というクモの巣に引っかかってしまうのはいつも、一番純真な人なの。結婚して長い女性は――貴族階級ならなおさらだけど、何か起きても許される。その〝何か〟の内容は言わないでおくわね。無垢な人の耳に入れるようなことじゃないから。貴族ではない、あるいは社交界で重要な位置にいない若い既婚女性は、細心の注意を払わなければならないわ」

ミス・ピックルウッドはいったん言葉を切り、地面から突き出ている岩をよけて歩いてから、ふたたび口を開いた。「そしてもちろん、未婚の女性が褒められない行動をするのは社会の常識から外れることよ。とりわけ、それによって唯一の立場を失うことになる場合はね」

「わかります」アーティミスはこわばった声で応えた。

「そう？」声はやさしいが、その裏には皮肉がこめられていた。「そういう場合、いつだって男性ではなくて女性が責められる。それが世の習いなの。それにもうひとつ、公爵が――いくら立派な公爵でも、身を守るもののない若い未婚女性を人目に触れない場所に連れていくのはよからぬことを考えているときだけよ。期待してはだめ」

「はい」声が震えないよう努めて、静かに言う。「わかります」

「そうじゃなければいいと心から思うけれどね。でも、わたしたちのようなレディが現実から目をそむけてもしかたがないわ。期待してひどい目に遭った人がたくさんいるのだから」

「わたしたちのようなレディ？」

「もちろんよ」ミス・ピックルウッドは愛想よく言った。「わたしが生まれたときから白髪でしわくちゃのおばあさんだと思っていた？　わたしにだって、あなたみたいに魅力的で若い頃があったのよ。わたしの父はトランプで賭けをするのが好きでね。ところがいつも負けてばかりだった。わたしは何度か求婚されたけれど、うまくやっていけない気がして、フローレンスおばさまと暮らすことにしたの。お高くとまったおばあさんだったけれど、根はいい人だったのよ。フローレンスおばさまのあとは兄の家に移ったわ。きょうだいならいい関係が築けると考えがちだけれど、わたしと兄の場合はそうではなかった。義理の姉のおかげでよけいにこじれた気がするわ。けちな人で、養い口がひとり増えたことにひどく腹を立ててね。それで、わたしはまたおばのところに戻らなければならなかった。そのあとは……」

ふたりはすでにペラムハウスが見えるところまで戻っていた。ミス・ピックルウッドは足を止め、壮麗な屋敷を物憂げに見あげた。「そのあとはあなたも知ってのとおりよ。かわいそうなメアリーが夫の公爵と一緒に亡くなってしまった。わたしとメアリーは親戚といってもかなり遠い親戚だったの。でも子供の頃からの親友同士だったから、悲しい知らせを聞いてすぐに飛んできたわ。初めは弁護士や仕事関係の人たちが集まっていて、わたしは放り出されるかと思った。その人たちがヘロとフィービーの養育係を別に見つけてくるんじゃないかってね。でも、そのうちマキシマスがまた口を利くようになったの。まだ一四歳だったけれど、すでに公爵の風格があったわ。わたしがメアリーとのあいだに交わした手紙を見せたら、マキシマスは妹たちをわたしに育てさせることに決めたのよ」

ミス・ピックルウッドは言葉を切って息を吸い、ふたりはしばらくその場に立ったままペラムハウスを見あげていた。

やがてアーティミスはミス・ピックルウッドのほうを向いた。「閣下がまた口を利くようになった、とおっしゃいました？」

「えっ？」ミス・ピックルウッドは目をぱちくりさせた。「ああ、そうよ。いまでは覚えている人も少ないと思うけれど、マキシマスは両親の死に衝撃を受けて、丸二週間も口を利かなかったの。診察に来たやぶ医者は、悲劇のせいで脳がやられてしまって二度と話せないだろうなんて言ったのよ。本当にばかみたい。正常に戻るまで時間がかかっただけなのに。マキシマスはまったくの正気だったわ。ただ、感じやすい子だったのよ」

そうして自分を取り戻したとき、彼は少年からウェークフィールド公爵になったのだろう。

「おつらかったでしょうね」

「ええ、そうよ」ミス・ピックルウッドは簡潔に答えた。「両親が殺されるところを目の当たりにしてしまったから。感受性の強い子供には本当に大きな衝撃だわ」

アーティミスは老婦人を見つめた。感受性が強い――アーティミスなら、マキシマスに対しては絶対に使わない言葉だ。

でも、悲劇が起きる前の彼はいまと違っていたのだろう。

「あらあら！」ミス・ピックルウッドが叫んだ。「話が脱線してしまったわ。ごめんなさいね。ときどき言葉が勝手に飛び出してしまうの。わたしが伝えたかったのは、あなたもわたしもそんなに違わないということ。ただ人生の違う段階にいるだけなのよ。あなたみたいな立場の人間が陥りやすい誘惑のことは、わたしだってわかるのよ。でも、その誘惑に打ち勝つことを覚えなければだめ。あなた自身のためにね」

「どうもありがとうございます」相手が親切心から言っているのがわかり、アーティミスは丁寧に応えた。

ミス・ピックルウッドが咳払いをした。「気を悪くしないわよね？」

「もちろん」

老婦人は満足したようにうなずいた。「飲み物が用意できているか見に行きましょう」

アーティミスはうなずいた。お茶を飲めるのはうれしかった。飲んだあとは、ピネロピをつかまえなければならない。

ロンドンのアポロのもとに戻らなければならないのだ。マキシマスと一緒に。

ミス・ピックルウッドの助言はもっともだが、それに従うつもりはなかった。

〈ベスレム王立精神病院〉――通称〈ベドラム精神病院〉は慈善活動の巨大な記念碑だ。大火のあとに建てられた新しい建物は当代風で長くて低く、大きかった。まるで内部の腐敗を隠すために飾り立てたかのようだ。

あるいは統治者たちの力を示すために。そんな皮肉を心のなかでつぶやきながら、マキシマスは大きな門からなかに滑り込んだ。ちょうど時計が午前零時を打ったところだ。今夜はセントジャイルズの亡霊の衣装を着ている。ウェークフィールド公爵の名でキルボーン卿を解放することもできるだろうが、それでは時間がかかってしまう。

キルボーンには時間がないのだ。

アーチ形の門の上で、憂鬱と狂乱を表すふたつの石像が苦悩の表情を浮かべている。目の前に広がる中庭は、月明かりを浴びて白と黒に見えた。休日になると中庭や建物のなかは見物客であふれ返る。金を払って、精神を患う男女を見に来るのだ。マキシマス自身は来たことがないが、友人とここを訪れて目にした恐怖を語る流行りもの好きのレディの話をうんざりしながら聞いたことは一度や二度ではない。ここには一〇〇人を超える哀れな患者が監禁されている。そのなかからキルボーンを探し出すには案内役が必要だ。

マキシマスは大きな玄関ドアに向かった。予想どおり、鍵がかかっている。窓はすべて患者が逃げ出さないよう鉄格子がはめられていた。だが、食事の配達やおそらく患者の出入りにも使われる通用口がいくつかあった。マキシマスはそのうちのひとつを選び、取っ手をまわしてみた。やはり鍵がかかっている。そこで次の選択肢に移った。

ドアをノックしたのだ。

しばらくすると、足を引きずるような音が聞こえてきてドアが開いた。なかで目を丸くしてこちらを見つめているのは番人だった。

マキシマスはすかさず相手の喉に短剣を突きつけた。「声を出すな」

番人は驚きに口をあんぐり開けたが、声は出さなかった。ブリーチとベストとぼろぼろの上着を着て、やわからい帽子をかぶっている。たぶん寝ていたのだろう。この病院が深夜の訪問客に慣れていないのは間違いない。

「キルボーン卿に会いたい」マキシマスはささやいた。この男に会うことは二度とないだろうが、用心するに越したことはない。

番人は目を白黒させた。「〝治療不可〟病棟にいる」

マキシマスは首を傾けた。「そこまで案内しろ」

男は向きを変えようとしたが、マキシマスは短剣の先をさらに強く喉に押しつけた。

「仲間に警告したりするなよ。わたしと剣を交えれば、真っ先にあの世へ行くのはおまえだからな」

番人は喉をごくりと鳴らしてつばをのみ込み、慎重に向きを変えてマキシマスを建物のなかへ招き入れた。ドアを開けたときから彼が持っていたランタンが、長い廊下に弱々しい光を投げかける。

廊下の左には中庭を見おろす鉄格子付きの背の高い窓が並んでいた。右には前方の闇に向かって、延々とドアが続いている。それぞれのドアの上のほうには正方形の窓が作られており、そこにも鉄格子がはまっていた。ここの住人たちがたてる、かすかな物音が聞こえる。衣《きぬ》ずれ、ため息、うめき声、それに不気味な鼻歌。どこかで議論するような大きな声がしたが、それに応じる声は聞こえてこなかった。空気はどんよりと重く、悪臭が漂っている。尿、ゆでたキャベツ、獣脂、濡れた石に糞便《ふんべん》の匂いだ。どこかで見たような光景だとマキシマスは思ったが、それがどこかは思い出せなかった。

廊下を半分ほど進んだところで、背後から足音が響いた。「サリー、おまえか？」サリーと呼ばれた番人は立ち止まって振り返った。不安のあまり、目を大きく見開いている。マキシマスは首をすくめ、仮面の大きな鼻を見られないように肩で隠しながら振り向いた。

廊下の向こう端に人影が見えるが、こちらに誰がいるかは向こうの男には見えていないようだ。

マキシマスはサリーを剣でつついた。「わたしの言ったことを覚えているな？」

「お……おれだ、リドリー」サリーは口ごもりながら言った。

「一緒にいるのは誰だ？」リドリーが疑うように尋ねる。

「弟のジョージだ。酒を飲みに来たんだよ」サリーはびくびくしながら答えた。「邪魔にはならないから大丈夫だ」

「歩き続けろ」マキシマスはささやいた。

リドリーが廊下をこちらに向かって歩きだした。

「ジョージを部屋に案内するところなんだ」サリーが高い声で言ったあと、ふたりは角を曲がって一目散に階段を駆けのぼった。

「追ってくるだろうか?」マキシマスは尋ねた。

「わからない」サリーが不安げにマキシマスを見る。「リドリーはうたぐり深いんだ」

上の階に着くとマキシマスはうしろを振り返ったが、闇のなかを誰かが追ってきているかどうかはわからなかった。サリーを見て言う。「キルボーンのところへ案内しろ」

「こっちだ」

左にドアがあった。その脇にスツールが置いてあり、壁に鍵がかかっている。

「今日の夜の見まわりはリーチが担当なんだ」サリーは鍵を取って鍵穴に差した。「でも、たぶんベッドで酔いつぶれてる」

サリーがドアを開けるためにランタンを高く掲げたとき、ドアの上にかかった札が見えた。〝治療不可〟と書いてある。

ドアの先には下の階と同じく長い廊下が伸びていた。ただし今度は両側が個室になっている。個室には住人を、あるいは訪問客を守るドアはない。患者たちは馬屋の動物のように、わらの上に横になっていた。彼らの排泄物が放つ悪臭に目を刺激され、マキシマスは涙を浮かべた。ひげを生やした白髪の老人がいる。どんよりとした目が通り過ぎるマキシマスたちの明かりを見つめるが、見えていないようだ。一方では若く美しい女性が突進してきた。鎖が大きな音をたて、彼女はうしろに倒れた。首輪をつけられた雌犬そのものだ。次の部屋の若者は高い声で興奮したように笑いながら、しきりに顔をこすっている。

サリーは十字を切り、一番奥の部屋に急いだ。立ち止まってランタンを高くあげ、わらに横たわっている大柄な男を照らした。

マキシマスは近づきながら顔をしかめた。「生きているのか？」

サリーが肩をすくめる。「ほかの連中に夕食を配ったときは生きていた。寝ているから食事はとらなかったんだ」

寝ていても腹は減るだろうに。マキシマスは苦い顔で思った。不潔なわらに横たわる男の脇に片膝をつく。キルボーン子爵は姉とはまったく似ていない。姉は細いのに彼は巨大だ。肩は広く、手は大きくて、投げ出された脚は長い。傷やあざのせいで、顔立ちが整っているかどうかはわからない。彼の肺が必死で息を吸おうとしている奇妙な音が聞こえた。

キルボーンは明らかに死にかけている。ここから動かすあいだに息絶えたりしないだろうか？　治療もまったく受けていないらしい。顔にこびりついたどす黒い血すら、拭いてもらっていない。

マキシマスは唇を噛んだ。「足かせの鍵を持っているか？」

「ドアの横にかかってる」サリーが向きを変えようとしたが、マキシマスはその腕をつかんだ。

番人はひるんだ。

「一分以内に戻ってこなかったら、おまえを探しに行く。わかったか？」

サリーは必死にうなずいた。

マキシマスは手を離した。

一分もかからずに、サリーは鉄の輪にさがった鍵の束を持って戻ってきた。

「このなかのどれかが……」

「ここで何をしている？」

マキシマスは立ちあがり、二本の剣を構えて振り返った。

サリーが金切り声をあげ、鍵の束を盾のように体の前で握りしめて凍りついた。

部屋の入り口に立っている男は、喉に剣を突きつけられると、目を丸くして動きを止めた。

声からして、これがリドリーだろう。床に横たわっている男に負けないほどの大柄で、いかにも人をいたぶるのが好きそうだ。

「サリー、足かせを外せ」マキシマスはリドリーから目を離さずに言った。

足かせが床に落ちる音がした。

「おまえは――」剣を振り、今度はリドリーに合図する。「足を持て」

「こいつをどうするつもりだ？」リドリーは不機嫌そうに言いながらも、かがんでキルボーンの足を持った。「もう死んだも同然だぞ」

「わたしにランタンを渡して、彼の頭を持て」マキシマスはリドリーを無視してサリーに言った。

サリーはどうしようか迷っているようだったが、すぐにランタンを渡した。文句を言ったった。

り悪態をついたりしながら、ふたりは力の抜けたキルボーンの体を持ちあげた。

「とんでもなく重いやろうだ」リドリーがわらにつばを吐いて言う。

「しゃべるな」マキシマスは静かに命じた。「もしもうひとり番人が来たら、おまえは用済みになるからな」

リドリーは口をつぐんだ。一行は廊下を戻り、苦労しながら階段をおりた。マキシマスは彼らがキルボーンを落とさないよう見張っていたが、それ以外は手伝わず、さらに番人が現れたときに備えて手を空けておいた。

「あんたがこいつを連れ出しに来ると知ってたら、とどめを刺しておいたのに」ようやく一階に着くと、リドリーが言った。

マキシマスはゆっくりと彼に顔を向けた。「おまえがやったのか？」

「ああ」リドリーが満足げに言う。「いつも生意気な口を利きやがったからな。自業自得ってやつだ」

マキシマスは、判別もつかないほど顔が腫れあがり、死にかけて横たわっているキルボーンを見た。こんな目に遭っていい人間などいない。

「最初の晩に死ななかったのが驚きだ」どうやらリドリーは、マキシマスと親友にでもなった気でいるらしい。

「そうなのか？」マキシマスは淡々とした声で聞き返した。自分たちが通ってきた長く広い廊下、いくつも続く部屋、患者を監視するのに完璧な造りを振り返り、不意にここが何を思い出させるのか気づいた。〈王立動物園〉だ。ここに監禁されている人間は、ほかの人々を楽しませるのに利用されている。動物園の珍しい生き物とまったく同じではないか。ひとつ違うのは、動物のほうがよほどよく世話されている点だ。

「思いきり、やってやったんだよ」リドリーの声にマキシマスはぞっとした。「もしあんなに早く気絶しなかったら、もっとやったんだがな。意味はわかるだろ？」

「ああ、まあな」マキシマスはうなった。長い廊下の端まで来ていた。「ドアの横に彼をおろせ」

サリーは警戒する顔になったが、リドリーはとまどっているようだ。「ドアの外に出すのか？」

「そんなことで頭を悩ませなくていい」マキシマスは穏やかに言うと、剣の柄でリドリーのこめかみを殴った。

リドリーは床にくずおれた。

サリーが両腕をあげる。「やめてくれ、頼む！」

「おまえも加わったのか？」

「いいや！」

嘘かもしれないが、どのみちサリーを殴る気にはなれなかった。キルボーンの負った傷を見て、気分が悪くなっていた。マキシマスはかがんでキルボーンの右腕を取り、うめきながら肩に担いだ。重かったが、その体つきから想像するほどではない。キルボーンのごつごつした手首の骨が触れる。ここにいるあいだに、かなり体重が落ちてしまったのだろう。

そう考えると、さらに暗い気分になった。「ドアを開けろ」

サリーが走ってドアを開けた。

マキシマスは外に出るとサリーを振り返った。「リドリーとほかの番人たちに言っておけ。わたしはまた来るとな。おまえたちが油断して眠っている夜に来る。そしてほかの患者がキルボーンのような目に遭っているのを見つけたら、有無を言わせず剣で正義を行う。わかったか?」

「わかった」サリーは完全に怯えているようだ。

マキシマスは闇のなかに出た。

重い荷物を担いだまま走り、門をすり抜けた。外にはムーアフィールズの庭園が広がっており、門の少し先で馬と荷馬車が待っていた。

「出してくれ」マキシマスは荷馬車に作った寝床にキルボーンを寝かせ、自分も馬車に乗ってから言った。

「誰かあとをつけてきますか?」手綱を打ちつけながら、クレイブンが尋ねた。

「いいや。いまのところは」マキシマスは追っ手が来ないか確かめつつ呼吸を整えた。

「では、うまくいったんですね」

マキシマスはキルボーンを見てうめいた。少なくとも、まだ息はしている。この精神病院からの脱走者を、わたしはどうするつもりなのだ?

マキシマスは首を横に振ってクレイブンに答えた。「キルボーンが生き延びればな」

アーティミスはドアを軽く叩く音に目を覚ました。まばたきをしたあと、しばらくのあいだ混乱して部屋のなかを見まわした。そして、自分がペラムハウスの客室にいることを思い出した。

またドアを叩く音がした。

あたたかいベッドから這《は》い出て部屋着を羽織った。窓を見ると、ちょうど夜が明ける頃だった。

ドアを開けると、すでに着替えを終えたメイドが立っていた。

「どうしたの？」

「申し訳ありません。裏口に使者が来ているんです。あなたと直接お話がしたいとのことです」

アポロのことに違いない。アーティミスは震えながら室内履きを見つけ、メイドのあとから階段をおりて厨房に向かった。マキシマスはアポロを見つけたのかしら？　弟はまだ生きているの？

厨房はすでに一日の準備で大忙しだった。料理人やメイドがパイ生地を伸ばし、従僕は銀製品を運び、若い娘たちは火をおこしている。厨房の中央に大きなテーブルがあり、それがすべての料理の準備の中心となっていた。その端に紅茶のカップを持った少年が座っている。

目の前にはバターを塗ったパンが置かれていた。アーティミスが近づいていくと、少年は立ちあがった。その服は道路の土ぼこりでまだ汚れていた。

「ミス・グリーブズですか?」

「ええ」

少年は上着のポケットを探って手紙を取り出した。「閣下が、この手紙をほかの人ではなくあなたに直接渡すようにとおっしゃいました」

「ありがとう」アーティミスは手紙を受け取り、しばらく封印を見つめた。

「どうぞ」少年がバターナイフを差し出した。ロンドンから来たはずだが、田舎の者らしい若々しい顔をしている。「これで封印を切ってください」

アーティミスは感謝の印に微笑んだものの、その笑みは震えていた。急いで封を切る。手紙には一文しか書かれていなかったが、それがすべてを語っていた。

〝彼は生きていて、わたしの家にいる。Mより〟

アーティミスは自分でも気づかぬうちに詰めていた息を吐いた。ああ、よかった。生きていたのね。

すぐにアポロのもとへ行かなければ。

手紙を握ったまま厨房を出ようとして使者の少年のことを思い出し、罪悪感に襲われた。少年を振り返って言う。「お財布を持ってくるのを忘れてしまったわ。ここで待っていて。一シリング渡せると思うから」

「いりません」少年は親しげに微笑んだ。「閣下はとても寛大です。あなたからお金を受け取らないようにと言われました」

「まあ」あのマキシマスが使者の少年に渡すお金がなくて恥ずかしい思いをしないよう、わたしを助けてくれたなんて。そう思うと心があたたかくなった。「それなら、どうもありがとう」

少年は快活にうなずくと朝食の続きに戻った。

アーティミスは急いで階段に向かった。公爵が〝仕事〟のためにロンドンへ帰ってしまったのならこれ以上ここにいてもしかたがないと、昨日のうちにピネロピを半分説き伏せてある。今日はたぶん、いとこをふだんより少し早く起こすことができるだろう。

上階の廊下は薄暗かった。アーティミスは廊下の先を急いで歩く従僕の足音を聞きながら自分の部屋に向かった。ドアを開けて鏡台に向かい、手早く身支度を整える。ずいぶん前に、ひとりで着替えることを覚えた。父が常にメイドを雇い続けることができなかったためだ。いつもの茶色のドレスに着替え、髪を整えてから、何かがおかしいことに気づいた。ブラシが毛を下にして置いてある。アーティミスはいつも逆向きに置くようにしている。背中はよくある木だけれど、豚の毛はブラシのもっとも繊細な部分だからだ。

メイドが動かしたのかしら？

でも、火はまだおこされていない。今朝はこの部屋にまだメイドが入っていないということだ。

アーティミスは鏡台の一番上の引き出しを開けた。数少ないストッキングが並んでいて、いつもどおりに見える。けれども次の引き出しは……。

シュミーズの端が引き出しからはみ出ていた。もしかしたら、自分が閉めたときにあわてていたのかもしれない。だが、そうではないと直感した。

誰かがこの部屋に入ったのだ。誰かがわたしの持ち物を探った。

部屋に近づいたとき、足音が聞こえたのを思い出した。わたしが厨房で使者に会っているあいだに部屋を探るよう、マキシマスが従僕に命じたのかしら？　彼がそんなことをするのは妙な気がするし、理由もわからない。ひそかに指輪を取り返すため？

肩掛けのなかに入れていたネックレスを引っぱり出し、指輪とエメラルドを見つめた。手のひらの上で、そのふたつが静かにきらめく。アーティミスは頭を振って、ネックレスをボディスのなかに戻した。指輪はマキシマスのものだから、ロンドンで彼に会い次第、返すつもりだ。

そのときアポロにも会えるんだわ。

それからさらに数分かけて身支度を終えると、急いでピネロピの部屋に向かった。いとこは当然のことながらベッドのなかだったが、二時間待ったあと、ようやく朝食をとりに行く準備をさせることができた。

「どうしてこんなに早く起きなければいけないのか、わからないわ」ピネロピは文句を言った。「ウェークフィールド公爵がロンドンに行ったのなら、もうわたしが会うべき人はいないじゃないの」

「スカーバラ公爵は？」アーティミスはぼんやりと言ってから、うめきたくなった。老公爵のためにここに残る気にさせるのだけは、絶対に避けたかったのに。

「スカーバラ公爵はいい人よ」ピネロピはさりげなく言ったが、頬がピンクに染まった。

「だけどウェークフィールド公爵ほどお金持ちじゃないし、力もないわ」

「でも、公爵ですわ」朝食が出される屋敷の奥の長い部屋に入りながら、アーティミスは静かに言った。「それにあなたのことがお好きですし」

「あら、そう思う？」ピネロピは立ち止まり、恥ずかしそうにアーティミスを見た。

「もちろんです」アーティミスは自分たちが部屋に入ったとたんに立ちあがった公爵のほうを示した。「あのお顔をごらんになって」

スカーバラ公爵は満面の笑みをたたえていた。顔のどこかが割れるのでないかと心配になるほどだ。奇妙なことに、彼は本当にピネロピが好きらしい。その若さや美しさだけでなく、彼女自身のことが。

「でも、ずいぶんお年寄りよ」ピネロピが声をひそめて言った。心から困っているかのように、眉間にしわを寄せている。

「それが問題になるでしょうか？」アーティミスはやさしく告げた。「公爵は奥さまに高価な贈り物を次々と贈るような方です。最初の奥さまは物入れいっぱいに宝石を持っていらしたそうですよ。すてきじゃありません？」

「ふうん」ピネロピは迷うように唇を噛んだ。「どちらにしてもロンドンに帰りましょう」

ふたりは話しながらスカーバラ公爵に近づいていた。ピネロピの最後の言葉を聞いた公爵の顔が、滑稽なほど悲しげになった。「わたしを置いていくなどと言わないでください、レディ・ピネロピ」

ピネロピは公爵が引いた椅子に腰をおろしながら、しかめっ面をした。

「パーティーの主催者がわたしたちを置き去りにしたみたいですから、わたしたちもそうしたほうがいいと思うんです」

「ええ、たしかに」スカーバラ公爵は難しい顔で、目の前の皿のハムステーキを見おろした。「ウェークフィールドは昨日、おびえた野ウサギみたいに大急ぎで発《た》ちました。あんなのは見たことがない。あなたに――」快活に言いながら、アーティミスを見る。「セントジャイルズの亡霊のことでからかわれて、気を悪くしたのでなければいいのですが」

「閣下がそんなに簡単に気を悪くされるとは思いませんわ」アーティミスは応えた。

スカーバラ公爵は眉をあげて両手を広げた。「だが、ウェークフィールドはこの屋敷から逃げていった」

アーティミスの心臓が早鐘を打った。いまは何よりも、マキシマスの行動に疑いを持たれたくない。

「でも閣下は、ロンドンで急ぎのお仕事が入ったっておっしゃっていましたわ」ピネロピが眉を寄せ、けげんそうに言った。「アーティミスが言ったことと、どう関係があるのかわかりません」

「あなたのおっしゃるとおりです」スカーバラ公爵がすかさず言う。「ですが、彼が急に発ってしまったせいで、妹さんはひとりでロンドンまで帰らなければならなくなった」

「ミス・ピックルウッドがご一緒にお帰りになると思いますけれど？」アーティミスは言った。

「どうやらそうではないようです」スカーバラ公爵が答えた。「ミス・ピックルウッドは今朝、バースにいるご友人が突然病に倒れたとの連絡を受けたようで、付き添うためにすでに出発されました」

「でしたら、レディ・フィービーはメイドと一緒にロンドンまでお帰りになればいいんじゃありません？」ピネロピが興味なさそうに言う。

「メイドはコンパニオンとは違います。特にレディ・フィービーのような状態のレディには」スカーバラ公爵は考え込むように言った。「先ほども言いましたが、ウェークフィールドが目の不自由な妹さんより仕事を優先させたのは悲しいことです」

その率直な言葉にアーティミスはたじろいだ。だが、スカーバラ公爵がこの点にこだわっていることを利用できるのでは？　ピネロピはふだん、週に半日しか自由な時間をくれない。アポロがひどいけがをしていても、アーティミスがマキシマスのロンドンの家に行けるのは数時間だけかもしれない。でも、ピネロピが自分から言い出したことなら……。

アーティミスは咳払いをした。「ウェークフィールド公爵閣下は、レディ・フィービーをとてもかわいがっていらっしゃいますわね」

「ええ、そうですとも」スカーバラ公爵が言う。「誰かが彼女と一緒にロンドンまで戻ると申し出たら、とてもお喜びになるのではないでしょうか？」

ピネロピもまったくの愚か者ではない。アーティミスの言いたいことをすぐに察し、どうやらそれが気に入らないらしい。「わたしはだめよ。ここに来るときも、あなたとメイドたちと荷物で馬車がいっぱいだったもの。無理だわ」

「それは残念ですね」アーティミスは小声で言った。「もちろんレディ・フィービーはご自分の馬車を使えばいいですし、あとはあなたが彼女と一緒に乗れればいいんですけれど」

ピネロピはぎょっとした顔になった。

「それとも、わたしが行きましょうか」

「あなたが？」ピネロピは目を細めたが、それは計算している証拠だ。「でも、あなたはわたしのコンパニオンよ」

「そうですね」急いで言う。「そこまで親切心を見せることはありませんわよね」

ピネロピが眉をひそめた。「ウェークフィールド公爵は、本当にわたしを親切だと思うかしら？」

「もちろんです」アーティミスは目を見開いて誠意を見せた。「だって実際に親切ですもの。ミス・ピックルウッドが不在のあいだわたしを貸せば、公爵閣下はあなたにどんなに感謝してもしたりないでしょうね」

「そうね」ピネロピは言った。「なんていい思いつきなの」

「あなたは善行そのものだ、レディ」スカーバラ公爵はそう言うと、ピネロピの手にキスをして、アーティミスにウィンクをした。

10

農夫の言葉を聞いて、ヘルラ王の家臣のひとりが馬から飛びおりました。けれども、その足が地面に着くと、家臣はちりに変わってしまいました。ヘルラ王はそれを見つめ、小人の王の警告を思い出しました。白い子犬より先に馬をおりたら、ちりになってしまうのです。

それに気づいた王は恐ろしい悲鳴をあげました。そのとたん、王も家臣たちも影が薄くなり、幽霊のような姿になりました。王は馬を走らせ、自分に残されたただひとつのこと、すなわち狩りをしました。

こうしてヘルラ王と家臣たちは、この世界も、次の世界も、永遠に月の夜空を馬で駆け続けることになったのです。

『ヘルラ王の伝説』

「目を覚ますだろうか？」その日の昼前、マキシマスは精神を病んだ男を見おろした。キルボーン子爵は秘密のトンネルを通ってウェークフィールド邸の地下室に運ばれていた。

マキシマスとクレイブンは、赤々と燃える石炭を入れた火鉢のそばに寝床を作った。身動きひとつしないキルボーンを見て、クレイブンは眉をひそめた。

「わかりません、閣下。地上の、もっと体によさそうなところに運んだほうが……」

マキシマスはいらだって首を横に振った。「キルボーンが見つかるような危険は冒せない」

クレイブンがうなずく。「すでに〈ベドラム精神病院〉の院長たちが兵士を送り出して亡霊を探していると、街で噂になっています。患者が逃げ出したことに、ひどく頭を悩ませているようです」

「あの病院自体の現状に頭を悩ませるべきだ」

「おっしゃるとおりです、閣下」クレイブンが応えた。「ですが、それでも子爵が心配です。火鉢から出る有毒なガス、それに言うまでもなく地下の湿気が――」

「たしかに病人に最適の環境とは言いがたいだろう。だが、見つかってあの病院に送り返されたら、もっとひどいことになる。またあんな目に遭わされたら、もう生き延びられないぞ」

「おっしゃるとおり、これがわたしたちにできる最善のことですが、わたしは満足できません。もっときちんと治療をしてくれる医師を呼んで――」

「それも反対だ」マキシマスはじりじりしながら遠くの壁まで歩いた。アーティミスのために、キルボーンには目を覚ましてほしかった。彼女の感謝に満ちた輝く顔を思い出す。だが、いまの弟の状態を見たら、あんなにうれしそうな顔はできないだろう。

「それに」マキシマスはクレイブンの隣に戻りながら言った。「これまで見てきたところ、きみは大学を出た医師に負けないほどの技術を持っている」

「そこまで信頼してくださっているのはもちろんありがたいのですが、わたしがこれまでしてきたのは、あなたの傷やあざの治療が主です。頭にけがをし、肋骨を折っている患者の世話は初めてです」

「それでもきみを信頼している」

クレイブンの顔から表情が完全に消えた。「ありがとうございます、閣下」

マキシマスは彼を見た。「感傷的になるな、クレイブン」

従者のいかつい顔がゆがんだ。「はい、閣下」

マキシマスはため息をついた。「わたしは階上《うえ》に行く。どこへ行ったのかと使用人たちがいぶかるからな。だが、彼が意識を取り戻したらすぐに戻ってくる」

「わかりました、閣下」クレイブンは意識のない男の顔を見つめてためらった。「ですが、キルボーン卿が目を覚ましたら、どこか別の隠れ場所を探さなければ」

「わたしだって、それは考えている」マキシマスはうなった。「もっと長期間、彼をかくまっておける場所があればいいのだが」

重い気分で上階に向かった。クレイブンが地下に残ってキルボーンの世話をし、マキシマスはときおり様子を見に行くことになっている。先ほどクレイブンに言ったことは本当だった。この件に関しては、信頼できるのはクレイブンしかいない。

上階の廊下に着くと、執事のパンダースに呼び止められた。彼はよく訓練されているため、返答に困るような質問は決してしない。中年の、おなかが少し出た立派な体格の男で、ふだんは髪の乱れひとつないほど落ち着いているが、今日は動揺しているのか左の眉があがっている。

「申し訳ありませんが、閣下、どうしてもお会いしたいという軍人が書斎で待っています。来客は受けつけないと言ったのですが、どうしても帰ろうとしないのです。バーティーとジョンを呼ぼうかとも思いましたが、いくら彼らが大柄でも、軍人は当然のことながら武器を持っておりますし、閣下の書斎の絨毯に血を流すわけにはいかないものですから」

パンダースの話がはじまったときからマキシマスは警戒を強めたが、終わる頃には誰が訪ねてきたのか察しがついていた。そのため、冷静にパンダースに告げることができた。

「わかった。会おう」

書斎は屋敷の裏側にあり、表通りの喧騒《けんそう》にも頻繁に訪れる客にも邪魔されずにすむ。客が来たときはパンダースが応対してくれる。

だが、今日の客は別だ。

マキシマスが書斎のドアを開けると、竜騎兵隊の隊長、ジョナサン・トレビロン大尉が振り返った。長身の彼はマキシマスとほぼ同年代で、長い顔が厳格な雰囲気を醸し出している。

「閣下」トレビロンはそっけなくうなずいた。これがほかの者ならば侮辱されているのかと思うところだが、マキシマスは大尉の媚びない態度に慣れている。

「トレビロン」マキシマスは巨大なマホガニー材の机の前に座った。「どんな用でわたしを訪ねてきてくれたのだ？　二週間前に会ったばかりだと思うが。この短期間で、ロンドンでのジンの密売を一掃できたわけではないのだろう？」

その皮肉に腹を立てたとしても、大尉はそれを見事に隠した。「はい、閣下。セントジャイルズの亡霊に関してお知らせしたいことが――」

マキシマスは手を振ってさえぎった。「きみのセントジャイルズの亡霊へのこだわりには興味がない。何度も言ったはずだ。セントジャイルズの害毒はジンであり、道化師に扮装した変人ではない」

「もちろん、亡霊に対する閣下のお考えは充分承知しております」トレビロンは平然と言った。

「それなのに、その考えを無視するのだな」

「わたしは自分の使命にとって一番大事だと思うことをするだけです。亡霊と、新しく出てきたセントジャイルズの悪魔が――」

「誰だって？」声が鋭すぎたと思ったが、その言葉には聞き覚えがあった。セントジャイルズで助けた酔っ払いの紳士が〝悪魔〟に襲われたと言っていたではないか。

「セントジャイルズの悪魔です」トレビロンが繰り返す。「セントジャイルズに出没する凶暴な追いはぎですよ。最近、現れるようになりました」

マキシマスは歯ぎしりして大尉をにらんだ。二年あまり前、マキシマスは第四竜騎兵隊を結成させて、ロンドンでのジンをめぐる紛争に巻き込んだ。マキシマスみずからがトレビロンを抜擢《ばってき》した。知性があり、勇敢で、決断力もあって、賄賂にも脅しにも動じない男だ。そういった能力のおかげで、本来の任務をこなすにあたっては実に優秀なのだが、同時に自分の縄張りで犯罪者と思われる者を見つけたときは意地になる。任務についた当初から、トレビロンはセントジャイルズの亡霊に執着心と言っていいほどのこだわりを持っていた。金を払っている相手がわたしの敵だとは、なんとも皮肉な話だ。

トレビロンが落ち着きなく体を動かし、手をうしろで組んだ。「ご存じないかもしれませんが、ゆうべセントジャイルズの亡霊が〈ベドラム精神病院〉に押し入って番人を襲い、人殺しの患者を逃がしました」

トレビロンが関心を持つのも当然だろう。マキシマスは椅子の背にもたれ、体の前で両手を合わせた。「わたしにどうしろというのだ?」

無表情のまま、トレビロンは長いことマキシマスを見つめた。「何も。これ以上セントジャイルズやロンドンのほかの地区で悪さをしないよう、亡霊を捕まえて拘束するのはわたしの仕事です」

「で、そのゆうべの出来事が亡霊を捕まえる助けになるというのか?」

「そういうわけではありません、閣下」大尉は重々しく言った。「ですが、ふだんはセントジャイルズでしか目撃されない亡霊が、遠くムーアフィールズまで出かけていったというのは興味深いことだと思います」

マキシマスは退屈を装って肩をすくめた。「コベントガーデンのオペラハウスでも目撃されなかったか？　あれはセントジャイルズの外だ」

「でも、すぐそばです」トレビロンが静かに答える。「ムーアフィールズはロンドンの街を挟んでちょうど反対側になります。それにコベントガーデンで目撃された亡霊は二年前に引退しました」.

マキシマスの動きが止まった。「なんだって？」

「わたしはセントジャイルズの亡霊のことを研究してきました」トレビロンは天気予報士のように落ち着いた調子で言った。「身のこなしや行動、ささいな身体的特徴の違いを調べた結果、ある結論に達したのです。セントジャイルズの亡霊は少なくとも三人いると」

「だが……」大尉が黙ったまま見つめているのを意識しながら、マキシマスはまばたきをした。トレビロンが探している患者――マキシマスの秘密を明らかにするかもしれない男――はいまこの瞬間、四階下にいる。マキシマスは冷静さを取り戻して眉をひそめた。「たしかなのか？」

「はい」トレビロンは背中のうしろで手を組んだ。「亡霊のひとりは、あとのふたりよりも危険でした。大きな帽子の下にグレーのかつらをつけ、自分の身の安全には無頓着でした。その男はこの夏に引退したはずです。別のひとりは、わたしの知るかぎりでは一度も人を殺していません。かつらはつけず、ダークブラウンの髪をひとつに束ねていました。もう二年も姿を見ていません。おそらくすでに死んだのでしょう。三人目はいまも活動を続けています。白いかつらをつけ、剣を残忍なほど巧みに扱います。彼が一番初めからいる亡霊だと思います。わたしが最初に見たのがその男ですから。〈恵まれない赤子と捨て子のための家〉の以前の建物が焼け落ちた晩、彼はマザー・ハーツイーズという犯罪者の逮捕に協力しました」

やれやれ。マキシマスはしばらくのあいだ、トレビロンを見つめることしかできなかった。マザー・ハーツイーズを捕まえたのは誰あろう、このわたしだ。

幸い、トレビロンはマキシマスの沈黙を気にすることもなく話を続けた。

「ゆうべ〈ベドラム精神病院〉に押し入ったのはその最初の亡霊だと、わたしは考えています。亡霊が逃がした患者は、彼にとってとても大事な人物だったのでしょう」

「あるいは亡霊自身が精神病患者なのかもしれない」マキシマスはトレビロンをさがらせるために書類の束を引き寄せた。「そうだとしても、この件がなぜ重要なのかわたしにはわからない」

「おわかりになりませんか？」

マキシマスははっとして顔をあげた。「説明してくれ」

今度はトレビロンが肩をすくめる番だった。「閣下を怒らせるつもりで言っているのではありません。ただ、わたしには亡霊が閣下と同じことに関心を持っているように思えるのです。亡霊はセントジャイルズを巡回し、泥棒や追いはぎやジンの密売に手を染めている者に声をかけます。閣下と同様、ジン取引の撲滅に熱心なようです」

「人を殺したり、女性を辱めたりするとも言われているが」冷ややかに言う。

「ところがわたしは数カ月前、辱めを受けそうなところを亡霊に助けてもらったという女性の話を聞いています」

「何が言いたいのだ、トレビロン？」

「別に何も」大尉は素知らぬ顔で言った。「ただ、わたしの意図を閣下にお伝えしているだけです」

「ならば、きみの報告は完璧だ」マキシマスはそう言って書類をめくりはじめた。「ほかに何もなければ、わたしは仕事があるので」

大尉はお辞儀をすると、足を引きずりながら部屋を出ていき、ドアを静かに閉めた。

マキシマスはすぐに書類を机に置き、ドアを見つめた。トレビロンは真実に近づきすぎている。口調こそ丁寧だが、的を射た質問と見事な考察から、もう少しでわたしの秘密を暴きそうだ。

トレビロンがまだ、わたしが亡霊だと気づいていなければの話だが。

マキシマスはいらだちのため息をつくと、トレビロンのことを頭から追いやって書類に集中した。大尉に言った言葉は嘘ではなく、実際に仕事があったのだ。目を通して署名すべき手紙や、ノーサンバーランドの領地に関する報告書を秘書が用意していた。

午前中かかってそれらの処理を終えたあと、秘書のフィルビーが新たな相談事を持ってきた。マキシマスは昼食を書斎に運ばせ、机や床に地図を広げて話しあいを続けた。午後の半ばにクレイブンが書斎の入り口に現れ、首を横に一回振ってから立ち去った。マキシマスは地下で意識を失っている男のことを考えないようにして仕事に没頭した。

夕食も簡単にすませた。フィルビーとともに、土地の相続に関する複雑な問題に取り組まなければならなかったからだ。それは炭鉱に近くなければなんの価値もない小さな土地だった。

九時近くになって、マキシマスは顔をあげた。玄関広間のほうから何やら聞こえてきたからだ。屋敷の裏側まで聞こえる騒ぎだった。

マキシマスは立ちあがって伸びをした。「今日はこれで終わりにしよう、フィルビー」

秘書は疲れたようにうなずき、地図を片づけはじめた。

マキシマスは書斎を出た。姿が見える前からフィービーのおしゃべりが聞こえてきた。角を曲がると、彼女は帽子と手袋をパンダースの腕に積みあげていて、その足元でベルとスターリングとパーシーがうろうろしていた。マキシマスは眉をあげて犬たちを見た。ふだんはペラムハウスに置いてくるのに。

「道中は何事もなかっただろうね」パーシーに押し倒されそうになりながら、マキシマスは声をかけた。

フィービーが振り返る。妹はすぐさまマキシマスの腕に飛び込んできた。

「ああ、マキシマス。アーティミスが一緒でとても楽しかったわ！」

フィービーのうしろで、犬のボンボンを腕に抱いたアーティミス・グリーブズが厳しい目でこちらを見ていた。

「ミス・グリーブズ」フィービーが腕から離れると、公爵は言った。「驚いたよ」

最後に会ってから一日と少ししか経っていないが、彼を目の前にするとアーティミスの体は震えた。彼は威厳に満ちて、生き生きしている。この人が――マキシマスが――わたしをつかんでキスしたのだ。その情熱的なキスにわたしはおぼれ、もっと多くを求めて、自分がひどくふしだらな女になった気がした。いま、彼は目の前に立ち、わたしは尋ねたいことが山ほどあるのにどれひとつ口に出せない。

「閣下」アーティミスはもがくボンボンを抱いたまま膝を曲げてお辞儀した。「不快な驚きではないといいのですが」

老齢の犬を床におろすと、犬はパーシーのもとに駆けていって、うれしそうに脚を軽く嚙んだ。

「ばかなことを言わないで、アーティミス」フィービーが笑った。「それにマキシマス、そんな難しい顔をしないでちょうだい。アーティミスを怖がらせたら、わたしが承知しないわよ。彼女はここに泊まるんだから」

「泊まる？」マキシマスは眉を片方あげた。

「ええ」フィービーはアーティミスの腕に腕を絡ませた。「バティルダおばさまが病気のお友達を看病しに行ってしまったから、レディ・ピネロピがわたしのコンパニオンにってアーティミスを貸してくださったの。すごく親切だと思わない？」

「いつになく親切だな」マキシマスはアーティミスを鋭く見て言った。「そして愛犬も一緒に貸してくれたのか？」

「ふだんボンボンの世話をしているのはわたしなんです」アーティミスはスカートを撫でおろしながら言った。彼はわたしに消えてほしいのかしら？　そう考えると、思いがけず胸が痛くなった。「一緒に連れてきても環境の変化に耐えられるだろうと、ピネロピも同意してくれました」

「そのようだな」マキシマスは頭を傾け、無表情な顔で続けた。「それで、グレイハウンドたちとパーシーを連れてくるのは誰が決めたのだ？」

「わたしよ、もちろん」フィービーが明るく答えた。「ペラムハウスに置いていったら寂しがると思って」

「ふむ」マキシマスはあいまいにつぶやいた。

「わたしたち、帰り道にいろいろな計画を立てたのよ」フィービーが話し続ける。「ハート家の劇場にお芝居を観に行ったり、買い物に行ったり、あと、カーニバルを見物に行ってもいいわよね」

マキシマスの口元が引きしまった。「最初のふたつはわたしもつきあうが、カーニバルは論外だ」

「でも――」

「フィービー」

そのひとことでフィービーは負けを悟ったらしい。明るい笑みが震えかけたが、彼女はこら《》えて言った。「とにかくアーティミスがここにいるあいだ、思う存分楽しむわ。ピンクの部屋をアーティミス用に整えるよう、メイドに命じたところよ。あと、お茶も頼んだわ。お兄さまも一緒にいかが？」

アーティミスはマキシマスが断るのを半ば予想していた。同じ家で暮らしているのに彼はひとりでいることが多いと、馬車のなかでフィービーから聞いていたからだ。

だが、マキシマスはうなずいた。「喜んで」

アーティミスは差し出された腕に手をかけ、フィービーが執事のほうを向いて話している隙に身を寄せてささやいた。「彼はどこ？」

マキシマスはかすかに首を横に振った。「あとで」

彼女は唇を噛んだ。ロンドンまでの道中はつらくてたまらなかった。フィービーに明るい顔を見せようと努めながら、心のなかはアポロのことでいっぱいだった。

「お願いよ」

彼の濃い茶色の目がアーティミスの目をとらえた。「できるだけ早く話す。約束するよ」

おかしな話だが、その言葉が彼女の心をあたためた。アポロの容体が深刻なら、マキシマスはすぐにわたしを弟のところへ連れていくはずだ。実際は、先にお茶を飲んでケーキを食べる余裕があるのだろう。

マキシマスはもう一方の肘を妹に差し出し、ふたりを連れて金の手すりの階段をのぼった。犬たちがうれしそうにあとをついてくる。階段をのぼりきると、目の前は大広間になっていた。ピンクに塗られたドアにはぶどうの蔓《つる》が彫られており、そこだけ金色に輝いている。広間の天井は高く、うねる雲のなかに浮かぶ神々が小さく描かれていた。アーティミスは上を向いて天井画を見つめた。

「アキレスがケンタウルスから教育を受けているところだ」マキシマスが耳元でささやいた。なるほど、それでケンタウルスが描かれているのだ。

「お茶を飲むのはここでなくちゃいけないの？」フィービーが反対側でぶつぶつ言っている。「ここだと、いつも舞台にのぼっているみたいな気分になってしまうのよ。青の客間のほうがずっと居心地がいいのに」

マキシマスは妹の文句を無視した。「あそこのテーブルに気をつけろ。わたしたちが田舎に行っているあいだにミセス・ヘンリーズが動かしたんだ」

「あら」フィービーは兄の助けを借りて大理石の低いテーブルを用心深くよけてから、薔薇色の長椅子に腰をおろした。ボンボンが隣に飛びのり、口を大きく開けて微笑んだ。

アーティミスはフィービーの向かいの席につき、二匹のグレイハウンドがその足元に座った。

「ロンドンでのお仕事はとても大事なんでしょうね」フィービーが厳しい声で言った。「お兄さまがあんなふうに突然帰ってしまったから、ペラムハウスのパーティーは台なしよ。今朝、みんなが馬車を呼んでいたわ」

「おまえにいやな思いをさせたなら謝るよ」マキシマスはそう言ったものの、黒い大理石の炉棚に寄りかかる様子は、謝っているというよりむしろ退屈しているように見える。パーシーが大きく息を吐いて、暖炉の前に横たわった。

フィービーはあきれた顔になった。「お兄さまが心配しなければならないのはわたしのことじゃないでしょう？　レディ・ピネロピはずいぶん怒っていたわよ。そうよね、アーティミス？」

「たしかに少し腹を立てたみたいでしたわ」慎重に言った。

「本当に？」マキシマスが皮肉と親密さのこもった目でこちらを見た。

「スカーバラ公爵が慰め役を買って出るまではね」フィービーが言う。「あの公爵には気をつけたほうがいいわよ、お兄さま。彼女を奪われるかもしれないわ」

「スカーバラの収入があと一割あがったら、気をつけることにしよう」

「マキシマスったら――」フィービーは唇をねじ曲げた。

そのときメイドたちが入ってきたので、フィービーはそのあとの言葉をのみ込むしかなかった。

アーティミスは低いテーブルにお茶とケーキと小さな菓子が用意されるのを見つめた。

「ほかに何かございませんでしょうか？」メイド頭《がしら》がフィービーに尋ねた。

「ええ、ありがとう」フィービーは答え、メイドたちが出ていくとアーティミスのほうを向いた。「注いでもらえる?」

「もちろんよ」アーティミスは身を乗り出し、紅茶を注ぎはじめた。

「わたしが言うことではないけれど――」フィービーはボンボンにケーキをやりながら、ゆっくりと言った。「お兄さまには夫の価値をお金ではかる人より、もっといい結婚相手がいるんじゃないかしら」

「金を――わたしの金を大事に思わない妻を持てというのか?」マキシマスは軽い調子で言いながら、アーティミスから紅茶を受け取った。彼の手におさまると、繊細なカップが小さな指ぬきのように見える。

「お金じゃなくて、お兄さまそのものを大事にする人がいいと言っているのよ」フィービーが言い返した。

マキシマスはいらだったように手を振った。「それはどうでもいい。わたしの金は公爵という爵位によって受け継いだものだし、わたしは死ぬまで公爵だ。わたしを爵位と切り離して考えるのは、わたしの心を胸から切り離して考えるのと同じことだよ」

「本当にそう思っていらっしゃるんですか?」アーティミスは低い声で尋ねた。

その声に驚いたようにフィービーもマキシマスもアーティミスを見たが、彼女はマキシマスだけに注意を向けた。彼と、そのとらえがたい濃い茶色の瞳だけに。

「ああ」マキシマスはためらいなく答えた。考えてすらいないようだ。

「もし爵位がなかったら?」アーティミスはさらに尋ねた。フィービーの前で、彼に対してこんなふうに話すべきではない。これではふたりの特異な関係が明らかになってしまう。それでも答えを知りたくてたまらなかった。「爵位がなかったら、あなたはどうなるのですか？」

マキシマスは唇を噛んだ。「実際は爵位を持っているのだから、考えてもしかたがない」

「答えてください」

彼は口を開けたが、また閉じて顔をしかめた。そしてゆっくりと言った。「わからない」

アーティミスをにらみつける。「くだらない質問だ」

「でも、意味があるわ」フィービーが言った。「質問にも、答えにも」

「そうかもしれないな」マキシマスは紅茶のカップをトレイに置いた。「しかし、わたしにはもっと大事な用がある。ミス・グリーブズを借りていいか？　家のなかを案内して、おまえのコンパニオンとして何をしてほしいか指示しておきたい」

フィービーは驚いたようだ。「朝になったら、わたしがそうするつもりだったのに」

「おまえは明日、自分の部屋を案内したり、個人的な用事を頼んだりすればいい。だがわたしは、今夜じゅうにはっきり伝えておきたい特別なことがいくつかあるんだ」

「でも……」

「フィービー」

彼女は肩を落とした。「わかったわ」

マキシマスは微笑んだ。「ありがとう」そして、犬に向かって厳しい顔で言った。「おまえたちはここにいるんだぞ」

マキシマスの合図でアーティミスは立ちあがり、フィービーにおやすみを言ってから彼について部屋を出た。彼はすぐに階段をのぼって三階へ向かった。

「あんなことを言う必要があったの？」アーティミスは低い声で尋ねた。

「弟に会いたいんだろう？」

「もちろんよ。でもフィービーに関して指示しておきたいことがあるなんて、わたしが彼女の番人みたいじゃないの。あんな言い方はないわ」

階段をのぼりきって、マキシマスは振り返った。突然だったので、アーティミスは危うく彼にぶつかるところだった。なんとか止まったが、皮膚のすぐ下で常に燃えているように思われる彼の怒り、そして体温が伝わってきた。

「だが、指示しておきたいことがあるのは本当だ」マキシマスは単刀直入に言った。「フィービーはほとんど目が見えない。きみは妹をうまく丸め込んでコンパニオンになったのだから、実際にその仕事をしてもらわなければならない。妹の身の安全を守ってくれ。危険な外出は思いとどまらせ、目が見えなくてもできることだけをさせてくれ。そしてこの屋敷から出るときは、少なくともひとり、できればふたりは従僕を連れていくこと」

アーティミスは彼を見つめた。心配なのはわかるけれど、これではフィービーは窮屈でたまらないだろう。「カーニバルに行くのは危険かしら？」

「フィービーのような人間にとっては危険だ。人の波にもまれて、はぐれてしまうかもしれない。すりや泥棒、もっとよからぬ連中も集まる。目の不自由な育ちのいい娘は、いい獲物にされてしまうだろう。妹には傷ついてほしくないのだ」

「気持ちはわかるわ」

「わかってくれるか?」マキシマスは動かなかったが、その体の大きさから、アーティミスは不意に威圧感を覚えた。「わたしは妹をとても大事に思っている。その妹を傷つけないためならなんでもするつもりだ」

「守るつもりが、彼女を檻《おり》に閉じ込めることになっても?」アーティミスは静かに言った。

「きみはフィービーをあの年頃のほかの娘たちと同じだと考えている」マキシマスはうなった。「だが、違うんだ。目が見えないんだ。金に糸目をつけずにあちこちから医者や科学者、治療師を呼んで診てもらった。なんとか助けられないかと、彼らに怪しげな薬を使わせてフィービーを苦しませもした。しかし、何をやっても効果はなかった。目は治せなかったが、これ以上妹が傷つくのは絶対にいやだ」

アーティミスは息を吸った。マキシマスの熱心さはうれしかったが、同時に少し怖くもあった。「わかったわ」

「よかった」彼は前に向き直り、廊下を進んだ。「ここが妹の部屋だ」薄い緑のドアを指して言う。「それからこちらが、きみに使ってほしいというピンクの部屋」彼は隣のドアを示した。ドアは少し開いている。メイドが出てきて、マキシマスに深くお辞儀をしてから急ぎ足で立ち去っていった。

アーティミスはなかをのぞいた。その名のとおり、壁全体が薔薇色のシルクの壁紙で覆われていた。天蓋付きベッドの両脇に置かれた彫刻入りのテーブルは、天板が黄色い大理石でできている。暖炉のまわりの大理石は薔薇の模様が刻まれていた。

「すてきだわ」心からそう言って、マキシマスを振り返った。「あなたのお部屋もこの階にあるの？」

彼はうなずいた。「この廊下の先だ」

ふたりは廊下を曲がり、屋敷の奥に向かった。

「ここが青の客間。フィービーが気に入っている。そしてここがわたしの部屋だ」

マキシマスの部屋のドアは深緑で、黒い装飾が入っている。

「おいで」彼は羽目板に見せかけた小さなドアにアーティミスを導いた。ドアの向こうは明らかに使用人用に作られた狭い階段だった。ふたりは闇に向かってらせん状の階段をおりたが、彼女は少しも恐怖は覚えなかった。

三階分おりて石造りのドアを抜けると、マキシマスは次のドアの前で立ち止まり、アーティミスをじっと見つめた。「彼がここにいることは誰にも知られてはならない。わたしは亡霊に変装して彼を助け出したのだ。いま、みなが彼を探している」

彼女はうなずいた。喉が詰まる。四年。アポロは四年も〈ベドラム精神病院〉に幽閉されていたのだ。

マキシマスが鍵をまわしてドアを開くと、長い地下室が現れた。

「閣下」そう声をかけたのは、剣の試合のときに見かけた使用人だった。彼は寝床の脇の椅子から立ちあがっていた。そして寝床には……。

何もかも忘れて、アーティミスはそちらに駆け寄った。アポロは身じろぎもせずに横たわっていた。いとしいその顔は黒いあざに覆われ、腫れあがっている。あざになっていない部分は青白い。

弟の横にひざまずき、震える片手を伸ばして額の髪を払った。

「クレイブン」背後でマキシマスが言った。「こちらはミス・アーティミス・グリーブズ。彼の姉だ」

「マダム」使用人は頭をさげた。

「お医者さまは呼んだの？」アーティミスはアポロの顔から目を離さずにきいた。ひげを剃っていない頬から首に手を滑らせて脈を確かめる。脈はあった。心臓はまだ血管に血液を送り込んでいるのだ。

「いいや」マキシマスが言った。

アーティミスは振り返り、目を細めた。「なぜ？」

「言ったはずだ」彼は淡々とした声で答えた。「誰にも知られてはならないんだ」

しばらくマキシマスの視線を受け止めてから、彼女はアポロに顔を戻した。マキシマスの言うとおりだ。もちろん彼が正しい。アポロが見つかって、あの病院に送り返されるような危険を冒すわけにはいかない。

でもこんな姿で治療も受けられないアポロを見ると、胸が張り裂けそうだ。

クレイブンが咳払いをした。「わたしが看病をしています。これ以上、医師にできることはほとんどありません」

アーティミスはすばやく彼を見た。「ありがとう」もっと何か言いたかったが、喉がつかえた。目に涙が浮かぶ。

「泣くな、誇り高き月の女神」マキシマスがささやいた。「月が許さない」

「そうね」彼女は乱暴に頬をぬぐった。「いま泣いても意味がないわ」

一瞬、肩に手が触れた気がした。「しばらくここにいるといい。クレイブンにも休憩が必要だ」

アーティミスは振り返らずにうなずいた。振り返る勇気がなかった。

男たちの足音が遠ざかり、ドアが閉まる音がした。ろうそくの火が揺れてから、また動かなくなった――アポロのように。

弟の腕に頭をのせ、昔を振り返った。狂気と貧困に襲われた家庭のなかで、ふたりは自由に育った。アーティミスはアポロと一緒に森を歩き、池の縁の背の高い草のなかで彼がカエルを捕まえるのを見守った。アポロが落ちた枝でドラゴンと戦うあいだ、アーティミスは葦のなかに鳥の巣を探した。弟が寄宿学校にやられた日は、彼女の子供時代でも最悪の一日だった。アーティミスは病気の母と、仕事と称してしょっちゅう留守にする父のもとに残された。父の仕事とは、財産を取り戻すための無茶な計画ばかりだった。休暇でアポロが帰ってくると、アーティミスはほっとした。永遠に見捨てられたのではないとわかったからだ。

上下するアポロの胸を見つめながら、アーティミスは回想にふけった。わたしの大事なものはすべて奪われてしまった。アポロ。母と父。家。未来。誰もわたしの意見を聞かなかったし、わたしが何をしたいか、何が必要かをきいてくれる人もいなかった。何かをしてもらうばかりで、自分でする機会がなかった。棚に飾られた人形よろしくあちこちに動かされ、操られ、放り出された。

でも、わたしは人形ではない。

かつて手に入れられるかもしれなかったもの——家、夫、自分の家族——は幻となった。それらはもう決して手に入らない。でも、だからといって、ほかのものを手に入れようとしてはいけないわけじゃない。

できるかぎり幸せに、できるかぎり自分の思いどおりに生きていいはずだ。人に操られ、失ったものを静かに嘆きながら残りの人生を送ることもできるし、新しい人生を切り開くことだってできる。新しい人生、新しい現実を。

ふたたびクレイブンがドアを開けたとき、ろうそくの火は弱まっていた。

「ミス・グリーブズ、もう遅い時間です。わたしがキルボーン子爵に付き添いますから、どうぞベッドにいらしてください」

「ありがとう」長いこと石の床に座っていたので、体がこわばっていた。アーティミスは立ちあがり、クレイブンを見た。「何かあったら教えてくれる?」

「ええ、そうします」彼の声はやさしかった。
アポロの頬に触れてから、アーティミスは階段をのぼっていった。
そうして、よどんだ絶望の世界をあとにした。

11

一〇〇年のあいだ、ヘルラ王は狩りを続けました。月の夜空に馬にまたがる王たちの影を見てしまった人々は、十字を切って祈りを唱えました。なぜなら、見たあとに命を落とす者が多かったためです。年に一度、秋の収穫期の満月の夜だけ、ヘルラ王とその家臣たちは実体を持つ存在となりました。その晩は誰もが恐怖のあまり姿を隠しました。ときおりヘルラ王が人間を捕まえて、永遠の狩りの仲間に引き入れるからです。

ヘルラ王が若い男を捕まえたのはそんな晩でした。若者の名前はタムといいました。

『ヘルラ王の伝説』

マキシマスが自分の居間で手紙に封をしていると、寝室のドアが開く音がした。クレイブンはキルボーンの世話をするためにすでに地下におりているし、ほかの使用人たちは夜の一〇時から朝の六時までは決して主人の邪魔をしないよう申しつけられている。マキシマスは立ちあがり、続き部屋となった寝室に入った。

アーティミスがベッドの横に立ち、美しいグレーの目で静かにベッドを見ていた。

マキシマスは血管が熱くなるのを感じた。「ここはわたしの私室だ」そう言いながら、彼女に近づいた。

「わかっているわ」アーティミスは恐れる様子もなく彼を見つめた。「あなたに指輪を返しに来たの」

アーティミスが首からスカーフを取ると、四角い襟ぐりと鎖が現れた。鎖の先は胸の谷間に消えている。彼女はその谷間に指を差し入れて鎖を引っぱり出し、頭から外した。マキシマスの目は、鎖にもうひとつ別のもの――緑色のものがついているのを一瞬とらえた。アーティミスは指輪を外すと鎖をポケットにしまい、指輪を差し出した。彼はそれを受け取った。アーティミスが古い金属に命を吹き込んだかのように、指輪は彼女の体温であたたまっている。マキシマスは彼女の目を見つめながら、左の小指に指輪をはめた。そのまま目をのぞき込んでいると、アーティミスは息を止め、頰を淡いピンク色に染めた。いかにもはかなげに見えて、マキシマスは彼女をつかまえ、そのやわらかそうな肌に口づけたくなった。

つばをのみ込んで尋ねる。「なぜここに来た?」

ほっそりした肩を片方だけすくめて、アーティミスは答えた。「言ったでしょう。指輪を返すためよ」

「夜遅くにたったひとりで独身男性の部屋、それも寝室に、ただの指輪を返しに来るとは。朝に渡すほうが簡単なのに」あざけるように言う。自分たちが置かれた状況に対しておのれが感じている怒りを、アーティミスにも感じさせたかった。彼女の過去――そして自分の過去——が違っていれば、わたしは彼女に求愛したかもしれない。彼女を妻にしたかもしれないのだ。「評判を気にしないのか?」

アーティミスが目の前に迫ってきた。マキシマスは彼女と同じ空気を吸っているような錯覚を覚えた。こちらを見あげた顔を見て、思ったほど相手が落ち着いているわけではないのがわかった。

「気にしないわ」魅力的な声がささやいた。「全然」

「では、わたしも気にしない」そう言って、マキシマスは彼女にキスをした。

アーティミスは渦に巻き込まれた。その渦はあらゆる疑念や恐怖や悲しみ、つまり彼女の思いをすべて押し流した。あとに残るのは純粋で情熱的な感情だけだった。マキシマスの熱い舌が、征服するように口のなかを探る。アーティミスはもっと近づきたくてつま先立ちになり、彼のシルクのガウンに指を広げた。できることなら彼のなかに入り込み、広くて力強い胸を自分の住み家にして、二度と外に出たくない。

わたしはこの人が欲しい。いまいましい爵位や財産、土地、過去、それに無数の義務を負っている人だけれど。マキシマスが、できれば何も持たない裸の彼が欲しい。そのほうがなおうれしい。

何も持たない人——それがアーティミスの望む相手だった。だがマキシマスがさまざまなものを背負っている以上、それらも一緒に受け入れるつもりだ。

彼が体を離し、胸を大きく上下させながら怒ったようにアーティミスを見た。

「途中でやめるつもりなら最初からはじめるな」

彼女はマキシマスの目をまっすぐに見つめた。「やめるつもりはないわ」

マキシマスの目が細くなった。「きみと結婚することはできないぞ」

わかっている。彼が結婚してくれるなんて考えたこともない――一分前にきかれていたら、そう答えただろう。だが、彼の単刀直入な言葉は矢のようにアーティミスの心に突き刺さった。彼女は歯を見せて微笑んだ。「わたし、結婚してと頼んだかしら？」

「いいや」

「これからも決して頼まないわ」

アーティミスはマキシマスの白いかつらをはぎ取って放り投げた。彼の濃い茶色の髪は地肌すれすれまで刈り込んであった。彼女は短い髪に両手を走らせ、その親密さを楽しんだ。これが本当のマキシマスだわ。外に向けた仮面を外した、真の彼の姿なのよ。

不意にマキシマスの扮装をすべて取り去ってしまいたくなった。まずはガウンのボタンを夢中で外した。急ぐあまり、美しいシルクを破りそうになった。

「待て」彼がアーティミスの手を握り、顔を見つめた。「きみは経験があるのか、月の女神？」声は穏やかだが、表情はそうではなかった。

アーティミスは顔をしかめた。つまらない罪悪感でわたしを追い払うことだけはしないでほしい。でも、もう彼に嘘はつきたくない。「いいえ」

マキシマスの表情は変わらなかったが、唇だけがかすかに満足げに動いた。

「では、きみが許してくれるならゆっくり進めよう。きみのためにも、そしてきみをじっくり楽しみたいわたしのためにも」

たとえ抵抗したかったとしても、できなかっただろう。彼はアーティミスの腕を広げ、ふたたびキスをした。唇で口を開かせる一方で、彼女の両方の手のひらを、親指でゆっくり円を描くようにしてもんだ。キスはとても長く続いた。まるでふたりに永遠の時間があるかのようだった。マキシマスはアーティミスの上唇をなめ、彼女が口を開くと、今度はからかうように舌を引っ込めた。

「マキシマス」彼女はうめいた。

「辛抱するんだ」そう言ってたしなめると、彼は顔を傾けてふたたび唇を重ねた。

アーティミスはマキシマスの手から手を引き抜こうとしたが、彼の力は強かった。彼は喉の奥で低く笑い、アーティミスの手を広げたまま体を押しつけた。唇の端を軽く噛まれてそちらに気を取られているうちに、彼女はうしろに倒れかけた。

思わず体をこわばらせたが、次の瞬間、やわらかい羽毛の上掛けに受け止められた。見あげると、マキシマスが満足げな笑みをかすかに浮かべて立っていた。

彼は手を伸ばし、くすぐるように指で軽くアーティミスの喉からボディスの胸元までをなぞった。

彼女は身を震わせた。

「きみのスカーフが落ちたときのことを、わたしが忘れたと思ったか？」マキシマスはささやいた。「不思議だ。舞踏会に出かければいつも、もっと胸元をあらわにした女性たちを目にするというのに、きみの胸のことが頭から離れない」謎めいた暗い瞳がアーティミスの目をとらえる。「きみの胸、そしてそれ以外の場所も。たぶんきみがいつも人前で慎しみ深い服を着ているから、それを脱いだ姿によけいに期待してしまうのだろう。あるいは――」彼は顔を近づけて、アーティミスの耳元で言った。「ただ、きみに惹かれているから。きみという人間に惹かれているからかもしれない」

彼女はつばをのみ込んだ。マキシマスの舌が耳の縁をなぞり、歯が軽く耳たぶを引っぱったあと、濡れた口が首から胸の曲線をたどっていく。

「これほど女性に夢中になったことはない」彼がひとこと発するたびに、あたたかい唇が肌をかすめる。「わたしに魔法をかけたんじゃないのか、月の女神？」

マキシマスの舌が胸のあいだを探り、アーティミスは鋭く息を吸った。ようやくマキシマスが両手を解放してくれたので、彼女は服の上から胸を愛撫している彼の頭を抱いた。魔法をかけられているとしたら、わたしのほうではないかしら？　結婚への望みを捨てているのに。アポロが逮捕される前は当然手に入れられると思っていた未来への希望を、いまはすっかり捨てているのに。

アーティミスは喜びしか感じなかった。ついに生きることができる。たとえ困難ばかりでも、人生の手綱を握ることができるのだ。わたしはこれを求めていたんだわ。

これが魔法なら、一生解けないでほしい。

アーティミスはまばたきをしてから、彼が見つめていることに気づいた。

「気が変わったのか？」

「その反対よ」マキシマスを引き寄せ、今度は自分からキスをする。巧みではないが激しいキスだった。

「うつぶせになってごらん、月の女神」彼がささやいた。「きみを重荷から解放してやろう」

アーティミスはうつぶせになった。マキシマスがボディスの留め具を外し、スカートの紐をほどき、コルセットをゆるめるのがわかる。彼の言うとおりだった。体から一枚ずつ布がはがされるたびに、アーティミスは気分が軽くなり、自由になった。

マキシマスはやさしく彼女を仰向けに戻すと、コルセットを頭から脱がせた。そして髪のピンを一本ずつ抜き、ガウンのポケットに入れた。やがて髪は大きな輪に結った状態で落ちた。

「アーティミス」その髪を彼女の胸に近づけながら、マキシマスはささやいた。「狩りの女神、月の女神、そして出産の女神」彼の唇がゆがむ。「考えてみれば出産の女神というのは妙だな。処女神でもあるのに」

「あなたは野生動物のことを忘れているわ」アーティミスはささやき返した。「女神のアルテミスは野生動物と、それらが住む場所を守っているの。たぶん出産は女性がもっとも動物に近づくときなのよ」

マキシマスは体を離すと、彼女の顔を探るように見つめてから一瞬だけ微笑んだ。

「きみの頭の回転の速さが好きだ」

〝好き〟という言葉に心臓が跳ねたが、ベッドでの会話というのはたいして意味を持たない。自分が心から求めているものではなく、手に入るものだけで満足しよう。

彼の首に腕をまわした。「あなたはまだガウンを着ているわ」

「ふむ」マキシマスは鼻を鳴らしたが、目はふたたび彼女の胸に向いていた。シュミーズは古く、すり切れているので、薄い生地を通してふくらみがはっきり見えているのは間違いない。

マキシマスが片方の胸に手を滑らせ、生地を引っぱった。「自分で縫ったのか?」

彼はリネンの穴に当ててかがった小さな四角い布に親指で触れた。布は左のふくらみの頂の真上だった。

「ええ。繕ってくれる人なんてほかにいないもの」

「生活の知恵を持っているんだな」マキシマスは頂を口に含んだ。

あたたかい口に吸われ、アーティミスは背中を弓なりにして彼の頭をつかんだ。

「ほかに選択肢がなかったから」

彼が顔をあげ、急に難しい表情になった。「わたしのところに来たのも、ほかに選択肢がなかったからなのか?」

「違うわ」マキシマスの唇が離れたのが腹立たしくて、彼女は顔をしかめた。「あなたのところに来たのは、そうしたかったから」上体を少しだけ起こし、彼の顎の先を歯でかすめてから、ふたたびベッドに身を預ける。「自分の意志で来たの。わたしには自分の望みどおりにする権利があるんだもの」

マキシマスはゆっくりとうなずいた。「そのとおりだ」

そして彼はシュミーズを両手でつかむと、乱暴に脱がせた。

アーティミスは彼の前で裸になっていた。胸の先端から脚のあいだまで、すべてがあらわになった。恥じ入るべきだ。とまどい、混乱するべきだった。

だが、アーティミスが感じたのは自由だった。頭の上に両腕を伸ばし、背中をのけぞらせて、まつげのあいだからマキシマスを見あげた。「そのガウンを脱いでくれる?」

彼のまぶたは重そうにさがっていた。その目で脚を見つめられると、むき出しの肌に焼き印を押されているような気分になる。「ああ、そうしよう」

マキシマスは体を起こし、アーティミスが見つめる前でガウンのボタンをすべて外した。その下に着ているのはシャツとブリーチだけだった。彼はためらいなくシャツを脱いだ。その動きに合わせて肩の筋肉が動く。

上半身があらわになると、アーティミスは息をのんだ。男性の裸の胸を見た経験は多くない。子供の頃に田舎で一、二度、ロンドンの街なかで酔っぱらった兵士を一度、それから大理石の彫像ぐらいだ。でも、これほどたくましい体をした貴族はほとんどいないであろうことはわかる。そのとき不意に思い出した。この人はウェークフィールド公爵であると同時に、セントジャイルズの亡霊でもあるのだ。こんなに大きな肩と盛りあがった上腕、それに厚い胸を作りあげるには、どれだけの努力が必要だったのだろう？　これは戦うために鍛えられた体だ。危険な戦士の体。

彼女の考えを読んだかのようにマキシマスは目を細め、手早くブリーチとタイツを脱いでベッドにのった。

「これで、ふたりとも生まれたままの姿になったわ」ふたたびのしかかってきた彼にアーティミスは言った。

マキシマスが眉をあげる。「こういう姿のわたしのほうが好きか？」

「ええ。わたしたちのあいだには何もなくなった。あなたの過去も、わたしの過去も。あなたの身分も爵位も、ここではなんの意味もないわ」

彼が胸の先端にキスをして、アーティミスは身もだえした。「ほとんどのレディはわたしの公爵という身分を好むようだが」

「じゃあ、わたしはほとんどのレディのなかに含まれないのね」鋭く応える。

「そうだな。きみはわたしの知るどんなレディとも違う」そうささやくと、マキシマスは胸の頂を口に含んだ。

熱に包まれて、アーティミスはうめいた。彼の舌が敏感なつぼみを愛撫し、カールした胸毛がおなかをくすぐる。そして不意に、かたい腿が脚の付け根に押しつけられた。

彼女は息をのんだ。裸は恥ずかしくないけれど、だからといって、そのあとに起こるであろうことにまったく恐怖を感じていないわけではない。これまで一度も経験したことがないのだ。経験しそうになったことすらない。同年代の女性たちが結婚して、母親としての喜びを知るようになっていくあいだ、わたしはピネロピの刺繍糸を整理していた。

でも、マキシマスが欲しい。彼の短く刈り込んだ髪に指を走らせ、そのかたい感触にうっとりする。こめかみのあたりに白いものがあり、それが彼にいっそうの威厳を与え、同時に人間らしく見せていた。アーティミスは広い肩に手を置き、そのあたたかさと力強さを感じて、期待に下唇を噛んだ。とても生き生きしている。彼はもうすぐわたしの恋人になるんだわ。

マキシマスは前触れもなく、もう一方の胸に移った。口をつけて強く吸いながら、指で反対側のふくらみも愛撫する。ふたつの先端から生じる快感に、アーティミスは落ち着かなくなった。彼の脇腹をつかみ、もっと多くを求めた。

マキシマスが身を起こして彼女を見つめた。「大丈夫か?」

「えっ?」アーティミスは眉をひそめて唇を噛み、枕の上で首を横に振った。

彼の唇の端があがったが、おもしろがっているようには見えなかった。頬が暗い赤色になり、口の脇のしわが深くなる。彼女はマキシマスのあの部分——男性の部分——が脚に押し当てられるのを感じた。いけにえを求める生き物みたいに脈打っている。

マキシマスは逃げようとする野ウサギをなだめるように、彼女の脇腹を撫でた。

アーティミスは彼をにらみ、熱くすばやいキスを求めた。「辛抱するんだ」

「これ以上、辛抱なんてしたくないわ」彼女は挑むようにマキシマスを見つめた。どういうものなのか経験したかった。何が起こるのか、どんな感じがするのか、そして終わったあと自分が変わるのか知りたかった。

彼は笑みを浮かべ、アーティミスの脚のあいだの巻き毛に指を触れた。そっとかき分け、探っていく。彼女はじっとしたまま、次にマキシマスが何をするのか待っていた。

一本の指で秘めた谷をなぞりながら、彼はアーティミスの目をのぞき込んで微笑んだ。

「濡れている」

それがいいことなのか悪いことなのかわからず、彼女は眉をひそめた。

彼はアーティミスの唇にかすかに唇を触れ、聞き取れないほど低い声でうなるように言った。「わたしのために濡れている」

じゃあ、いいことなのね。

マキシマスは親指をひだに滑らせ、小さな突起を見つけて押しながら、彼女の顔を見つめた。無意識のうちに背中がのけぞり、手足に快感が走る。

彼の顎の筋肉が動いた。厳しく冷酷な表情で、マキシマスはふたたび突起を押し、入り口を見つけて指をなかに滑り込ませた。

アーティミスは唇を嚙んで見つめ返した。目をそらしたくなかった。彼にもっと続けてほしい。

「ああ」突然マキシマスの鼻が広がり、彼はむさぼるようにアーティミスにキスをした。

マキシマスの下で、彼女は貪欲《どんよく》に頭と腰をあげようとした。けれども彼はアーティミスの動きを封じ、指で歓ばせ、舌でじらした。

彼女はマキシマスから口を離してあえいだ。「もっと速く……」

「こんなふうに？」彼が親指で突起をはじく。

「ええ」アーティミスは目を閉じ、心地よいあたたかさを感じながらぼんやりと答えた。

「そう、ええ、そうよ」

長い指が彼女のなかを探る。マキシマスが丹念にキスをしながら触れるたびに、アーティミスの情熱に火がついた。体の内側で何かが高まっていくのがわかる。ちょうど火にかけた湯が沸騰する直前のように。彼女は目を閉じ、快感にわれを忘れた。みだらな自分を楽しんでいた。

自由を楽しんでいた。

マキシマスがキスをやめ、胸の先端を唇で挟み、同時に指の動きを速めた。アーティミスのなかで何かが爆発した。彼女は身を震わせ、背中を弓なりにして、マキシマスの口に、そして手に体を押しつけた。このうえない快感の波が、足先から手の指先まで広がる。

まるで新しい世界を見つけたみたい。

目を開けると、マキシマスがこちらを見つめながら胸の先端をそっとなめていた。

「気に入ったか？」

歓びに声も出ないまま、アーティミスはうなずいた。

マキシマスが不意に目を閉じて彼女に腰を押しつけ、まわすように動かした。

「ああ、これ以上は我慢できない」

次の瞬間、熱くかたいものが敏感になった秘所をなめらかにこすった。彼女はあえぎ声をあげた。

「アーティミス……」マキシマスは彼女の膝をつかみ、ヒップの両脇にあげて脚を開かせた。彼の重い体がアーティミスをマットレスに沈み込ませる。マキシマスは片肘をついて体を支えると、ふたりのあいだに腕を差し入れた。彼の指がおなかに触れ、次に大きなものが入り口に当たった。

アーティミスは息を詰めた。

マキシマスの目が開いて彼女を見つめる。「勇気を持て」

彼女は片方の眉をあげて待った。

彼は微笑んだ。

高まりが強く押しつけられる。アーティミスは身をこわばらせた。痛かった。それはとても大きく、彼女は自分が小さくてもろい存在になった気がした。本当にこれで合っているのかしら？

マキシマスが顔を近づけ、彼女の鼻に唇を触れた。「かわいい月の女神」

そして強く腰を押し出した。

アーティミスは鋭く息を吸い込んだ。痛い。でも、そんなことは問題ではない。マキシマスはわたしのなかにいて、わたしの一部になっている。この親密さは一生忘れることがないだろう。この瞬間、わたしの人生が変わった気がする。アーティミスは静かに横たわりながらも、マキシマスの背中に両手を走らせずにはいられなかった。いま、彼はわたしだけのものだ。

マキシマスは彼女を見つめたままゆっくり腰を引いてから、ふたたび押し出した。

その動きがアーティミスの内部に火をつけた。先ほどの激しい火とは違って、あたたかく、やさしいと言ってもいい火だった。彼の顔を両手で包み、脚をさらに広げる。

彼が痛みを感じているかのようにうめいた。「わたしの体に脚をまわしてごらん」

アーティミスは言われたとおりにした。体勢が変わると、彼の高まりはさらに奥へ進んだ。彼女はマキシマスの高い頬骨を撫でた。額のしわ、髪の生え際にたまった汗が好きだった。動きが速くなり、彼が突き入れるたびに、ふたりの体が音をたててぶつかった。

「月の女神」マキシマスがささやく。「わたしの女神」

アーティミスは彼の唇の端に親指で触れた。マキシマスが口を開き、親指を招き入れてやさしく噛んだ。

腹部がこすれあい、彼のこわばりがアーティミスの内部を滑るように動いて、かたい胸がアーティミスの胸の先端をかすめる。その感触が好きだった。すでに痛みはなくなり、ただ親密感だけを覚えていた。なんの躊躇もなく、何も考えない、義務も制約もないこの瞬間。

彼が倒れる寸前の馬のように大きく体を震わせ、首をのけぞらせて力強い喉を動かした。

そして最後にもう一度、激しく突き入れた。アーティミスはマキシマスの顔を見つめながら、熱い精のほとばしりを体のなかに感じた。

明日、そしてこれからの人生で何が起ころうと、わたしにはこの瞬間がある。マキシマスと密接につながった、この瞬間が。

マキシマスという男性と。

目が覚めたとき、アポロは自分が死んだのだと思った。

だが、それもほんの一瞬だった。

あたたかい。腕も足も顔も、要するに全身が痛むが、ぬくもりと体の下に何かやわらかいものが置かれていることから、自分が前よりましな場所にいるような気がした。

そのとき、リドリーのことを思い出した。

ブリーチのボタンを外すときの彼の目。唇に浮かんだ無慈悲な笑い。アポロの胸に走ったのは恐怖と嫌悪感、そして何より身のすくむような屈辱感だった。

アポロは寝返りを打ち、自分が寝ているものの脇に嘔吐《おうと》した。少なくとも胃は中身を吐き出そうとした。腹部がけいれんしたが、緑色のおぞましい胆液が口から垂れただけだった。

近くで声があがり、やさしい手が肩にかかった。

アポロは身をすくめた。男の手だったからだ。

すばやく振り返ってその手を払いのけ、相手をにらむ。

男はアポロの怒りを静めるように両手をあげた。長身で痩せており、ふつうならアポロが恐れるような相手ではない。だが、いまはふつうの状況ではないのだ。

おそらく、もう二度とふつうの状況などやってこないのだろう。

「閣下」男が静かに言った。「わたしはクレイブンと申しまして、ウェークフィールド公爵の従者です。ここは公爵の屋敷で、ここならあなたは安全です」

クレイブンという男は野生動物を——あるいは精神病者を——なだめるように言った。そういう口調には慣れっこになっているので、アポロは彼の言葉を無視して周囲を見まわした。部屋は広くて薄暗かった。アポロの寝床とクレイブンの椅子の横には、燃える石炭がたっぷり入った鉄の火鉢が置かれている。数本のろうそくが、アーチ形の古い石造りの天井や柱に揺れる影を投げかけている。じめじめした匂いがはっきりと感じられた。

ここがウェークフィールド公爵の屋敷の一部ならば、わたしは公爵というものの暮らしぶりを誤って想像していたに違いない。

クレイブンのほうを向いて尋ねようとした。自分はどうしてここに来たのか、何があったのか、公爵はどこにいるのか……しかし、喉に鋭い痛みが走っただけだった。

そのとき、アポロは自分が話せなくなっていることを悟った。

12

タムはふつうの若者でしたが、一点だけ、特筆すべきところがありました。双子だったのです。彼と双子の姉のリンは、同じ薔薇のつぼみにたたみ込まれた花びら同士のように仲よしでした。リンは弟が収獲期の晩にヘルラ王に捕まったと知ると、悲しみの声をあげました。それから、ヘルラ王とその狩りについて何か知っている人を探しました。そうして見つけたのが、ひとりで山に住む奇妙な小人だったのです。リンはその小人から、愛するタムを助けるために自分がすべきことを教わりました。

『ヘルラ王の伝説』

「閣下」

その声は低くて慇懃《いんぎん》だった。よく訓練された使用人の声だ。クレイブンがそんなふうに話すのは、ひどく怒っているときだった。

マキシマスが目を開けると、クレイブンはろうそくを持ってベッドの脇に立っていた。明らかに、マキシマスの隣の女性を見ないようにしている。

「なんだ？」

「キルボーン子爵が目を覚まされました」

ふたりは低い声で話していたので、ふつうの人間ならそれで起きることはないだろう。だが、アーティミスはふつうの女性ではない。「いつから？」

その声にはっとして、マキシマスは振り向いた。ふつうの女性なら、夫ではない相手とベッドにいるところを見られたら顔を赤らめ、動揺するか、恥じ入るか、衝撃を受けるかするだろう。マキシマスの知る女性のなかには、卒倒する者、あるいは卒倒するふりをする者もいるに違いない。しかし、アーティミスはクレイブンを見つめて答えを待っていた。

クレイブンも驚いたようだ。「ミス・グリーブズ？」

彼女はいらだって言った。「弟よ。いつから目を覚ましているの？」

クレイブンは目をしばたたいて冷静さを取り戻した。「ほんの数分前です。わたしはすぐここに参りました」

「わかったわ」アーティミスはうなずき、上掛けで豊かな胸を隠しながら上体を起こした。

マキシマスは顔をしかめた。

「うしろを向いてくれる、クレイブン？」そう言うと、彼女は従者が背中を向けるのも待たずに上掛けをはぎ、裸のままベッドをおりた。「弟は大丈夫なの？」見事なヒップをマキシマスの視線にさらしながら、かがんで床のストッキングを拾う。そしてベッドの縁に腰かけ、それをすばやくはいた。

クレイブンが咳払いをした。「痛みはあるようですが、わたしがあなたを呼んでくると言ったのはおわかりになったようです」

アーティミスがうなずく。「ありがとう」彼女はコルセットを身につけ、紐を引っぱって締めようとした。

マキシマスは悪態をついてベッドをおり、クレイブンの背中から伝わってくる非難を無視して言った。「わたしがやろう」

肩に触れると、アーティミスは横顔を見せたまま動きを止め、紐がマキシマスに見えるよう髪を片方の胸の前にまとめた。こんなふうに彼女との朝を迎えるつもりではなかった。彼女は処女だった。純潔の女神だ。どんなに勇敢な女性でも、初めての朝はちょっとした痛みを感じるはずだ。マキシマスは窓に目をやった。夜は明けておらず、外はまだわずかに白みはじめたところだ。朝食を一緒にとることすらできていない。

咳払いをして、アーティミスのうなじのやわらかい巻き毛のことを深く考えないようにしながら、コルセットの紐を締めた。「いま何時だ、クレイブン？」

「まだ六時になっておりません、閣下」クレイブンは淡々とした声で丁寧に答えた。

マキシマスは顎をこわばらせたが、何も言わずに紐を結んだ。そして自分もブリーチをはいて、シャツとベストと上着を身につけた。アーティミスも手早く服を着ている。毎日こうしてメイドの手助けなしに服を着ているのだろうか？　きっとそうに違いない。アーティミスにはメイドがついておらず、ピネロピのメイドを借りている。そう思うとマキシマスのいらだちが募った。亡くなった母も、まわりのレディたちの大半も、誰かに手を貸してもらわなければ身支度ができない。自分で着る必要がないのだ。

　服を着せるのは地位の低い者たちの仕事だから。

　マキシマスは燭台をつかみ、先頭に立って部屋を出た。これまで何度も秘密の地下室まで行っているので明かりなどなくてもいいのだが、アーティミスには必要だろう。階段をおりる足音が大きく響く。地下室のドアの前に立って初めて、彼の頭にある思いが浮かんだ。

　キルボーンは三人も人を殺している。

　いままで鎖でつながずにいたのは、彼が気を失っていたからだ。マキシマスは自分の愚かさを呪った。このドアの向こうに何が待ち構えているか、わかったものではない。

「ここにいろ」ぶっきらぼうにアーティミスに命じた。

　彼女はドアに鍵を差し込むマキシマスを見ながら眉をひそめた。「いやよ」

　マキシマスは目を細めて振り返った。自分の命令に従わない者がいることには慣れていない。息を吸って、部屋に戻れと命じたい衝動を抑えて言う。「彼がどういう状態なのかわからない」

　アーティミスの表情は厳しかった。「だから、なかに入ろうとしているの」

　マキシマスはクレイブンをちらりと見た。従者は初めて見るみたいに壁の落書きを眺めている。それを題材に学術論文でも書こうとしているかのようだ。

「危険かもしれない」

彼女は眉をあげた。「わたしが相手なら大丈夫よ」

「アーティミス」

彼女は無言でマキシマスの手を両手で包むと、そのまま鍵をまわしてドアを押し開けた。そしてなかに入ろうとしたが、彼はどうしてもアーティミスを先に入れたくなかった。正気を失った弟を目の当たりにするのは防げないだろうが、せめて彼女の身を守りたい。

マキシマスは首をすくめて、アーティミスより先に部屋へ足を踏み入れた。

地下室は静かだった。火鉢はまだ石炭の燃えさしでぼんやりと明るい。一本のろうそくの揺れる火が寝床の男を照らしている。彼はドアに背を向けて、静かに横たわっていた。

マキシマスは用心深く近づいた。アーティミスは弟を無害だと思っているかもしれないが、友人三人の血まみれの死体と一緒に見つかった男だ。そんなことができる人間なら、なんだってできるだろう。

マキシマスが寝床のすぐそばまで来たとき、眠っていた巨人が目を覚ましたかのようにキルボーンが頭をあげた。彼が大柄なのはわかっていたが、まるで意識を取り戻すとともに体もさらに大きくなったかに見える。肩は鍛冶屋のごとく広くてたくましく、髪はぼさぼさで、ひげも伸び放題だ。まるで、人間の言葉を解さない、暗い森のなかをさまよう野生の巨人さながらだった。

キルボーンが発見されたという殺人現場の話は誇張されているのかもしれないとマキシマスは思っていたが、いま目の前にいる野獣は簡単に人の体から頭を引っこ抜きそうに見える。

「アポロ」アーティミスがマキシマスの横をまわり込んで前に出た。

マキシマスは彼女の手首をつかみ、自分の隣に引き寄せた。

アーティミスがいらだちのまなざしを向ける。

だが、彼女の弟が向けてきたまなざしはもっと危険だった。姉の手首をつかんでいるマキシマスの手を見てから、怒りに燃えた目で彼を見つめた。その瞳が姉と同じ色をしていないのを見て、マキシマスはほっとした。キルボーンの目はくすんだ茶色だった。彼は口を開いたが、喉が詰まったような音を発しただけで、また閉じた。胸の奥から響くような低いごろごろという音が聞こえ、マキシマスはキルボーンが自分に向かってうなっているのだと気づいた。

うなじの毛が逆立った。

「弟のところに行かせて」アーティミスが手を引き抜こうとしながら言った。

「だめだ」キルボーンがまだ弱っていると思って彼女を部屋に入れたが、こんな状態では近づけることはできない。

「マキシマス」アーティミスが洗礼名で呼ぶと、クレイブンとキルボーンが同時に彼女を見つめた。彼女はそれを気にもかけずに言った。「あなたも一緒に来ていいけれど、わたしは弟に触れるし、話もするわよ」

マキシマスは小さく悪態をつき、クレイブンから非難の目を向けられた。

「きみほど頑固な女性は初めてだ」

アーティミスは何も言わなかったが、誰よりも手厳しい社交界の老婦人たちすら黙らせそうな冷たい目でマキシマスを見つめた。

彼はため息をついてキルボーンのほうを向いた。「手を見せてくれ」

返事がないことを半ば予想していたが、キルボーンはすぐに大きな両手を差し出した。

マキシマスは相手の目を見つめ、そのくすんだ茶色の瞳に皮肉じみた怒りを見て取った。どうやら、まったくの野獣というわけでもなさそうだ。

「わたしはウェークフィールド公爵だ」マキシマスはキルボーンに言った。「これまで会ったことはないと思う。きみの姉上の頼みで、わたしはきみを〈ベドラム精神病院〉から救い出し、自宅に連れてきた」

キルボーンは片方の眉をあげ、地下室を見まわした。

「きみは地下にいる。わたしはきみを連れ出すのに剣を使わなければならなかった。あの病院の院長は必死できみを取り返そうとしている」

キルボーンの目が疑うように細くなり、アーティミスのほうに向けられた。

「ここなら安全よ。この方は決してあなたをあの病院へ戻らせないわ」アーティミスが言った。マキシマスは彼女をつかんだままの手が引っぱられるのを感じた。「そうよね？」

マキシマスはキルボーンから目を離さなかった。「ああ。名誉にかけて誓う。きみがまたあの病院にかかわるようなことがあっても、それはわたしの行動とは関係ない」

キルボーンの目に皮肉な表情が戻った。マキシマスはキルボーンがまた逮捕されて精神病院に送り込まれる可能性があると思っているが、それは彼にもしっかり伝わったようだ。

ふたたび手が引っぱられた。「マキシマス」とがめるような声が聞こえる。だが、アーティミスの次の言葉は弟に向けられたものだった。「彼を信頼していいわ。本当よ」

キルボーンはマキシマスから目を離さずにうなずいた。彼は息を吸って口を開いた。その唇からおぞましい音が出て、マキシマスは目を見開いた。

「まあ、大変！」アーティミスがマキシマスの手を振りほどいて弟に駆け寄った。「アポロ、話さなくていいわ」

キルボーンは喉を押さえて、ひどく顔をしかめた。

「見せてちょうだい」アーティミスは弟の大きな手に自分の小さな手を重ねた。「クレイブン、水とワインと、布を何枚か持ってきてもらえる？」

「はい、すぐに」従者は背中を向けた。

「紙と鉛筆もだ」マキシマスは言った。

クレイブンは急いで部屋から出ていった。

「アポロ」アーティミスがやさしく声をかけ、マキシマスは相手が彼女の弟でも嫉妬せずにはいられなかった。「見せてちょうだい」

大きな手が下におりた。

アーティミスが鋭く息を吸い込んだ。

彼女の背後からでも、キルボーンの喉の黒いあざが見えた。

ブーツの底の形だ。

アーティミスがマキシマスを振り返った。美しいグレーの目が衝撃を受けている。

マキシマスはふたたび彼女の手を取った。今度は自由を奪うためではなく慰めるためだった。キルボーンは目を細め、姉がマキシマスの手を握るのを見た。精神病者にしては珍しいほど察しがいいようだ。

アーティミスは弟のほうを向いて、寝床に横たわるのに手を貸した。意識は戻っても、けがはまだ治っていない。彼女は弟の胸を毛布の上からさすり、そっと話しかけながらクレイブンが戻ってくるのを待った。

従者が頼まれたものを持って地下室に入ってくるまで、何時間も経ったような気がした。

アーティミスはすぐに布を一枚取り、水差しの水にひたした。そして布を絞ってから弟の喉にのせた。とてもやさしい手つきだ。

彼女がするべきことを終えると、マキシマスは紙と鉛筆をキルボーンに渡した。

キルボーンはマキシマスを見てから片肘をついて体を起こし、紙に文字を書いた。

マキシマスは身をかがめて、その走り書きを読んだ。

〝いつ、ここを出ていける？〟

アポロは生きていた。それが何よりも大事なことだ。その日の午後遅く、店から店へと渡り歩くフィービーのお供をしながら、アーティミスはそう自分に言い聞かせた。まだ話すことはまったくできないし、マキシマスはいくらわたしが違うと言っても、そして今朝のアポロの正気の行動を見ても、わたしの愛する弟を精神病者だと思っている。それでも、とにかくアポロは安全だ。

彼が生きていて安全でいるかぎり、そのほかのことはなんとかなるだろう。いずれ傷は癒え、話すこともできるようになるはずだ。そしてわたしはマキシマスがいかに愚かであるかを本人にわからせよう。

アポロは大丈夫。

「アーティミス、見て」

フィービーの声で現実に引き戻された。彼女との買い物は、ピネロピとのそれとはまったく違っていた。ピネロピは軍事作戦を立てる大将のように買い物をする。目的や、攻撃と撤退の戦略――撤退することはめったにないけれど――がはっきりしていて、平気で敵を打ちのめす無慈悲さを持っている。この場合の敵とは、ボンドストリートに店を構える商人たちだ。お金がありあまっているにもかかわらず、ピネロピはなんでも値切るのが自分の義務だと思っているらしい。

レディ・ピネロピ・チャドウィックの相手を二時間続けたあげく、目の下のけいれんが止まらなくなった店主もいたほどだ。

そんなピネロピとは対照的に、フィービーは野の花のなかを飛ぶミツバチのようだ。はっきりした目的はなく、あちこちを飛びまわる。これまでのところ、文具店に立ち寄って、本やら便箋やらを敏感な指で撫でたあと、緑に染めた子牛革に偶然にも小さな金色のミツバチが型押しされている小さなノートを買うことに決めた。その次は香水店に入り、瓶に入った香水をひとつ嗅いだあと、一〇分ほどくしゃみが止まらなくなった。そこには長居はせず、フィービーはほかに二、三種類を嗅いだだけで、ここの店主は香水のことがわかっていないとアーティミスにささやいて店をあとにした。

いま、フィービーは煙草店で煙草の葉の匂いを嗅ぎ比べている。細かくひいた嗅ぎ煙草の葉が入ったガラス瓶の奥には、喫煙用の葉煙草もある。

アーティミスは鼻にしわを寄せた。煙草の煙の匂いはあまり好きではない。

「あなたのお兄さまはパイプで煙草を吸うの？」

「マキシマスは決してパイプを吸わないわ」フィービーはうわの空で答えた。「喉が乾燥するんですって」

アーティミスは目をしばたたいた。「じゃあ、誰のために煙草を買うの？」

「誰でもないわ」フィービーは息を吸いながら、うっとりと言った。「香料を使っていない煙草でも、それぞれ独特の香りがあるって知ってる？」

「いえ……知らないわ」アーティミスはフィービーの肩の向こうを見た。手前に並んだガラス瓶に入った煙草の粉は、わずかに色は違っているものの、ほとんど同じに見える。

前に突き出した長い顔と、同様に突き出した腹を持つ店主がにっこりした。

「こちらのレディは煙草の匂いに敏感でいらっしゃる」

フィービーは頬を赤らめた。「口がお上手ね」

「そんなことはありません。嗅ぎ煙草を試してみますか？　アムステルダムから届いたばかりのがあるんです。信じられます？　ラベンダーで香りづけされているんですよ」

「まさか！」どうやらラベンダーの香りは珍しいらしい。フィービーはひどく興奮しているようだ。

三〇分後、ふたりは店を出た。フィービーが手にしている貴重な嗅ぎ煙草が入った袋を、アーティミスは疑わしげに見た。多くのおしゃれなレディたちが嗅ぎ煙草をたしなむが、フィービーはそんな洗練された趣味を持つには若すぎる気がする。

「アーティミス！」

顔をあげると、ピネロピが大荷物を抱えたメイドを従えて早足でこちらに向かってくるところだった。

「こんなところにいたのね」まるでアーティミスをどこかに置いてきてしまったとでもいうように、ピネロピは言った。「こんにちは、フィービー。お買い物？」フィービーが口を開いたが、ピネロピはそのまましゃべり続けた。「ロンドンまでの帰り道がどれだけ退屈だったか、きっと信じてもらえないでしょうね。刺繍しかすることがなくて、三回も親指に針を刺してしまったのよ。ブラックボーンに本を読んでもらおうとしたんだけれど、彼女の声は聞き取りにくくて、あなたとはまったく違うわ、アーティミス」

「それは大変でしたね」アーティミスは笑みを隠して答えた。不意にいとこがいとおしくなった。

「もちろん、あなたがフィービーに読んであげるのは全然かまわないのよ」ピネロピは注意深く言ったが、それに続くひとことで努力を台なしにしてしまった。「ウェークフィールド公爵はわたしの親切に気づいた？」

アーティミスは口を開いたが、言葉は出てこなかった。思考が止まってしまったのだ。公爵。マキシマス。ピネロピは相変わらず、彼と結婚しようとしている。当然よ！　彼女は知らないのだから。ピネロピにとっては、この二日間で何も変わっていない。

アーティミスにとってはすべてが変わったのに。

わたしはいとこが夫にしたがっている人とベッドをともにした。不意に泣きたくなってきた。こんなの公平じゃないわ。ピネロピにも、わたしにも。人生はこれほど複雑であるべきじゃない。わたしは公爵に近づくべきではなかった。けれど彼と距離を置くことはできるとしても、マキシマスという人そのものと距離を置くのはまた別の話だ。

罪悪感が毒のように血管に染み込んできたにもかかわらず、彼はピネロピではなく自分のものだと思わずにはいられなかった。

少なくとも、そうあるべきだ。

「……とてもありがたいわ」アーティミスがわれに返ると、フィービーがピネロピに言っていた。「彼女を貸してくださったこと、感謝しています」

「最終的に返してもらえるならね」ピネロピは自分の善行を後悔しているように言った。それを聞いて、アーティミスはまたしても心の痛みを覚えた。わたしは二度とピネロピのもとに戻ることはないだろう。マキシマスはわたしをどうするつもりかしら？　愛人にするつもり？　それとも、あれは一夜かぎりのこと？

ブラックボーンが動き、箱のひとつが腕から滑り落ちそうになった。

「もう行ったほうがよさそうね」ピネロピは自分が買い込んだものを鷹《たか》のような目で見た。「今日は道が混んでいて、二本先の通りにしか馬車を止められなかったの」

別れの挨拶をしたあと、アーティミスは哀れなブラックボーンに荷物のことで小言を言いながら離れていくピネロピを見送った。

「急いだほうがいいわ」フィービーがアーティミスの腕に手をかけた。

アーティミスは眉をあげながら、汚い通りから彼女を遠ざけた。「どこへ？」

「言わなかった？」フィービーが微笑む。「〈クルサビーズ〉でヘロとお茶を飲むのよ」

「まあ」アーティミスの胸が躍った。バッテン家の姉妹の姉のことは、フィービーほどよく知らないものの大好きだった。

一ブロック先のしゃれた帽子店の隣に〈クルサビーズ〉の凝った看板が掲げられていた。メイドが微笑んでドアを開け、アーティミスはすぐに、小さな店の隅に座っている赤毛の女性を見つけた。

「ミス・グリーブズ！」レディ・ヘロ・リーディングが近づいてきた。「うれしいわ。今日、あなたがフィービーと一緒だなんて知らなかったから」

「レディ・ピネロピがアーティミスをわたしに貸してくださったのよ」手探りで椅子を見つけて座りながら、フィービーが言った。「買い物をしていたの」

ヘロはアーティミスに向かって目をまわしてみせた。「あのひどい煙草店にはつきあわされていないでしょうね？」

「いえ、あの……」アーティミスはどう答えようか考えをめぐらせた。

「ひどくなんかないわ」フィービーが助け舟を出した。「それにマキシマスに嗅ぎ煙草をあげてびっくりさせるには、あそこへ行くしかないじゃない」

「マキシマスはずいぶんたくさん嗅ぎ煙草を持っているわよ」ヘロは言った。ふたりのメイドが小さなテーブルに紅茶のセットを置きはじめた。「それに結婚していないレディがそういうところにいるのを見られるのは、あまりいいことではないと思うの」

フィービーが不満げに眉を寄せる。「お姉さまだって、あの店でグリフィン卿に嗅ぎ煙草を買うじゃない」

ヘロは満足げに言った。「わたしはもう結婚した女ですもの」

「お注ぎしましょうか？」アーティミスは急いで割って入った。

「お願い」ヘロはお茶に気を取られて答えた。「あら、カップケーキがあるわ。大好きなの」

「お姉さまにも贈り物があるのよ」フィービーはポケットからミツバチのノートを出した。

「まあ、フィービー、うれしいわ！」ヘロの顔が純粋な喜びに輝いた。

アーティミスの胸が悲しみにうずいた。ノートはもちろんフィービー自身のためではなかった。フィービーはもう読むことも書くこともできないのだろう。アーティミスは目を伏せ、手が震えないよう注意しながら紅茶を注いだ。熱い紅茶をこぼしたら大変だ。

「お母さまが持っていたのとそっくりだわ」ヘロがノートを見ながらつぶやいた。

「本当？」フィービーが身を乗り出す。

「ええ」ヘロは顔をあげた。「覚えてる？　あなたが学校に通っていた頃に見せたでしょう？　お母さまは人の名前を覚えるのに、そのノートを使っていたの。名前を覚えるのがすごく苦手だったけれどそれを認めたくなかったから、いつもノートと小さな鉛筆を持ち歩いていたの……」ヘロの声がしばらく途切れた。彼女は居心地のいいティーハウスから遠く離れたところにある何かを見るように宙を見つめた。「あの晩は持っていくのを忘れたみたい。何カ月も経ってから、お母さまの部屋で見つけたの」ヘロは顔をしかめて小さなノートを見た。「きっと忘れものをしたことにいらいらしたでしょうね。あの晩はお芝居を観に行っていたから。知っているでしょう？」

「知りませんでした」ヘロが自分に向かって言っているのかわからなかったが、アーティミスは答えた。「セントジャイルズで亡くなったのだと思っていました」

「そうよ」ヘロはつぶやくと、ノートをしまってから紅茶を受け取った。「でも、父と母がなぜセントジャイルズにいたかは誰も知らないの。劇場とはまったく逆の方向だもの。そのうえ、ふたりは徒歩だったのよ。馬車は離れたところに止めてあった。どうして馬車をおりたのか、なぜセントジャイルズに向かったのか、謎なのよ」

アーティミスは眉を寄せて二杯目の紅茶を注いだ。「どうして徒歩だったのか、公爵閣下がご存じではないんですか？」

ヘロはフィービーをちらりと見てから紅茶を見つめた。「兄が覚えているのかわからないわ」

「なんですって？」フィービーが目をあげた。

ヘロは肩をすくめた。「マキシマスはその話をしたがらないの。それはわかるでしょう？でも、断片的には聞いているわ。とにかく言えるのは、あの晩お芝居が終わってから何が起きたのか、マキシマスには話す気がないということよ」

しばらく沈黙が流れ、アーティミスは最後に自分の紅茶を注いだ。

「両親が殺されるところを見たのは間違いないわ」ヘロはささやいた。「御者と従者が見つけたとき、マキシマスはふたりの遺体に覆いかぶさるように倒れていたの」

恐ろしい光景を想像して、アーティミスはそっと紅茶のカップをおろした。

「公爵閣下もけがをされたとは知りませんでした」

ヘロは顔をあげた。その目には古い悲しみが浮かんでいた。「けがはしていなかったわ」

「そうなんですか」なぜかアーティミスの視界がぼやけた。強く自信に満ちたマキシマスが少年の頃に打ちのめされ、両親の遺体に寄り添っていた――考えるだけでも恐ろしい。

「わたしも両親のことを覚えていたかったわ」フィービーが沈黙を破った。「それに以前のマキシマスも……。いまとずいぶん違うんでしょうね」

ヘロはいい思い出だというように微笑んだ。「わたしが覚えているのは気性が激しかったことと、かなり甘やかされていたことね。夕食にビーフステーキが食べたかったと言って、焼いた鳩の皿を従僕に投げたこともあったわ。お皿はジャックという名前の従僕に当たって、彼は少しけがをしてしまったの。マキシマスは従僕を傷つけるつもりはなくて、ただ衝動的にやったのだと思うけれど、お父さまは激怒したわ。ジャックに対して謝らせ、一カ月も馬に乗るのを禁じたのよ」

フィービーは眉をひそめて考え込んだ。「気性が激しいというのはわかるわ。落ち着きを失ったときのマキシマスはとても怖いもの。でも、そんなふうに衝動的に行動するなんて想像もつかない。子供の頃はいまとずいぶん違っていたのね」

「お父さまとお母さまが殺される前はね」ヘロも考え込むようにして言った。「ふたりが殺されたあとは静かになってしまって。また口を利くようになってからもよ」

「人が変わってしまうなんておかしな話よね」フィービーが言う。「いやだわ」

「でも――」ヘロが肩をすくめた。「まわりで何があっても変わらないほうがおかしいんじゃないかしら」

アーティミスは眉をあげた。「誰か特定の方の話ですか?」

ヘロは鼻を鳴らした。「男性のなかには、おかしなぐらい他人を守りたがる人がいるわ。考えられる? グリフィンったら、わたしが今朝ちょっと具合が悪かっただけで、一日じゅうベッドに入っていろと言ったのよ。まるでおなかの……」

ヘロは残りの言葉をのみ込んだが、腹部に手をやるのは止められなかった。

「おなかの、何？」フィービーが尋ねた。

「その……」ヘロは赤くなった。

アーティミスは咳払いをして微笑んだ。「わたしの勘違いかもしれないけれど、フィービー、あなたにまた甥か姪ができるんじゃないかしら」

そのあとはフィービーの喜びの声がひとしきり続いた。

アーティミスは紅茶のお代わりを持ってくるようメイドに合図した。

ようやくフィービーが静かになり、アーティミスがみんなのお代わりを注ぎ終えると、ヘロは椅子の背にもたれた。「グリフィンはすっかり心配性になってしまって」

いつも笑みを浮かべている道楽者のグリフィン卿は、ヘロの兄の心配性には絶対に勝てないだろう。アーティミスはそう思ったが、それを口に出すのはやめておいた。

フィービーが高い声で言った。「ウィリアムの出産はとてもうまく行ったでしょう。グリフィン卿はきっとそれを思い出すわよ」

「彼、どうかしてしまったんじゃないかと思うの」ヘロは暗い声で言った。「わたしから離れないのよ」

義兄の心配ぶりをおもしろがっているのを隠すように、フィービーは唇を噛んだ。

「とにかく、お姉さまが今日どうしても仕立て屋に行きたいと言っていた理由がわかったわ」

ヘロはすぐさま明るい顔になった。「そうなの。妊娠がわかる前にドレスを注文してしまったから直してもらわないと。それに、レディ向けのすてきなドレスがパリから入荷したのを見たのよ。そしてもちろん、ミス・グリーブズにも何か買わなきゃ」

アーティミスは驚いて紅茶のカップを落としそうになった。「なんですって？」

姉の唐突な提案に驚いた様子もなく、フィービーはうなずいた。「マキシマスからも今朝、新しいドレスを少なくとも三着と、必要なものをなんでも買ってあげるようにと言われたの」

「でも……」レディは紳士から服の贈り物を受け取ってはいけない。中途半端な教育としつけしか受けていなくても、それだけはしっかり頭に叩き込まれている。紳士からそのような金銭的な手当を受け取るのは愛人だけだ。

でも、すでにわたしはマキシマスの愛人なのでは？

「いいのよ」フィービーが頑固に言った。「あなたは自分の予定を考えずにわたしのところへ来てくれたんですもの」

アーティミスは唇をすぼめて笑いをこらえた。予定ですって？　わたしの生活はすべてピネロピ次第で、自分の予定など何もない。

「それに」フィービーがさらに遠慮なく言う。「その茶色のドレスはもう見飽きたわ」

アーティミスはドレスの膝のあたりを撫でた。「このドレスの何がいけないの？」

「茶色なんだもの。コーヒー色でも、子鹿みたいな黄褐色でも、銅みたいな赤みがかった色でもない、茶色としか言いようがないわ。全然あなたに似合ってないわよ」

「そうね」ヘロが考えながら言った。「青か緑が似合うんじゃないかしら」

フィービーは驚いた顔になった。「淡いピンクはだめ？」

「だめね」ヘロが首を横に振る。「クリーム色の地に赤やピンクや濃い緑で花の刺繍をしてあるものはいいけれど、淡い色はだめよ。彼女の色合い自体が繊細だから。薄い色ではぼやけてしまうわ。濃くてはっきりした色がいいと思う」

ふたりのレディはアーティミスのまわりを一周して、じっくり観察した。熟練のパン職人に吟味されるパン生地も、きっとこんな気分になるに違いない。アーティミスは今朝の買い物で気づいたのだが、フィービーは形を識別するのは難しいものの、ある程度の大きさのものであれば色は見えるらしい。

「お姉さまの言うこと、わかるわ」フィービーは目を細めて言った。

一瞬、ヘロの顔が深い悲しみに包まれたが、彼女はすぐにもとの表情に戻ってきっぱりと言った。「ええ。じゃあ、はじめましょうか」

フィービーはうなずいて紅茶の残りを飲み干すと、カップを置いた。

アーティミスはふたりを見つめた。彼女たちはただ友人として、わたしに贈り物をしようとしている。でも、そのお金はマキシマスの懐から出るのだ。それは間違いない。

わたしはマキシマスとベッドをともにした。

品のいいティーハウスにいるというのに、その思いが頭から離れなくなった。わたしはマキシマスの裸の背中に両手を走らせ、腰に脚を巻きつけて、彼のものを体の奥深くで受け止めた。

彼はわたしの恋人だ。

いま、マキシマスから贈り物を受け取ったら、金で買われた女と変わらなくなる。まるで売春婦だ。一瞬、どうすればいいかわからなくて息ができなくなった。そんな女にだけはなってはいけないと言われ、自分でもこの四年間、そうならないように努力してきたのに。おのれの弱さに負け、いまの立場を危険にさらしてしまった。

わたしは堕落した。

あえぐように息を吸った。落ちるところまで落ちたことで何かが解放される気がする。そこはこれまで来たことのない新しい場所だった。隠れた危険で先が見通せない場所だが、そこでは息ができた。ここに落ちてはいけないとわたしに警告した人たちは間違っていた。わたしはここでも充分に生きていける。

それどころか、ここで花を咲かせることもできるかもしれない。

アーティミスは顎をあげて席から立ちあがると、友人たちの好奇心もあらわな目を見つめた。「ええ、お願い。新しいドレスを一着、いいえ、三着いただきたいわ」

13

翌年の収穫の秋の晩、リンは暗い茨の森に分け入りました。空き地に立ち、震えながら月がのぼるのを待ちました。一〇〇〇人が悲しみのため息をついているかのような音が近づいてくるのが聞こえてきました。そして目に入ったのは、幽霊のごとき人々が雲のなか、物音をたてずに馬を駆っている姿でした。先頭にいるのは意志も力も強そうな大きな男で、頭の王冠は月明かりを受けて銀色に輝いています。リンがその色の薄い目を見つめたとき、ヘルラ王は大きな手を伸ばして彼女をさらいました。

『ヘルラ王の伝説』

黒いベルベットのような空に浮かぶ満月の下、マキシマスは亡霊の衣装でセントジャイルズに入り込んだ。見あげると、細くたなびく白い雲をまとった月はどこか謎と秘密に満ちていて、決して手に入れられないように見えた。

そんなことを考えた自分を笑い、目と耳で充分に警戒しながら暗い路地に滑り込む。月に恋い焦がれるとはなんと愚かな。おのれの任務や責任、そしてみずからを男と名乗り続けるためにやらなければならないことをすべて忘れてしまう愚か者。

いや、ただの男ではなく、ウェークフィールド公爵と名乗り続けるために。ロマンティックな愚か者には、この仕事をする資格がない。

いまのことに集中しよう。こうしてセントジャイルズを歩いているのはそのためだ。自分の義務——両親を殺した男を見つけること——を果たす努力をはじめて長い年月が経っている。何かの痕跡や、両親を殺した追いはぎの正体を知る手がかりがないかと、夜な夜な悪臭を放つ路地をたどった。相手はもう死んでいるかもしれないが、マキシマスはあきらめることができなかった。

それは自分の裏切りで死に至らしめてしまった両親に対する、せめてもの償いだった。

ジンの匂いが漂ってきて、マキシマスは身をかたくした。路地から出たところだった。広い通りの水路に男が倒れている。壊れた樽から吐き気を催させる液体が噴き出していた。男は老いた馬の隣でうめいており、ひっくり返った荷馬車は馬につながれたままだ。

マキシマスの唇がゆがんだ。ジンの売人か、もしかしたら製造者かもしれない。彼はジンの匂いに胃がむかつくのをこらえて前に進みかけたが、そのときふたり目の男が目に入った。男ははす向かいにある路地で、大きな黒馬にまたがっている。紺の上着の前に並んだ金か銀のボタンが闇のなかでも光っていた。両手には拳銃を持っている。振り返った男の顔は、下半分が黒い布で覆われ、上半分は三角帽で隠されていた。

追いはぎは首を傾けた。黒い布の下で彼が笑っているのが、なぜかマキシマスにはわかった。「これは驚いた。セントジャイルズの亡霊か。いままで会わなかったのが不思議なくらいだな」男は気だるそうに肩をすくめた。「だが考えてみれば、わたしは最近このあたりに戻ってきたばかりだ。まあ、何十年留守にしようと、ロンドンのこの界隈を支配するのはわたしだが」

「おまえは何者だ？」マキシマスは相手と同様にささやくような声で言った。

互いに声色を変えているが、紳士らしいイントネーションは隠しようがない。

「わからないのか？」追いはぎはあざ笑った。「わたしはセントジャイルズの悪魔だ」

そう言うと、一方の拳銃を発射した。

マキシマスは首をすくめた。頭のすぐ脇のれんがが砕け、ジンの荷馬車の馬が壊れた荷車を引きずったまま走り去っていった。

追いはぎは自分の馬の向きを変えると、路地を走り去っていった。マキシマスは壊れた樽を飛び越えてセントジャイルズの悪魔を追った。心臓が激しく打ち、ブーツが不潔な石畳に音を響かせる。路地は先ほどの通りよりも暗かった。もしかしたら一直線に罠へと向かっているのかもしれないが、本物の悪魔が目の前に立って邪魔しようとも、追いはぎを追いかけずにはいられないだろう。

追いはぎの喉元に何か光るものが見えたからだ。クラバットにピンで留められていた。それはまるで……。

叫び声、続いて銃声が響いた。

マキシマスは全力で路地の先まで走り、トレビロン大尉の馬の横腹に危うく突っ込みそうになった。大尉はうしろ脚で立とうとする馬を必死でなだめていた。竜騎兵のひとりが地面に倒れ、腹から血を流している。もうひとり、若い竜騎兵が馬にまたがっているが、その顔は恐怖で真っ青だ。

「彼のそばにいろ、エルダーズ!」トレビロンが叫んだ。「聞こえているか、エルダーズ?」

その命令口調に若い兵士がはっと顔をあげた。「はい、大尉! ですが亡霊が――」

「亡霊のことはわたしに任せろ」トレビロンの馬は暴れるのをやめており、マキシマスは彼が向かってくるのを覚悟した。

だが、トレビロンは鋭い視線を向けてマキシマスに言った。「やつは北に向かって、アーノルズヤードのほうに駆けていった」

そう言うと馬の向きを変え、横腹に拍車を当てた。

マキシマスは崩れかけた家に飛び移り、壁をよじのぼった。アーノルズヤードまでは細く曲がりくねった道が迷路のように続いている。セントジャイルズの悪魔が本当にそちらの方向へ行ったなら、屋根を伝ったほうが速く移動できるだろう。

頭上の月は青白い顔を出しており、かわらや腐りかけた木の屋根板の上を急ぐマキシマスの影が前方に伸びている。下では……。

マキシマスは息をのんだ。下ではトレビロンがものすごい勢いで馬を駆っていた。障害となるものを巧みに避け、避けきれないものは飛び越えていく。マキシマスが仲間と縦に並んであんなふうに狩りをしたのは、もうずいぶん昔のことだ。昔はほかにも亡霊がいた。みな若く、なかには少年と言ってもいい者もいた。口論したり、けんかしたり、冗談を言いあったり、取っ組みあいをしたり。だがいつの間にか彼らと離れ、ひとりでセントジャイルズの悪臭漂う通りをさまよっている。マキシマスの探求に、ほかの者が入り込む余地はなかった。

あの頃はよかった。息を切らして走りながら、マキシマスは思った。誰かがうしろにいてくれるのはいいものだ。

下から叫び声が聞こえ、彼は屋根の端から下をのぞいた。トレビロンが空の荷馬車にふさがれた路地に入り込んでいた。

トレビロンがこちらを見あげる。月の明かりが山高帽の金属を光らせ、卵形の青白い顔を照らした。「わたしはまわり道をする。きみはこのまま行けるか?」

「ああ」マキシマスは下に向かって叫んだ。

トレビロンは短くうなずくと、それ以上何も言わずに来た道を戻った。

マキシマスは走った。ふたつ目の屋根に着地したとたん滑り落ちそうになったが、足が宙に飛び出したところでなんとか屋根の縁をつかんだ。蹄の音が聞こえてくる。トレビロンがこんなに早くまわり道を見つけたはずはない。

セントジャイルズの悪魔に違いない。

マキシマスは体をひねり、屋根からぶらさがっている自分の脚の下をのぞいた。ちょうど眼下の路地に影が入ってくるところだった。彼は考える間もなく飛びおりた。

本能的に間合いをはかったのか、単に運がよかったのかわからないが、ちょうど悪魔の上に落ちた。悪魔が腕をあげて防御する。マキシマスはその顔の横に肘鉄を食らわせながら、うしろ脚で立った馬の背中に落下した。体がずり落ち、ブーツを履いた足が地面をこすったが、そのまま地面を蹴って馬にまたがった。悪魔の頭を殴ろうとしたが、相手はヘビのように体をねじってよけた。マキシマスは悪魔の帽子をつかみ、クラバットに手を伸ばした。なんとか敵の顔が見たい。

悪魔は鞍の上で振り返った。その喉元で金と緑のものがきらめく。短剣の刃が光った。マキシマスは手袋をはめた手で殴りかかり、短剣が音をたてて近くの建物のれんがに当たった。しかし、身を守るためには馬からおりなければならない。悪魔が拍車をかけると馬が前に飛び出し、同時にマキシマスは強く押された。

地面に転がり落ちた彼の頭のすぐそばを、蹄がかすめる。マキシマスは反射的に首をすくめて横に転がり、蹄の音は遠ざかっていった。

しばらく壁に寄りかかってあえいだ。

「逃がしたな」トレビロンの声だった。わずかに息を切らしている。

マキシマスは目をあげてにらんだ。「わざとではない、絶対に」

大尉が疲れたようにうなり声をもらす。彼はごく細い道から馬を引いて路地に入ってきていた。

マキシマスは立ちあがり、その細い道からトレビロンの背の高い牝馬《ひんば》に目を移した。

「そこを通れたとは驚きだ」

トレビロンは皮肉めかして眉をあげた。「カウスリップも驚いただろうな」いとおしげに馬の首を叩く。

マキシマスはまばたきをした。「カウスリップ？」

大尉がにらんだ。「わたしが名前をつけたわけじゃない」

マキシマスはあいまいにうなった。名前にたいした理由はないのだろう。妹が犬たちにつけた名前を考えてもそれがわかる。彼は身をかがめ、向かいの建物の壁に近い地面を探った。

「何を探している？」

「やつは短剣を落とした。ああ、これだ」短剣を拾いあげ、トレビロンの立っている明るいところまで持っていった。

短剣は諸刃《もろは》で、細い三角形の単純なものだった。つばも、革を巻いた柄もない。手の上でひっくり返し、何か印がついていないか探したが、何も見つからなかった。

「ちょっといいか？」

顔をあげると大尉が手を差し出していた。マキシマスは一瞬ためらい、訳知り顔のトレビロンの目を見た。

そして短剣を渡した。

トレビロンは短剣を調べてため息をついた。「平凡なものだ。ほぼ誰が持っていてもおかしくない」

「ほぼ？」

トレビロンの薄い唇の片端があがった。「あれは貴族だ。カウスリップを賭けてもいい」

マキシマスはゆっくりとうなずいた。トレビロンは頭がいい。以前からわかっていたことだが。

「顔を見たか？」大尉は短剣を返しながら尋ねた。

マキシマスは顔をしかめた。「いいや。ウナギみたいにつかみどころのないやつだ。わたしにクラバットをつかませなかった」

「自分より年上の男にしてやられたのか？」

マキシマスはきっとして目をあげた。

トレビロンが肩をすくめる。「腹が出ていたし、鞍にまたがる姿も少しぎこちなかった。運動神経は悪くなさそうだが、やつが四〇歳を超えていると言われてもわたしは驚かないね」彼はしばらくセントジャイルズの悪魔に関して覚えていることを考えているようだったが、やがてうなずいて言った。「それよりもっと上かもしれない。七〇代後半で、難なく猟犬を連れて狩りをする男たちだっているのだから」

「あんたの言うとおりだろう」マキシマスは言った。

「ほかにやつのことで何か気づいたか？」

マキシマスは悪魔の喉元で光る緑色のもののことを思ったが、それは胸にしまっておくことにした。「いいや。あんたは何を知っている？」

「セントジャイルズの悪魔は恐怖心も道徳心も持ちあわせていない」トレビロンは苦虫を嚙みつぶしたような顔になった。「金持ちと貧乏人の両方から奪うばかりか、獲物を傷つける、あるいは殺すことまで躊躇なくやってのける」

「出没する範囲は？」

「セントジャイルズだけだ」トレビロンは間を置かずに答えた。「おそらく、ここならほとんど抵抗に遭わないし、住人は弱くて守る者もいないからだろう」

手のなかの短剣を見つめて、マキシマスはうなった。セントジャイルズだけで狩りをする追いはぎ。このあたりには長く来ていなかったような口ぶりだった。あれが昔、わたしの両親を殺した男だという可能性はあるだろうか？

「わたしは部下のもとに戻らなければならない」トレビロンはカウスリップの鐙《あぶみ》に足をかけ、鞍にまたがった。

マキシマスはうなずくと、短剣をブーツのなかにしまって背中を向けた。

「セントジャイルズの亡霊」

彼は立ち止まって振り返った。

トレビロンの顔は無表情だった。「ありがとう」

アポロが話すことができれば。その晩、暗い廊下をそっと進みながら、アーティミスは顔をしかめた。ボンボンがあとからついてくる。深夜を過ぎており、ウェークフィールド邸の人々はみな眠っているはずだ。もちろんアポロの見張りをしているクレイブンは別として。彼はまったく寝ていないように思えた。マキシマスの仕事をする一方で、アポロの面倒も見てくれている。

アーティミスは頭を振った。クレイブンはけが人の世話がうまかった――どうやって経験を積んだのかは考えたくもないけれど――が、アポロはまだ話せるようになっていない。それを除けば回復に向かっているようだが、何か言おうとするたびに、喉は絞められたような音しか発しなかった。それがひどくアポロを苦しめている。筆談ではなく自分の声で、よくなっていることを伝えてほしい。それがアーティミスの望みだった。

そうすれば信じることができる。

マキシマスの部屋の外の廊下には誰もいなかった。それでも念のためあたりを見まわしてから、アーティミスはドアを叩いた。堕落した女の道を受け入れる覚悟はしたものの、いまだかつて感じたことのない恐怖を静めるのは楽ではなかった。

そわそわと体を動かしながら待ったが、ドアは閉まったままで、失望が胸に突き刺さった。マキシマスはもうわたしと会うつもりがないのかもしれない。一度だけのことと考えているのかも。たぶん、わたしに飽きてしまったんだわ。

でも、わたしはまだよ。

取っ手を動かしてみると、ドアに鍵はかかっていなかった。すばやくドアを押し開けてなかに入り、後ろ手に閉める。

そして室内を見まわした。

昨夜は部屋をよく調べる暇がなかった。ほかのことに気を取られていたからだ。ゆうべ、マキシマスが現れたドアに近づいた。ドアの向こうは書斎になっている。火の前に寝そべっていたパーシーが立ちあがり、伸びをしてからアーティミスとボンボンに挨拶をしに来た。

アーティミスはパーシーの頭を撫でながら、マキシマスの居間を見渡した。本が壁の棚におさまりきらなくて、床の上にきちんと積んである。巨大な机は書類で覆われているが、これもきれいに角をそろえて積んである。整頓されていないように見えるのはスタンド付きの地球儀だけで、上にマキシマスのガウンがかけてあった。アーティミスは笑みが浮かんでくるのを押し殺した。地球儀に近づき、ガウンごとそっとまわしてみる。それから燭台を机に置いて、書類を指でなぞった。新聞、議会の前に支払いを求めている伯爵からの手紙、少年を学校に通わせるための援助を求める下手な字で書かれた手紙、そして演説の冒頭部分らしきものが太い文字――マキシマスの字だろう――で書かれた紙。彼女は演説の原稿を目で追いながら、論点がはっきりした主張に感嘆した。

紙を横に置き、書類の山の下から薄い本の角がのぞいているのに気づいた。そっと引っぱり出して題名を見る。釣りに関する本だった。アーティミスは眉をあげた。マキシマスの領地に何本も小川が流れているのは間違いないけれど、釣りをする時間などあるのかしら？ふと胸が痛くなった。彼は仕事の合間に釣りの本を眺めているの？　そうだとしたら、ウェークフィールド公爵の繊細な一面を見たようで興味深い。

アーティミスは釣りの本を手に取り、暖炉の前の大きな椅子に座り込んで読みはじめた。二匹の犬が足元で丸くなり、部屋に静寂が流れる。

その本は意外なほどおもしろく、アーティミスは時間を忘れた。顔をあげてマキシマスが寝室の入り口からこちらを見ているのに気づいたときは、本を読みはじめてまだ五分なのか、もう三〇分なのかわからなかった。

しおり代わりに本に指を挟んで言う。「いま何時かしら?」

マキシマスは首を傾けて暖炉のほうを見た。炉棚に時計がのっていた。「夜中の一時だ」

「遅くまで出かけていたのね」

彼は肩をすくめてドアから離れた。「よくあることだ」

マキシマスが背中を向けて寝室に戻っていき、アーティミスは本を置いて立ちあがった。寝ている犬たちを居間に残し、彼のあとから寝室に入る。彼はフィービーと家で夕食をとったときと同じ上着とベストを着ていた。

アーティミスは椅子を見つけ、そこに座って彼が上着を脱ぐのを見つめた。

「亡霊として出かけていたの?」

「なんだって?」

彼女はあきれた表情を浮かべそうになった。まるでわたしが、マキシマスがどこに行っていたか想像もできないみたいじゃない。「セントジャイルズの亡霊として走りまわっていたの?」

マキシマスはかつらを外してスタンドに置いた。「ああ」

次にブーツから小さな短剣を出して鏡台に置く。

アーティミスは眉をひそめた。「いつも持ち歩いているの？」

「いいや」彼はためらった。「今夜の土産だ」

戦ったということかしら？　セントジャイルズで襲われた哀れな女性をまた救ったの？

それとも誰かを殺したの？

表情を探ったが、いまのマキシマスは何を考えているのかわからなかった。その顔は鍵をかけた部屋のように、すべての感情を閉じ込めている。

マキシマスはベストを脱ぎ、彼女の向かいの椅子に無造作に放った。アーティミスは彼が多くの貴族同様ふだんはクレイブンに服を脱ぐのを手伝わせるのかと思ったが、それにしては難なく脱いでいる。アーティミスは沈黙を守り、やがてマキシマスが彼女を見た。

彼はため息をついた。「ある追いはぎを追っていたんだ。わたしの両親を殺した男だよ。ついに見つけたと思ったんだが……」そこで言葉を切り、首を横に振る。「失敗した。これまでの晩と同じようにね。近づいて、本当にその男なのか確かめることすらできなかった」

アーティミスは、マキシマスがシャツを乱暴に脱いで広い肩があらわになるのを見つめた。

こんな夜を、彼はもう何度過ごしたのだろう？

マキシマスは鏡台から水差しを持ちあげて洗面器に注いだ。「同情の言葉はないのか？」

顔と首に水をかける彼を見ながら、アーティミスは答えた。「わたしの言葉で何かが変わるの?」

彼が動きを止め、顎から水をしたたらせながら、アーティミスに背中を向けたまま洗面器に乗り出した。「どういう意味だ?」

アーティミスの体は震えた。足を椅子に引きあげて、むき出しの足首まで寝間着の裾をかける。「あなたは何年も前からひとりでひそかにその人を探してきたんでしょう? 褒められることも非難されることもなく。あなたはすべて自分でやってきたのよ、閣下。わたしが何か言ったりしたりしても、あなたの心を動かすことはできないわ」

マキシマスがこちらを振り返った。「そんなふうに呼ぶな」

「そんなふうって?」

「閣下だ」

彼の返事にアーティミスは泣きたくなったが、その理由はわからなかった。彼は……わたしにとって意味のある人になったけれど、爵位とそれに伴うさまざまなことが事態を複雑にしている。マキシマスが感じのいい庶民——事務弁護士とか商人だったらよかったのに。それならピネロピは興味を持たなかっただろう。わたしも大事ないとこを傷つけているという罪悪感を抱かずにすんだ。結婚して、彼の家を整え、食事を作る。何もかも、ずっと単純だったはずだ。

そして、彼をひとりじめできたはず。

マキシマスは何も言わずにふたたび鏡台のほうを向き、フランネルの布に石けんをすり込んだ。片腕をあげて、体の脇を洗う。背中の筋肉が伸縮するさまは力強かった。

彼は布を洗面器の水につけ、反対側も同じようにしてから、ちょうどアーティミスが身震いした瞬間に振り向いた。

顔をしかめ、マキシマスは布を水のなかに落とした。暖炉の火をかき立てて、炎を大きくする。そして衣装戸棚から膝掛けを出してアーティミスの前まで来ると、フラシ天のそれを彼女の脚にかけた。

「寒いならそう言ってくれ」彼の手はこのうえなくやさしかった。

「水は冷たいでしょう？　大丈夫なの？」

マキシマスが肩をすくめる。「気が引きしまるよ」

「じゃあ、布をここに持ってきて」

彼は興味深げにアーティミスを見たが、言われたとおりにした。

アーティミスは濡れた布を受け取った。「あっちを向いて、ひざまずいて」

マキシマスが片方の眉をあげた。アーティミスは自分が公爵にひざまずくよう命じていることに気づいた。でも、いまの彼は公爵ではない。ただのマキシマスだ。

マキシマス。わたしの恋人。

彼は背中を向けてひざまずいた。炎が広い背中を照らし、筋肉と腱《けん》の隆起を際立たせる。

アーティミスは濡れた布をゆっくりと肩甲骨のあいだに滑らせた。

彼が頭をさげて、少し背中を丸める。

それに応えるように、彼女はうなじの濡れた髪の上を拭いてから、背骨に沿って布を下に動かした。

マキシマスが息を吸った。「両親が死んだとき、わたしは一四歳だった」

一瞬ためらってから、今度は上に向かって布を滑らせた。

「わたしは……」彼の肩が落ち着きなく動く。「わたしはどうすればいいかわからなかった。どうやって犯人を見つけるか。わたしは怒っていた」

アーティミスは、両親を失った、それも衝撃的な失い方をした少年のことを思った。おそらく〝怒っていた〟どころではないだろう。

「それからの二カ月、わたしは自分がすべきことをして過ごした。公爵になったからだ」マキシマスは肩をこわばらせてから力を抜いた。「だが、毎晩両親のことを考えた。そして、殺人犯を見つけたらどうしてやるかも考えた。年のわりには背が高くて一八〇センチ近くあったので、自分の身は自分で守れると思った。それで夜にセントジャイルズへ行くようになったんだ」

いくら背が高くても、まだ一四歳の少年が暗い時間にセントジャイルズへ行くことを想像すると、アーティミスは体が震えた。

「わたしには剣術の師がいて、自分ではうまいつもりだった」マキシマスは先を続けた。「だが、それではまだ足りなかったんだ。ある晩、追いはぎに襲われてひどい目に遭った。両目のまわりが黒いあざになってね。クレイブンがひどく腹を立てた」

「クレイブンはその頃からいたの？」

マキシマスがうなずく。「彼は父の従者だったんだ。クレイブンがあちこちに問いあわせたらしく、翌日ベッドに寝ているわたしのところに客が来た」

アーティミスは彼の肩をそっと拭いた。「誰だったの？」

「スタンリー・ギルピン卿といって、父の仕事仲間で友人だった。もっとも、あとになってわかったことだが、それほど親しいわけではなかった」

「どうして来たの？」背中を洗い終えたが、手を離したくなかった。首の筋肉にそっと指で触れる。とてもかたかった。

「わたしも同じことを思ったよ」マキシマスが少しこちらを向いた。触られるのをいやがっているのかアーティミスにはわからなかったが、彼が抵抗しなかったので、肌に手を当てて体温を感じた。「それまで彼には会ったことがなかった。最初の日は一時間いて、父の話や世間話をしていった」

「最初の日？」静かに尋ねながら、勇気を出して両手を彼の背中に当てた。「そのあとも来たの？」

「そうなんだ」マキシマスは顔を伏せ、大きな猫が撫でてもらおうとするように、アーティミスの手に背中を押しつけた。「わたしが寝ていた一週間、毎日会いに来た。そしてその週の最後の日、次に両親を殺した男を探しにセントジャイルズへ行ったときにやられないよう、訓練してやるとスタンリー・ギルピン卿は言った」

マキシマスの言葉を聞きながら、アーティミスは少しのあいだ手を止めた。彼を気にかけて、傷つかないよう訓練してくれる人がいたことはうれしかった。だが、マキシマスはまだ一四歳だったのだ。

一四歳で、狩りを続ける覚悟を決めていた。

どこかおかしい気がする。

マキシマスが無言で命じるように手に背中を押しつけたので、アーティミスはふたたび肩甲骨をさすり、強い骨を覆う彼の肉体を手に感じた。

マキシマスがため息をつき、肩の力が少し抜けた。「わたしはスタンリー・ギルピン卿と一緒に行って、彼が訓練用の場所を持っていることを知った。彼の家のなかに大きな部屋があって、そこにおがくずを詰めた人形《ひとがた》や剣が置いてあった。彼は紳士ではなく追いはぎがするような剣の使い方を教えてくれた。公平な戦い方ではなく、勝つための戦い方を教えてくれたんだ」

「どのくらい?」アーティミスは震える声で尋ねた。

「なんだって?」マキシマスはこちらを振り向きかけたが、彼女が背骨の両脇の筋肉を親指で押すと、うめいて頭を垂れた。

「どのくらいのあいだ、スタンリー・ギルピン卿と訓練をしたの?」

「四年間だ」ぼんやりと彼は答えた。「主に、わたしひとりで」

「主に?」

の被後見人のような少年がいた。少年というよりは若者だな。そのとき一八歳にはなっていたはずだ。彼は読書好きだったが、残忍な戦い方をして、顔色を変えずに冗談を言う男だった。わたしは彼が好きだった」

マキシマスの打ち明け話は、彼自身に向けて話していると言ってもよかった。アーティミスは涙が出そうになった。両親が亡くなったあと、彼に同年代の友人はいたのかしら？　それとも、すべての時間を復讐のための訓練にあてていたの？

「その彼はどうなったの？」

長い沈黙が続いたので答える気がないのかとアーティミスは思ったが、やがてマキシマスは片方の肩をまわしながら言った。「大学に行った。あるとき、彼から荷物が届いたのを覚えている。本だった。『モル・フランダーズ』だ。かなりきわどい小説で、おそらくまだこの家のどこかにあると思う。わたしのあと、スタンリー・ギルピン卿は三人目を訓練した。わたしは一、二度会ったことがある。わたしたち三人はスタンリー・ギルピン卿の遺産のようなものだ。不思議だな。どちらとも、当時の話をしたことがない」

アーティミスは椅子にのせていた脚をマキシマスの両脇におろした。そうすると彼の腕がさすりやすかった。力強くて筋肉の目立つ腕だが、彼はふつうの男性だ。男性は誰だって、仲間を必要とするはず。友人を。

そして愛する人を。

マキシマスの頭が彼女の右の腿にもたれかかった。その重みに、アーティミスは自分がシュミーズと寝間着しか着ていないのを意識した。火がぱちぱちと音をたてるなか、ふたりはしばらく黙ったままでいた。彼女はマキシマスの腕と背中を撫でた。肩の関節を親指でさすりながら尋ねる。「あなたはいつ亡霊になったの?」

これ以上は話してくれないかもしれないと思ったが、彼はすぐに答えた。

「一八歳のときだ。スタンリー・ギルピン卿とわたしはそのことで言い争いをした。わたしはもっと早くからひとりでセントジャイルズに行きたかったのだが、彼はそうさせたくなかった。だが一八になるまでに、わたしは心を決めていた」

アーティミスは眉をひそめた。何かきき忘れていることがある。セントジャイルズに行くのはいいとして……。

「どうして道化師の衣装を着るの?」

マキシマスは笑いながら頭をうしろに倒し、彼女にはその目が見えた。

「スタンリー・ギルピン卿の思いつきだ。変わったユーモアの感覚の持ち主だったんだ。それに芝居がとても好きだった。わたしのために衣装を作って、仮面をつければ自分の身元だけでなく家族の身元も隠すことができると言った。彼は亡霊のように動くことができた」

アーティミスは逆さまにこちらを見ている彼の引きしまった顔を両手で挟んだ。

「変わった思いつきね」

彼が肩をすくめる。「スタンリー・ギルピン卿も、若い頃セントジャイルズの亡霊だったのではないかと思うことがあるんだ。亡霊の伝説はわたしの就任時期より古いからね」

「あなたの就任？」

「ほかのふたりも亡霊だった。三人が違う時期に、あるいはときには同時に亡霊を務めてきたんだ」

「亡霊だった？　ふたりは亡くなったの？」

「いいや」マキシマスはゆっくりと答えた。「引退しただけだ。わたしは唯一残っているセントジャイルズの亡霊だ」

とても寂しそうに聞こえる。アーティミスはキスができるほど顔を近づけた。

「マキシマス？」

彼の目はアーティミスの唇を見つめていた。「なんだ？」

「ご両親が亡くなったとき、なぜあなたはセントジャイルズにいたの？」

一瞬の間が空き、アーティミスは自分が踏み込みすぎたことに気づいた。彼のまなざしが凍りつき、濃い茶色の目が冷たくなった。

そしてマキシマスは彼女の頭を引き寄せた。「覚えていないんだ」そうささやいて、彼はキスをした。

14

一年のあいだ、リンはヘルラ王のうしろにまたがって狩りを続けました。幻の馬は必死で走りましたが、なんの音もたてませんでした。ヘルラ王は多数の牡鹿《おじか》と大きな雄豚を仕留めましたが、狩りの成功を祝うことはありませんでした。たまにリンが野ウサギや小さな牡鹿を仕留めたときだけ、王が振り向き、リンは彼の視線の重みを感じました。そんなとき、王はリンを見つめていました。色の薄い目は冷たく無表情で、とても寂しげでした。

『ヘルラ王の伝説』

逆さまにキスをするのは妙な感じだった。それでいて、不思議と官能的でもあった。マキシマスの唇が斜めになってアーティミスの唇に重なり、伸びかけのひげがかすかに鼻をこすった。この体勢では唇がぴったりとは重ならないので、ふたりは大きく口を開けた。舌をおかしな向きで絡めあって唇を重ねるのは、品のあるキスとは言いがたい。急ぐことはまったくない、純粋で情熱にあふれたキスだった。

マキシマスは手をあげてアーティミスの頭を押さえ、唇をむさぼった。いったん唇を離したとき、彼女はマキシマスの濃い茶色の瞳に決意が光るのを見た。そして彼は体をひねってアーティミスと向きあった。大きく開いた彼女の脚のあいだに身を乗り出し、片腕でウエストを抱いて、もう一方の手で顔をふたたび自分のほうに引き寄せる。「月の女神」とマキシマスがささやくのが聞こえた気がした。そして、ふたりはまたキスをした。

ゆっくりと、念入りに。

アーティミスは唇を開いてあえぎ、マキシマスの舌が差し入れられるのを感じた。彼は急がなかった。彼女を抱き、内部を探検する時間がたっぷりあるかのようだ。アーティミスはうめくような低い音を出した。ほかのときなら決まり悪くなりそうな音だが、まるでワインのように人を酔わせるキスに夢中になるあまり、そんなことは考えもしなかった。マキシマスの唇、侵入してくる舌。それ以外は何も存在していないかのようだ。そのほかのものを欲しいと思うことなど想像がつかなかった。

だが、彼は舌と唇を離した。アーティミスは懇願の声をもらしてあとを追おうとしたが、できなかった。

目を開けてみると、マキシマスは肉食動物のように彼女を見つめていた。計算し、待ち構えている。

目と目が合い、アーティミスは彼の唇の片端がわずかにあがるのを見た。不意に膝掛けが取り去られて、スカートが少しずつ上にあげられていく。

「あの朝のことを覚えているか?」ひどく低い声でマキシマスが尋ねた。「きみはまるで勝利の女神みたいに池から現れた。その前の日は足首をわたしに見せびらかしていた」あたたかい指で左の足首に一瞬触れ、アーティミスを身震いさせる。「だがあの朝は、内腿のやわらかな曲線と、しなやかに曲がる膝、そして控えめに動くふくらはぎを見せた。きみは歌で男を官能的な死に招くセイレーンさながらに、遠慮がちに脚をのぞかせた。しかも自分では気づかぬうちに。そうだろう? きみが岸に着いたときには、わたしの下腹部は鉄のようにかたくなっていた」

マキシマスの言葉でその朝のことを思い出し、アーティミスは赤くなった。自分がそんなに彼を高ぶらせていたとは考えもしなかった。静かに話しあっているあいだ、彼がわたしを求めていたなんて。

そう思うだけで、アーティミスも高ぶってきた。

腿に置かれたマキシマスの手を見てから、あのすべてを見通すような目に視線を向けた。まるでこちらの考えていることがわかるみたいに彼が微笑む。大きなこぶしが寝間着のスカート部分と薄いシュミーズをつかんでゆっくりとあげ、脚をあらわにした。アーティミスが抵抗しなければ、もっと上まであげるだろう。

その瞬間、彼女は自分の脚がマキシマスにどんな影響をもたらすかを正確に悟った。

彼が黙ったまま挑むように片方の眉をあげる。

だが、もしマキシマスが危険な肉食動物なら、アーティミスだって負けてはいない。子供の頃はひとりで森のなかをさまよった。池で泳ぎ、リスを追いかけ、いたずらっ子のように木にものぼった。コンパニオンとしての愛想のいい外見の下は、彼と同じくらい危険なのだ。そして同じくらい大胆でもある。

アーティミスは椅子に背中を預けて微笑んだ。乙女らしい恐怖や怒りをわたしが見せると思っていたとしたら、彼はがっかりしただろう。

わたしはもう乙女ではない。

マキシマスの目がいたずらっぽく輝き、いつもは厳しく引き結んでいる口が笑みを浮かべた。彼はアーティミスに賛成するかのようにかすかにうなずいた。

それから一気に腰の上までスカートをあげ、すべてをあらわにした。

アーティミスは息をのんだ。絶対にひるむものですか。

マキシマスは自分の顎のすぐ下の光景には目もくれず、アーティミスの目だけを見つめて完全に体を彼女のほうに向けた。そして長い脚を椅子の下に伸ばし、ごちそうを前にしているみたいに彼女の膝の前の床に座った。アーティミスをなだめるか、あるいはくつろがせようとするように、腰骨のあたりを親指でもみほぐす。だが、それが彼の目的だとしたら逆効果だった。アーティミスは挑戦的な目でマキシマスの目を見据えたまま、階段をのぼっているときのように呼吸が速くなってきた。

不意に彼の視線が下に向いた。

マキシマスは動かずに、ただ彼女を見つめている。その目に浮かぶ野性的な所有欲に、アーティミスのなかの何かが反応した。彼はわたしを求めている。わたしのこの部分を。急に、これまでマキシマスが同じようなまなざしで見つめたであろう女性たちすべてに嫉妬を覚えた。マキシマスのまなざし、この表情、この瞬間は、彼とわたしだけのあいだのものだ。

わたしたちだけの世界。

耐えられないほどの親密さだったが、アーティミスは彼が指を広げて腰骨から腿とヒップの境のやわらかな部分を撫で、人差し指で巻き毛に触れるのを目をそらさずに見つめた。手が下に移動し、太腿をつかむ。そのままゆっくりと彼女の脚を開かせて、片方を椅子の肘掛けにかけた。マキシマスの目の前に、すべてがみだらにさらけ出された。

彼は祭壇の前で祈る司祭のごとく頭をさげ、アーティミスの秘所に舌を走らせた。それを見ながら、彼女は大きく息をついた。

熱く湿った舌の甘美な感触に身を震わせて目を閉じる。恐ろしいと同時に正しいことにも思える、すばらしい感覚だった。この瞬間から、アーティミスは以前の彼女ではなくなった。マキシマスは建物の外壁を壊すようにアーティミスの外側を壊し、なかにいる裸の女性をあらわにしようとしている。そして何よりも恐ろしいのは自分でも、それがどういう女性なのかわかっていないことだ。

そんな自分には会ったことがない。

マキシマスが親指でひだを開いて奥に舌を差し入れると、アーティミスはうめいた。抑えきれない、大きく低い声で。

彼は舌を敏感な部分につけて押したり、キスをしたり、吸ったりした。アーティミスは心臓が止まりそうになった。魂が発作を起こしたみたいだ。体を震わせ、マキシマスの頭がそこから離れないよう両手で挟む。そして執拗《しつよう》なキスに合わせて、腰をゆっくり上下に動かした。彼が舌を強く小刻みに動かすと、みだらな音が部屋に響いた。アーティミスは首をのけぞらせて、背中を弓なりにした。このまま続いたら生きていられるのかわからないけれど、やめられたら死んでしまうだろう。

ついに彼女は頂点に達した。翼を広げた鷲《わし》のように、爆発による熱い波から飛び立った。目を開けると、マキシマスがまだ腿のあいだに口をつけたまま見つめていた。その視線はアーティミスの肌をやけどさせるほど熱かった。

彼女はつばをのみ込んでマキシマスの頰を撫で、感謝の気持ちを表そうとしたものの、言葉が出てこなかった。

彼が頭をあげたが、アーティミスにはその満足げな笑みを腹立たしく思う気力も残っていなかった。マキシマスはウエストに手をかけて彼女を引き寄せ、自分の膝にまたがらせた。片手で彼女の後頭部を支えてキスをする。彼の唇は刺激的な味がして、アーティミスにはそれがなんの味だかわかった。

マキシマスが椅子を蹴ってどかし、ふたりは暖炉の前の床に座った。

彼は体を寄せ、耳元にキスをしてからささやいた。「脚をわたしに巻きつけるんだ」

言われたとおりにすると、彼の下腹部がひどくこわばっているのがわかった。マキシマスがふたりのあいだに手を滑り込ませ、アーティミスは彼の首に両腕をまわして体をうしろに引き、彼の手を見つめた。ブリーチの前を開けようとしている。片手は床について身を支えているので、もう一方の手だけで奮闘していた。

アーティミスは上目づかいに見あげた。「手伝いましょうか？」

おもしろがったことにお仕置きをするように、マキシマスが彼女の口を軽く噛んだ。一瞬、アーティミスは彼の性急なキスにわれを忘れた。

それから体を離し、落ち着いてブリーチのボタンを外した。

しかし残念ながら、マキシマスはそれほど落ち着いていなかった。

「月の女神――」彼はうなるように言ったが、アーティミスがこわばりをブリーチから解放すると言葉は途切れた。男性の証《あかし》に触れたのは初めてだ。彼女は手のなかのものをじっくり眺めた。皮膚はやわらかい。もっとも男らしい部分がベルベットのようになめらかなのが意外だった。指でさすりながら、そのかたさと太い血管に感心する。マキシマスの大事な部分を観察し、もてあそぶのは、とても親密で興味をそそられる体験だった。

「月の女神」彼がささやき、唇を重ねる。

不意にアーティミスは我慢ができなくなった。体のなかで何かが渦巻き、知ったばかりの快感に向かって高まっていく。

体を寄せ、スカートをあげて、こわばりの先端を脚のあいだに当てた。キスを続けながら腰をまわすと、かたいものが秘所をこする感覚に息が止まりそうになった。

マキシマスはむさぼるようにキスをしながら、腰を押しあげた。彼が何を求めているか、何を必要としているかはわかるが、アーティミス自身にもほしいものがあった。あともう少しだけ。

息をのみ、彼の欲望の証をひだに滑らせながら身もだえする。それはとても大きくてかたく、完璧だった。まるでアーティミスのために作られたかのように。

ある意味、それは真実だった。

だが、マキシマスの忍耐力がそこで尽きた。

彼はアーティミスのウエストをつかんで持ちあげると、熱っぽい目で見つめた。

「わたしをそこに当てろ」

アーティミスはこわばりを入り口にあてがい、そのまま持った。マキシマスが彼女をおろした。

そして、ふたりはひとつになった。

アーティミスがあえぐのを彼は見つめた。昨日の名残りでまだわずかに痛みが残っているため、彼女は身をかたくした。

マキシマスが動きを止め、シュミーズと寝間着の上から背中のくぼみを撫でる。

「力を抜くんだ」

彼女はうなずいて、マキシマスを受け入れた。彼はそれを許可の合図だと思ったらしく、ゆっくりとアーティミスを貫いた。彼女の鼓動が乱れ、息が荒くなる。マキシマスは顔をしかめて意志の力を総動員し、激しく腰を動かしたいのをこらえているようだった。

痛みは徐々に消え、彼に満たされているという快感に変わった。アーティミスは下唇を噛み、首をのけぞらせて天井を見つめながらゆっくりと腰をまわし、ブリーチにヒップがつくまで身を沈めた。

マキシマスが低く男らしいうめき声をあげ、彼女の顔に顔を近づけた。熱い息が胸のふくらみにかかる。彼の腕に手を滑らせて、力強く盛りあがった筋肉に触れた。

それがアーティミスの唯一の警告だった。

マキシマスが彼女を押しあげた。その拍子に、熱いこわばりがアーティミスのなかで滑るように動く。彼は足を床に踏ん張り、アーティミスに向かって腰を突きあげた。それは速くて強く、拷問のような激しさだった。

かつて、愛の営みとはやさしい波が寄せては引くような歓びとともに魂が結びつくものだと思っていた。尊敬し、賞賛すべき行為だと。

だが、いまマキシマスがしていることはやさしいどころではない。彼は悪魔を追い出そうとでもしているかのように、大きく胸を上下させてあえいでいる。額には汗が浮かび、胸毛も汗で光っていた。彼は鋭い動きで何度もアーティミスのなかに身をうずめた。ほかの人々の前で見せる洗練された貴族の顔とは似ても似つかない。唇の片端が冷たい笑みを浮かべ、目は炎のごとく燃えていた。自分の快感のためにアーティミスの体を使い、欲望のままに何度も彼女を突きあげている。ほとんど動物のようだ。

そしてアーティミスもそれに歓びを感じていた。わたしが彼をこうさせたのだ。巧みな言葉で王や外交官をも引きつけるこの人に、われを忘れさせている。

マキシマスは最後の力を振りしぼって奥の奥まで身をうずめ、苦しいほどの歓喜に大きくのけぞって動きを止めた。

ほとばしる精に満たされながら、アーティミスは顔を近づけて、マキシマスの唇の塩辛い汗をなめた。


翌朝、マキシマスの部屋を訪れたクレイブンは、アーティミスが着替えのために自分の部屋へ戻るまではわざとらしいほど礼儀正しかった。

彼女の魅力的なヒップのうしろでドアが閉まるやいなや、従者はゆっくりとマキシマスを振り返り、機嫌の悪い国王でさえ震えあがるような目で見つめた。

「失礼ながら、閣下、率直に申しあげてもよろしいでしょうか？」

「なんの問題がある？」マキシマスは小声で言った。自分の従者に叱責される前に、せめて朝の紅茶だけでも飲んでおきたかった。

クレイブンは主人にかまわずに言った。「頭がどうかなさったのですか？」

いささか乱暴にマキシマスは顔を洗いはじめた。「きみの意見が聞きたいときは――」

「わたしだって、あなたにこんな言い方をしたくはありません。ですが、言わなければならないと思っています」

マキシマスはかみそりをつかみ、手が震えていないのを確かめてから顎に当てた。振り向かなくても、うしろでクレイブンが肩を引き、顎をあげて直立不動で立っているのがわかる。

「紳士はレディを辱めたりしません。それも同じ屋根の下で生活している、つまりご自分が庇護しているレディであればなおさらです」

マキシマスはかみそりを乱暴に洗面器にぶつけた。クレイブンにも、そして自分にも腹が立っていた。「わたしは生まれてこのかた、一度たりとも女性を辱めたことはない」

「貴族の家に生まれ育った未婚の女性をベッドに誘い込むことを、ほかになんと呼べばいいのですか？」

それは実に的確な一撃で、マキシマスは見事にやられた。すでにアーティミスは婚約者に傷つけられたと話してくれた。わたしはその婚約者よりましだというのか？　いや、そうではない。医者の息子だというその男は、少なくとも彼女を誘惑してはいない。

わたしは誘惑した。

わたしは自分の女神を傷つけているのだろうか？　アーティミスはわたしの軽卒な行動で傷ついた心を隠しているのか？　そう考えただけで、壁にこぶしを打ちつけたくなる。誰も彼女を傷つけてはいけない。ましてわたしは。クレイブンの言うとおりだ。わたしは卑劣だった。紳士なら、アーティミスをあきらめるべきだったのだ。彼女とは手を切って、自由にさせるべきだった。

だが、それはできない。彼女と別れるのは耐えられない。

マキシマスは大きく息を吸って厳しく言った。「クレイブン、わたしとミス・グリーブズのあいだのことはきみには関係ない」

「そうでしょうか？」これまでめったに聞いたことがない、とげのある声だった。「わたしでなければ誰に関係があるのです？　妹君たちの意見を聞くのですか？　ミス・ピックルウッドですか？　あるいは友人と呼んでいる議員仲間ですか？」

マキシマスはゆっくりと振り返った。わたしにこんな口を利く者はいない。

クレイブンの顔はたるんでいて、年齢相応に見えた。「閣下にとってはご自身が法律です。これまでずっとそうでした。あの悲劇を乗り越えることができたのも、そのおかげでしょう。議会で力を持つようになれたのもそうです。ですが、それは同時に、あなたが間違いを犯したときに止める人間がいないということでもあります」

マキシマスは目を細めた。「なぜ止めなければならないのだ？」

「あなたはご自分がしたこと——していることが間違っているのをご存じだからです」

「わたしのベッドに来たのは彼女のほうだ」苦しい言い訳をしながら、首まで火照るのがわかった。

「紳士はおのれのあらゆる衝動を抑えることができます」クレイブンはわずかに皮肉をこめて言った。「あなたはご自分の失敗をレディのせいにするのですか？」

「誰のせいにもしていない」従者と目を合わせることができず、マキシマスはふたたび鏡台のほうを向いて、右の頬の無精ひげを剃った。

「ですが、誰かのせいにせずにはいられないのですね」

「クレイブン」

彼の声はやけに年老いて聞こえた。「あのレディと結婚するつもりだとおっしゃってください。わたしは喜んでお祝いします」

マキシマスは凍りついた。わたしが何をしたいかということと、公爵という爵位のために何が最善かはまったく別の話だ。「彼女と結婚できないのは知っているはずだ。わたしはレディ・ピネロピ・チャドウィックと結婚する」

「そしてあなたはご存じのはずです、閣下。レディ・ピネロピはうわついた愚か者で、あなたの半分の価値もない。それを言うなら、ミス・グリーブズの半分の価値もありません」

「口を慎め」いらだって言う。「未来の公爵夫人の悪口を言うな」

「結婚を申し込んでもいないではないですか」

「まだな」

クレイブンは懇願するように手を差し伸べた。「なぜ間違いを正さないのです？　なぜ、すでにベッドをともにしたレディと結婚なさらないのですか？」

「きみもよく知ってのとおり、彼女の一家は精神病の家系だ」

「イングランドの貴族階級の半分がそうでしょうに」クレイブンは鼻で笑った。「スコットランドも入れたら半分以上です。レディ・ピネロピもミス・グリーブズの親戚ですし、一族です。閣下のご意見に従うなら、彼女だって公爵夫人にはふさわしくありません」

マキシマスは歯ぎしりをして息を吐いた。クレイブンはマキシマスの洗礼式にも同席している。ひげの剃り方を教えてくれたのも、両親を冷たい地下墓所に横たえたときにうしろに立っていたのも彼だ。

彼と私的なことを話しあうときに、クレイブンはマキシマスにとって、ただの使用人ではなかった。

「レディ・ピネロピには人殺しをする精神病のきょうだいはいない。ミス・グリーブズを公爵夫人にすれば、爵位に傷をつけることになる。先祖や父のために――」

「お父上なら、決してあなたをレディ・ピネロピと結婚させなかったでしょう！」クレイブンは叫んだ。

「だから、わたしは彼女と結婚するのだ」マキシマスはつぶやくように言った。

クレイブンはマキシマスを見つめた。若い頃、妹たちとけんかをしたときや、初めてワインを飲みすぎたとき、両親の死後の二週間のことを話したくないと言ったときも、彼は同じ目でマキシマスを見つめた。その目はこう言っている。〝それはウェークフィールド公爵にふさわしい行動ではありません〟

その目がいつもマキシマスを止めた。

だが、今回は違う。今回、正しいのはわたしであり、クレイブンは間違っている。アーティミスと結婚することはできない。父の思い出のために、そして公爵として何かを正すために。とはいえ、彼女を手放さずに秘めた欲望の対象とすることはできる。

いまのわたしは、彼女なしで生きていけるかわからないから。

マキシマスはクレイブンを見た。彼が目をそらし、マキシマスは自分の顔が冷たい石の仮面をかぶっていることを知った。「わたしはレディ・ピネロピと結婚する。そして今後もミス・グリーブズとベッドをともにする。それを受け入れられないというなら、辞めてもらってかまわない」

クレイブンはしばらく無言でマキシマスを見つめた。不意にマキシマスは、両親が亡くなってから初めて目覚めたときに見た光景を思い出した。それは彼のベッドの横に置いた椅子で寝ていたクレイブンの顔だった。

クレイブンは向きを変えて寝室を出ると、静かにドアを閉めた。

マキシマスは魂を撃ち抜かれたような衝撃を覚えた。

15

今度はタムがヘルラ王のうしろを走ることになりました。リンはどうにかして王と言葉を交わそうとしましたが、その年のあいだ、王は話すどころか彼女を知っているそぶりすら見せませんでした。そして次に秋の収穫の季節がやってきたある日の夜、リンは大きく息をして、山で出会った小人に教えられたとおりにしました。腕を伸ばし、幽霊のような馬に乗った弟の体をつかんで思いきり引っぱったのです。すると、たちまちタムは怪物のような山猫に姿を変えてしまいました。

『ヘルラ王の伝説』

地下室へと向かう階段は湿っていた。アポロの朝食を手にしたアーティミスは慎重に足を運んでいった。紅茶にバターとジャムを分厚く塗ったパン、ゆでた卵をほぐしたものをたっぷりとのせた大きな皿もある。かなりの量の朝食を頼んだので、メイドが少しいぶかしげな表情を見せたものの、この屋敷は使用人の教育が行き届いているせいか、およそレディとは思えないアーティミスの食欲について問いただされることはなかった。

アーティミスは片方の手を木製のトレイの縁から離し、トレイを腰にしっかりと押しつけて安定させてから、空いた手で地下室の鍵を鍵束から選び出そうとした。こんなふうにアポロを閉じ込める必要があるのだろうか？　そもそも、誰も公爵邸を調べようなどと思うはずがないのだから、追手が現れる心配もない。だが、マキシマスとクレイブンがそろって最善の方法だと認めた以上はどうしようもなかった。

地下室の中は数時間前、アーティミスがアポロにおやすみの挨拶をしたときとほとんど変わっていないように見えた。火鉢が鈍い光を発し、弟が幅の狭い寝床に腰をおろしている。だが近づいていくにつれ、彼女は大きな違いに気がついた。アポロの片方の足首に鎖と鉄球のついた足かせがつけられていた。

弟からわずかに離れたところで足を止め、アーティミスは言った。

「これはいったいなんなの？」

たとえ半ば飢えていようと、死にかけるまで殴られていようと、また、なぜか言葉を話す能力を失っていようと、アポロはどういうわけか難なく彼女に気持ちを伝えるすべを心得ているらしい。

彼はまず、目だけを上のほうに向けた。

それからすぐに視線を下に向け、鉄球を初めて目にしたかのようにわざとらしく驚いてみせた。おどけた仕草も、これだけ体の大きい男性がするといっそうおかしく見える。

思わず吹き出しそうになったアーティミスは唇を震わせたが、どうにかこみあげる笑いを抑え込んだ。これは笑い事ではない、真剣な問題なのだ。

「アポロ」彼女はトレイを弟が座る寝床の上に置き、厳しい声で言った。足かせについた鎖は、周囲から見えないようになっているおまると火鉢まではどうにか届く長さになっているものの、それ以上はどこにも行けない。「誰がこんなことを？　マキシマスなの？」

アポロは答えずに猛烈な勢いでパンを平らげはじめ、動きを止めてひと息ついたあと、今度は上品に食事を続けにかかった。

弟の奇妙な食べ方にアーティミスは顔をしかめた。だが、紅茶に腕を伸ばした彼の足元で鎖が石の床に当たる音がして、すぐにわれに返った。「アポロ、答えて、お願いよ。どうしてマキシマスはあなたを鎖につないだりしたの？」

手に持った紅茶のカップを傾けながら縁越しにアーティミスを見たアポロは、肩をすくめてからカップを床に置いた。寝床の脇の床にあったノートを拾いあげ、鉛筆を動かして何かを書いてから彼女に手渡した。

ノートを受け取ったアーティミスは、アポロが書いた部分に目をやった。

〝わたしは気がふれているそうだ〟

ノートを彼に突き返し、アーティミスは憤慨した口調で告げた。

「違うわ。あなただって、わかっているでしょう」

アポロはノートを受け取ろうと差し出した手を止め、アーティミスをちらりと見た。先ほどより少しだけ視線が穏やかになっているようだ。彼は納得し、ノートを受け取ってさらに何かを書きつけた。

アーティミスはアポロの隣に座り、弟が書いた文字を目で追った。

〝わたしを正気だと思ってくれるのは姉上だけだ。愛しているよ〟

こみあげるものをこらえ、アポロのほうに身を乗り出して頰にキスをする。少なくともひげはきちんと剃っているらしい。「わたしもあなたを愛しているわ。あなたにはいらいらさせられるばかりでもね」

鼻をふんと鳴らして、彼は卵を食べはじめた。

「アポロ？」アーティミスは静かに尋ねた。「〈ベドラム精神病院〉で何があったの？　どうしてそんなにひどく殴られたりしたの？」

姉の目を見ようとせず、アポロはさらに卵を口に運んだ。

彼女はため息をついてアポロを眺めた。たとえ頑固な弟が口をブーツで蹴りあげられた理由を話してくれなかったとしても、いまこうして安全な場所で充分な食事にありついているのだから、それだけでありがたいと思うべきなのかもしれない。

ふたたび、アポロの脚につけられた鎖に目をやる。たしかに安全な場所にはやってきた。だが、またしても獣みたいに鎖につながれている。やはりこのままでいいはずがない。「マキシマスと話すわ。彼ならあなたが無実の罪で訴えられたことも、本当は気がふれてなどいないこともわかってくれるはずよ」自信ありげに言ったものの、実のところマキシマスが考えを改めるなどということが本当にあるのか、疑問に思いはじめていた。もし彼が思い直さなかったら？　でも、いくら安全とはいえ、とにかく弟をこんな地下室で鎖につないだままにはしておけない。これではあの病院より少しばかりましというだけの話ではないか。

アポロが口を動かして食事を続けながら、アーティミスをじっと見つめた。理由がわからず、彼女は不安をかきたてられた。

ノートを手に取ったアポロがひとつの言葉を書きつけた。〝マキシマス？〟

アーティミスは頬を赤らめて答えた。「彼とは友達なの」

あざけるような表情を浮かべた弟は、ノートに乱暴に鉛筆を走らせた。

〝わたしをあの病院から救い出してくれたほどだ。さぞやいい友達なんだろうね〟

「たぶん、そうすることが正義にかなうと思ったのよ」

ばかばかしいと言いたげに眉をあげ、アポロはさらに鉛筆を動かした。

〝わたしは声を失った。でも、知恵まで失ったわけじゃない〟

「わかっているわ。もちろんよ」

彼はなおも書き続けた。〝公爵なんぞにあまり近づきすぎるのは感心しないな〟

アーティミスは顎をあげた。「じゃあ、伯爵や子爵とだけ仲よくしろというの？」

アポロが体を揺すって肩を彼女の肩にぶつけ、さらに書き足した。

〝いい冗談だ。でも、わたしの言いたいことはわかっているだろう？〟

この双子の弟以上に自分を気にかけてくれる人は誰もいない。アーティミスは彼に嘘をつくのは気が進まなかった。だが、真実を告げてもアポロを怒らせるだけだろう。

「わたしの心配はしなくていいのよ、アポロ。あの公爵閣下は女性には興味がないの。わたしとレディ・フィービーが親しいのは知っているでしょう？　彼女の親戚のミス・ピックルウッドが留守のあいだ、わたしが彼女のコンパニオンを務めているだけの話よ。それ以上のことはないわ」

アポロは疑わしげな視線を投げてきたが、アーティミスが早く朝食をすませてしまわないと紅茶が冷めてしまうと指摘すると、ふたたび食べることに没頭しはじめた。しばらくふたりは心地いい沈黙に包まれ、彼女は弟の食事を見守った。

だがアーティミスは、その場しのぎに口にした自分の言葉について考えずにはいられなかった。たしかに公爵が自分などと真剣につきあう理由はどこにもない。マキシマスはアーティミスとの関係を永続的なものにしようと口にしたこともなかった。彼の望みが何度かベッドをともにするだけだったとしたら？　そうだとしたら、どうすればいいのだろう？　彼とあんなことになった以上は、もうピネロピのコンパニオンには戻れない。もしピネロピが真実を知ることが永遠になかったとしても、そんなひどいやり方で彼女をだまし続けるなんてできそうにない。

自分の愚かな行いで、これまでの人生を台なしにしてしまった気がする。

マキシマスはセントジャイルズの亡霊に扮してロンドンの闇を進みながら、鼓動が速まっていくのを感じていた。まるで自分のなかに巣食う獣が解き放たれたような感じがする。二

○年近く——人生の半分以上——をこの追跡に費やしてきた。結婚もせず、友情や恋も求めず、すべての時間、すべての思考、それこそ魂のすべてをたったひとつの目的の達成のために捧げてきたのだ。
両親を殺した犯人を探し出して復讐を果たし、この世界を正しいあり方に戻さなくてはならない。

しかし今夜、いまこの瞬間、マキシマスはこれまで失敗を重ねてきたのと同じ位置に相変わらず立っていた。

まるで天が彼の弱さを嘆くかのごとく、雨が降りはじめた。

足を止め、顔を夜空に向けて冷たい雨が落ちてくるのを感じる。いったいいつまで？　いつまでこの追跡を続ければいいのだ？　あるいはクレイブンの言うとおり、もう充分に苦しんだのだろうか？　それとも永遠にこの苦行を続けるのか？

近所で悲鳴があがり、マキシマスは闇のなかを駆けだした。石を敷きつめた道は滑りやすく、濡れて重くなったマントが疾走しようとする彼をあざ笑うように背中を打った。雨は容赦なく降り続いているものの、ロンドンの住民たち全員を家のなかに閉じ込めておけるほど強くはない。前方には何人かの通行人がいる。出てくる時間が早すぎたのだ。

マキシマスは右に曲がり、建物のせり出した二階部分を支えている柱に飛びついた。体を引きあげて二階の位置まで到達すると、ちょうど窓際にいた寝間着姿の金髪の少女と目が合った。彼は驚いて動きを止めたが、少女は指をくわえて無表情に見つめてくるだけだ。マキシマスは壁をふたたびのぼって、滑りやすい傾いた屋根に立ち、一番傾斜のゆるい端の部分に沿って走りだした。チュニックを濡らす雨はやむ気配もなく、ますます屋根を滑りやすくし、世界を嘆きの場へと変えていく。

屋根から屋根へと飛び移るマキシマスが、ひとつ間違えれば致命的となる跳躍を繰り返しているあいだ、下では人々が惨めに濡れながら雨のなかを歩いていた。

セントジャイルズが近づいてきたのが匂いでわかった。絶望とジンにまみれ、生きながら腐っていく人間の独特な匂いだ――いつだってジンがそこにはある。マキシマスは邪悪で焼けるような匂いに、ネズの実の甘い香りがほのかにまじった液体の悪臭を想像した。ジンはこの地区すべてを侵食し、堕落と死を人々にもたらしている。

想像するだけで吐きそうになった。

なおも雨が降る闇の中、マキシマスはひたすら獲物を求めてセントジャイルズの屋根の上を音もなく進んでいった。一瞬の出来事なのか、何日にもわたってそうしているのか、あるいは生涯かけてずっと続けてきたのかすらもわからない。おそらくこの瞬間、彼はなんのためにここへ来たのか、目的すらも忘れていた。

目的――すなわち獲物が実際に視界に入ってくるまでは。

マキシマスの下方、名もない小さな空き地にセントジャイルズの悪魔と名乗る追いはぎがいた。彼は馬に乗って泣いている若者を路地の隅に追いつめ、その頭に拳銃を向けている。

ほとんど本能的に、マキシマスはなんの策も考えないまま行動を起こした。建物の壁を滑るようにおりていき、若者と悪魔のあいだに割り込んだ。

悪魔はなんのためらいも見せずに銃口をマキシマスに向け、引き金を引いた。

だが結局、銃弾は発射されなかった。

「火薬が濡れていては無理だな」雨が口の横を流れ落ちるのを感じながら、マキシマスは言った。

追いつめられていた若者が大声をあげ、一目散に逃げていった。

悪魔がけげんそうに首を傾ける。「どうやらそのようだ」

顔の下半分を隠している濡れた布のせいで、彼の声はくぐもっていた。恐れている様子はまったくない。

マキシマスは悪魔に近づいた。頼りない明かりの中、相手の喉元でエメラルドがきらりと光った。見ればわかる。まぎれもなく彼が追い求めているエメラルドだった。

動きを止めたマキシマスは無意識のうちに鼻をふくらませた。やっとだ。やっと見つけた。

視線をあげ、雨でかすんではっきりしない馬上の男の目をにらみつける。

「おまえはわたしのものを持っている」

「わたしが？」

「それだ」マキシマスは顎で指し示した。「そのエメラルドはわたしの母のものだ。残りふたつのうちのひとつ。もうひとつもおまえがまだ持っているのか？」

マキシマスが何を予想していたにせよ、悪魔の反応はその予想を裏切るものだった。彼は顔を上に向け、声をあげて笑いはじめた。ふたりを囲むれんがの壁に笑い声がこだまする。

「まさか閣下のご登場とはな。まるで気づかなかったよ。しかしまあ、貴様も一九年前のはなたれ小僧とは違うからな。そうだろう？」

「そのとおりだ」マキシマスは厳しい表情で答えた。

「だが、愚かなところは変わっていない。最後のエメラルドを見つけたいのなら、自分の家のなかを探してみろ」

もうたくさんだ。マキシマスは剣を抜き、敵に向かっていった。

悪魔が手綱を引くと、馬が前脚を跳ねあげてうしろ脚で立った。マキシマスは身をかがめて蹄をよけ、まわり込んで横から乗り手を襲おうと試みた。だが、敵はすばやく馬の向きを変えて腹を蹴り、空き地に通じる唯一の路地のほうへと走らせた。

身をひるがえしたマキシマスはふたつの壁がぶつかっている空き地の隅へと駆け、壁に飛びついてのぼりはじめた。指ですばやく手がかりを探っていく。馬の蹄が路地を蹴る音が徐々に遠ざかり、小さくなっていくのがわかった。セントジャイルズには迷路のような細い路地が地区全体に渡って張りめぐらされている。早く屋根にのぼらないと敵を見失ってしまう。

必死になって頭上の壁を探ったものの、つかんでいたれんががいきなり壁から抜けて支えを失った。後方に落下しながらネズミのように手足をばたつかせると、手の爪がれんがの壁をかいた。

ぬかるんだ地面の上に落ちた衝撃で、視界いっぱいに星がちらついた。

そのまま不潔な空き地の地面に仰向けに横たわる。顔に冷たい雨が落ちてくるなか、両手と背中、そして両肩がひどく痛んだ。

月は完全に真夜中の空から見えなくなっていた。


アーティミスは力強い両腕に抱きかかえられ、ベッドから体が浮いたところで目を覚ました。警戒したほうがいいに決まっている。だが、なぜか奇妙な安心感が全身を満たすばかりだった。部屋の外、廊下に向かって自分を運び出そうとしているマキシマスを見あげる。唇を引き結んだ彼の表情はこわばっていて、どこか老いたような瞳が切迫した輝きを放っていた。頬に当たる、ゆったりとした上着のシルクの感触がなめらかだ。彼女はマキシマスの胸に耳をつけ、力強く脈打つ心臓の音に聞き入った。

腕を伸ばし、彼の口の横に刻まれたしわに指を走らせようとした。

マキシマスが視線を落としてアーティミスを見る。その瞳に宿るむき出しの野性に気づき、彼女は息をのんだ。

彼は肩で自分の部屋のドアを押し開け、アーティミスの体を戦利品さながらにベッドの上に置いた。

ベッドのかたわらに立って服を脱ぎはじめたマキシマスが命じる。「きみも脱ぐんだ」

アーティミスは上体を起こして座り直し、シュミーズを頭から脱いだ。

ほぼ同時に全裸となったマキシマスが、火照ったかたい体で彼女の上にのしかかってきた。

「二度とわたしのベッド以外で眠るな」

アーティミスは反論しようとしたが、彼に荒々しくうつぶせにされ、枕に頬を押しつけられてしまった。

マキシマスは上体こそ両腕で支えているものの、下半身を完全に彼女に預けて動きを封じていた。

「きみはわたしのものだ」彼はアーティミスと頬を重ねて言った。「ほかの誰のものでもない。わたしだけのものだ」

「マキシマス」彼女は警告まじりにささやいた。

「屈服した月の女神」マキシマスはアーティミスの両脚を広げ、欲望の証をヒップに強く押しつけた。「屈服した戦いの乙女だ」

「わたしはもう乙女ではないわ。あなたがその資格を奪ったのよ」

「何度でも奪うさ」彼がうなるように言う。「きみを奪って、ここから遠く離れた城に閉じ込める。ほかの男が近づけないように。厳重に見張り続けて、夜になったらこうしてきみとひとつになる。毎晩、夜明けまで」

理性的でない粗野な言葉に怯えて当然だった。それなのに正しく言葉を理解する力が失われてしまったのか、アーティミスは自分の心にあたたかいものが広がっていくのを感じた。いや、あたたかいどころではない。燃えるような熱い何かが広がっていく。彼女にできたのは、身をよじってあえいでしまわないよう自制することだけだった。

「きみはどう思う、月の女神？」マキシマスの熱っぽい声が肌を撫でた。「きみもわたしのものに、わたしだけのものになりたいんじゃないのか？　そして、この呪われた世界を脱してふたりだけの場所に行く。きみもそうしたいんじゃないか？」

「ええ、そうしたいわ」アーティミスはせっぱつまった声で答えた。

マキシマスが両腕を突っぱって上体を持ちあげた。「わたしは毎日狩りに出て、立派な牡鹿を仕留める。そして秘密の城に持ち帰って下ごしらえから調理まですませ、わたしの膝の上に座ったきみに少しずつ食べさせる。きみが食べるものはすべてわたしが、きみだけのために作る」

彼がそんな言いなりの人形など求めるはずがない。アーティミスはすばやく体をひねって仰向けになり、マキシマスと向きあった。

「だめよ。わたしもあなたと一緒に狩りをするわ」彼女は腕を伸ばしてマキシマスの顔をとらえ、自分の顔に引き寄せた。「わたしはあなたと同格なのよ、閣下。平等な相棒なの」

「それできみは――」彼は大きく息をつき、アーティミスの唇を噛んだ。

マキシマスの唇は雨の味がした。雨とワイン、そしてもっと苦い何かの味。その何かが彼を突き動かしていた。アーティミスは彼と話しあわなければならないと思っていた。彼女自身の将来やアポロの解放について。それなのに――。

アーティミスは口を大きく開け、マキシマスの唇を噛んだ。爪を彼の首筋に食い込ませ、自分がされているのと同じくらいの必死さですがりついた。

あたたかく男らしい裸の胸が、アーティミスの胸の先端に触れる。たくましい両腕が彼女をしっかりと支えていた。こんな拘束なら大歓迎だ。熱いこわばりで脚のあいだを愛撫され、秘所が次第に潤いはじめた。

ところが、マキシマスはいったん身を引いた。「――こんなふうになっているわけだ」

ふたたび彼女の体をうつぶせにする。

アーティミスが不満げにうなると、彼は声をあげて笑った。

「崇高な月の女神」マキシマスは彼女の耳にささやき、欲望の証を激しくこすりつけた。

「わたしたちはこれからひとつになる」

アーティミスは彼に向かって体を弓なりにした。横暴な態度に抗議する意味をこめたつもりだったが、同時に純粋な歓びもこめられていた。かたいものに秘所が押し広げられていくのがわかる。マキシマスの分身が探るようにゆっくりと彼女の体を開いていった。

マキシマスが荒々しく腰をアーティミスのヒップにぶつけ、一気に彼女の体を貫いた。彼女は唇を噛んであえいだ。

耳にマキシマスがもらす短い吐息が響いた。この体勢ではほとんど動くこともできず、身を起こして彼を押し返すこともできない。

アーティミスの苦境を察したのか、マキシマスが喉の奥で笑った。笑い声が振動となって背中に伝わり、体内へと染み込んでいく。熱いこわばりが体を満たしているのがありありと感じられた。彼がもたらす小さな動きに奥深くを刺激され、アーティミスの体は信じられないほどの反応を示した。切迫した感覚がどんどん大きくなっていく。可能なかぎり腰を動かしてみると、そのわずかな動きを感じたマキシマスがうめき声をあげた。彼はアーティミスの耳を軽く嚙み、さらに奥深くへと入ってきた。

「屈服したきみはすてきだ。すばらしいよ、月の女神」彼の声がアーティミスの耳に響く。「わたしのためにこんなにも熱く潤っている。永遠にこうしていてもいい。きみに服従を強いて抱き続けるんだ」

アーティミスはなんとか両腕を動かしてたくましい体を押し返そうとしたものの、マキシマスは小さく笑うばかりだった。両脚で彼女をしっかりと挟み、完全に動きを封じたまま、腰を引いてはまた突き出すという動きを繰り返した。不意に彼が両手をアーティミスの体の下に入れ、片方の胸を激しく愛撫しはじめた。

「月の女神」彼女の耳に舌を這わせてささやく。「きみこそ、わたしがこれまで求め続け、ずっと手に入れられずにいた女性だ」

目から涙がこぼれ落ち、アーティミスは嗚咽《おえつ》をもらした。

「それでいい」マキシマスが言った。「わたしのために泣くんだ。痛みに耐えて、わたしの絶頂を受け入れてくれ。わたしにはそれしかきみに与えるものがない」

そう言うと、彼はさらに激しくアーティミスを貫きはじめた。マキシマスが動くたび、体の奥にある敏感な部分に刺激が走る。彼女は歯を食いしばり、枕に顔を押しつけた。圧倒されるようでもあり、同時に物足りなくもあった。そんな感覚が何度も繰り返し全身を駆け抜けていった。

マキシマスが頬を重ねてくると、肌と肌のあいだで何かが濡れているのが感じられた。

「のぼりつめるんだ、月の女神。きみの情熱でわたしを清めてくれ」

アーティミスの全身がこわばって震えた。一度、二度、そして三度。発作のような、あるいは魂に穴をうがたれたかのような反応だった。

希望が死に絶えるときも、こんな感覚に襲われるのかもしれない。

ぐったりとしたマキシマスの体がアーティミスにのしかかってきた。鉛みたいに重たいが、どいてほしいとは思わなかった。何か、彼をこれほどまでに荒々しくさせる出来事があったに違いない。そして、それはたぶんとても恐ろしいことだ。

彼女はマキシマスの頭のうしろに手がまわせる程度に体をひねり、短い髪を撫でた。

「どうしたの？　いったい何があったというの？」

マキシマスが転がって彼女の上からどいた。だが腕はアーティミスの体にまわしたままだ。

「やつに会った。わたしの両親を殺した男に。ようやく見つけたというのに取り逃がしてしまった」

彼女の心臓が驚きで止まりそうになった。「マキシマス、なんてこと……」

冷たく乾いた悲しい笑い声が彼の口からもれた。「やつはみずから〝悪魔〟と名乗る追いはぎだ。母は……」マキシマスはいったん言葉を切った。ふたたび話しはじめる前に、つばをのみ込む音がアーティミスの耳にも届いた。「母は殺された日、ウェークフィールド公爵家に代々伝わるエメラルドを身につけていた——ダイヤモンドを中心に七つのエメラルドをあしらった、それは見事なネックレスを。犯人はそのネックレスを盗んだあと、ばらばらにしたんだろう。母の死から数年後、わたしは娼婦《しょうふ》がそのエメラルドのひとつを首からさげているのを見つけたんだ。それからさらに何年もかけて、ばらばらになったエメラルドを集めていった。これまでに五つ取り戻した。ゆうべ悪魔の喉元にエメラルドらしきものがあるのに気づいたんだが、はっきりとは見えなかったので確信が持てなかった。だが今夜ははっきりと見た。やつは母のエメラルドを身につけていた。もうひとつのエメラルドはどこだと、わたしはやつに尋ねた。すると、やつはなんと答えたと思う？」

「わからないわ」そう答えた。アーティミスの胸にいやな予感が広がった。

マキシマスの唇がゆがんだ。「自分の家のなかを探してみろと言われたよ」

彼女は思わず上体を起こした。「まさかそんな」

16

リンは爪を立てた山猫に襲われましたが、必死で山猫に変わってしまった弟にしがみつきました。山で出会った奇妙な小人に、メンドリが最初に鳴く前に弟と離れてしまったら、ふたりとも永遠にさまよう幽霊になると言われていたからです。リンは闇のなか、懸命にタムをつかんだまま走り続けました。ヘルラ王はすぐうしろにいる双子の苦難を目の当たりにしても、ひとことも発しません。しかし、王は馬の手綱を握る手に力をこめました。

すると今度は、タムがのたくるヘビに姿を変えてしまいました。

『ヘルラ王の伝説』

マキシマスはアーティミスの手のひらにあるエメラルドを啞然《あぜん》として見つめた。少し前、彼女はあわててシュミーズを身につけ、理由も告げずに自分の部屋へ駆け戻っていった。そしてほどなく、こぶしに何かを握りしめて戻ってきたのだった。

裏切られたと思うべきなのだろうか？　判断がつかないまま、マキシマスは尋ねた。

「いったいどこでこれを手に入れた？」

「その……」彼女はエメラルドを大事そうに握った。「たぶん、あなたが考えているのとは違うわ」

アーティミスの強い口調に目をしばたたき、マキシマスは視線をあげて彼女の顔を見つめた。美しい目が不安をたたえている。ついさっきまで激しく愛しあっていたというのに、ベッドが冷たく感じられた。

「わたしがどう考えているというんだ？」

アーティミスが開き直ったように眉をあげた。「わたしがあなたのご両親を殺した犯人と関係があると思っているんでしょう？」

そんなことはない。それではますます話が奇妙になっていくだけだ。マキシマスは首を横に振った。「すまないが、まずはわたしの質問に答えてくれないか」

咳払いをして、彼女は答えた。「一五歳の誕生日にアポロがくれたのよ」

「キルボーンが？」マキシマスは緊張に身をこわばらせた。

「ええ」

下を向いて考えをめぐらせる。犯人は警戒していたはずだ。最初のひと粒を見つけるまでに一〇年近くかかったのだから、それは間違いない。ようやく見つけたエメラルドが売られた経路をたどるうちに、マキシマスは最初の売買が、発見した時点よりもさらに数カ月前に行われたことを突き止めた。しかし不運にもそこで糸はぷっつりと途切れ、それ以上の真相はわからずじまいだった。質屋の店主は最後に自分自身の血だまりのなかで、エメラルドを売った相手に関して嘘をついていたのを認めたが、結局は入手先を明かさずに死んでしまった。

マキシマスが最後に取り返したエメラルドは三年前に買い取ったものだ。両親を殺した犯人はそのときすでに、彼がエメラルドを探していることを——そのエメラルドが昔の殺人事件を解決する糸口になりかねないことを——知っているようだった。

だが、アーティミスの言っていることが本当だとすれば、エメラルドがばらばらにされて売られた時期は、いままで考えていたよりも前ということになる。あるいはばらばらにされるより先に、彼女の弟の手に渡っていたのかのどちらかだ。

いずれにしても殺人犯が、エメラルドが自分自身にとってどれほど危険かに気づくよりもずっと前の話だ。

キルボーンが犯人を見つけるための手がかりを持っているかもしれない。犯人を直接知っているという可能性すらある。

マキシマスは顔をあげて言った。「きみの弟は誰からそれを？」

「知らないわ」アーティミスはあっさりと答えた。「アポロは何も言っていなかったし、わたしだって何カ月か前に宝石店へ行くまで、本物のエメラルドだということも知らなかったのよ」

長いあいだエメラルドを見つめてから、彼は起きあがり、ベッドの脇のサイドテーブルに置かれた鉄製の箱に歩み寄った。テーブルに細工を施して作らせた秘密の引き出しを開けて鍵を取り、箱のふたを開ける。開いた箱の上部には浅いトレイがはめ込んであり、黒いベルベットを張ったそのトレイには、マキシマスの母親の持ち物のなかでもっとも価値のあるものがのせられていた。公爵家に代々伝わるエメラルドだ。

アーティミスが横に並ぶ気配がした。彼女はマキシマスの手を取り、手のひらにエメラルドをのせた。彼はアーティミスの手ごとエメラルドを握り、しばらくそのままでいてから、やがて彼女の手だけを放した。自分が何を渡されたのか、いきなり実感がこみあげてきた。悪魔にたどり着くための手がかりだ。この手がかりをたどっていけば、あるいは悪魔の正体を暴けるかもしれない。マキシマスはごくりとつばをのみ込んだが、一緒にのみ込んだのはアーティミスへの感謝の言葉というわけではなかった。何もわからないうちは、できることなら彼女と目を合わせたくない。

まだアーティミスに感謝の念を抱くわけにはいかなかった。

受け取ったペンダントをトレイにのせ、ほかのエメラルドと並べる。

「これであとひとつね」彼女はそう言って、マキシマスの腕に頭をもたせかけた。

エメラルドは弧を描く形に並べてあり、中央には本来あるべきもうひとつを置く場所が空けてある。

「ああ、悪魔が首につけていた」彼は箱のふたを閉じて鍵をかけた。「取り返して全部そろったら、元どおりのネックレスにさせる」

「そしてピネロピにあげるのね」アーティミスが小さな声で言う。

マキシマスの体がびくりと反応した。そんな先のことまでは考えていなかった。両親を殺した犯人を正義の前に引きずり出し、エメラルドを取り返してネックレスを元どおりにする。そうすれば、ある種の救いが得られるはずだ。彼の頭にあったのはそれだけだった。そのあと――あとがあればだが――はどうするかなど、これまで考えてみたこともない。

だが、アーティミスは正しい。あのネックレスはウェークフィールド公爵夫人のものだ。マキシマスは彼女に顔を向けた。この女性はおそらく、体だけでなく魂もわたしに捧げてくれている。わたしをこの地上の誰よりも理解しているのも彼女だろう。しかしアーティミスは、わたしが本来そうすべき、名誉ある扱いを受けることは絶対にない。たとえわたしが望んだとしても、それは不可能なのだ。

「そうだ」

「ピネロピもきっと気に入るわ」アーティミスは静かな声で言った。目をしっかりと見開き、まばたきのひとつもしていない。彼の女神はどこまでも勇敢な女性だった。「彼女は宝石が好きだし、このエメラルドはすばらしいもの。きっとよく似合うでしょう」

アーティミスの勇敢さが、マキシマスのなかの何かを刺激した。彼がほかの女性と夜をともにするかもしれないというのに嫉妬する気配を見せず、怒りもしない。そんなアーティミスを見て、マキシマスは彼女を壊してしまいたくなった。吐き気がするほど腹が立つと言わせたい。本来受けるべき正当な権利を主張するよう仕向けてみたい。

「似合うだろうな」あえて冷酷な口調で言った。「エメラルドは彼女の黒髪に映えるはずだ。そろいのエメラルドのイヤリングを買ってもいい」

アーティミスがまっすぐに彼を見つめた。「そうするの？」

理由はわからない。だがマキシマスは、何があろうとピネロピ・チャドウィックにイヤリングを買ってやることは絶対にないと確信した。「いいや」

心にこみあげるものを感じ、彼は目を閉じて大きく息を吸った。アーティミスが耐えているのに、自分が耐えられないはずはない。それに少なくともいまこの瞬間は、アーティミスはマキシマスのものだった。彼女を失うわけにはいかない。せめて手に入れられるものだけでも余さず取ろうと、彼は心に誓った。

アーティミスの手を握って引き寄せ、ベッドの自分の隣に座らせる。彼はそのままアーティミスと一緒に横たわり、彼女が女王で自分がしもべであるかのように、恭しく彼女の体にシーツをかけた。「明日の朝、きみの弟に話を聞く」

彼女は顔をしかめてマキシマスの肩に頭をのせた。「あなたが何を考えているかわかるわ。アポロが犯人だと思っているんでしょう？　でも、彼にあなたの両親は殺せない。当時の年齢が若すぎるもの」

マキシマスは腕を伸ばし、ろうそくの炎を指でつまんで消した。

「わかっている。だが、彼が犯人を知っているかもしれない。あるいは犯人を知る誰かを知っている可能性もある。いずれにしても、彼の話は聞く必要があるんだ」

「たしかにそうね」アーティミスは眠そうにつぶやいた。「マキシマス？」

「なんだ？」

「ペラムハウスのわたしの部屋を捜索させた？」

暗闇のなか、マキシマスは彼女の顔を見ようと頭を傾けた。「なんだって？」

指で彼の胸に円を描きながら、アーティミスが答えた。「あなたがアポロを救い出したという知らせを送ってくれた日よ。あの日、何者かがわたしの部屋を荒らしたの」彼女は眉根を寄せてマキシマスを見返した。「あのエメラルドが本物だと知ってから、わたしは毎日身につけていたのよ。とても高価なものらしいから、どうしていいかわからなくて、とりあえずそうしたの。あなたの印章付き指輪を持っていたときも、同じ鎖にぶらさげていたわ」

彼は指輪を返してもらったときに見たネックレスを思い返し、眉をひそめた。

「いつも身につけていたのだとしたら、わたしはなぜいままでエメラルドに気がつかなかったんだ？」

アーティミスの顔がさっと赤くなった。「あなたと……その……する前は外していたから。とにかく、あなたが修道院の森を出たあと、わたしもすぐに出発したのだけれど、あのときは肩掛けを羽織り忘れていたから、ネックレスが丸見えだったの。エメラルドもあなたの指輪も見えていたはずよ」

マキシマスはすぐに彼女の言わんとしていることに気づいた。「あそこにいた客たちなら、誰でも目にする機会はあったわけだ」

アーティミスがうなずく。「ええ」

「あのときの客たちのなかに殺人犯がいて、エメラルドを身につけたきみを目撃し――」彼はゆっくりと言い、ベッドを包んでいる暗闇に視線を向けた。「ペンダントを盗もうとしてきみの部屋を荒らしたというなら、犯人はそのあいだずっとペラムハウスにいたことになる。わたしも食事をともにしていたかもしれない」そう思っただけで、激しい怒りが心に渦巻いた。

なだめるように、彼女の手がマキシマスの胸を撫でた。「男性客なら誰でも可能性があるということかしら？」

少し考えてから答える。「いや、ワッツはわたしよりも若い」

「では、彼は犯人ではないわね」

マキシマスはうなずいた。「そうなると、オダーショー、ノークス、バークレー、スカーバラのうちの誰かということになる」

ふたりはしばらく黙り込み、誰が犯人の可能性が高いかを考えた。

やがてマキシマスは沈黙を破って言った。「礼を言う」

「何に？」

言葉が出ず、彼は首を横に振った。やっとの思いで咳払いをし、かすれた声で答える。

「わたしを信じてくれてありがとう。初めのうち、きみにひどい態度で接したわたしにこの話を教えてくれたことにも礼を言うよ。ここにいてくれることにも」

アーティミスの返事はなかった。だが彼女は指をマキシマスの胸に走らせ、やがて心臓のあたりに手を置いた。

そして、ふたりはそのままずっとそうしていた。

翌朝、マキシマスは腕に抱いたアーティミスの心安らぐ香りで目を覚ました。夢を見なかったのも、夜中に目覚めてしまうことがなかったのも、ずいぶん久しぶりだ。体と魂が……すっかり満足していた。

腕のなかで眠っている女性のうなじにそっと唇を触れさせる。起きて周囲を警戒している彼女とは大違いだ。誰の挑発も受けずに安心して眠る女戦士の体はとてもあたたかく、やわらかかった。マキシマスはアーティミスのなかの女戦士を大いに気に入っていた――彼の目をしっかりと見返し、物怖《ものお》じせずにふたりが平等だと主張するところを。だが、このいじらしくはかないレディの部分を見ているうちに、彼の胸はずきずきと痛みはじめた。アーティミスが従順に服従して穏やかに身を預け、何でも言うことを聞く様子を想像する。

おかしくなって思わず吹き出すと、彼女の髪が揺れた。

アーティミスが目を覚まし、小さなうめき声をもらした。「いま何時?」

マキシマスは窓の外を見た。新たな一日のはじまりを告げる太陽が明るく輝いていた。日差しの角度から時間を推測する。「まだ七時にはなっていないはずだ」

いきなり声をあげ、アーティミスが彼の抱擁から逃れようとした。

離れようとする彼女を、マキシマスはしっかりと抱きしめた。

「マキシマス」寝起きのせいか、アーティミスの声はやや不機嫌な調子を帯びている。「すぐに行かないと。使用人たちが起きてくるわ」

彼女のうなじに唇を寄せてキスをし、マキシマスは応えた。「放っておけばいい」

アーティミスはそっぽを向き、彼から表情を隠した。「誰かに見られたら、わたしたちのことが人に知られてしまうわよ」

マキシマスは彼女の顔を自分のほうに向けさせて表情を確かめた。そこには深い悲しみが浮かんでいた。「知られたら困るのか？」

アーティミスは転がってベッドに仰向けになり、彼を見つめた。濃い茶色の髪が真剣な表情の顔にまばらにかかっている。胸の先端がシーツの下でかたくとがっていた。マキシマスは彼女の鎖骨のすぐ下に、三つのほくろが三角の形に並んでいるのに気がついた。

「マキシマス」

彼はつばをのみ込んで顔をあげた。「きみのために家を買おう」

アーティミスは黙ったまま目をそらし、吸い込まれそうなグレーの瞳が見えなくなった。愛を交わした満足感が遠ざかっていき、どうにかして彼女に同意させたいという思いが取って代わる。「このロンドンでも、郊外でもいい。もっとも郊外にしたら、そう頻繁には会えないが」

部屋の外から使用人たちが歩く控えめな足音が聞こえてきた。

「両方でもいいんだ」

アーティミスは押し黙ったままだ。マキシマスは自分が汗をにじませているのに気づいた。議員のなかにも、彼女から交渉術を学んだほうがいい者がたくさんいる。

マキシマスは議会での討論で迷いを見せたことなど一度もない。だが、その彼がいま、女性と一緒にいる自分のベッドで迷っていた。「アーティミス……」

彼女が視線をあげ、なんの感情もこもっていない瞳でマキシマスと目を合わせた。

「いいわ」

女神を誘惑するのに成功した――このうえない勝利の一瞬のはずだった。ところがマキシマスが感じていたのは、奇妙としか言いようのない不思議な悲しみだった。不意に彼は悟った。結局のところ、出会ってからいままで、アーティミスを自分のものにできたことなど一瞬たりともなかったのだ。

このままではとうてい納得できない。

マキシマスはいつにもまして激しく、せっぱつまったキスをした。

だがアーティミスはあっさりと、彼を喜ばせるためならどんな命令にも従う商売女のように唇を開いた。その積極的な態度が本心からのものではないとわかっているので、マキシマスはますます必死になってキスを続けた。上から覆いかぶさり、アーティミスの体を押さえつける。そうすれば彼女の心も押さえつけられると思っているかのように。〝この女はわたしだけのものだ〟彼は心のなかで叫んだ。アーティミスのためならなんだってする。ずっとそばにいてくれるなら、彼女が望むものはなんでも与えよう。

寝室のドアが開く音がした。

「出ていけ」邪魔をした使用人が誰かを確かめようともせず、マキシマスは怒鳴りつけた。

小さな悲鳴があがり、ドアが閉じられた。

彼の下でアーティミスが片方の眉をあげた。「いまの態度はよくないわ」

マキシマスは顔をしかめた。「見物させてやったほうがよかったのか？」

「意地悪なことを言わないで」アーティミスに胸を押され、彼はしぶしぶ彼女の上からおりた――自分が卑しいごろつきみたいなまねをしている自覚があったからだ。アーティミスが勝ち誇ったようにベッドから立ちあがって言った。「それに、たとえわざわざ見物させなくても、すぐにみんなに知れ渡るわ。わたしがあなたの愛人だと。そうでしょう？」

マキシマスは不満げに鼻を鳴らし、大の字になって片方の腕をベッドに叩きつけた。

彼女が意味ありげに眉をあげる。「それがあなたの望みなのでは？　違うのかしら？」

「わたしの望みはかなえられない」

「かなえられない？」アーティミスは軽い調子で、他人事のようにあっさりと言った。「あなたはウェークフィールド公爵でしょう？　イングランドでも有数の家柄じゃない。議会に席だってあるし、広大な領地もある。お金もたっぷり持っているはずよ。しかもそれだけでは飽き足らずに、夜中にセントジャイルズまで出かけては命の危険を冒している」彼女はゆうべから床に放置してあったシュミーズを拾いあげ、身を起こしてマキシマスに刺すような視線を送った。「そうよね？」

　冷笑を浮かべて、彼は答えた。「きみが承知しているとおりだ」

「それなら閣下、あなたにはかなえられない望みなど何ひとつないはずだわ。なんだって手に入れられる。わたしを含めてね。そうではないふりをして、わたしに恥をかかせないで」

　こんなはずではなかった。マキシマスは目を閉じた。アーティミスを自分のものにするまでに、少しくらい楽しいことがあってもいいのではないか？

「では、きみは何を望んでいるんだ？」

　しばらく沈黙が流れ、それから布がこすれる音がした。マキシマスが目を開くと、彼女はシュミーズの上に彼のシャツを着てボタンを留めているところだった。

「わたしには望みなどないわ」アーティミスが自分の手を見つめて答える。「自由かしら。たぶん」

　自由。マキシマスは彼女を見つめた。それでなくともどこか野生の獣を連想させる彼女が考える自由とは、いったいどんなものなのだろう？　要するに、わたしから自由になることを望んでいるのだろうか？

「わたしはきみを手放す気はない」彼は噛みつかんばかりの勢いで言った。

　アーティミスが顔をあげ、軽蔑するような視線でマキシマスを見た。

「わたしはそんなことを頼んだ？」

「アーティミス」

「とにかく」急にきっぱりとした口調になって、彼女は続けた。「いまわたしが望んでいるのはアポロの自由よ。鎖でつないだのはあなたなんでしょう？」

「当然のことをしたまでだ。彼はめきめき回復してきているし、あの体格で暴れられたら困る」アポロが暴れるところを想像して、マキシマスは表情を曇らせた。「彼が動けるようになったからには、きみも面会を控えるべきだ——何が起きるかわからないからな」

アーティミスが信じられないという表情を浮かべた。

彼女の反応を見て、マキシマスは顔をしかめた。「いまの彼にちょうどいい場所に移してもいい。鉄格子の扉がついた——」

「つまり、檻に入れるつもりなの？」

「この話は前にもしたはずだ。わたしはきみを気のふれた人間に近づけるつもりはない」

アーティミスはため息をついてマキシマスに歩み寄り、ベッドの彼の隣に腰かけた。

「四年前のことを言っているのなら、アポロが酒場で目を覚ましたとき、三人の友人はすでにその場で殺されていたのよ。犯人は弟ではないわ。彼に非があるとすれば、意識を失うほどお酒を飲んでしまったことだけよ」

マキシマスは眉をあげた。「それなら、キルボーンはなぜ精神病院行きに同意した？」

あがったままの彼の眉を、アーティミスが腕を伸ばして撫でた。「何が起きたのかも、殺された三人がどうやってそこに来たのかも覚えていないと言ったのに、誰も信じてくれなかったからよ。裁判で争うよりも病院に入ったほうがいいとおじさまが考えたの」

「そしてきみはいまでも彼が無罪だと思っているんだな？」

「ええ」アーティミスは唇をゆがめた。「というより、あなたにも信じてほしいの。アポロはいくら酔っていようと友人はもちろん、人を殺したりしないと」

勇敢に弟の弁護をするアーティミスを見て、マキシマスの心に嫉妬の炎が燃えあがった。彼女がアポロ以外の男性に対して、これほどの強い感情を抱くことはあるのだろうか？

「考えておこう」

アーティミスが顔をしかめた。「いつまでもアポロを閉じ込めてはおけない――」

「おけるさ。彼が決して誰も傷つけないと確信できるまで、そうしておくつもりだ。考えておく。それは約束しよう。だが、いまはそれ以上を求めないでくれ」マキシマスはアーティミスの傷ついた表情を見て手を握ろうとしたが、彼女は立ちあがってしまった。

「アポロの具合がよくなっても、わたしは会いに行くつもりよ。あなたに止められないよう祈っているわ」アーティミスがよそよそしく告げた。

なんであれ、彼女には危険に近づいてほしくない。

マキシマスのためらいに気づいたのか、アーティミスが言った。「わたしはもう何年も、あの精神病院でアポロに面会してきたのよ。それは知っているでしょう？」

ため息が彼の口をついて出た。「よく知っている」

まるで女王のごとく傲慢に、アーティミスが顎をあげた。「あなたは親切すぎるわ」

いらだちのあまり、マキシマスは息を大きく吐き出した。「アーティミス……」

だが、彼女はすでにドアの外に出てしまっていた。

閉じたドアに向かって、マキシマスは枕を投げつけた。

改めてため息をついてからすばやく着替え、新たな疑念への答えを探しに部屋を出た。

マキシマスが地下室を訪れたとき、キルボーンは寝床に横たわっていた。最初は起きているのか眠っているのか判断がつかなかったが、近づいていくにつれ、彼が目を開けているのが見て取れた。

「子爵」キルボーンの右足につながれた鎖が届く範囲に入らないよう注意しながら、マキシマスは声をかけた。「きみが姉上の一五歳の誕生日に贈ったエメラルドのペンダントをどこで手に入れた？」

キルボーンが無表情にマキシマスを見た。

マキシマスはため息をついた。この男は気がふれているのかもしれない。だが、知性を失っているようには見えなかった。「聞くんだ。アーティミスが言うには――」

双子の姉の名にキルボーンが反応し、うなり声をあげた。彼は石柱が動いたかのように立ちあがり、床に置いてあるノートと鉛筆を拾いあげた。何かをノートに書きつけ、マキシマスのほうに差し出してくる。

受け取るべきかどうか、マキシマスはためらった。

彼の不安を見透かしたのか、離れて対峙《たいじ》しているキルボーンがにやりとして、もっと近寄るようにと視線で語りかけた。

前に進み出てノートを受け取る。マキシマスはふたたび充分な距離を取るまで、ノートに視線を落とさなかった。

〝あなたにわたしの姉の洗礼名を呼ぶ権利はない〟

マキシマスは相手の目をしっかりと見据えた。「あるとも。本人がわたしにその権利を与えた」

キルボーンは鼻で笑ってふたたび寝床に横になり、挑発的な視線でこちらを見た。

眉をひそめ、マキシマスは言葉を続けた。「きみがすねるのにつきあっている暇はない。わたしはどうしてもあのエメラルドについて知らなくてはならないのだ。精神病院から逃がしてやったのはわたしだぞ。自由を得た代償としては安いものだと思わないか？」

キルボーンは片方の眉をあげ、足首につけられた鎖へとあからさまに視線を移した。

マキシマスは動じなかった。「きみは三人もの人間を殺した。そんな男をわたしの妹――そしてきみの姉もいるこの家のなかで、好き勝手にうろつかせるわけがないだろう」

キルボーンは汚いものを見るような目つきでマキシマスを見て、またしてもノートを拾いあげた。何かを書き、マキシマスに向けて突き出す。

目の前のノートをじっと見つめ、マキシマスは考えた。この男は恐るべき罪を犯して有罪を宣告され、四年間も精神病院に収容されていた。そのうえ、マキシマスに対して友情を示しているわけでもない。かといって、暴力を振るってくるような気配は少しも感じられなかった。しかもキルボーンはアーティミスの弟なのだ。

前に出てノートを受け取り、今度はマキシマスもその場にとどまったまま、書かれた内容に目を通した。

〝わたしは絶対に姉を傷つけたりしない。あなたの言い草は屈辱的だ。ペンダントは子供の頃、学校で手に入れたものだ。同じ寮の生徒とさいころで賭けをして、わたしが勝った。生徒の名前はジョン・オールダニー。彼がなぜペンダントを持っていたのかは知らない。どうせ偽物だろうと思っていたが、見た目がきれいだったから誕生日にアーティミスにあげたんだ。あなたは彼女を誘惑したのか?〟

ノートから顔をあげると、キルボーンが前のめりになってこちらをにらみつけていた。くすんだ茶色の目が脅すように光っている。マキシマスは視線を合わせたまま、うしろにさがりはじめた。

キルボーンの目の何かが変わっていた。

いきなり、キルボーンが大柄な体格からは想像もできないすばやさで飛びかかってきた。大男に思いきり体当たりされたマキシマスはうしろに倒れ、そこへキルボーンが馬乗りになった。鎖が床にこすれる音が地下室に響く。キルボーンはすさまじい怒りの表情で上体を起こし、右手を引いてマキシマスを殴ろうとした。マキシマスはすかさず右の手のひらを相手の顔に向けて突き出すと同時に、蹴りを繰り出した。キルボーンの急所には命中しなかったが膝が腹部にめり込み、相手が苦しげに息をついた隙に全力で払いのけた。

そのままマキシマスは床を這い、鎖の届かない距離まで進んだ。

しばらくのあいだ、地下室にふたりの男たちの荒い息づかいだけが響いた。

マキシマスは顔をあげた。

キルボーンがこちらをにらんでいた。言葉や文字を通さなくても、彼の意思は充分に伝わってくる。一瞬マキシマスの頭に、これが殺された三人の男たちが見た最後の光景だったのだろうかという思いがよぎった。ひどく野蛮で、すさまじく暴力的な形相だ。

立ちあがったマキシマスはキルボーンに告げた。「何が起ころうと、きみの姉の面倒はわたしが見る」

キルボーンがふたたび飛びかかってこようとした。だが、すでに鎖はほとんど伸びきっている。すぐに限界の距離に達し、彼は反動でバランスを崩して両手と膝をついた。それでもなお憤怒《ふんぬ》の表情でにらみつけてくるキルボーンを見て、鎖がなかったらいまごろは命がけの戦いになっていたはずだとマキシマスは確信した。

彼はキルボーンに背を向けた。この男を責めるわけにもいくまい。もしフィービーが何者かに誘惑されたとしたら……そう考えただけで、思わず握ったこぶしに力が入った。罪の意識を感じるべきなのはわかっている。だが、こみあげてくるのは、痛みを伴うほどの奇妙な悲しみだけだった。もし違う状況であれば、もしわたしがウェークフィールド公爵でなければ、すべては変わっていたはずだ。

胸を張り、両肩に力をこめた。そんなことを言ってもはじまらない。わたしは現にウェークフィールド公爵であり、そもそもこの爵位を継いだのも、おのれの愚かさと臆病さのせいだった。公爵として課せられた義務と自分の誠実さを手放してしまったら、父の死はまったく無意味なものになってしまう。

父はわたしのせいで死んだ。ならばせめて、公爵の地位に伴う責任をできるかぎり全力で果たしていくのがわたしの務めだ。

マキシマスは頭を横に振り、目前の事態に集中した。キルボーンは賭けで勝った戦利品として、ジョン・オールダニーからエメラルドを手に入れたと言っていた。

ならば、そのオールダニーという男に会って話を聞かねばならない。


アーティミスは朝にマキシマスの寝室を出てから、午前中いっぱい彼の姿を見かけなかった。午後になって紅茶とケーキが並ぶテーブルに向かっているときも、彼に会えずにいることをくよくよと気に病まずにはいられなかった。レディ・ヤングの庭園で集まって紅茶を飲んでいる女性たちの頭上に、太陽がまぶしく輝いている。レディ・ヤングは秋の庭園を自慢したかったのだろうが、目に入ってきた花といえば、泥をかぶったデイジーくらいのものだった。

悲しいかな、その日アーティミスにはマキシマスと一緒にいる理由がなかった。周囲に関係を知られたくないとすれば、やむをえないことだろう。正式に彼の愛人となり、周知の存在になってしまえば、ひょっとしたら昼間もともに過ごす時間が増えるかもしれない。あくまでも、ひょっとしたらの話だけれど。その代わり、ひとたび愛人という日陰の存在になってしまったら、こうした社交の場には顔を出せなくなってしまう。

それも歓迎できない事態だ。

「ミス・グリーブズ！」

スカーバラ公爵の陽気な声がして、アーティミスは振り返った。公爵はピネロピと腕を組んで近づいてくるところだった。「会えてよかった。本当にうれしいですよ！」

「閣下」アーティミスは膝を曲げてお辞儀をした。

「ここで何をしているの、アーティミス？」ピネロピが期待をこめて周囲をきょろきょろと見まわした。「ウェークフィールド公爵もご一緒？」

「あの……いいえ」アーティミスは申し訳なさで頬が熱くなるのを感じた。「フィービーとふたりです」

「そうなの」ピネロピが子供みたいに唇をとがらせた。隣でスカーバラ公爵が悔しそうな顔をしているのにはピネロピは気づいていないようだ。

「ちょうどレディ・ピネロピに紅茶をお持ちしようと思っていたところでした」スカーバラ公爵は言った。「あなたもいかがです？」

アーティミスは微笑んだ。「ありがとうございます。でも、わたしもフィービーと自分のぶんの紅茶を取りに行こうとしていたところだったんです。いくら閣下でも、一度に全部はお持ちになれないでしょう？」

「なれますとも」スカーバラ公爵が胸を張って答える。「ここで待っていてください、レデイたち」

彼は騎士道精神に取りつかれたドン・キホーテよろしく、いそいそとその場を離れた。

ピネロピが親しみのこもった目で、離れていく公爵を見つめながら言った。

「彼はすごく魅力的な紳士だわ。でも……」

アーティミスは思わずため息をついた。ピネロピが、スカーバラ公爵こそ自分の夫にふさわしいと気づいてくれたらどんなにいいだろう。アーティミスの目には、彼は年齢さえ除けばいとこにとって完璧な相手に見えた。ピネロピがスカーバラ公爵に目を向けてくれれば、このままでは避けられない事態が現実のものとなって傷つかずにすむし、マキシマスとの関係もうしろめたいものではなくなる。もっとも、それでアーティミスの問題が解決するわけでもなく、マキシマスは自分の結婚相手にふさわしい、別の由緒ある家の娘を探すだけだろうけれど。

ピネロピが内緒話をするように身を乗り出してきて、アーティミスの憂鬱な物思いはさえぎられた。「ウェークフィールド公爵がどうしたいのか、わたしにはわからないわ。ロンドンに戻ってきてから、誰ともお会いになっていないらしいし。くだらない議会の仕事があるのは知っているけれど、あの方くらいになると社交の場にも顔を出さないといけないはずなのに」彼女は気弱な表情を浮かべて唇をとがらせた。「わたしに興味がなくなってしまったのかしら？　また思いきったことをしたほうがいいかもしれないわね。先週はレディ・フェルズが馬で競走をしたらしいわ——両脚を広げて、馬にまたがってね。わたしも同じことをするべきかも」

「そんな、だめです」泣きそうになって喉を詰まらせながら、アーティミスはかろうじて言った。どうにか涙をこらえる。マキシマスを勝ち取るためなら馬の競走で首の骨を折ってもかまわない――そんなふうにピネロピが考えるようになってしまったら、一生自分を許せないだろう。「興味がないはずがありません。あの方はお忙しいだけです」どうにか引きつった笑みを浮かべ、言葉を続ける。「結婚したら、会えない状況にも慣れないといけませんよ。議会の仕事やら何やらで、きっとお留守が多くなるでしょうから」いったい何を言っているのだろう！　アーティミスの心に、みずからの裏切りに対する嫌悪がこみあげた。

彼女が胸の痛くなるような言葉を発しているあいだ、聞いていたピネロピのほうは気分が晴れたようで、いまや満面の笑みを浮かべている。「あら、それなら平気よ。夫のお金で買い物に行けば気も晴れるわ」はにかんだ様子でアーティミスの腕に手を置き、彼女は言った。「ありがとう。あなたの忠告がなかったら、きっとわたしはどうしていいのかわからないことだらけだわ」

その素直な言葉に、アーティミスは膝からくずおれそうになった。どうしてピネロピに対して、こんなにもひどいまねができるの？　明るい太陽の下では、自分が途方もない罪を犯している気がしてならない。困っていたときに逃げる場所を与えてくれたのはピネロピだったのに、その恩人よりも自分の願いを優先させてしまっている。たしかにときおりおかしな言動を見せるとはいえ、いとこが根はやさしい女性だということをアーティミスはよく知っていた。

もしアーティミスが裏切っていると知れば、ピネロピの心は砕かれてしまうだろう。

自分の両手を見つめて呼吸に集中する。マキシマスといまの関係――堕落した、間違った関係――を続けていたら、日ごと、年ごとにすり減ってしまい、やがてはかつての自分自身の亡霊のようになってしまうかもしれない。アーティミスはそれを恐れていた。見つめてくる彼の瞳に欲望が宿っているのは間違いない。でも、そこに愛情はあるかしら？　自分を本心から気にかけてくれるわけでもない男性のために、ピネロピの貴重な友情を犠牲にしてしまっていいの？

そのとき、アーティミスは自分がマキシマスを愛しているとはっきり自覚した。よりによって明るい陽光が降り注ぐ庭園で、隣に彼の未来の妻、自分のいとこが立っている状況で。激しく痛む、壊れてしまった心のすべてで、アーティミスはマキシマスを愛していた。ただし、それだけでふたりの関係がうまくいくとはどうしても思えない。

スカーバラ公爵が両手に紅茶のカップをたくさん持って戻ってきた。アーティミスはすばやくそのうちのふたつを受け取って礼を言い、フィービーのもとへ戻ろうと彼らに背を向けた。

フィービーの姿が見えるところまで行き着いたとき、またしても声をかけられた。

「こんなにすぐ再会できるとは思っていなかったわ、ミス・グリーブズ」

アーティミスは声のしたほうに顔を向け、興味深そうに彼女を見ているミセス・ジェレットに気づいて驚いた。

「あの……またお会いできてうれしいです」アーティミスは応え、熱い紅茶を持ったままでも膝を折ってお辞儀をしなくてはならないのだろうかと考えた。右のほうにちらりと目をやると、フィービーがあずまやのなかで座ってアーティミスを待っていた。フィービーは日の光を浴びるように顔を上に向けた。

「この前はずいぶんあわててペラムハウスから出ていったわね」アーティミスが逃げるよりも早く、ミセス・ジェレットが彼女の腕をとらえて言った。ミセス・ジェレットのいかにも高そうな金色のレースの袖が、ミルクティーがたっぷり入ったカップの真下に来ている。アーティミスはカップを見つめながら、ミセス・ジェレットが間違って腕を揺らしたりしないことを祈った。そんなことになったら、彼女の袖を紅茶まみれにしてしまう。「ウェークフィールド公爵がロンドンに去っていった直後だったけれど、残念なことをしたものね！　あんまり早くパーティーが終わってしまったものだから、レディ・ノークスも残念がっていたわ。あの人、上等な夕食とは縁がないのよ。夫のノークスが彼女の持参金を使ってしまってからは特にね。彼はシャーロットと結婚するまでは、ほとんど無一文だったの。彼女の財産がすべてだったのに、それをなくしてしまったんですって」ミセス・ジェレットは身を乗り出して小声で続けた。「賭けで負けてしまったのよ。まったく、ひどい話だわ」

アーティミスは年配の女性に申し訳なさそうな目を向けた。「すみません、この紅茶をレディ・フィービーのところに持っていかないと――」

「あら、フィービーも来ているの？」ミセス・ジェレットが大きな声で言い、アーティミスが歩いていこうとしていた方向に顔を向けてにんまりした。

いやな予感のする笑顔だ。

「そういうことなら、彼女を待たせておくわけにはいかないわね」ミセス・ジェレットは宣告するように言い、次にアーティミスが気づいたときには、ふたりは腕を組んだままフィービーの前に立っていた。

「あなたがここに来ていたなんて知らなかったわ、フィービー」目の不自由なフィービーが耳まで聞こえないとでも思っているのか、ミセス・ジェレットは大きすぎる声で言った。

「ガーデンパーティーにはちょうどいいお日柄ですね」フィービーが応える。

「はい、紅茶よ」アーティミスは慎重にカップを友人に手渡した。「いま、ミセス・ジェレットとあなたのお兄さまが開いたパーティーの話をしていたの」

ミセス・ジェレットの名を聞いたとたん、フィービーの瞳がぱっと明るくなった。アーティミスが名前を告げるまで、自分が誰と挨拶をしているのかわかっていなかったのだろう。

「お座りになりますか、ミセス・ジェレット？」フィービーは言った。

「まあ、ありがとう」ミセス・ジェレットがさっさとフィービーの隣に腰をおろしてしまったので、アーティミスはフィービーとは反対側のミセス・ジェレットの隣に座らなくてはいけなくなった。「ミス・グリーブズが急いでパーティーから引きあげてしまったから、みんなが寂しがっていたという話をしていたの」

「でも、アーティミスはわたしと一緒に帰ったんですよ」フィービーが言った。「彼女が急いでいたなら、たぶんわたしが急いでいたせいですね」

ミセス・ジェレットはかすかに困惑した表情を浮かべたものの、すぐに立ち直って身を乗り出した。「でもね、フィービー、あなたは帰る前に独身の殿方と森に消えたりしないでしょう？」陽気にくすくすと笑う。「ミス・グリーブズと公爵閣下が森のなかで何をするのか気になったから、わたしたちも森を散歩したの」

「そのことなら前にも言ったはずです。わたしが見つけた鳥を、閣下がご覧になりに来ただけですわ」アーティミスはなんとか冷静な声音を保った。

「まだそんなことを言うつもりなの！　まったく、わたしにもあなたくらいの大胆さがあればよかったのにと思うわ、ミス・グリーブズ。閣下があなたをすぐに自分の屋敷へ入れたのもうなずけるわね」

「アーティミスはわたしのコンパニオンになったから屋敷に来たんです」フィービーが落ち着き払って言った。

ミセス・ジェレットがフィービーの手を叩いて応じる。「ええ、そうでしょうとも」

アーティミスは息を吸って反撃に出ようとしたが、先に口を開いたのはフィービーだった。

「少し庭を歩いてきたいので、これで失礼します」

フィービーが立ちあがり、アーティミスはあわてて彼女に腕を差し出した。人が少ない道を選んで進み、周囲が静かになったところで、アーティミスは言った。

「迷惑をかけてしまってごめんなさいね」

「謝ったりしないで」フィービーが怒りをこめて応える。「なんて意地の悪い人なのかしら。よくあんな自分が許せるわね。あなたはわたしを助けているせいで醜聞に巻き込まれてしまったんですもの、謝るのはわたしのほうだわ」

アーティミスは目をそらした。申し訳なさで喉が詰まる。じきに――ミセス・ジェレットの先ほどの態度が前触れなのだとしたら、本当にすぐ――マキシマスとの秘密は秘密でなくなってしまうだろう。最初からずっと隠しておけるとは思っていなかった。だが、これほど早く世間に知られると思っていなかったのも事実だ。この社会で、いままでとは違う立場に身を置くことになるときが近づいている。

堕落した女性という新しい立場に。

17

リンはずっとヘビが大嫌いだったうえに、いま手にしているのはとても大きなヘビでした。それでも、このヘビは大好きな弟のタムなのです。だから彼女はしっかりとヘビを握っていました。するとヘビがくるりと顔をリンのほうに向け、腕のやわらかな肌に恐ろしい牙をすっと食い込ませました。でも、リンはヘビを放しません。ヘルラ王は振り返って空っぽの瞳で彼女を見つめ、ようやく狩りから心を引き離しました。
そのとき、タムが今度は燃えさかる石炭に姿を変えてしまいました。

『ヘルラ王の伝説』

ジョン・オールダニーは大きな青い目をした痩せた男で、ロンドンの自分の邸宅にウェークフィールド公爵がいるせいか、神経質にその目をしばたたいていた。
「紅茶を用意させています」オールダニーは椅子の背にもたれようとしながら言い、すぐにまた身を乗り出した。「こういうときは紅茶でいいんですよね？　それとも……どこかにブランデーがあったはずだが……」ブランデーのほうが勝手に現れるのを期待しているかのように、せわしなく居間に視線を走らせる。「たしかフランス産のやつがどこかに……もっとも、ブランデーはほとんどがフランスで作られているはず……」

オールダニーはマキシマスに向かってまばたきを繰り返した。

ため息をこらえ、マキシマスは腰をおろした。「まだ朝の一〇時だ」

「そうなんですか？」

紅茶が運ばれてきて、気まずい雰囲気がどうにか救われた。紅茶を注いでいるあいだ、メイドはずっと驚いた表情のままでマキシマスを見ていた。絨毯にこぼさなかったのは奇跡としか言いようがない。さがろうとしたメイドがドアを開けると、使用人たちの集団と赤ら顔のオールダニーの妻が呆然《ぼうぜん》とした顔で室内をのぞき込み、やがてしぶしぶドアが閉じられた。

両手でカップを持ったオールダニーは、ようやくじっと座ってものが考えられる状態になったようだ。「名誉なことです……その、昼前に公爵閣下がいらっしゃるなんてめったにないので……言葉にできないほど……なんというか、ありがたいとは思います。ですが、いったいなんの用件なのか……わたしにはさっぱり……」

そこまで言うのが精いっぱいだったらしく、オールダニーはカップの紅茶を半分ほど一気に口に流し込んだ。そんなまねをすれば口のなかをやけどするに決まっている。案の定、彼は顔をしかめた。

マキシマスはベストのポケットからエメラルドのペンダントを出し、ふたりのあいだにあるテーブルにのせた。「これは以前、きみのものだったと聞いた。どこで手に入れた？」

オールダニーはあんぐりと口を開け、マキシマスを見て目をしばたたいた。さらなる説明を期待していたのだろう。だが、相手がそれ以上は何も言うつもりがないと悟ると、彼は腕を伸ばしてペンダントを手に取った。

マキシマスはいらだちのうなり声をもらした。

びくりとしたオールダニーがあわててペンダントをテーブルに戻す。

「これが……いったいなんですって？」

わざとゆっくりと息を吐き出し、マキシマスは体の緊張を追い払おうとした。その様子がオールダニーをいっそう警戒させたようだった。「このペンダントを覚えているか？」

オールダニーが鼻梁《びりょう》にしわを寄せた。「その……いいえ」

「もうずいぶん前のことだ」両手を握りあわせて辛抱強く言う。「正確には一三年ほど前になる」

声を出さずに唇を動かして計算したあと、オールダニーの表情がぱっと明るくなった。

「ああ、ハローか！　一三年前、わたしはハロー校にいました。父にお金がなくて、親戚のロバートが学費を出してくれたんです。あそこはいいところでしたよ。いい友人にたくさん出会えました。食事は上等とは言えませんでしたが、とりあえず量はたくさんありました。いまでも覚えていますよ、ソーセージなんかは特に――」そこまで言うと彼は顔をあげ、マキシマスの顔に浮かんだ警告を読み取って話を打ち切った。「そう、そんなことが知りたいわけではないんですよね」

マキシマスはため息をついた。「キルボーン子爵が、このペンダントをきみから手に入れたと言っている」

「キルボーン……」オールダニーは声をあげて笑った。落ち着かない様子の笑いだ。「あの男は頭がどうかしています。みんな知っているはずですよ。三人も殺したんですから」身を震わせて言葉を続ける。「そのうちのひとりはあと少しで首と胴体がおさらばしそうだったと聞きました。現場は血だらけだったらしいじゃないですか。まさかキルボーンが犯人だとは思いませんでしたがね。学校では、彼はいいやつに見えたんです。ウナギのパイをひとりで丸ごと平らげていたのを覚えていますよ。そんなやつはそうそういるものじゃない。しかもハロー校のパイは大きいんです。だいたいは――」

「ハロー校でキルボーンと知りあいだったんだな？」マキシマスは話を整理しようと尋ねた。

「ええ、同じ寮でした」オールダニーの答えは早かった。「だが、むろん寮にはまともな連中も大勢いました。たとえばプリムトン卿。なんでも、いまや議会では大物らしいですね。ただ――」眉間にしわを寄せて考える。「あいつは学校ではそんないいやつではなかった。よだれを垂らしながら、レアのステーキをむさぼるような男でしたよ」オールダニーはまたしても身震いした。「そうか、いま考えてみると、あいつのほうが血まみれの殺人犯にはぴったりだな。でも、結果はご覧のとおりです。人の将来なんてわからないものですよ。すべてはウナギのパイのせいなのかもしれない」

マキシマスはじっとオールダニーを見据え、嘘をついていないか、あるいは発言内容どおりの単に愚鈍なだけの男なのかを判別しようとした。

マキシマスの混乱を感じ取り、オールダニーはあからさまに顔を輝かせた。

「まだほかに何かおききになりたいことが？」

「ああ」マキシマスはすごみを利かせた声で言い、ふたたびオールダニーを縮こまらせた。「よく考えてくれ。いつキルボーンにペンダントを渡した？」

「そんなことは……」オールダニーが眉根を寄せる。「わたしが覚えているかぎりではなかったですね。それどころか、キルボーンとはほとんど話したこともない。せいぜい〝おはよう〟とか〝そのソーセージはきみのかい？〟とか、そんな言葉を交わしたくらいです。わたしたちは友人でもなかった」マキシマスの表情がみるみる険しくなっていくのを見たオールダニーは、あわててつけ加えた。「わたしが彼を拒絶したわけじゃないですよ。ただ、彼はラテン語が読める秀才で、こっちは甘いものと煙草をこっそり寮に持ち込む方法くらいしか考えていないような学生でしたから。共通点がなかったんです」

オールダニーはそこで言葉を切り、情けない顔でマキシマスを見つめた。

マキシマスは目を閉じた。ようやく犯人につながる決定的な手がかりが得られると思ったのに、愚かな男のいいかげんな記憶のせいで袋小路に行き当たってしまったようだ。もちろん、そもそもキルボーンが真実を話しているというのが前提の期待だったわけだが、結局のところ、彼はやはりまともではなかったということか。

目を開けたマキシマスはペンダントを手に立ちあがった。「礼を言う、オールダニー」

「終わりですか？」オールダニーは安堵感を隠そうともせずにきいた。「そうですか、お役に立ててよかった。親戚のロバートを別にすれば、ここに有名人が来ることなんてめったにないんです。そのロバートも去年の聖マイケル祭からこっち、姿を見せていませんしね」

マキシマスの頭を何かがかすめた。ドアに向かっていた足を止め、ゆっくりと振り返る。

「きみの親戚のロバートというのは何者だ、オールダニー？」

部屋の主《あるじ》はにんまりとして、やはりあまり賢そうには見えない笑顔を見せた。

「おや！　あなたはてっきりご存じだと思っていました。スカーバラ公爵のことですよ」


その日の夜、ウェークフィールド邸でフィービーとマキシマスと一緒に夕食をとっていたアーティミスは、彼女の世界が音をたてて崩れ落ちるような話を聞かされることになった。アーティミスが険しい顔で魚料理をにらみつけているマキシマスを見ているときに、騒動がはじまった。世界大戦の開始を告げるかのように、食堂の外から使用人たちのあわただしい足音と声が聞こえてきたのだ。

フィービーが首をかしげた。「こんな時間にいったい何事かしら？」

三人が悩む間もないうちに、答えが向こうからやってきた。

ドアが勢いよく開き、バティルダ・ピックルウッドが姿を現した。

「あなたたち、道路の状態を見てきたほうがいいわよ！　どこもかしこも本当にひどいものだわ。タイバーンの近くでぬかるみにはまってしまったときなんて、もう二度と抜け出せないんじゃないかと思ったわよ。ウィルソンが馬車からおりて上手に馬を引いてくれたからどうにかなったけれど、そのときに彼が口にしていた言葉といったら、とてもここでは繰り返せないわ」

ベル、スターリング、パーシー、それにボンボンがミス・ピックルウッドを出迎えに駆け寄っていくと、彼女の腕に抱かれたミニョンがうなってほかの犬たちを威嚇しようとした。

「お黙り、ミニョン」ミス・ピックルウッドが叱りつけた。「ハチの羽音みたいにしか聞こえないわよ！　この犬たちはいったいどこからやってきたの？　まさかペラムハウスから連れてきたの？」

「違う景色を見せてやったほうが犬たちも気分転換になると思ったの」フィービーが喜びに顔を輝かせて言った。「帰ってきてくれてうれしいわ、バティルダおばさま！　あと二週間くらいは戻ってこないと思っていたのよ」

「まあね、あなたたちの様子が気になったものだから、ちょっと顔を出しに来たの」ミス・ピックルウッドはそう言うとマキシマスと目を合わせて、アーティミスには意味がわからない視線のやりとりを交わした。

ドアがぴったりと閉じられたように、マキシマスの顔からいっさいの感情が消えた。

「お友達の具合はよくなったのか？」

「ええ、ずいぶんね」ミス・ピックルウッドは答え、執事の厳しい視線を受けた従僕が大あわてで用意した場所に腰をおろした。「ミセス・ホワイトはとてもいい方よ。少しでもいいからすぐに訪ねてきてほしい、そうすればバースにも退屈しないからと言ってくれたの」

「なるほど」マキシマスは感情のこもっていない声音で言った。

「さあ、フィービー」ミス・ピックルウッドが彼女に顔を向けた。「今日は何をしていたのか教えてちょうだい」

アーティミスは黙ったままフォークの先で魚料理をつつき、フィービーが幼さの残る口調で話すのを聞いていた。ふと顔をあげると、マキシマスが暗い表情で彼女を見つめていた。その視線に気づいた瞬間、アーティミスの体がいやな予感に震えだした。たしかに、ミス・ピックルウッドが病気の友人を置いて〝ちょっと顔を出しに〟来るなど、考えてみればおかしな話だ。

いかにもおいしそうなりんごのタルトを食べ終えたあとで、アーティミスはようやくミス・ピックルウッドの真意を知った。

アーティミスがフィービーと一緒に部屋を出ようとすると、ミス・ピックルウッドが声をかけてふたりを呼び止めた。「アーティミス、あなたはここに残ってくれない？　あなたと閣下に話があるの」けげんそうに眉をひそめたフィービーに、ミス・ピックルウッドが告げる。「フィービー、アグネスが居間まで付き添うわ。すぐに行くから待っていてちょうだい」

フィービーはとまどいを見せたものの、やがてメイドのアグネスの腕を取って部屋を出ていった。

アーティミスはゆっくりと自分が座っていた椅子に戻った。

「パンダース」ミス・ピックルウッドが執事に命じた。「閣下のブランデーをそこに置いて、あなたもさがっていなさい。たぶんこれから三〇分ほど、あなたが必要になるような用事はないと思うわ」

「かしこまりました」パンダースは好奇心などみじんも見せずに応えた。

「ああ、それからパンダース、わかっているとは思うけれど、くれぐれもわたしたちの話が誰にも聞かれないようにね」

いささか遠まわしだが、ミス・ピックルウッドは使用人たちが盗み聞きしないようにと釘を刺したのだ。パンダースが無意識に身をこわばらせた。「承知いたしました」

そして彼は部屋をあとにした。

マキシマスが椅子の背に体を預ける。ゆったりしているようで気をゆるめていないあたりが、危険な猫を思わせた。「どうしたんだ、バティルダ?」

アーティミスはむしろ、ミス・ピックルウッドの勇気に敬意を覚えていた。親戚とはいえかなりの有力者を相手にして、まったく物怖じしないのだからたいしたものだ。

「あなたはミス・グリーブズを誘惑したわね」

身動きひとつせず、マキシマスは応えた。「どこでその話を聞いた?」

ミス・ピックルウッドは手を振ってから、ブランデーのデカンタに腕を伸ばした。目の前に置かれた自分のワイングラスにほんの少しだけブランデーを注いで言う。

「わたしがどこで聞いたかは問題ではないわ。問題は、この話が事実であって、しかもすぐに表沙汰になるということよ」

「個人的な時間にわたしが自分の家で何をしようと、他人にとやかく言われる筋合いはない」マキシマスは何世紀も続いてきた貴族の伝統の結晶のような傲慢さで答えた。

上品にブランデーを口に含み、ミス・ピックルウッドは言った。「申し訳ないとは思うけれど、それはあなたが間違っているわ、公爵閣下。あなたが個人的な時間に自分の家ですることであっても、たくさんの人に影響を及ぼすのよ。フィービーも含めてね」力強くグラスを置いてさらに続ける。「未婚の妹と愛人を同じ家に置いておくわけにはいかないわ。あなたであっても、この社会の決まり事は尊重すべきよ」

アーティミスは視線をテーブルに落とし、木の上にのせた両手が無意識に震えるのをじっと見つめた。どうにか少しずつ指を曲げて軽く握り、そのまま両手を腿の上におろす。

マキシマスがハエでも追い払うように手を振った。「アーティミスはフィービーを堕落させたりしない。それはおばさまもご存じのはずだ」

「評判というのは、現実よりも周囲がその状況をどう受け止めるかで決まっていくものよ。あなたこそ、それをよく知っているはずでしょう。あなたはミス・グリーブズを堕落させた。少なくとも外から見れば、彼女がいるというだけで周囲のすべての女性たちも同じように汚れていくように映るのよ」

「バティルダ！」マキシマスが大きな声で警告した。

同時に、アーティミスはひそかに息をのまずにはいられなかった。自分の立場は承知しているつもりだったけれど、友人だと思っている人物からこうもあけすけに指摘されると、さすがに衝撃も大きい。

ミス・ピックルウッドがその日初めてアーティミスの顔を見た。険しい表情だが、目には同情が浮かんでいる。「ごめんなさいね、アーティミス。でも、あなたには前にも注意したはずよ」

うなり声をあげたマキシマスを無視して、アーティミスはうなずいた。

「おっしゃるとおりです」

「あなたはここを出ていかなくてはならないわ」

アーティミスは、ミス・ピックルウッドの目を見て言った。「はい、出ていきます。でも、明日はフィービーがほかのレディたちと一緒にハート家の劇場でお芝居を観ることになっているんです。わたしが行かないと、彼女が不安に思いますわ」

ミス・ピックルウッドが眉をひそめた。

「バティルダ、たかが一日の話だ」マキシマスが歯嚙みしながら言った。「それくらいでフィービーがどうかなってしまうとは思えない」

ミス・ピックルウッドが不満げに唇をとがらせる。「わかったわ。たしかにたった一日で状況が大きく変わってしまうとも思えないわね。でも、いいこと? ハート家に行って、それでおしまいよ、アーティミス。すべてを終わらせるの」

マキシマスを見ると、彼の表情はすっかり変わっていた。顎の筋肉を震わせて歯を食いしばっている。ふたりの関係は終わらないだろう——彼は家を用意すると言っていた。アーティミスがどこか離れたところに隠れているぶんには、ミス・ピックルウッドも問題があるとは思わないはずだ。

アーティミスはマキシマスのほうを見ることもなく席を立った。

「あなたが正しいですわ、ミス・ピックルウッド。だから、もう何も言わないで。わたしはここでフィービーと一緒に暮らすわけにはいきません。申し訳ありませんが、これで失礼します。荷造りがありますので」

どうにか顔をあげたまま食堂のドアまで歩くことはできた。だが誰にも引き止められないままドアを閉じると、アーティミスは小さな嗚咽をもらさずにはいられなかった。

地下室のドアが開いたのは深夜のことだった。アポロは顔を向けもしなかった。クレイブンが持ってきた夕食はとっくにすませた。いまは仰向けになり、片腕で目を覆って、うとうとしていたところだ。

だが寝床に近づいてきた足音は、男性のものよりもずっと軽やかだった。

「アポロ」

両手にバッグを持ったアーティミスが寝床の脇に立っていた。

彼は身を起こした。

「時間がないわ」姉がそう言いながらバッグを寝床の脇に落とすと、それはどさりと大きな音をたてて着地した。

アーティミスは身をかがめ、バッグから木づちとのみを取り出した。

「これを探すのがどれだけ大変だったか、あなたにはわからないでしょうね。最後には厩舎《きゅうしゃ》の男の子にお願いして用意してもらったのよ。ほら、見て」

弟のために自分を犠牲にしようとしている女性にしては、なぜかずいぶん楽しそうに見える。アポロは顔をしかめ、悪態をつけたらどんなにいいかと思った。〝くそったれ〟ウェークフィールドはアーティミスを誘惑した——思ったとおりだ——そして今度は彼女が公爵の怒りを買う危険を冒している。この行動のせいで、あのいまいましい男がアーティミスを放り出そうと決めたら、そのあとはいったいどうなる？

「どうしたの？」彼女が腰に両手を当てて言った。「わたしにはできないわよ」

アポロはノートをつかんで字を書き連ね、姉に向かって突き出した。アーティミスにノートを渡し、足かせにつながっている鎖の、床に触れている輪にのみを当てる。

「〝公爵に罰せられないか？〟ですって？」彼女が声に出してノートを読んだ。

木づちを振るい、アポロは金属音を響かせてのみを輪に打ちつけた。

アーティミスがノートを持った手をおろし、憤った表情で彼を見た。

「もちろん、そんなことはありえないわ。〈ベドラム精神病院〉で、わたしが持っていったくだらない冊子を読みすぎたのね。あの手の読み物の内容が本当かどうかなんて、わたしにもよくわからないのよ。たしかにマキシマスは腹を立てるかもしれない。でも、罰したりはしないわ。絶対に。わたしはそう思う」

もう一度のみを鎖に打ちつけてから、アポロは物言いたげな視線でアーティミスを見た。はっきりとわかるように口を動かして問いかける。〝マキシマス？〟

「彼とわたしは友達なのよ。前にもそう言ったでしょう」

アポロは天井を仰いだ。姉はあのろくでもない男のために嘘をついている。木づちの下にあるのがあの男の頭だったらと願いながら、のみを思いきり鎖に打ちつけると、三度目の衝撃を受けた輪が割れた。

「やったわ！」アーティミスは歓喜の声をあげ、足かせにつながっている鎖から割れた輪を外すのに手を貸した。「床を引きずる音がしないよう、布か何かを巻かないとだめね。布なら持ってきたわ」彼女はバッグを指し示した。

アーティミスの手からノートを取り、アポロは書いた。〝なぜ急ぐ？〟

その文字を読んだ彼女は一瞬だけ無表情になり、それから笑顔を作ってノートから顔をあげた。「もうじきこの屋敷を出ることになるから、その前にあなたを自由の身にしたいと思ったのよ」

なぜアーティミスがここを出ていかなくてはならない？　いったい何が起こっているのだろう？　アポロはもう一度口を動かした。〝アーティミス？〟

彼女は見なかったふりをして言った。「急いで着替えて」

質問への答えが聞けなかったのと、姉のあまりの急ぎように困惑しつつ、アポロはひとまず彼女に従った。クレイブンに与えられてから着たきりだったブリーチとシャツを脱いで清潔なものに着替え、ベストと上着、そして靴を身につけた。

靴も含めて、すべてがわずかに小さい。

アーティミスが申し訳なさそうな顔をした。「従僕のひとりから譲ってもらったの。それでも彼の靴がこの屋敷では一番大きいのよ」

アポロは頭を振って微笑み、身をかがめて姉にキスをした。改めてノートを手にして鉛筆を走らせる。〝どうすれば連絡が取れる?〟

アーティミスはノートを見つめた。表情からして、どうやらそこまでは考えていなかったようだ。

姉の手からノートを取り返し、彼はさらに続きを書いた。〝アーティミス、どうにかして連絡を取りあわないといけない。わたしには姉上しかいないんだし、そもそもわたしはあの公爵を信用していない。まったくね〟

「そんな、ばかげているわ。マキシマスは信用できる人よ」アポロが書いた文章を読んだアーティミスはすぐに言った。「でも、それ以外はあなたの言うとおりね。わたしたちはお互いを失うわけにはいかない。ここを出たあと、行くところはある?」

何日も寝床で横になっては、そのことを考え続けていた。答えはすでに決まっている。

〝エイサ・メークピースという友人がいる。彼に宛てた手紙をハート家の劇場に送ってくれ〟

アポロがノートを渡すと、アーティミスの目が驚きで見開かれた。

「ハート家の劇場ですって？　わけがわからないわ。そこに行くつもりなの？」

彼は首を横に振り、姉の手からそっとノートを取り返して答えを書いた。

〝知らないほうがいい〟

肩越しにノートをのぞき込んだアーティミスが言う。「でも――」

〝体に気をつけて〟

その一文を読んだ彼女はかすかな笑みを浮かべ、次の瞬間、アポロをしっかりと抱きしめた。「気をつけなくてはいけないのはあなたよ。逃げたことが知れたら大騒ぎになる。きっと追手もかかるわ」身を引いてアポロを見つめる。彼は姉の瞳が涙で濡れていることに気づいた。「またあなたを失うようなことになったら、もう耐えられない」

アポロは身をかがめ、アーティミスの額にキスをした。もし口が利けたとしても、いまの彼女を慰める言葉など思い浮かばないだろう。

彼は身をひるがえして地下室をあとにしようとした。

「待って」アポロが足を踏み出すよりも早く、姉が腕に手をかけた。「これを」アーティミスは小さいほうのバッグを彼に持たせた。「三ポンドと六ペンスが入っているわ。わたしの手持ちはそれしかなかったの。それとパンとチーズも入っているから。ああ、アポロ……」

言葉はすすり泣きに変わった。「さあ、行って！」

もう一度身をかがめようとしていたアポロを、アーティミスは両手で押しやった。

姉と視線を合わせることなく向きを変え、アポロは姿勢を低くして狭いトンネルへと入っていった。先ほどウェークフィールドが出ていったのと同じ道だ。

　このトンネルがどこに続いているのか、アポロには見当もつかなかった。


　セントジャイルズでの探索を続けて何時間が経ったのかもわからなくなった頃、マキシマスの耳に銃声が聞こえてきた。角を曲がり、音のしたほうに向かって全力で駆ける。いとおしい恋人であり、得がたき愛人でもある月の光が頭上から降り注ぎ、彼を導いてくれた。前方で男たちの叫ぶ声と、馬の蹄が石敷きの道路を打つ音がする。マキシマスは十字路に飛び出し、右からものすごい速さでトレビロン大尉の乗った馬が進んでくるのを見た。

「やつはセブンダイヤルズに向かっている！」

　マキシマスは馬の前を横切り、頬に馬の息がかかりそうなくらいぎりぎりのところですれ違った。走っていけば、馬が入れない狭い路地を抜けて先まわりし、敵の前に出られる。今夜トレビロンが追っているのは、喉元に母のエメラルドを光らせたセントジャイルズの悪魔に違いない。マキシマスはそう確信していた。

　一九年前、雨のセントジャイルズで両親を殺した悪魔。

　路地を縦横に抜けてマキシマスは進んだ。両脚が痛み、呼吸が肺を焼く。やがてセブンダイヤルズを象徴する柱が前方に現れた。馬に乗ったセントジャイルズの悪魔が、さながらマキシマスを待っていたかのように柱の下でとどまっている。

マキシマスは足をゆるめ、陰に身をひそめた。悪魔の手に銃は握られていない。だが、武装しているのは間違いないだろう。

「これは閣下」悪魔は舌打ちをした。「貴様はもう、とうの昔にこそこそ隠れるのをやめたものだと思っていたよ」

マキシマスは胸に冷たい恐怖が広がっていくのを感じた。おのれの存在が小さすぎるのではないか、力が足りないのではないかと思うと恐ろしくてたまらない。悪魔が母を撃つ光景が頭によみがえってきた。母の胸から出た血が大理石のような白い肌に点々と飛び散り、乱れた髪に流れ込んでいく。

吐き気をかろうじて抑え込み、マキシマスは言った。「おまえは何者だ？」

悪魔は頭を傾けて答えた。「わからないのか？　貴様の両親は知っていたぞ――だから始末したんだ。母親はクラバットで顔を隠したわたしの正体に気づいてしまった。残念だよ。美しい女性だったのに」

「ならば、おまえは貴族なんだな」マキシマスは敵の挑発に乗らなかった。「貴族なのに、セントジャイルズくんだりで盗っ人をしているのか」

「追いはぎだ。間違えてもらっては困る」悪魔がいらだちをにじませて言った。なぜか追いはぎのほうが盗っ人より上だと考えているらしい。「趣味としては悪くない。血がたぎるんだよ」

「刺激を求めて追いはぎを？　そんな話を信じろというのか？」マキシマスはあざけった。

「すまないが、わたしは頭が悪いようだ。おまえは貧乏貴族の末っ子なのか？　それとも賭け事で財産を失ったとか？」

「残念だな、またしても外れだ」悪魔がおどけて首を横に振った。「くだらない話にはうんざりだよ、閣下。こっちへ来たらどうだ。さあ、ひと遊びしようじゃないか！」

マキシマスは陰から進み出た。彼はもはや臆病な少年ではない。「ひとつを残してすべて取り戻した。なんの話かはわかるな」

黒い馬が左右に細かく体を揺らすのに合わせて、悪魔が舌を鳴らした。

「こんな感じのエメラルドだろう？」手袋をした手を喉元に持っていき、エメラルドに触れる。「かなりの金を積んだのだろうな。かつてあれを売ったのはこのわたしなのだから、価値は知っている。貴様の母親のネックレスのおかげで、何年もワインと女に不自由しなかったよ」

こみあげる怒りをマキシマスはどうにか抑えた。そんなに簡単にしびれを切らしてしまうわけにはいかない。「それが最後のひとつだ。そいつを取り戻せばネックレスを元どおりにできる」

悪魔が指を一本立てて曲げ、マキシマスを招く仕草をした。「自分の力で取り戻したらどうだ？」

「初めからそのつもりだよ」マキシマスは馬と悪魔の周囲をまわりはじめた。「宝石を取り戻して、おまえを殺す」

悪魔が上を向いて大笑いした。「わたしのせいでそんな格好をしているのか？」身ぶりでマキシマスの衣装を示す。「閣下、わたしはおのれを誇りに思うよ。ウェークフィールド公爵に役者まがいの格好をさせて、セントジャイルズの路地を走りまわるほどの狂気に追いやったのだからな。まったく――」

そのときマキシマスの背後から馬の蹄の音が近づいてきて、同時に悪魔が左手に持った金属の何かをきらめかせた。

次の瞬間、閃光《せんこう》が走るとともに轟音《ごうおん》が響き渡った。

不吉で恐ろしい轟音。

馬がいななき、マキシマスははじかれたように前に飛び出して転がった。その直後に馬が彼の背後で倒れ、地面で身もだえた。振り返って悪魔がいたほうを見ると、彼はすでに七つあるうちのひとつの道へと馬を進めていた。

マキシマスはそのあとを追った。

またしても背後の馬がいななく。

改めてうしろを見ると、男が馬の下敷きになっているのが見えた。なんということだ。乗っていた男が振り落とされ、その上に馬が倒れ込んだに違いない。

マキシマスは傷ついた馬のもとに戻った。馬の四肢はこわばり、全身が震えている。

竜騎兵隊の兵士が駆けつけ、馬を止めて息をのんだ。

「彼を助けるぞ。手伝え！」マキシマスは叫んだ。

馬の下敷きになっていたのはトレビロン大尉だった。流れ出た血の下で、肌が真っ白になっている。竜希兵隊の隊長は黙ったまま歯を食いしばり、唇を嚙んで苦悶《くもん》の表情を浮かべていた。

「そっちの腕を持ってくれ」マキシマスは若い兵士に命じた。彼がトレビロンの腕をつかんだところで、ふたりは力を合わせて下敷きになっている体を引いた。

馬の下にあった両脚が引きずり出されると同時に、トレビロンが苦しげにうめいた。苦痛のあまり嚙みしめた唇が切れ、血が流れている。マキシマスは彼のかたわらに膝をつき、右脚を見て顔をしかめた。この男は以前から古傷のある右脚を引きずっていたが、その脚が不自然な方向に曲がっていた。明らかに骨折している。それもひどい折れ方だ。

トレビロンが腕を伸ばし、驚くほどの力でマキシマスのチュニックをつかんだ。そのまま自分のほうに引き寄せ、若い兵士に聞こえないところまで顔を近づける。

「わたしの馬を苦しませるな、ウェークフィールド」

マキシマスは牝馬に視線をやった――たしかカウスリップという名だ。兵士の馬にしてはおかしな名前なので覚えている。視線をトレビロンに戻すと、彼は痛みに声をあげまいと唇を嚙みしめ、そのせいでますます顎を血だらけにしていた。

「やれ」トレビロンが目を潤ませながら、いらだちの声をあげた。「何をしている。早くやるんだ」

立ちあがったマキシマスは馬のそばに近づいた。カウスリップは身もだえるのをやめてただ横たわり、大きな胴を上下させて呼吸をつないでいた。マキシマスの頭に、母の血が彼女の髪を濡らし、道路を汚していた光景がよぎった。

頭を振り、彼はさらに馬に近づいていった。カウスリップは恐怖と痛みに白目をむいている。

剣を鞘から抜き放つ。

マキシマスは膝をついて手でカウスリップの目を覆い、ひと思いに牝馬の苦しみを終わらせた。

18

リンは真っ赤に焼けた石炭のあまりの熱さに悲鳴をあげたものの、それでもタムを放しませんでした。ヘルラ王がリンの悲鳴に一瞬たじろぎ、燃える石炭を彼女の手から取りあげようとする仕草を見せました。

「だめ!」リンは王から石炭を遠ざけて言いました。「これはわたしの弟なのよ。わたしはタムと自分を救わないといけないの」

ヘルラ王はリンの言葉を聞いて悲しそうな目になり、うなずいて手を引きました。

やがてメンドリの鳴き声が聞こえてきました。

『ヘルラ王の伝説』

アーテイミスは早朝、水がはじける音で目を覚ました。マキシマスの大きなベッドで寝返りを打って音のしたほうに体を向けると、ろうそくを一本だけ灯して鏡台の前に立つ彼の姿が見えた。マキシマスは上半身だけ裸で、胸と両手を洗っている。胸を流れ落ちる水が赤く染まっていた。

ベッドの上のアーティミスは身を起こした。「けがをしているのね」

マキシマスが少しのあいだ動きを止め、それからふたたび胸と手を洗いはじめた。絨毯が汚れることなど、まるで気にしていないようだ。「いいや」

何かがおかしいと感じて、彼女は眉をひそめた。マキシマスがあまりにも静かすぎる。「だったら、いったい誰の血なの？」

水がしたたる両手をじっと見つめながら、彼が答えた。「トレビロンと、カウスリップという馬の血だ」

自分が聞いた言葉が信じられず、アーティミスは目をしばたたいた。マキシマスに視線を送り続けたが、彼はそれ以上話そうとしない。彼女は膝を立てて両腕で抱えた。竜騎兵隊の隊長とは数年前、セントジャイルズで会ったのをぼんやりと覚えている。とてもいかめしい顔をした男性だという記憶があるけれど、いったい何があったのだろう？　アーティミスの体が震えた。「トレビロン大尉は亡くなってしまったの？」

「いいや」マキシマスがつぶやくように答えた。「だが重傷だ」

「何があったの？」

「やつを見つけた」

「誰を？」

ようやくマキシマスが顔をあげた。やつれた表情をしているものの、目だけはぎらぎらと光っている。「悪魔だよ。わたしの両親を殺した男だ」

アーティミスはため息をついた。「じゃあ、彼を捕まえたの？」

マキシマスは胸と両手を拭いていた布を投げ捨て、両手を鏡台の表面についた。

「わたしたちはやつを追ってセントジャイルズのセブンダイヤルズに入った。そこでトレビロンの馬が悪魔に撃たれたんだ。彼は馬の下敷きになってしまった」

それを聞いてアーティミスは息を吸い込んだ。乗馬中の事故でもそうしたことは起こりうる。乗り手にとっては、ひとつ間違えば命にかかわる危険な事態だ。

「でも、彼は生きているのね」

マキシマスはようやく彼女と目を合わせた。「脚の骨折で、しかも折れ方が深刻だ。馬は死なせざるをえなかったが、トレビロンはここに連れてきた」

アーティミスは立ちあがろうとした。「看病を必要としているの？」

「ああ、だが、もう手配した」マキシマスは彼女を制するように片方の手をあげた。「ここに着いてすぐ、わたしの主治医を呼びにやらせたよ。医者が折れた脚を治療した。トレビロン自身はいっそ切断してくれと言っていたが、わたしがそれは危険すぎるからだめだと命じた」彼は眉をひそめた。「いまは脚を固定してある。患部が腐ってこなければ助かる可能性があると医者は言っていた。従僕をひとりつけてあるから、今夜のところはできることはもうない」

ベッドから半分おりかけていたアーティミスは動きを止め、マキシマスを見つめた。

「では、助からない可能性もあるの？」

彼は顔をそむけて答えた。「ああ」

ブリーチを脱ぎながら、マキシマスがうなずく。「わたしは唯一の味方を失うかもしれない」

「かわいそうに」アーティミスはつぶやいた。

アーティミスは視線を険しくして言った。「友人でもあるはずよ」

彼は一瞬だけ手を止め、すぐに下着のボタンを外しはじめた。「そうだった」

「悪魔を捕まえるのに、もっと兵隊を動かすつもり？」

マキシマスは下着を脚から抜き、裸になってまっすぐに立った。「いいや、わたしが自分でやつを追う」

「でも……」アーティミスは眉間にしわを寄せ、落ち着かない気分で彼の体から目をそらした。「助けがあったほうがいいんじゃない？」

彼が上を向いて大笑いする。「それはもちろんそうだ。だが、助けてくれと頼む相手がいない」

彼女は啞然としてマキシマスを見つめた。「どうして？　子供の頃、一緒に訓練をした仲間がふたりいると言っていたじゃない。いまではふたりとも立派な大人でしょう？　きっと手伝ってくれる――」

マキシマスが手を振ってさえぎった。「彼らはもう亡霊のまねごとをするのはやめたんだ」

「それでもほかに誰かいるはずよ。だって、あなたはウェークフィールド公爵じゃないの」

いらだたしげに、彼が首を横に振る。「これは危険な仕事で――」

「ええ、そのとおりよ」今度はアーティミスがさえぎる番だった。「脇腹のあざも見えるし、肩に切り傷もできているわ」

「だからこそ、わたしはひとりでやらなくてはいけない。わたしのために誰かにけがをさせたくないんだ」

「マキシマス」アーティミスは静かに言った。いったい何が彼を突き動かしているのかを知りたい。理解したい。「そもそも、なぜこんなことをしなくてはならないの？　もしあなたの追っている相手が追いはぎなら、いずれ兵士たちが捕まえて絞首台に――」

マキシマスがいきなり荒々しく振り返り、暖炉の前に置いてあった椅子のひとつを蹴りつけた。蹴られた椅子が宙を舞い、壁にぶつかってばらばらに砕けた。彼は呼吸を荒くして胸を上下させ、立ったままで砕けた椅子のほうに視線を向けている。だが彼が見ているのが壊れた椅子なのかどうか、アーティミスは確信が持てなかった。

「マキシマス？」

「わたしが殺したんだ」痛々しい声だった。

「何を言っているのかわからないわ」

「殺された晩、両親はわたしのせいでセントジャイルズにいた」マキシマスがようやく視線をあげた。感情を完全に消し去った瞳はあまりにも苦しげで、アーティミスは泣けない彼のために泣いてあげたくなった。

けれどもそうする代わりに、彼女は顎をあげて命じた。「話して」

「わたしたちはあの晩、劇場にいた」マキシマスはアーティミスの目をじっと見つめている。まるで視線をそらすのを恐れているかのようだ。「父と母、それにわたしの三人だ。ヘロはまだ小さかったし、フィービーは赤ん坊だった。最初の子の特権のようなものさ——わたしは乳母の世話から離れたばかりだった。演目は『リア王』だったのを覚えている。ひどく退屈だったが、それを顔に出さないようにしていた。出せば世間知らずの小僧だというのがばれてしまうとわかっていたからだ。芝居が終わると、わたしたちは馬車に乗った。あとで何度思い返してみても、そのときの記憶がないんだが、父が銃の話をしていたのだけは覚えている。わたしは誕生日に、狩猟で使う銃を二丁もらったんだ。芝居の前の週にそれを持ち出してロンドンの公園で鳥を撃った。怒った父に大声で叱られたよ。だがわたしは説教がそれで終わりだと思っていたから、もう一度同じことをした。父は劇場からの帰りの馬車のなかで、今度はわたしが正しい扱い方を学ぶまで銃を取りあげると言ったんだ。わたしは驚いて腹を立て、父に向かって——」

マキシマスは息切れを起こしたかのように鋭く息を吸い込んだ。

「叫んだんだ。父が憎いとね。それを聞いた母が泣きだしてしまい、恐ろしいことにわたしの目からも涙があふれてきた。わたしはそのとき一四歳で、父親の前で涙を見せることなどとても耐えられなかった。だから馬車の扉を開けて飛び出した。父は馬車を止めさせて、わたしのあとを追ってきた。母もそのあとに続いたんだろう。わたしはとにかく走った。自分たちがどこにいるのかなど知らなかったし、どうでもよかったが、まわりの建物がいまにも倒れそうなものばかりで、ジンと腐敗の匂いがあたりに漂っているのはわかっていた。父の声がだんだん近づいてきて、わたしは愚かにも角を曲がったところにあった樽――ジンの樽のうしろに入り込んで身を隠した。鼻と肺、そして頭のなかが強烈なジンの匂いでいっぱいになって吐きそうになったよ。そのとき、銃声が聞こえたんだ」

言葉を切ったマキシマスの口は大きく開いていて、いまにも叫びだしそうだったが、結局その口からはなんの音も発せられなかった。

やがて彼は歯を食いしばり、恐ろしく空虚な瞳でアーティミスを見つめた。

「樽の横からこっそり顔を出すと、父が……」いったんまぶたを閉じたものの、彼女と目を合わせていなくては耐えられないとばかりに、すぐにまた開けた。「父が胸から血を流して、わたしを見ていた。隠れているわたしを見て、父は……頭を少しだけ動かしてうなずき、微笑んだ。次の瞬間、追いはぎが母を撃つ音が聞こえた」

マキシマスはごくりとつばをのみ込んだ。「それからのことは覚えていない。両親に覆いかぶさっていたところを発見されたと人には言われたよ。わたしが覚えているのはジンの悪臭と、母の髪をべっとり濡らしていた血だけだ」

こぶしを握っては開くのを繰り返しながら、彼はその両手を他人のもののようにじっと見つめている。

やがてマキシマスはアーティミスに視線を戻した。彼の目は悲しみと怒り、そして恐怖でいっぱいになっていた。一〇人の屈強な男たちですら、この恐ろしい目を見たら赤ん坊みたいにおとなしくなってしまうだろう。彼はすべての感情を自分のなかに閉じ込めて肩を水平に保ち、顎をあげていた。魂に刻まれた深い傷をこうまで隠し通す強さを、マキシマスはいったいどこから手に入れたのだろう？　それができる彼を尊敬せずにはいられない。

尊敬し、愛さずにはいられなかった。

マキシマスがこれまで耐えなければならなかった痛みを理解し、アーティミスの魂にも新たな傷ができた。それだけ彼に惹かれているからだ。新しい傷が彼女にそのことを痛感させた。

「そういうことだ」一糸まとわぬ姿でいるにもかかわらず、マキシマスはまるで動じることなく言った。貴族院で演説をするウェークフィールド公爵そのものだ。「わたしはひとりでこの件にけりをつけなくてはならない。両親が殺された責任はわたしにあるのだから当然だ。両親の仇《かたき》を討ち、自分の名誉を取り戻す」

アーティミスが両手を差し出すと、マキシマスはベッドに近づいてきて、彼女の前で片膝をついた。「わたしがただの臆病者だとわかっても、まだわたしを見ていられるか？」

「マキシマス」アーティミスは両手で彼の頬に触れた。「あなたほど勇敢な人を、わたしは見たことがないわ。もうとっくに誰かが言ったでしょうけれど、あなたはそのときまだ少年だったのよ」

「いいや、わたしは当時すでにブレイストン侯爵だった」

「違うわ。あなたは子供だった」彼女は言った。「かんしゃくを起こした愚かで頑固な子供だったの。お父さまもあなたを責めてなどいなかった。横たわって命の火が尽きようとしていても、隠れている場所から出てくるなと告げてあなたを守ろうとしていたのよ。考えてみて、マキシマス。もしあなたに子供が――息子がいたら、あなただって命がけで守ろうとするでしょう？　たとえ自分が助からなくても、息子さえ無事ならうれしいのではなくて？」

マキシマスは目を閉じ、頭を彼女の腿の上にのせた。アーティミスはゆっくりと彼の頭を撫で、指の下を走る髪の感触を確かめた。

しばらくそうしていたあと、彼女は身をかがめてマキシマスの額にそっとキスをした。

「ベッドに来て」

彼は立ちあがり、シーツのあいだに身を滑り込ませてアーティミスを抱き寄せた。マキシマスに背を向けた彼女はウエストにまわされた力強い腕の重みを感じながら暗闇を見つめ、睡魔の到来を待った。

「閣下」

一瞬、マキシマスはぼんやりとした意識のなかで空耳かと思った。まばたきをすると、ベッドの脇にクレイブンが立っているのが目に入った。

「クレイブン」かすれた声で言う。「戻ったのか」

従者は眉間にしわを寄せ、むっとした表情を作った。「わたしはどこにも行っておりません、閣下」

マキシマスは顔をしかめた。クレイブンがことさらに〝閣下〟を繰り返すということは、どうやらわたしに対して何か含むところがあるらしい。「それにしては姿を見なかったな」

「閣下はこの家のなかのことを隅々までご存じというわけではありませんから」クレイブンが意地悪く指摘した。「階下で男性のお客さまがお待ちです。オールダニーと名乗っておりますが」

「オールダニーが？　こんな時間に？」

あきれたようにクレイブンが目を見開いた。「もう昼前です、閣下」

「そうか」マキシマスはアーティミスを起こさないようにそっと起きあがった。意識はまだはっきりしていないが、オールダニーがわざわざ来たということは、なんらかの重大な用事があるに違いないと察しがついた。

「昼食をお出ししたところ、いたくお気に召したようですから、会われる前にお体をきれいになさるくらいの時間はあるでしょう」

「ありがとう、クレイブン」マキシマスはいささか気まずい思いでそう言うと、裸のままで立ちあがった。「トレビロンはどうしている？」

「はい」クレイブンが主人に背を向けて答える。「先ほど確かめてきましたが、よくおやすみになっていました。医師は午後にまた様子を見に来るそうです」

「そうか」トレビロンがまずは一夜を生き延びたことにマキシマスは安堵した。

クレイブンが咳払いをした。「それから、キルボーン子爵が地下室にいらっしゃいません」

マキシマスは顔を洗う手を止めた。水滴が顔からしたたり落ちていく。

「なんだと？」

「どこから手に入れたのかはわかりませんが、のみと木づちを使って鎖を切ったようです。逃げられました」従者は慎重な態度を崩さず、シーツにくるまったままのアーティミスを見ようとはしなかった。

だが、それしきのことで良心の呵責を感じるマキシマスではない。彼はアーティミスを見て、眠っているにしては呼吸が浅すぎることに気づいた。「クレイブン、しばらくわたしたちをふたりにしてくれ」

「かしこまりました、閣下」

ドアに向かう従者を目で追いながら、マキシマスは声をかけた。「バティルダが予定外に戻ってきたのは知っているな？　彼女はこの家の者しか知らないはずの情報を知っていた。心当たりはあるか？」

クレイブンが目を見開いた。「何がおっしゃりたいのですか、閣下？」

マキシマスはクレイブンに向かって皮肉な表情を浮かべ、そのまま部屋の外へと送り出してドアを閉めた。

うしろを振り向くと、アーティミスがこちらを見ていた。自分を見つめる目に浮かんだ悲しみに気づき、マキシマスは骨まで冷えていくような気分を味わった。

そのせいか、次に発した声は必要以上に大きくなってしまった。「きみが逃がしたんだな、違うか？」

「違わないわ」アーティミスはベッドに座り直して答えた。「ほかの答えを望んでいたの？」

「わたしが望んでいたのは、彼を閉じ込めておくというわたしの命令にきみが従うことだ」

「従う、ね」彼女の顔がみるみる白くなっていき、燃えるような瞳を除いて感情が消えた。

アーティミスは自分の内側に引きこもろうとしている。だが、そうさせるわけにはいかない。「そうだ。わたしは彼にとって安全な場所を提供してやれた。彼が傷つけるかもしれない人間たちから離れた場所を。それなのに——」

アーティミスがあざ笑い、シーツをはねのけた。彼女は全裸だった。充分な睡眠を取った肌はなめらかで美しく、ピンク色に染まっている。「わたしにも、ほかの使用人たちみたいに従えというのね。あなたが作った箱のなかにぴったりおさまるように」

マキシマスは議論が自分の手に負えない方向に進んでいくのを感じていた。議会での議論には慣れている。だが、これは理路整然とした政治の議論ではない——男女の生の感情がぶつかりあう議論だ。

困惑した目でアーティミスを見つめる。マキシマスはこの議論が単に彼女の弟の処遇についてだけでなく、はるかに大きな意味を含んでいることに気づいていた。

「アーティミス——」

「いいえ」彼女はギリシャ神話の女神のようにすっくと立ちあがり、シュミーズをつかんだ。

「彼はわたしの弟なのよ、マキシマス」

「きみはわたしでなく彼の側につくのか？」しまった。口にする前から、この質問は間違いだとわかっていた。

アーティミスが肩に力をこめた。「必要とあらばそうするわ。わたしたちはひとつの子宮を分けあったのよ。体も心も永遠にともにあり続ける、血を分けた双子なの。わたしは弟を愛しているわ」

「わたしのことは愛していないのか？」

シュミーズを体の前で持ったまま、アーティミスが身をかたくした。ほんの一瞬だけ肩を落としたあと、彼女は顔をあげてマキシマスを見た。まぎれもなく、この女性はわたしの女神だ。

わたしだけの月の女神。

「あなたがわたしを見限っても」アーティミスは静かに、確信のこもった口調で言った。「アポロはわたしの弟であり続けてくれるし、そばにいてくれる」

「わたしはきみを見限ったりしない」魂のすべてをかけて、それは真実だった。

「それなら証明してみせて」

アーティミスが何を求めているのか、無防備で壊れそうな表情を見れば明らかだった。そのときマキシマスのなかで何かがしぼみ、消えうせた。彼女は価値ある女性だ。夫と家、そして子供を持つにふさわしい。ウェークフィールド公爵の子供の母親になるのにふさわしい女性だった。だがその一方で、マキシマスはあまりにも長いあいだ苦行にかかりきりだったため、自分こそ公爵の地位にふさわしい人間なのか確信を持てずにいた。わたしは本当に、父と同じ地位にふさわしい人格の持ち主なのだろうか？

「聞いてくれ……」マキシマスはかすれた声で言った。唇をなめてから言葉を続ける。「わたしには無理だ。その理由もきみはわかっているはずだ。わたしは父に借りがある。人生も行動も、すべてを公爵としての義務に捧げなくてはならない」

アーティミスはむき出しの細い肩を片方だけすくめた。「わたしはあなたのお父さまの記憶になんの借りもないわ」

彼女から平手打ちを食らったかのように、マキシマスはよろめきながらあとずさりした。

「では、きみはわたしと――」

「別れます」アーティミスがさえぎる。「それしかないのよ。初めはどうにかなると思っていたわ。本気で。でも、わたしはそんなに強くない。まわりの人たちを傷つけることに耐えられないのよ。ピネロピを傷つけたくないし、これ以上わたし自身も傷つきたくない」彼女は震える手を差し出した。「あなたはわたしのためにすてきな小箱を用意してくれたけれど、わたしはそこにうまくはまらなかった。ほかの女性のところに行くと承知であなたをわたしのベッドから送り出すなんて、とてもできないわ。わたしは聖人ではないもの」

「頼む」

マキシマスはいまや懇願していた。誰にも頭をさげたことなどなかった彼が。

アーティミスが首を横に振ったのを見て耐えられなくなり、マキシマスは彼女の手を握って引き寄せた。「お願いだ、月の女神。頼むから行かないでくれ」

返事はなかったが、アーティミスが彼のほうに顔を向けた。マキシマスが唇を重ねると、彼女の唇がこれ以上ないほどに愛らしく開いた。彼は何よりも大切なものを扱うように両手でアーティミスの頰に触れ、やわらかな唇をゆっくりと味わった。この世でも、来世でも、この女性はわたしだけのものだ。その絶対的な真理を彼女にわからせさえすれば、まだふたりの関係は救えるはずだ。

まだアーティミスと寄り添って呼吸をともにし、一緒に生きていくことはできる。

指を彼女の髪に走らせ、親指をこめかみに添えてキスをする。マキシマスはやさしく、狡《こう》猾《かつ》に、持ちうるすべての技巧を駆使してアーティミスを求めた。

彼女があえいで首をのけぞらせる。マキシマスは口を喉元に持っていき、細い首に舌を這わせて、アーティミスと彼女の欲望を味わいながら内心で歓声をあげた。

アーティミスが顔をそむけ、彼から離れようとしてうめいた。「マキシマス、わたしにはできない――」

「しいっ」マキシマスは彼女の両手をウエストに走らせてささやいた。「頼む。お願いだからわたしに任せてくれ」

彼はゆっくりとアーティミスの手を引いてうしろにさがり、椅子に行き当たるとそのまま腰をおろした。

「ああ、マキシマス」彼の腿の上に座らされながら、アーティミスはため息をついた。彼は口を開き、胸のふくらみの先端を含んだ。

「マキシマス」アーティミスは両手で彼の顔を挟み、目をのぞき込んだ。

そんなことはしたくない。彼女と目など合わせたくはない。

「愛しているわ」彼女がささやき、マキシマスの心は躍った。だが、それも次の言葉を聞くまでだった。「でも、わたしはあなたから離れなくてはならないの」

「だめだ」三歳の子供がおもちゃの剣を取りあげられそうになっているみたいに、彼はアーティミスの腰にしがみついた。「絶対にだめだ」

「いいえ、それしかないのよ」

それを聞いて、マキシマスの心に冷酷さが広がっていった。怒りと悲しみが生んだ感情だ。彼はアーティミスの頭のうしろをつかみ、強引に唇を重ねた。彼女は本当にこれを拒絶できるのか？　なぜそんなことができると思っているのだろう？

アーティミスはマキシマスの首に腕をまわし、開かれた両脚を彼の腰に巻きつけた。その脚のあいだで、彼の欲望の証が荒々しく脈打っている。それを彼女の秘められた部分にあてがうと、そこはすでに熱く潤っていた。

アーティミスのすべてが手に入らないというなら、せめて体だけでも自分のものにしてやる。

背中を弓なりにして、アーティミスが腰を押しつけてきた。

マキシマスは手を彼女のなめらかな腹部から胸へと滑らせ、左右交互に愛撫を加えた。すべてはアーティミスを至福のときへといざなうためだ。

だが、彼女はこちらの思いどおりにさせてくれなかった。マキシマスの上にまたがり、決意のこもった目を見開いて、彼のこわばりに指を絡ませる。少し触れられただけで快感が走り、マキシマスは歯を食いしばって、アーティミスが彼の分身を自分のなかに導こうとするのを見つめた。

「マキシマス」彼女がささやく。「わたしはあなたを愛してるわ。それを忘れないで」

そして、アーティミスは彼を受け入れた。

マキシマスは目を閉じた。苦痛にも似た歓びが体を貫いていく。早く果ててしまわないためにはアーティミスの腰をつかみ、途中で動きを止めさせるしかなかった。彼女の秘所は熱く締まっていて、同時にどこか懐かしい感じがした。

閉じていた目を開けて、彼は言った。「わたしから離れないでくれ」

アーティミスが首を横に振る。いまや彼女はマキシマスの手綱から離れ、本来の狩人のような自分を取り戻していた。彼をみずからのなかにおさめて完全にひとつになり、激しく腰を動かしてマキシマスを乗りこなしはじめる。彼女の腿はしなやかで力強く、目は断固とした決意をもって閉じられていた。唇は何かに驚嘆しているみたいに大きく開けられている。

金縛りにあったかのごとく、マキシマスは動くことすらできなかった。自分から何もできないのなら、アーティミスがすべてを奪い去って、わたしをただの抜け殻にしてしまうつもりなら、せめて記憶に焼きつけるしかない。

アーティミスは狩りの女神さながらに彼の上で動き続けた。

マキシマスは彼女の顔を引き寄せて美しい唇にキスをし、舌で彼女の情熱を探った。ただし、経験の少ない青二才のように相手の動きを妨げたりはしない。アーティミスの動きが乱れ、唇から荒い吐息がもれるまで、こわばりを包み込む部分が絶頂を求めて狂おしく収縮するまで、彼はひたすら待ち続けた。やがてアーティミスがのぼりつめたところで、マキシマスはぐったりした彼女の体を抱きしめて、みずから動きはじめた。一度、二度と可能なかぎり奥まで突きあげる。

そのまま永遠にアーティミスとひとつでいられると信じているかのように、マキシマスは夢中で動いた。

そして、彼女のなかに精を解き放った。

アーティミスが倒れ込んできて、彼はこのうえなく甘美な重さを味わった。じきにアーティミスが少しだけ頭をもたげたのを見て身を起こし、彼女を抱きあげてベッドまで運んだ。力の抜けた体をそっとシーツの上に横たえる。

「わたしはオールダニーの用件を確かめてこなくてはならない」マキシマスはささやきかけた。「すぐに戻る。それまでここにいてくれ」

アーティミスはただ目を閉じただけだったが、彼はそれを了解の合図と受け取った。すばやく服を着て、階段を駆けおりていく。

深く身をかがめてイタリア製の大理石のテーブルに置かれた骨董品をのぞき込んでいたオールダニーは、マキシマスが居間に入っていったとたん、あわてて背筋を伸ばした。

「ああ！　おはようございます、閣下」

「おはよう」マキシマスは挨拶を返し、身ぶりで椅子を示した。「座ってくれ」

オールダニーは腰をおろし、しばらくそのままそわそわしていた。

マキシマスはいらいらと眉をあげた。「わたしに用とは？」

「そう！　そうでした」オールダニーが驚いたように答える。「この前にお会いしたとき、あなたが重要だと考えているようだったので、すぐに知らせたほうがいいと思いまして」

言葉を切ったオールダニーは、マキシマスを見ながら思わせぶりにまばたきをしてみせた。

「わたしに何を知らせると？」

「思い出したんです。あなたが見せてくれたペンダントを誰からもらったのかを。まあ、厳密にはもらったのではなく、勝ち取ったんですがね。ある男が、わが家に住みついた猫の産んだ子猫の数は三匹に違いないと言いだしたんです。わたしは、そんなばかな話はない、きっとその倍の六匹だと言い返しました。やがてようやく子猫を確認できたとき——親猫は臆病になっていたんでしょう、子猫たちをポーチの下に隠していたんですが、わたしが正しかったことが明らかになりました。子猫の数はぴったり六匹で、わたしはめでたくペンダントを手に入れたというわけです」

オールダニーは説明を終えて大きく息をつき、満面の笑みを浮かべた。

マキシマスは慎重に息を吸った。「それで、ペンダントを誰から受け取ったんだ?」

相手が正解にたどり着けないのが意外だと言わんばかりに、オールダニーが目をしばたたいた。「もちろん、ウィリアム・イリングスワースですよ。どこで受け取ったか、場所についてはまるで覚えていませんけどね。彼からペンダントを受け取った次の日に休暇が終わって、寮に戻ったんです。みんなに見せびらかしたあとで何人かとさいころ遊びをしたら、今度は負けてしまって、キルボーンに取られてしまった」彼は悲しそうな顔をした。「キルボーンも哀れな男です。わたしは学生時代の彼にいい印象を持っていたのに。もっとも、当時は彼も父親が健在で爵位を継ぐ前でしたから、グリーブズと名乗っていましたが」

マキシマスはオールダニーを見つめた。「イリングスワースか」

「そうです」オールダニーが明るく応える。「ゆうべ、妻からうちの子供たちが面倒を見ている猫が身ごもっているようだと聞かされましてね。それでイリングスワースとの賭けのことを思い出したわけです」

「ウィリアム・イリングスワースがいまどこにいるか知っているか?」マキシマスはあまり期待せずに尋ねた。

「残念ながら、知りませんね」オールダニーが深刻そうに首を横に振る。「でも彼の家に行けば、使用人が行き先を知っているかもしれませんよ」

「彼の家か」マキシマスはオールダニーの言葉を繰り返した。

「ええ、ヘイバーズスクエアにあります。快適な場所ではありませんが、彼の収入にも限度がありますからね。父親が賭けで身を持ち崩したそうで」

「礼を言う」マキシマスは立ちあがった。

「はい？　なんですか？」唐突に話が終わり、オールダニーは驚いたようだ。

「執事が見送りをする。わたしは約束があるのでね」

オールダニーが部屋を出ると同時に、マキシマスは駆けだして階段をのぼった。まだ間に合う。こちらの話をきちんと聞かせることさえできれば、まだ……。

寝室のドアを開いたとたん、すでに時間切れだったことがわかった。

アーティミスの姿はどこにもなかった。

19

リンの手のなかで燃えていた石炭が、いとおしい弟のタムに姿を変えました。タムは乗っていた馬から飛びおりて大地に両足をつきました。するとどうでしょう、彼はふたたび命ある者となっていました。

タムはリンを見あげ、にっこりして言いました。「リン！　きみはぼくを救ってくれた。次はきみの番だよ。きみも野蛮な追いかけっこは終わりにするんだ。そうすれば生き返れる」

リンは喜びに満ちたタムの顔から、ヘルラ王の顔に目を移しました。でも、王はすでに彼女を見ていません。ぼんやりとした地平線に視線を据え、永遠に続く追跡に身を投じていました。

『ヘルラ王の伝説』

アーティミスは少ない荷物を入れたバッグを両手で持ち、ウェークフィールド邸の裏手のドアから外に出た。混乱が胸に巻き起こり、それ以上進むのをためらわせた。出ていかなければならない——マキシマスが目の前にいないうちに、決して手の入らないものを望んでしまわないうちに、この屋敷から出てしまわなくてはいけないのだ。だが、そのあとはどこに行けばいいのか見当もつかなかった。ピネロピに会うわけにもいかない。マキシマスとのことを考えれば当然だ。かといって、もちろんヘロやフィービーを頼るわけにもいかなかった。

背後でドアの開く音がして、アーティミスはとっさに身構えた。同じことを繰り返すのはいやだ。またしてもマキシマスと同じ話を繰り返すような羽目になったら、とても耐えられそうになかった。それでなくとも魂を切り裂かれたように感じているのだ。その傷から噴き出た血がゆっくりと、しかし確実に自分の内側を流れているのがわかる。

だが、聞こえてきた声は女性のものだった。

「アーティミス」

振り向くと、顔に深い同情の念を浮かべたミス・ピックルウッドが立っていた。

「わたしに何かできることはあるかしら?」

そして生まれて初めて、アーティミス・グリーブズは号泣した。

マキシマスは屋敷の正面へと進み出て、馬を用意するよう命じた。もはや残されたものはひとつきりしかない。復讐だ。どうせそれしかないというのなら、できるだけ早く、しかももっともそれに近い状況で完遂するまでだった。

数分後には、彼は路上に出ていた。

たしかにヘイバーズスクエアは、ロンドンのなかで洗練された地区とは言いがたい。目指す家は木造で、半分が朽ちかけていた。だが、それでもセントジャイルズでよく見られる、ほとんど崩壊したような家々よりはましだった。マキシマスは馬からおり、そばにいた少年に硬貨を投げ与えて馬の見張りをさせた。ウィリアム・イリングスワースが建物の上の二階分の空間だけを借りているのはひと目でわかった。さらに幸運なことに、彼は在宅だった。年老いたメイドに案内されて階段をのぼり、みすぼらしい居間に入っていくと、メイドは何も言わずに姿を消した。

周囲を見まわして室内を確かめる。家具のなかにはその昔、価値があったであろうものも見受けられたが、いかにも寄せ集めで統一感も何もない。おそらく節約のためだろう、暖炉に火はくべられていなかった。壁には額に入れた版画が二枚飾られているものの、価値は二束三文といったところだ。

居間のドアが開いた。

振り返って見ると、糸のほつれた緑色のローブを着た男が立っていた。ローブの前身頃には、おそらく卵の黄身と思われる染みがついている。男は布の帽子をかぶり、ひげも剃っていない。まるで皮膚が頬骨に張りついているような痩せた顔つきに、赤褐色のひげがやけに目立っていた。

「なんの用だ？」イリングスワースが用心深く尋ねた。

マキシマスは手を差し出した。「わたしはウェークフィールド公爵だ。いくつかききたいことがあって来た」

イリングスワースは当惑した様子でマキシマスの手を見つめてから握手に応じた。彼の手は汗で湿っていた。

「なんの用だ？」イリングスワースが繰り返す。

この家の主人は明らかに客人に椅子を勧める気がないらしい。

マキシマスは立ったまま手をポケットに入れ、ペンダントを取り出した。

「一三年前、きみがジョン・オールダニーに譲ったものだ。これをどこで手に入れた？」

「なんだって？」イリングスワースが身を乗り出してペンダントをのぞき込む。手に取ろうと腕を伸ばしてきたところで、マキシマスは無意識のうちにペンダントを握って隠した。

その様子を見たイリングスワースが言った。「なぜそんなことを知りたがる？」

「このペンダントのエメラルドが――」マキシマスは答えた。「わたしの母のネックレスの一部だったからだ」

「なるほど」イリングスワースは思わせぶりな表情を浮かべた。「賭けで取られたな、そうだろう？」

「違う。母が殺された晩に奪われた」

相手の顔をしっかりと見ていなければ、マキシマスは見逃していただろう。イリングスワースはかすかに表情を変え、目を少しだけ見開いた。

「一三年前といえば、わたしは一五歳の学生だぞ。公爵閣下、わたしは誓ってあなたの母上の嘆かわしい死には関係していない」

「きみが犯人だとは言っていない」マキシマスは言った。「わたしはきみがペンダントをどこで手に入れたのか知りたいだけだ」

だがイリングスワースは首を横に振り、足早に暖炉へ歩み寄った。「そのエメラルドは見たことがないな」

答え方がさりげなさすぎる――つまり、この男は嘘をついているということだ。

「ジョン・オールダニーは反対のことを言っていた」

イリングスワースが甲高く、耳ざわりな声で笑った。「オールダニーは学校でも出来が悪いことで知られていた。年を取ったからといって、ましになったとも思えない」

彼は顔をマキシマスに向け、目を合わせた。率直で落ち着いた目をしている。

マキシマスはじっと相手を見つめた。この男が何かを知っているのは間違いない――骨の髄までそう確信していた――が、教えたくないというのなら、こちらにできることはかぎられている。心を決め、ペンダントをポケットに戻した。「きみは嘘をついている」

イリングスワースが反論を口にしはじめた。

すばやくイリングスワースの腕をつかみ、マキシマスは彼の言葉をさえぎった。

「ペンダントをきみに渡したのが誰なのか、力ずくで白状させてもいいんだ。しかし、わたしは暴力が嫌いだ。だからこうしよう。きみに考える時間をひと晩やる。もし明日になっても教える気にならなかったら、そのときはきみを破滅させる。きみが大事にしているもの、この家でも服でもいい、とにかくそれを奪ってやるからな。わたしが必要とする情報をよこさなければ、きみはこの週末には道端で物乞いのまねごとをする羽目になる」

相手の返事を確かめず、年老いたメイドも待たずに、マキシマスはひとりで階段をおりてその家を出た。

建物の外では、少年が馬と一緒に辛抱強くマキシマスが出てくるのを待っていた。

「いい子だ」少年に声をかける。「もう少し稼ぐ気はあるか?」

少年が熱心にうなずいた。

「伝言を頼む」マキシマスは少年に自分の屋敷の場所を教えてクレイブンへの伝言を伝え、確認のために復唱させてから送り出した。

それから馬にまたがって、その場を去るふりをした。

いましがた出てきたばかりの建物が視界から消えたところで馬をおり、手綱を握って徒歩で小道を引き返す。イリングスワースの家の正面玄関が見えるところまで戻ると、マキシマスは立ち止まった。彼の最後通告に対して相手がどういった反応を見せるのか、あとは待つだけだ。

「その緑色はきっとあなたに似合うと思っていたわ」その日の夜、ハート家の庭園にある劇場へ歩いて向かいながら、レディ・ヘロが言った。

「ありがとう」アーティミスは美しい庭園が広がる周囲に気を取られながら応えた。アポロがこんな目立つ場所をうろついているわけがない。きっとどこか別のところに身を隠しているはずだ。

アーティミスは悲しげにスカートを整えた。そもそも、このドレスはヘロのものだった。だが、じきにまったく違う型のドレスをそろえなくてはならないことがわかっていたヘロが、アーティミスに譲ると申し出てくれたのだ。その日の午後に仕立て屋がこのドレスと、さらにあと二着、アーティミスのために仕立て直したドレスを届けに〈恵まれない赤子と捨て子のための家〉へやってきた。アーティミスの当面の滞在先にその孤児院を選んだのはミス・ピックルウッドだ。彼女の親しい友人のミセス・ホワイトのところへアーティミスを送る算段をつけ、それまでの仮の滞在先として孤児院を紹介してくれた。アーティミスも詳しい事情はわからなかったが、どうやらミセス・ホワイトはコンパニオンを必要としているらしかった。

アーティミスはため息をついた。ありがたいことだ——本心からそう思う。でも相手が代わるとはいえ、同じコンパニオンとしての生活に戻ることを考えると心は沈んでいった。いや、マキシマスのもとを去ったことが原因のような気もする。

視線をさげて自分が着ている美しいドレスに目をやる。バースに住む老婦人のコンパニオンになってしまったら、ふたたびこんなドレスを着る機会などあるのだろうか？　いっそのこと売り払ってしまうという手もある。だが頭に浮かんだ考えとは裏腹に、アーティミスはドレスをいとおしげに撫でた。シルクのダマスク織のドレスは丸い襟ぐりが大きく開いていて、縁が繊細なレースで飾られている。同じレースが肘まである袖の口にもついていた。とにかく申し分のない優雅なドレスだ。これほどすてきな衣装を着る機会は二度とやってこないのではないかと思うと、彼女は不安になった。

マキシマスにも見てもらいたい。

憂鬱な思いで、アーティミスはきれいな光が灯された庭園を見まわした。見事に刈り込まれた低木と木々のあちこちにつるされたガラス細工の球体がきらきらと輝き、魔法のような効果を醸し出している。そのなかで、弦楽器の音色がどこからともなく漂ってきた。従僕たちは奇妙な黄色と紫色のお仕着せを着て、なかには手の込んだ型に仕上げたかつらをラベンダーの花や色付きのリボンで飾っている者もいた。

ハート家の庭園はすばらしいところだ。そしてアーティミスは、じきにその場所とは無縁の人間になろうとしていた。

アーティミスの隣にはフィービーがいて、ヘロと夫のグリフィン・リーディング、ミス・ピックルウッド、さらに孤児院の経営者で、今回アーティミスを受け入れてくれたイザベルとウィンターのメークピース夫妻、そしてレディ・マーガレットに夫のゴドリック・セントジョンもいた。男性陣はあまりよく知らないけれど、女性たちはいずれも友人と呼べる人々で、全員が〝〈恵まれない赤子と捨て子のための家〉を支える女性たちの会〟に所属している。ピネロピもその一員だが、彼女はまだ到着していないようだった。

だが、考えてみればピネロピが遅れるのはいつものことだ。そう思うとアーティミスは少しばかり不満を覚えた。

劇場へ向かうあいだ、フィービーは姉のヘロとのおしゃべりに興じ、その間にも人々が埠《ふ》頭《とう》から続々とあがってきていた。ハート家の庭園はテムズ川の南岸近くにあり、船を雇って川を渡っていくのが一番の近道だった。ミス・ピックルウッドがアーティミスの暗い心境を察したのか、目が合ったときにすべてを理解した表情を浮かべ、軽く頭を傾けた。

よくわからない衝動がこみあげてきて、アーティミスも劇場の大きな扉をくぐりながら頭をさげた。「ありがとうございます」

「いいのよ。お礼を言う必要なんてないわ」ミス・ピックルウッドが顔を赤らめた。「それより、わたしがあなたの選択を責めているわけではないことを知っておいてね。わたしたちのようなレディは独特な孤独感にさいなまれる。わたしもそのことはよくわかっているの」

「ええ」アーティミスは目をそらした。「こんな結末になって本当に残念です」

ミス・ピックルウッドが鼻を鳴らした。「マキシマスがその気になりさえすれば、こんな結末になってはいないでしょうよ」

アーティミスは応えようとしたが、ちょうど劇場に入ってきたばかりのノークス卿にさえぎられてしまった。「ミス・ピックルウッド、ミス・グリーブズ、お会いできてうれしいですよ。あなたがお戻りになっているとは知りませんでした、ミス・ピックルウッド」いぶかしげな目つきでフィービーを見ながら、ノークス卿が言った。

なぜか今夜にかぎって、夫の腕に手を置いているレディ・ノークスが痩せた顔に落ち着かなげな表情を浮かべていた。

社交の場を知り尽くしているミス・ピックルウッドは笑顔で応じた。「友人のところを訪ねる前に、少し寄り道をしましたの。わたしはこの劇場が大好きですから。あなた方もそうでしょう?」

「ええ、大好きですわ」レディ・ノークスが短く答え、すぐに夫をちらりと見て黙り込んだ。

ノークス卿がうなずく。「ですが、今日は公爵閣下がご一緒ではないのですか?」

「きょうは別の付き添いがいますから」ミス・ピックルウッドはグリフィン卿を示して答え、それぞれ女性たちを伴って劇場に入ってきた男性陣へと視線を移していった。「閣下はほかに用事があって、今日は来られませんの」

ノークス卿の顔に奇妙な笑みが浮かんだ。「悪魔探しでないことを願うばかりですな」

アーティミスは表情を険しくしてノークス卿を見た。まさかノークス卿がマキシマスの秘密を知っているはずがない。

「では、ご婦人方、これで失礼します。席につかねばなりませんもので」ノークス卿は妻を連れてその場から立ち去っていった。

「おかしなことを言う人ね」ミス・ピックルウッドが額にしわを寄せてささやいた。「〝悪魔探し〟って何かしら? あなたにはわかる?」

アーティミスは咳払いをして答えた。「いいえ、まったく」

「あら、やっとレディ・ピネロピの登場よ」イザベル・メークピースが楽しげに言った。

「わたしたち全員を待たせるなんて罪な人ね」

ピネロピがいつもどおり、優雅に劇場へ入ってくる。金色のドレスを着た彼女はスカーバラ公爵に付き添われていた。劇場の人込みに足を踏み入れるなり、扇を広げてせわしなく周囲を見まわしはじめる。

アーティミスの心に、いとこへのいとおしさがこみあげた。ピネロピは虚栄心が強くて堅苦しいところがあるけれど、ときになんともかわいらしい一面をのぞかせる。そしてわたしは、そんないとこを本人の知らないうちに傷つけているのだ。これでようやくマキシマスから離れる決意がかたまった。あとはピネロピが真実にたどり着かないよう祈るばかりだ。アーティミスは笑みを浮かべ、近づいてくるピネロピに向かって腕を伸ばした。ふたりが会うのは何日かぶりになる。

ピネロピがスカートをたくしあげて足を速め、小走りでやってきた。

いきなり彼女から平手打ちを食らい、アーティミスは仰天した。

「この売女《ばいた》！」ピネロピの叫び声が劇場の玄関広間に響き渡り、アーティミスは突然の一撃に息をのんで後方へよろけた。

ヘロとイザベルがアーティミスの体を支える。

ミス・ピックルウッドが勇敢にもアーティミスとピネロピのあいだに割って入ろうとしたが、これは必要のない動きだった。スカーバラ公爵がすばやくピネロピに追いついたからだ。公爵は彼女の腕を荒々しくつかむと、うしろに引っぱった。いつもの温和な表情は消え、代わりに心配そうに眉間にしわを寄せている。「いったいどうしたというんです？」

ピネロピがアーティミスから視線をそらさずに言った。「わたしがウェークフィールド公爵を慕っているのは知っていたはずよ。それなのに、街角の娼婦みたいに彼に向かって脚を広げるなんて」

アーティミスはピネロピを見つめた。打たれた頬に当てた手に冷たくしびれるような感覚が走り、すぐにそれが全身へと広がっていった。

「あなたにそんな権利はないわ！」ピネロピは目を涙でいっぱいにして叫んだ。「そんな権利はないのよ。彼があなたと結婚などするはずないでしょう。アポロの精神状態がどうであろうと、するものですか。あなたが道端に捨てられたら大喜びしてやるわ！　ええ、喜びますとも。あなたが――」

痛烈な非難の声はスカーバラ公爵によってさえぎられた。彼はピネロピを自分のほうに向かせ、一度だけ力をこめて彼女の体を揺さぶった。なおも叫ぼうとしたピネロピの顔から表情が完全に消えていく。いまや、その顔は怒りのあまり蒼白になっていた。

「やめなさい！」スカーバラ公爵が叱りつける。

ピネロピは公爵と顔を合わせ、あえぐような声を出した。「でも――」

「だめです。頭に何が浮かんだとしても、公の場で怒鳴り散らしてはいけない。まして無防備ないとこに暴力を振るうなんて、とんでもない話だ！　これは失敗ですよ、ピネロピ。本当に大失敗です」スカーバラ公爵はアーティミスに顔を向け、頭をさげた。「ミス・グリー

ブズ、けががなければいいのだが。申し訳ないが、彼女を家まで送っていかなくてはならないので、これで失礼させていただきます」

アーティミスは目をしばたたき、ぎこちなくうなずくのがやっとだった。

ピネロピが目を見開くと、涙に濡れた瞳がきらきらと輝いた。「でも、ロバート――」

「だめです」公爵は眉をひそめて厳格な顔をした。「わたしは辛抱強い男だ。それに、いままであなたへの思いも充分に示してきたつもりです。だが、わたしにだって誇りがある。あなたがほかの男性についてわめき散らすのを、黙って見過ごすわけにはいかない。残念ながら、あなたとのおつきあいも考えなくてはなりませんね」

「そんな」ピネロピが消え入るような声で言った。アーティミスは、初めていとこの表情に不安が宿ったのを見て取った。

「行きましょう」スカーバラ公爵はピネロピの腕をつかみ、劇場の外に向かって歩きだした。あたりはしばらく完全な静寂に包まれた。

胸がずきずきと痛む。アーティミスはゆっくりとイザベルとヘロから離れて振り返り、もはや自分を友人とは思ってくれないであろう彼女たちと向きあった。

イリングスワースの行き先がハート家の庭園だと知り、マキシマスはがっかりした。せっかく一日を費やしたというのに、ただ劇場を訪れるのを見届けただけでは興ざめもいいところだ。どうやら時間の無駄だったと思ったとたん、ここで追跡を切りあげればアーティミス

や妹たちと夜を過ごせるかもしれないという考えが頭に浮かんだ。おそらく彼女たちは、いまごろ劇場の自分たちの席についているだろう。もしかしたら、アーティミスが話を聞いてくれる気になっている可能性だってある。

物陰からイリングスワースが派手な服を着た従僕に何か言うのを見張り、マキシマスは追っている相手が先へ進んだ直後に船からおり立った。

「ミスター・イリングスワースはなんと言っていた？」その従僕をつかまえ、硬貨を握らせて尋ねる。

「ノークス卿はお見えかときかれました」従僕が答えた。

マキシマスは目を見開いた。「それで？　来ているのか？」

「はい、閣下。ご夫妻でお越しです。劇場にいらっしゃるとミスター・イリングスワースにも答えました」

この従僕はまだ若いが、いかにも鋭そうな容貌をしている。マキシマスは今度は金貨を取り出した。「きみはノークス卿を知っているのか？」

「はい、閣下」従僕は金貨を凝視しながら答えた。「ノークス卿は、よく甥御さまを連れて劇場にいらっしゃいますから」

「甥というのは？」

今度は従僕が目を見開く番だった。「ご存じないのですか、閣下？　ミスター・イリングスワースはノークス卿の甥御さまです」

マキシマスは気もそぞろで従僕の手に金貨を押しつけた。知らなかった。ノークスとはそれほど親しいわけでもなく、むしろ友人としてのつきあいをしていたのは彼の父親のほうだ。ただし母親がノークスに無関心だったのは覚えているし、彼女が賭け事に夢中の息子を罵っていたのを耳にしたこともある。マキシマスは、両親の葬儀で新調したばかりの喪服に身を包んでいたノークスの姿を不意に思い出した。

劇場へと続く道を早足でのぼっていく。ついさっきまではスカーバラを疑っていたものの、いまやノークスもスカーバラと同じくらい疑わしく思えてきた。あのふたりは——いまになって考えてみれば——似たような体格をしている。中背で、やや太り気味とはいえ、年齢のわりに動きが速いのも一緒だ。外見でいうなら、どちらもセントジャイルズの悪魔によく似ている。

もちろん、そんな都合のいい話がそうそうあるとも思えない。

だが、マキシマスはいつの間にか駆けだしていた。

誰かが叫ぶ声が聞こえてきた。

立ち止まって声がした方向に耳をそばだてる。遠くから音楽と人々の談笑する声が聞こえてきた。ここは小道がたくさん整備されていて、それぞれに工夫を凝らした美しい明かりが灯されている。つまり、恋人たちの密会にはもってこいの一角もたくさんあるということだ。下手に小道に入り込んでしまったら、道に迷いかねない。

右の茂みのなかで何かが動く気配がした。

マキシマスはそちらに向かって走りだした。

茂みのなかから男が飛び出してきた。顔を伏せ、マキシマスには目もくれず、その場から立ち去ろうとしている。マキシマスは男を追いかけようと三歩ばかり進んだところで、懇願の声を聞きつけて足を止めた。

「助けてくれ！」

体の向きを変えて声の主を探す。危うく倒れている人間の体につまずきそうになった。

暗がりのなか、膝をついて手で探ってみる。倒れているのは男性のようで、胸のあたりがあたたかい血でぐっしょりと濡れていた。

「殺される」イリングスワースが言った。「あの男に殺される」

「あの男とは誰だ？」マキシマスは強い口調で問いただした。

「わたしは……」言いかけたイリングスワースが咳き込んだ。彼の胸にはナイフが突き立てられたままになっていた。

「あなたがわたしに会いに来たと言ったんだ。子供の頃に、あのペンダントが引き出しのなかにあるのを見つけたことをばらしてもいいのかと言った。ほんの少し金が欲しかっただけなのに、こんなひどいことを……」

「イリングスワース、誰にやられたんだ？」マキシマスはもう一度尋ねた。

イリングスワースの声は苦しげな荒い呼吸に取って代わられようとしていた。

「ひどい……わたしは家族なのに……こんな……」

イリングスワースの体がけいれんし、動かなくなった。

マキシマスは悪態をつき、手を彼の鼻に近づけて呼吸を確かめた。

死んでいる。

彼は立ちあがって周囲を見まわした。イリングスワースはたしかなことは言わなかったが、おじに殺されたと見て、ほぼ間違いないだろう。犯人がノークスだとしたら、彼はここから立ち去るだろうか？　それとも劇場に行って、何食わぬ顔をしているだろうか？

マキシマスは埠頭に目をやった。

背後で何かがはじけるような音がした。彼が振り返ると同時に、女性の悲鳴が響き渡った。

劇場に向かって走りだしたマキシマスの鼻が何かの匂いをとらえた。

煙だ。

アーティミスが危ない。

20

追跡はいつの間にか雲のなかへと逃げ込む逃避行に変わっていました。でも、リンは覚悟を決めました。彼女はヘルラ王のほうに身を乗り出し、王の鞍の前にいた白い猟犬をひったくりました。ヘルラ王は彼女と犬を求めて腕を伸ばしました。ですが、王の指は虚しく空気をつかんだだけでした。リンは胸に白い犬をしっかりと抱き、すでに地上へと飛びおりていました。

『ヘルラ王の伝説』

「本当なの?」フィービーがはしばみ色の目に心配をにじませて尋ねた。どうやったのか定かではないが、彼女はミス・ピックルウッドが鋭い目を光らせていたにもかかわらず、アーティミスをほかの人々から引き離すのに成功していた。そしていま、ふたりは劇場の下層の回廊を歩いている。

アーティミスはレディたちが彼女を否定するどころか、暗黙のうちにピネロピとの一件を忘れることにしたらしいと察し、驚かずにいられなかった。イザベルにしても、何事もなかったかのようにアーティミスの腕を取って、壁で区切られた座席まで一緒に歩いてくれた。もっとも、いまになって考えてみれば、ヘロは尋常でない覚悟を宿した目をしていたような気もする。

覚悟をかためた目をしていたのはフィービーも同じだった。姉妹とはいえ、いつもはあまり似ているとも思えないヘロとフィービーだが、このときばかりは誰が見ても血のつながりがあるとわかりそうなほど、よく似た目をしていた。

「そんな気がしていたわ」アーティミスが答えずにいると、フィービーがいきなり強い口調で言った。「兄が誘惑したのね」

「あなたに話していい内容じゃないと思うの」アーティミスはあわてて言った。「それどころか明日になったらきっと、あなたとふたりで話すことも許されなくなるわ」

「そんなのばかげてるわ！」フィービーが口をとがらせて言う。なんだか鳥が怒っているみたいだ。「あなたが恥じることなんて何もないのよ。悪いのは全部マキシマスなんだから」

「でも……」アーティミスは口を開いた。本当のことを言えば、マキシマスのベッドに行ったのはわたしであって、逆ではない。

だが、事実をそのまま彼の妹に告白するわけにもいかなかった。

「わたしがマキシマスを締めあげてやるわ。きっとよ」フィービーが言った。「どうせ求婚もしていないんでしょう。そうじゃない？」

「ええ」アーティミスはこわばった表情で答えた。「していないわ。でも、わたしは彼に求婚を期待していたわけではないの。この道を選んだのはわたしなのよ」

「あなたが？」アーティミスの表情を確かめようとしているのか、フィービーが焦点の合わない目で彼女の顔を見あげた。「本当なの？　じゃあ、もし兄が求婚したとしても、断るつもりだったということ？　そんな話をわたしに信じろというの？」

「とにかく、手に負えない状況になってしまったのよ」アーティミスは小声で言った。

「マキシマスを愛している？」

「えっ？」アーティミスはフィービーを見つめた。「ええ、もちろん。愛しているわ」

「それならなんの問題もないじゃない」フィービーが確信のこもった声で宣言した。「だって、兄があなたを愛していることははっきりしているんだもの」

「わたしは……」会話に集中できなくなり、アーティミスは眉をひそめた。「そんなこと、どうしてわかるの？」

フィービーは勉強の苦手な女学生を見るような目つきでアーティミスを見た。

「マキシマスはわたしの知っている誰よりも慎重な人よ。図書室の本はまず言語で分けて、年代順にして、著者名でまた分けて、それからアルファベット順に並べるの。議会での演説だって何週間も前から練りあげて、事前に出席者と、誰がどちらに投票するかまで徹底的に調べあげるのよ。わたしが知るかぎり、愛人を持ったこともない――そんなことわたしにはわからないはずだとあなたは言うかもしれないけれど、わたしみたいな男性経験のない妹だって、兄がそうなっていたらきっと気づいたはずだわ。それにマキシマスは家族を過保護なくらい大事にするし、わたしの安全を心配するあまり、寝室の窓に格子をはめたのよ。たぶん、わたしがうっかり窓から身を乗り出して落ちるんじゃないかと思ったんでしょうね」

そこでいったん言葉を切り、フィービーは大きく息をついた。鋭いまなざしでアーティミスを見つめ、ふたたび話しはじめる。「そういう人なのに、あなたに対してはみんなが見ている前で森のなかに引っぱっていったり、いつもの自制心を忘れて無遠慮に怒りをぶつけたり、わたしが一緒に暮らしている自分の屋敷で誘惑したりしたのよ。頭がどうかなってしまったか、あなたに恋をしてしまったかのどちらかしか考えられないじゃない」

愛情の問題ではないと承知しながらも、アーティミスは微笑まずにいられなかった。でも結局のところ、マキシマスは愛情で結婚するわけではない。亡き父親を喜ばせるために結婚するのだ。

穏やかにフィービーに言って聞かせようとアーティミスが口を開いたところで、女性の悲鳴があたりに響いた。

どこからか煙の匂いが漂ってくる。

アーティミスたちが立っている回廊のなかに、かすかに色づいた火の粉が漂いはじめた。不吉な予感に心臓が激しく打ちはじめる。この劇場は古いから、木と漆喰《しっくい》で作られているはずだ。

「煙の匂いがするわ」フィービーが言った。

「ええ」アーティミスは彼女の手を握った。「ここから出ないと」アポロはどこにいるのだろう？　この劇場にいるのかしら？　弟は行き先をはっきり教えてくれなかった。いずれにしても、いま彼を探している余裕はない。本当にここにいるのなら、無事に逃げてくれることを祈るばかりだ。

アーティミスはフィービーの手を引いて玄関広間に向かった。もちろん脱出したいのはみな同じで、回廊はすぐに人であふれはじめ、やがて押しあいへしあいの大混乱になった。急いで通り過ぎようとした大柄な男性とぶつかり、アーティミスは壁に叩きつけられた。

そのはずみで、握っていたフィービーの手が離れてしまった。

「フィービー！」アーティミスの叫び声は、虚しく混雑のなかに吸い込まれていった。彼女は礼儀も慎みも忘れ、肘で人々を押しのけて、さっきまでいた場所に戻ろうとした。「フィービー！」

ようやく見つけたフィービーは混乱して、見えない目を見開いていた。改めて彼女の手を取り、しっかりと握りしめる。

「アーティミス！」フィービーが叫んだ。「お願いよ、置いていかないで」

「絶対にそんなことはしないわ」ふたりと玄関のあいだには大勢の人々がいる。「こちらに行きましょう。たしかドアがあったはずよ」

煙はものすごい勢いで濃くなりつつあった。アーティミスはドアを見たと記憶している方向にフィービーをいざないながら、自分でも気づかないうちに咳き込んでいた。舞台の方角で焼けた木がはじける大きな音がして、その直後に甲高い悲鳴が続いた。アーティミスはドアを見つけて体当たりをした。

　ドアはびくともしない。

「開かないわ」アーティミスはフィービーに向かって大声で告げ、ドアの端をなぞりはじめた。「掛け金を探すから手伝って」

　煙のせいであふれる涙が顔を濡らし、さらに視界を悪くする。アーティミスは自分が取り乱しつつあるのをはっきりと感じた。もしこのドアを開けられなかったら……。

　指がようやく金属を探り当てた。急いで掛け金を外してドアを開け、きれいな空気を求めてフィービーとともに外へ飛び出す。

　うしろを振り返り、アーティミスは凍りついた。

「どうしたの？」フィービーが悲鳴にも似た声で尋ねる。

「建物全体に火がまわっているわ」アーティミスは驚愕しながらささやいた。

　劇場の屋根までもが激しく燃えて空を赤く染めるなか、客たちや俳優たち、そして使用人たちが建物から次々と逃げ出していた。茶色の髪の男性がバケツによる消火を指揮しているものの、アーティミスの目にはもはや手遅れにしか映らなかった。すでに火は庭の木々や茂み、外に向かって開放された回廊にまで燃え移っていた。炎がすべてを焼き尽くすのは時間の問題だろう。

「行きましょう」アーティミスは叫んだ。「どうにかして埠頭までたどり着かないと！」

「でも、ヘロはどうなるの？」フィービーがアーティミスを引っぱり返した。「バティルダ

「男の人たちがついているわ」自分が正しいことを祈る心境で、アーティミスは言った。「彼らなら、きっとお姉さまたちを無事に安全なところまで連れていってくれるはずよ」

道は人でいっぱいになっている。アーティミスは茂みをかき分けて進んでいくことにした。火災のすすで汚れた緑色のドレスが、小枝のせいで穴だらけになっていく。でも、そんなことにはかまっていられない。

「これはこれは、レディ・フィービー」妙に落ち着いた声がした。

アーティミスが顔をあげると、行く手にノークス卿が立っていた。片方の手には拳銃が握られ、もう一方の手は……。

血だらけになっていた。

「けがをしたのですか、ノークス卿？」何かおかしい。何かが決定的に間違っていると確信しながらも、アーティミスは間の抜けた問いかけをした。

「ああ、この血なら、わたしのではありませんよ」ノークス卿が陽気に答える。「申し訳ないが、そこをどいてもらえますか？　レディ・フィービーに用があるのでね。いや、イングランドを離れようと思っているんですが、ウェークフィールドがわたしをとらえようとするかもしれないんですよ。だから念のために、彼の妹を人質として連れていきます」

そんなことは許さない。

「閣下」アーティミスはあとずさりしてフィービーの盾になり、言葉を選んで言った。「レディ・フィービーは足をくじいてしまって歩けません。ご一緒するのは無理ですわ」

「わたしがそんな見え見えの嘘を信じるとでも？」ノークス卿はくだけた口調で言ったが、男性の叫ぶ声が聞こえてきた瞬間、目に緊張感をみなぎらせた。「まあ、連れていくのがウェークフィールドの妹だろうと、やつの娼婦だろうと、たいした違いはないか」

アーティミスはフィービーをうしろに押しやり、自分もノークス卿の手から逃れようとした。だが彼の動きは年齢のわりに速く、手首をつかまれて引き寄せられてしまった。すごい力だ。

どうにかして逃れようとしたものの、ノークス卿はフィービーに銃口を向けてアーティミスの動きを封じた。「抵抗をやめないと彼女を撃つぞ」

アーティミスはぴたりと動くのをやめた。

「アーティミス！」立ちあがったフィービーが両腕を前に伸ばして叫んだ。顔面蒼白の彼女は何も見えていないに違いない。

「人の声がするほうに行くのよ、フィービー」アーティミスは言った。それ以上何か言う前に、彼女は乱暴に茂みのなかへと引きずり込まれた。

ノークス卿が足を速め、ほとんど走るような勢いで埠頭に向かっていく。たどり着いたそこは大混乱に陥っていた。大勢の紳士とレディでごった返し、船を求める叫び声があちこちであがっている。すでに満員の小船に強引に体をねじ込む人々もいた。使用人たちが駆けずりまわる一方で、火を消そうと懸命にバケツを受け渡しする人たちもいる。人込みのなかにヘロ、ミス・ピックルウッド、そしてイザベルの姿を見つけたとき、アーティミスは安堵の吐息をもらした。

ノークス卿は群衆のあいだを突き進み、いくつかある船着き場のうちのひとつにできている行列の先頭まで進んでいった。女性が船に乗るのに手を貸そうと腕を伸ばしている男性に銃を向ける。「どくんだ」

「貴様、頭がどうかしているのか？」男性が早口で言った。

ノークス卿がにやりとして答える。「たぶんな」

男性が恐怖で目を見開き、女性が悲鳴をあげた。

「乗れ」ノークス卿がアーティミスに命じた。

なんとか時間を稼ごうと、彼女はわざとゆっくり船に乗り込んだ。船の漕ぎ手が驚きに目を見開いている。

ノークス卿も船に乗り、アーティミスの頭に銃を突きつけた。「ワッピングに向かえ」漕ぎ手に行き先を告げる。

船が進みだしたとき、埠頭から叫び声がした。声のしたほうにアーティミスが目をやると、マキシマスがフィービーの隣に立っていた。涙で視界が曇っていく。それでも彼女は笑みを浮かべずにはいられなかった。少なくともフィービーは無事だったのだ。

マキシマスが船の漕ぎ手を口汚く罵っている。あんなに怒っている彼はこれまで見たことがない。マキシマスは手にした銃を船のほうに向けていたが、ノークス卿がアーティミスを盾になる位置に座らせている以上、撃てるはずもなかった。

「やつは怒り狂っているかな?」ノークス卿が楽しそうな様子を隠そうともせずに言った。「大人になってから、ずっとわたしを追ってきたんだ。あと一歩というところまで追いつめたのに、最後はわたしが乗る船を見送るしかないとはな。さぞかし腹が立つだろう」アーティミスの耳に口を近づけて笑う。「公爵夫妻を殺したときにやつも殺すべきだったよ。だが、やつは隠れていた。ウサギみたいにな。あの偉大なウェークフィールド公爵閣下が。おや、何も震えることはないだろう」ノークス卿がアーティミスの腕に指を走らせ、彼女の体はいっそう震えた。「恐れる必要はない。きみを痛めつけるつもりはないよ。それほどはね」

「あなたは……」アーティミスは歯を食いしばり、小声で言った。「最低の人間よ。マキシマスの一〇〇分の一にも及ばないわ。それに、わたしという人間のことも何ひとつわかっていない」

そう言い終えると同時に、彼女はテムズ川の黒い水面に飛び込んだ。

テムズ川の濁った水のなかにアーティミスの姿が消えた瞬間、マキシマスは何も考えられなくなった。耳に入ってくる人々の叫び声は聞こえていたし、背後ではまだ炎が激しく燃えているのもわかっている。妹たちが悲鳴をあげているのも、ノークスの乗った船が遠ざかっていくのも承知していた。だが何もかもがすべて、どこか遠くの出来事のように感じられた。

マキシマスは持っていた拳銃を放り投げてポケットに手を入れた。セントジャイルズの悪魔が残していった短剣を取り出して口にくわえ、急いで上着と靴を脱ぎ捨てる。

そして、すぐさまテムズ川に飛び込んだ。

頭の奥のほうには冷静な自分がいて、アーティミスが消えてからの時間をはかっている。そのもうひとりの自分が小さな声で、彼女が一度も浮かびあがってきていないと告げ、同時に川の流れの速さを計算していた。

アーティミスが飛び込んだ位置よりもやや下流を目指して、マキシマスは泳ぎはじめた。

銃声が二発、立て続けに鳴り響いた。

彼は黒い水のなかへと潜っていった。

自分の手すら見えない暗闇で、触れるものを求めてひたすら水をかき続ける。何もない。何もない。何もない。

やがて限界が訪れ、マキシマスの肺がけいれんを起こしかけた。

いったん水面から顔を出し、短剣をくわえたままの口で息を吸い込んだ。

それからふたたび水中へと潜る。

何もない。何もない。

何もない。

目が痛みはじめた。

舌に死の味が感じられる。

アーティミスはこんなふうに終わってはいけない女性だ。絶対にそんなことはさせない。

マキシマスはさらに深く潜っていった。

何もない。

苦しさに胸が悲鳴をあげる。

彼女がいないのなら、もはや水面にあがっても意味はない。

最後のつもりで見あげると、白い手が視界に入ってきた。

白く、美しい手だ。

その手を握り、アーティミスの体を引き寄せる。水を吸ったスカートの重みで、ふたりの体が沈みはじめた。マキシマスは短剣を手に持ち、ドレスの襟ぐりの背中側に刀身を差し入れて力をこめた。薄いシルクの生地が一気に腰の上まで切り裂かれる。続けて袖にも切れ目を入れ、力の抜けた彼女の腕から引きはがした。ドレスを腰の位置までさげて水を思いきり蹴りはじめると、ふたりの体が少しずつ水面に向かって上昇していった。やがて人魚がその肌を脱ぎ捨てるかのように、アーティミスの体からドレスが自然と脱げた。

水面に向かう速度があがる。

ついに川から顔を出したマキシマスは、深く息を吸い込んでアーティミスを見た。顔面は蒼白で唇は紫色になり、乱れた髪が水面に浮いている。まるで死人だ。

いきなり体をつかまれたマキシマスは逃れようと暴れたが、相手がウィンター・メークピースとゴドリック・セントジョンで、船に引きあげようとしてくれているのだとわかって抵抗をやめた。

「アーティミスが先だ」マキシマスは命じた。

ふたりの男たちが彼女を船の上に引きあげた。その直後にマキシマスは自力で船べりを乗り越え、いつもの上品な身のこなしも忘れて船底に倒れ込んだ。すぐにアーティミスを両腕で抱き、体からコルセットを外す。アーティミスはぴくりとも動かなかった。

マキシマスは彼女を揺さぶった。「アーティミス」

ぐったりとした彼女の頭が前後に揺れる。

メークピースがマキシマスの腕に手をかけた。「閣下」

彼はそれを無視した。「月の女神」

「閣下、残念ですが――」

腕に置かれた手を振り払い、マキシマスはアーティミスの頬を平手打ちした。音が川の上にこだまとなって響く。

彼女が咳をした。

すぐにアーティミスの体を回転させて船べりから顔が出るようにすると、彼女は激しく咳き込み、汚れた川の水を口から吐き出しはじめた。いままで見てきた何よりもすばらしい光景だ。咳が止まるのを待ち、マキシマスは彼女をきつく抱きしめた。セントジョンが上着を脱ぎ、彼に差し出してくれた。

マキシマスは受け取った上着をやさしくアーティミスの肩にかけ、改めて抱きしめた。もう二度と彼女を手放したりはしない。「いったい何を考えていたんだ?」

メークピースが目くばせをしてきたが、マキシマスは無視を決め込んだ。もう二度と、絶対にあんな思いを繰り返すものかという一心だった。両腕に抱いた彼女をにらみつける。「わたしがあそこにいたら――」アーティミスがかすれた声で答えた。「あなたが銃を撃てないと思ったの」

彼女の体をかき抱き、マキシマスは手のひらで濡れた髪を撫でた。

「だからわたしのために自分を犠牲にしたというのか？　まったく、きみがそんなに愚かだとは思わなかったぞ」

「わたしは泳げるもの」

「水を吸ったスカートをはいていたら泳げるはずがない」

アーティミスはいらだたしげに眉をひそめた。「彼をやっつけた？」

「いいや、もっと大事なことがあって、それどころではなかった」マキシマスはきっぱりと言った。

その答えを聞いたアーティミスは顎をあげ、マキシマスをにらみつけた。

「二〇年近くも彼を追っていたのに？　あなたにとって、両親の仇を討つより大事なことなんてあるはずがないでしょう」

マキシマスは顔をしかめてみせた。「あるさ。きみだよ。頭がどうかしているとしか思えないきみのほうが大事だったんだ。きみが川に飛び込んだとき……」その光景を思い返しただけで息が苦しくなった。「もう二度とあんなことはしないでくれ、月の女神。きみを見つけられなかったら、わたしはきみと一緒に川底に沈んでいただろう。きみがいないと生きていけない」

アーティミスが驚きに目をしばたたき、それから表情をやわらげた。「マキシマス」彼女は手のひらをマキシマスの頬に当てた。

夜空には黒い煙が立ち込め、風が灰を運んでくる。そんななかで冷たい水に濡れ、震えながらおんぼろの船に乗っているというのに、マキシマスはかつてないほど幸せだった。

「あの男なら、またいつか見つけられる」彼はアーティミスの髪にささやきかけた。「だがきみがいなければ、わたしは自分自身の人生を見失ってしまうんだ。お願いだ、月の女神。もう二度といなくならないでくれ。わたしはこの先も、きみ以外の女性に惹かれることは絶対にない。母の墓に誓うよ」

「どこへも行かないわ」愛くるしいグレーの瞳を輝かせて、アーティミスはささやき返した。「でも、ノークス卿を逃がしてしまったのは残念だったわね」

メークピースが咳払いをした。「そのことなんですが……」

「ぼくが仕留めた」セントジョンがすまなそうに小声で言った。

マキシマスは唖然として彼を見つめた。

セントジョンが肩をすくめる。「そうすべきだと思ったんだ。あの男はミス・グリーブズに銃を突きつけていたし、彼女が水に飛び込んだあとは悪態をつきながら銃を撃ちはじめた。少しの迷いも見せずにね。それに泳いでいるきみに向かっても発砲していたんだぞ、公爵。

とても紳士には見えなかったし、いくら射撃が下手でも、数を撃てば当たる可能性だってある。だから、銃を構えて狙いを定めていたあの男を撃ったんだ」

「見事な身のこなしだったよ」メークピースがうなずいた。「射撃の腕も含めてね。二〇メートルはあっただろうに」

「いや、たぶん一五メートルくらいさ」セントジョンが謙虚にも訂正した。

「それにしても見事だった」

「だが……」マキシマスが口を挟むと、ふたりがそろっていぶかしげな顔つきで彼のほうを見た。「わたしはノークスの件で、きみたちに手伝ってくれと頼んだ覚えはない」

メークピースが真剣な表情でうなずいた。「頼む必要などありませんよ」

「いままでだって、なかったんだ」セントジョンも同意した。


その夜、アーティミスは裸でマキシマスの巨大なベッドに横たわり、ひげを剃る彼の姿を眺めていた。彼女自身はすでに熱い風呂に入り、髪も二度洗った。ふたりは彼の部屋で食事をして、グレイビーソースをかけたチキンとにんじんと豆を食べ、デザートにはチェリーのタルトを楽しんだ。

かつてないほどおいしい夕食だった。

「あれだけの火事で死者が出なかったなんて奇跡だわ」アーティミスは言った。その知らせを聞いたときは本当にうれしかった。それより前に、埠頭の人込みのなかに見慣れたたくましい肩を見つけていたけれど。「ハート家の庭園で焼けずにすんだものはあるのかしら?」

「最後に聞いた話では、まだ火がくすぶっていたらしい」マキシマスは振り返らずに答え、鏡に映った自分の顔を見て眉をひそめた。「だが、劇場と回廊が全焼したのは間違いない。植物はいくらか救えたかもしれないが、劇場を再建できたとしても……」間を置いて肩をすくめる。「庭園は完全に元どおりというわけにはいかないだろう」

「残念だわ」アーティミスは小声で言った。「フィービーが大好きな場所だったのに。わたしもよ。魔法みたいなところだった。ノークス卿はどうして火などつけたのかしら?」

「おそらく、自分の甥を殺したことを隠すためだ」マキシマスが答える。

「なんですって?」アーティミスの脳裏に、血がべっとりとついたノークス卿の両手がよみがえった。「かわいそうに!」

「だが、その甥のほうもおじを脅迫しようとしていたんだ」彼は突き放すように言った。「最初からわたしにおじの家でペンダントを手に入れたと白状していれば、死なずにすんだかもしれないのに」

「でも」アーティミスは上掛けを引っぱった。「たとえ再建されたとしても、わたしはもう二度とあそこには行けないわ」

「なぜ?」マキシマスがさして気のない様子で尋ねた。「芝居が気に入らなかったのか?」

「芝居を楽しむどころではなかったの」ため息をつく。「ピネロピがわたしのことを怒って、ちょっとした騒ぎになってしまったのよ。あなたが誰からも聞いていないなんて驚きね」

彼はゆっくりと振り返った。「なんだって？」

マキシマスを見つめながら、アーティミスは言った。「売女と罵られたわ」

「くそっ」彼は自分の両手に視線を落として顔をしかめた。「せっかくの計画が台なしだ」

「計画って？」

「川で泳いでいる最中に決めたんだ」マキシマスは例の鉄製の箱のところに行き、ふたを開けた。「きみに申し込む前に、まずはこれを完成させるつもりだった。そうすることに意味がある気がしたんだ」険しい目をアーティミスに向ける。「なのに、これなしでことを進めなければいけなくなった」

彼女は眉をあげた。「どういうこと？」

するとマキシマスが奇妙な行動に出た。アーティミスの前で片膝を床についたのだ。

「これは正しいやり方ではない」すべてアーティミスのせいだと言わんばかりに、マキシマスは彼女をにらみつけた。

思わず彼女は上体を起こした。「何をしているの？」

「アーティミス・グリーブズ、どうかわたしの妻に――」

「気でも違ったの？」アーティミスはさえぎった。「お父さまはいったいどうなるの？　公爵の地位のために生きるんでしょう？　結婚もふさわしい相手としなくてはいけないと言っていたじゃない」

「父は死んだ」マキシマスは穏やかに言った。「それに、もう公爵の地位もどうでもいい」

「でも――」

「静かに」彼がぴしゃりと告げる。「きみに求婚しているところなのだから、少し黙っていてくれないか。母のネックレスがないのは残念だが」

「でも、どうして？　あなたはわたしの弟を精神病だと思っているんでしょう？」

「最後に彼と話したときは、まったく正常に見えたよ」マキシマスはやさしく言った。「彼はわたしを襲おうとした」

アーティミスは驚いて目を見開いた。「ふつうはそれを異常な証拠と見なすわ」

マキシマスは肩をすくめ、箱に入ったペンダントに腕を伸ばした。彼女が長年身につけていたものだ。いまはほかの六つのエメラルドと並んでいる。ノークスの死体から最後のひとつを取り返し、ようやく全部そろったばかりだった。「彼はわたしが自分の姉を誘惑したと思ったんだ。怒って当然だろう」

「まあ」アーティミスは顔を赤らめた。アポロがそのことを知っていると思うと、なんとも落ち着かない気分になる。

「こんな形では、きみも不満に思うかもしれない」マキシマスは自分の印章付き指輪を、まだペンダントについている鎖に通した。「だが、きみが恥ずかしい思いをしないように、きちんとしておきたいんだ」

「ピネロピがひどいことを言ったせいでしょう？」アーティミスは文句をつけた。

「違う」マキシマスは鎖を彼女の首にかけ、慎重に指輪とペンダントを胸のあいだに落とした。彼のあたたかい指が肌をかすめ、アーティミスの胸の先端が反応してとがった。「もっとも、ある意味ではそれも正しい。きみがそんなふうに呼ばれるのをわたしが許すと思ってほしくないんだ。わたしはあの川に潜っているときに誓った。もしきみの命を救うことができたら……」言葉を切って咳払いをし、眉間にしわを寄せる。「とにかく、結婚式のときにはちゃんとしたネックレスを身につけられるよ」

「マキシマス」アーティミスは両手で彼の顔を挟んで目を合わせた。「ただ名誉を守るためだけなら、わたしはそんな結婚など望まないわ。もし――」

いきなり抱きしめられて唇を奪われ、彼女の抵抗はさえぎられた。マキシマスは口を開いてキスを深め、彼女が何を話していたのか思い出せなくなるまでそれを続けた。

アーティミスを放すのを恐れるかのように、マキシマスはキスを終えても彼女の体をしっかり抱きしめていた。「きみを愛しているんだ、月の女神。ずっと愛していた。おそらく、森のなかを裸足で歩いているきみを見た瞬間から。きみとは結婚できないと思っていたときでさえ、わたしはきみを永遠に手放すまいとしていた」彼が目を合わせようとしてわずかに身を引く。ふたりの視線がぶつかった瞬間、アーティミスは純粋な驚きを覚えた。マキシマスの表情にほんの少し――本当にかすかに――不安が表れていた。彼は親指をそっとアーティミスの頰に走らせた。「わたしから絶対に離れないでくれ。きみがいなければ、この世界は光がないも同然だ。笑いも目的もなくなってしまう。もし何かばかげた理由があって、どうしてもわたしと結婚したくないというなら、それでも――」

「黙って」アーティミスは両手で彼の頬を撫でた。「おばかさんね。そんな理由があるはずないでしょう。ええ、あなたと結婚します。あなたを愛しているもの。あなたのお母さまの立派なネックレスをつけなくてはいけないのなら、それでもかまわない。ピネロピとは違って、絶対に似合わないとわかっていても我慢するわ。ずっと、永遠に一緒にいられるなら、あなたの望みどおりにします」

マキシマスは彼女にかぶさるようにして唇を合わせ、力強い腕でしっかりと抱きしめた。しばらくして彼が身を離し、アーティミスはようやく息をすることができた。マキシマスは眉間にしわを寄せた厳しい表情で彼女を見つめていた。「三カ月後に結婚式だ。きみはウェークフィールド公爵家のエメラルドのネックレスを首にかけ、わたしが作らせたイヤリングをつける。しかし、よく聞いてくれ。きみは間違っている。きみほどこのエメラルドが似合う女性は、世界じゅうのどこを探してもいない。たしかにきみのいとこは美しい顔をしているかもしれない。だが、きみが――勇敢で、腹立たしくて、魅惑的で、謎めいているきみこそが、ウェークフィールド公爵夫人なんだ。わたしだけの公爵夫人だよ」

エピローグ

タムはリンが目の前で灰に変わってしまうと思い、彼女の名前を叫びました。でもリンの足が地面についたとき、おかしなことが起こりました。何も起こらなかったのです。リンが頭をさげて白い犬の耳に何かささやくと、犬は彼女の腕のなかから飛び出して地面におり立ち、尻尾を振りはじめました。すると、空を走って追跡をしていた馬たちや人々が次々と地面に落ちてきて、地表に触れたとたんにこの世の姿を取り戻していきました。最後に空から落ちてきたのはヘルラ王その人です。王は馬からおりて地面に足をつけると、深く、震える息をつきました。そして顔を空に向け、顔に当たる太陽の光をじっくりと味わいました。

やがて王はにっこり笑い、リンの顔を見つめました。もう顔色も前ほど白くなく、あたたかみのある茶色に変わっていました。「きみはわたしを救ってくれた、勇敢な少女よ。きみの勇気と知恵と揺るぎない愛情が、わたしや家臣たち、それからきみの弟にかけられていた呪いを解いたのだ」

王の言葉を聞いた家臣たちは帽子を宙に投げ、歓声をあげました。

「きみには大きな借りができた。どうにかして報いたい」ヘルラ王がリンに言いました。

「なんでも欲しいものを言ってくれ。そうすれば、それはきみのものだ」

「ありがとうございます、陛下」リンは応えました。「でも、欲しいものはありません」

「宝石も？」ヘルラ王が尋ねました。

「いりません、陛下」

「土地も？」

「ええ。いりません、陛下」

「馬も牛も？」

「いりません、陛下」ヘルラ王が尋ねるたびに近づいていたので、リンはささやきました。見あげないと目を合わせられないほど、王はすぐそばまで来ています。

「わたしが持っているものでは心は動かないのだな？」ヘルラ王も小声で言いました。

その問いには答えられず、リンはただ首を横に振るしかありませんでした。

「では、わたし自身を捧げるしかなさそうだ」ヘルラ王は彼女の前で片膝をつきました。

「すばらしい少女よ、わたしを夫としてくれるか？」

「はい、もちろんです」リンが答えると、家臣たちがまた歓喜の声をあげました。

　そしてヘルラ王はリンと結婚し、すてきな式を挙げました。もっとも、何世紀も前にしたような華やかな式とはほど遠いものです。結婚式のあと、王は茨が生い茂る暗い森を切り開いて土地を耕し、崩れかけた城を再建して、生えた草をはむ立派な牛たちをそろえました。そして、狩りがしたくなったときにはその思いを無視し、賢明な王妃の笑顔を見ることにしました。この世のなかで最高の獲物をすでに得ていたからです。

その獲物とは、真実の愛でした。


『ヘルラ王の伝説』

一方で……


「九年だぞ」

アポロは逆さまにしたブリキのバケツに座り、よき友人のエイサ・メークピースが握りしめたワインの瓶を高く掲げて、荒っぽい乾杯の仕草をするのを見ていた。

「聞いているのか、アポロ?」エイサが問いつめるような口調で尋ね、瓶を大きく振りまわした。危うくアポロの耳を直撃するところだ。「九年だ。娼館に入りびたることも、大陸を放浪していろんな経験をすることもできた。なのにおれはそうせずに働いて、いや、奴隷になりきって、この場所に尽くしてきた。設備を整えて植物を植え、気まぐれな女優たちやもっと気まぐれな男優たちにおべんちゃらを使ってきたというのに、それがどうだ。いまやただの灰の山じゃないか。もう一度言う、九年だぞ!」

アポロはため息をつき、自分の瓶からワインを飲みながら、エイサが同じ愚痴を繰り返すのを聞いた。瓶の中身は半分ほどなくなっている。もはやワインが煙くさいのも気にならなくなったので、これはこれでむしろよいことなのだろう。ふたりは劇場の建物で唯一焼け残って形をとどめた、舞台裏の衣装部屋だった場所にいた。

劇場はかつて舞台だったところも、ほかの部分もほぼ焼け落ち、いまだにくすぶっている角材の残骸や真っ黒ながれきが山を作っている。熱がまだ残っているために見てまわることすらできないが、アポロはすぐに再建できるような箇所はないと踏んでいた。

エイサにとっては、九年間が一瞬にして無駄になってしまった夜だった。しかしアポロにとってもまた、わずかに残された自分の収入源を断たれた夜だった。無残に殺された三人の遺体に囲まれて目を覚ましたあの恐ろしい一日を迎える直前、アポロはなけなしの資産――ささやかな父の遺産――の大半をハート家の庭園に投資していたのだった。当時はそれが堅実なやり方に思えた。エイサが劇場や庭園の整備に打ち込んで収入を順調に増やしていた一方、アポロは自分が金の扱いが恐ろしく下手だという自覚があった。だからそれほど多くを期待していたわけではなく、せめて自分とアーティミスが食いつなげる程度の配当があればと思い、投資を決断したのだ。

その夢もいまや灰と化してしまった。

「おれはもう路頭に迷うしかない」エイサが瓶を見つめて嘆いた。「家族はおれを嫌っている。それにおれにはなんの才能も、やるべき商売もない。人をうまく丸め込む話術の才能はあるらしいがね――きみを説得して全財産を投資させたようにな、アポロ」

アポロはエイサの間違った認識を正してもよかった――投資は自分の意志で決断したものだ――が、口が利けないのは相変わらずだし、いまやそれもさして重要な問題でもない気がする。エイサにしても、みずからの悲劇を愚痴にして笑うほかないという心境に追い込まれているようにも見えた。

「こんにちは」

いきなり声が聞こえてきて、ふたりは互いに顔を見あわせた。

エイサが眉をつりあげた。「いったい誰だ?」ささやきにしては大きすぎる声で言う。

「やあ、そこにいたか」アポロがそれまで見たこともないほどきれいな顔をした男が、ふたりのいる場所のまわりにあるごみの山のあいだを縫って進んできた。銀色のベストにピンクの上着とブリーチを合わせた、派手な格好をした男性だ。だが、それよりも目を引くのは彼の頭だった。豊かな金色の巻き毛をうしろに束ね、黒いリボンで結んでいる。

にやけた男だ、とアポロは思った。

「きみはいったい何者だ?」エイサが挑発的な口調できいた。

その気取り屋が微笑むのを見て、アポロは目を細めた。一見したところ優男だが、なめてかかるのは危険だ。

「わたしかね?」男は機敏な動作でレースのハンカチを椅子の残骸の上に広げ、そこに腰をおろした。「わたしはモンゴメリー公爵バレンタイン・ネイピア。きみに提案があってきたんだ、ミスター・メークピース」

訳者あとがき

お待たせしました。エリザベス・ホイトによる大好評の《メイデン通り》シリーズの六作目となる最新作をお届けします。

ロンドンの社交界と貧民街セントジャイルズを舞台に展開する本シリーズの今回のヒーローは、シリーズ初期から渋い魅力を発揮してきたウェークフィールド公爵マキシマス・バッテン。ヒロインは、わがままな令嬢の辛抱強いコンパニオン、アーティミス・グリーブズ。前作までをお読みの方にはおなじみのふたりです。

とは言いつつも、このシリーズは本作品が初めてという方もいらっしゃると思うので、簡単にふたりの紹介をしておきましょう。マキシマスは、上の妹ヘロがヒロインとなった第二作（『無垢な花に約束して』）から本格的に登場しはじめました。彼はジンの密売撲滅に命をかける冷徹な貴族院議員。ふたりの妹には愛情を持って接するものの、ふだんは感情をあまり表に出さない、恋愛に無縁の堅物として描かれてきました。対するアーティミスは、第三作（『淑《しと》やかに燃える口づけを』）から登場します。イングランド随一の富と美貌を誇るものの性格と知性に難のあるピネロピのコンパニオンであるアーティミスは、突飛な言動の多いピネロピとは対照的に、常識的で控えめな女性として描かれてきました。目立つ存在ではありませんでしたが、前作（『光こぼれる愛の庭で』）ではアーティミスが抱えるさまざまな問題も丁寧に描かれていて、彼女をこれまでより身近に感じさせるとともに、本作への導入となっています。

さて、物語の幕開けは深夜のセントジャイルズ。ならず者に襲われそうになったアーティミスとピネロピは、セントジャイルズの亡霊に助けられます。シリーズ中さまざまな登場人物がセントジャイルズの亡霊として活躍しますが、本書の亡霊の正体がマキシマスであることはすぐに明かされます。亡霊の正体に気づいたアーティミスは次第にマキシマスに惹かれていきます。一方のマキシマスも、セントジャイルズでのアーティミスの勇敢な行動をきっかけに、それまでは見向きもしなかった彼女のことが気になってしかたがなくなります。ですが、片や公爵、片や没落貴族の家に生まれ、家族に問題を抱えるしがないコンパニオン。しかもマキシマスはピネロピが結婚相手として目をつけた相手です。ふたりの仲が順調に進展するわけがありません。さまざまな障害や葛藤と闘いながら結ばれていくマキシマスとアーティミスの愛の軌跡を、どうぞ見守ってください。同時に、マキシマスがセントジャイルズの亡霊として長年のあいだ何を成し遂げようとしてきたのかも徐々に明らかになります。彼の骨折りがどんな結末を迎えるかも大きな見どころですので、こちらも存分にお楽しみください。

ところで、アーティミスの双子の弟、アポロが収容されていた〈ベドラム精神病院〉ですが、その名から推測できるとおり、イエス・キリストの誕生の地ベツレヘムから名づけられた実在の施設です。一三世紀に作られた修道院が、のちに病院となりました。当初はきちんとした病院だったようですが、次第に劣悪な環境のもとに患者を監禁するようになり、有料で見物客まで入れていたとのことです。本文中でマキシマスがここを動物園にたとえるくだりがありますが、まさにそのような施設だったのです。その後、近代になって病院の運営は大きく改善され、いまも大勢の患者の治療を行っています。

本作エピローグは、これまでの作品同様、何やら起こりそうな予感を秘めつつ終わっています。次回はどんな作品になるのか、この〈メイデン通り〉シリーズからまだまだ目が離せません。

二〇一五年三月